BEST SELLER

Florencia Bonelli (1971, Argentina) es licenciada en ciencias económicas y trabajó como contable para la administración pública. Animada por su marido, decidió abandonar su profesión y dedicarse a la escritura después de leer *El árabe* de Edith Hull. La publicación de la novela épica *Indias blancas* (2005), una obra en dos volúmenes sobre indios y criollos, la llevó a conocer el éxito más allá de las fronteras de su país. Actualmente, Florencia Bonelli se ha convertido en un referente de la novela romántica con trasfondo histórico. Sus libros se han traducido a varios idiomas y han conseguido la admiración de lectores en todo el mundo.

Para más información, visite la página web de la autora:
www.florenciabonelli.com

Biblioteca

FLORENCIA BONELLI

Bodas de odio

DEBOLS!LLO

Primera edición en Debolsillo: octubre, 2016

Printed in Spain – Impreso en España

ISBN: 978-84-663-3479-2 (1108/5)
Depósito legal: B-17.328-2016

Compuesto en M. I. Maquetación, S. L.

Impreso en Novoprint
Sant Andreu de la Barca (Barcelona)

P 334792

Penguin
Random House
Grupo Editorial

A mi adorado sobrino Tomás,
nuestro ángel guardián.

Capítulo I

"¡Amor! Palabra escandalosa en una joven, el amor se perseguía, el amor era mirado como una depravación..."
Mariquita Sánchez de Thompson

La noche del 9 de julio de 1847, Buenos Aires.

Fiona Malone suspiró y se aletargó en el sillón. Desde allí observaba la sala principal de la mansión, atestada de gente.

Se había hecho una pausa en el baile. Los hombres, reunidos en pequeños grupos, conversaban de política. Las jovencitas, excitadas, consultaban sus libretas y anotaban los nombres de los caballeros que las habían pedido para ésta o aquella pieza. En un rincón, la orquesta templaba los instrumentos, mientras su director, el maestro Favero, recibía instrucciones de la anfitriona, misia Mercedes Sáenz. Las mulatas iban y venían con mates en las manos, bandejas con manjares y botellas de vino. Todo parecía a pedir de boca, los invitados lucían complacidos y la dueña de casa resplandecía por el éxito de su tertulia en el Día de la Independencia.

Fiona volvió a suspirar, pensando en su cama, calentita y cómoda, en un buen libro, o en el vaso de leche tibia que le preparaba Maria, su criada, cada noche. Sin embargo, ahí estaba, tiesa, encorsetada hasta el pecho, los pies helados, y con muchos deseos de volver a su casa. Se sentía cansada; nada parecía atraerla, siempre lo mismo. Odiaba las fiestas; en realidad, para ella no representaban más que una feria de lujo, en donde el ganado se reemplazaba con mujeres desesperadas por encontrar esposo. Porque una solterona, antes al convento.

Se preguntó, entonces, por qué permanecía en esa tertulia, en una fría noche de invierno, entre personas tediosas y afectadas, y recordó el diálogo con su abuela Bridgit esa tarde.

—Tienes que ir, Fiona —le había ordenado.

—Si te niegas a todas las tertulias a las que te invitan nunca conseguirás un buen partido para casarte —vaticinó su tía Ana, y le colocó una peineta en la cabeza que ella, a su vez, quitó rápidamente.

—¿Qué haces, jovencita? ¿No te das cuenta del trabajo que da colocarla en un cabello tan lacio como el tuyo? —le recriminó la tía.

—No iré con peineta. Están fuera de moda. Además, no quiero conseguir un buen partido para casarme, quiero enamorarme.

La muchacha, desafiante, observó alternadamente a su tía y a su abuela.

—*Good heavens!* Esas zonceras románticas que se te han metido en la cabeza, Fiona, son ridículas; terminarán por volverme loca.

La anciana se dejó caer en un sillón. Las ideas irreverentes de su nieta lograban sacarla de quicio.

—¿Por qué son ridículas, *Grannie*? ¿Acaso tú no te casaste enamorada de *Grandpa*?

—¡Niña! ¿Qué preguntas haces? —se escandalizó su tía.

—*Grannie?* —instó Fiona.

—Bueno, no. Pero con los años llegué a quererlo.

—Pues él dice que te amó profundamente desde el primer día en que te vio.

Bridgit observó a su nieta y trató de descubrir en sus enormes ojos azules el misterio que la envolvía. En verdad, era una niña inmanejable. Sólo Fiona podía arrancarle semejante confesión al viejo Sean Malone. Hacía cincuenta años que estaban casados, tenían cinco hijos, y a ella jamás se la había hecho.

—¡Por fin! —dijo Fiona para sí, al divisar a su mejor amiga, Camila O'Gorman.

Camila entró en el salón de misia Mercedes y buscó a Fiona con la mirada. Al encontrarla sola en un rincón, se dirigió hacia ella.

—¡Por fin llegas, Camila! Torrecilla me ha fastidiado toda la noche preguntándome por ti.

—Justo hoy que no tengo deseos ni de mirarle la cara.

Camila tomó asiento junto a su amiga. Se conocían desde pequeñas y se querían como hermanas. Eran cómplices en sus travesuras, y cada una sabía los secretos de la otra. A veces discutían, porque no siempre estaban de acuerdo, aunque los enojos duraban poco. Al rato se amigaban y todo continuaba como siempre.

—No te comprendo, Camila. Si no tienes deseos de mirarlo es porque no lo amas; si no lo amas, no debes casarte con él.

El silogismo sonaba lógico para Fiona, que desde hacía algún tiempo no entendía el capricho de su amiga en mantener una relación indeseada.

—Sí, ya lo sé.

—¿Entonces?

—Entonces... —suspiró Camila.

—Sí, ¿qué sucede entonces, Camila?

—Nada, Fiona, nada. Es que... ¡Oh, pero tú también vas a reprocharme!

—No seas tonta, yo sólo deseo que seas feliz. —Tomó la mano de Camila y le sonrió—. Es tu padre, ¿verdad? Tienes miedo de que se enoje contigo.

—Es que tatita nunca comprendería lo que siento aquí dentro —dijo, y se golpeó el corazón.

—Camila —pronunció Fiona, con solemnidad—, deberías ser más...

Una joven se aproximó a paso apurado y con el rostro desencajado, y la interrumpió para amonestarla entre dientes:

—¡Fiona Malone! Media fiesta está murmurando acerca de ti. ¿Qué pretendes lograr con este comportamiento absurdo? Podría ahorcarte con mis propias manos en este preciso instante.

—¡Hola, Imelda! —saludó Camila, sin ocultar la risa que le provocaba la furia de la hermana mayor de Fiona.

—No te rías, Camila. Lo que mi hermana está haciendo en esta fiesta es imperdonable.

Se escuchó el resuello de Fiona. Había cruzado los brazos sobre el pecho y dirigido sus ojos en blanco al cielo raso.

—Es que llegué hace unos instantes y no tengo idea de lo que estuvo haciendo mi amiga —explicó la O'Gorman.

—La señorita Fiona ha rechazado a todos y cada uno de los caballeros que la han pedido para el minué —declaró Imelda.

—Tal vez no le guste el minué.

—No te burles, Camila. También rechazó a Soler para el vals y a Anchorena para la mazurca. Es evidente, no es cuestión de bailes.

—No, Imelda —replicó Fiona—. A Soler no lo rechacé, le dije que sí.

—Sí, le dijiste que sí, mas luego, cuando vino a buscarte, lo espantaste diciéndole que tenías deseos de vomitar.

—No le dije que tenía deseos de vomitar. Tan sólo le dije que...

—¡Bueno, ya basta, niña malcriada! No importa qué dijiste o qué no dijiste. Lo único que importa es que estás haciendo quedar muy mal a nuestra familia en casa de misia Mercedes.

—Misia Mercedes jamás pensaría mal de *Grandpa* por esto. Lo respeta demasiado. Además, ella y yo somos amigas.

—Basta, basta —ordenó Imelda.

—Cálmate, Imelda —dijo Camila—. Tu rostro parece un tomate y no creo que eso sea del gusto de don Senillosa.

—No creas, Camila, no creas —la corrigió Fiona, con ironía evidente—. Senillosa es mazorquero. ¡Perdón! Socio popular, y todo lo que sea rojo sangre lo apasiona.

Camila soltó una carcajada, que llamó la atención de un grupo de ancianas apostado a palmos de ellas. Imelda las observaba, furibunda, las mejillas como la grana y los ojos inyectados. Recogió el ruedo de su vestido, dio media vuelta y se marchó.

—Ahora Torrecilla, lo único que faltaba —murmuró Fiona.

Lázaro Torrecilla se aproximó y pidió a Camila para el próximo minué; la muchacha aceptó de mala gana y se marchó al salón principal junto a su prometido.

Fiona se quedó sola otra vez. Sola, porque no deseaba estar con nadie en esa fiesta. Quizá resultase divertido pasar un rato con las *planchadoras*. Siempre las había en las fiestas. Las menos agraciadas, las más feas, las más gordas, las muy flacas, las más pobres; un grupo de mujeres a las que nadie había pedido para bailar. Ellas se recluían en los pasillos de la casa o en los patios más retirados. Una y otra vez eran humilladas por los caballeros en las tertulias. A pesar de todo, insistían y no dejaban de concurrir. Fiona no las comprendía.

—No, no, señorita. Con las planchadoras, no. Simplemente, no lo permitiré.

Misia Mercedes detuvo a Fiona en su intento por escapar de la fiesta.

—Misia Mercedes.

—No permitiré que te alejes como si fueras una

de las mujeres más feas de Buenos Aires cuando eres todo lo contrario.

—¡Qué dice, misia Mercedes!

—Sí, querida, todo lo contrario. Eres la más bella de la tertulia.

—¿Yo, la más bella? Si la más hermosa es doña Agustina Mansilla.

La dueña de casa condujo a Fiona hasta un lugar apartado; allí se sentaron en unos taburetes.

—No, niña. Agustina ha perdido la lozanía de su piel y su cabello no brilla como antes. Es que los años no vienen solos, querida. Además, tú eres distinta. Eres especial. Ella sólo tiene una cara bonita. Tú tienes mucho más que eso.

Fiona admiraba a Mercedes Sáenz y Velazco. Se sentía a gusto en su compañía. Tal vez formaba parte de aquella parafernalia de tertulias, apellidos, estancias y cuestiones que ella detestaba, pero había algo en esa mujer que la atraía. Su delicadeza, acompañada por una gran firmeza; su educación estricta y su apertura a lo impensable; su bondad, unida a una gran sagacidad. Fiona amaba escuchar de los propios labios de la protagonista la historia acerca de cómo misia Mercedes se había opuesto a sus padres cuando quisieron casarla con un pariente lejano, mucho mayor que ella, rico y de alcurnia. "La primera mujer del virreinato que se opuso a sus padres y contrajo matrimonio con el hombre que realmente amaba", se jactaba la anfitriona.

—Me han dicho que no has querido bailar con nadie. Y estaban todos deseosos de hacerlo contigo

—expresó Mercedes, y Fiona bajó la vista, avergonzada—. Te comprendo, querida, te comprendo. Sé que estos criollos nuestros no son un dechado de virtudes. No tienes que explicármelo a mí que me casé con un inglés, que Dios lo tenga en su gloria.

—Amén —acotó Fiona.

—Sí; no son de lo mejor pero es lo que tenemos para elegir. —Sonrió.

—Es que yo no deseo elegir a nadie, yo no deseo un esposo, misia. No lo deseo aún.

—O tal vez lo que deseas es enamorarte, ¿verdad?

El pulso de Fiona se aceleró. Por vez primera alguien la entendía. No había sido necesario explicar nada. Tan sólo, la había comprendido.

—Sí, misia Mercedes —afirmó, con vehemencia—. Deseo enamorarme de un hombre que también esté enamorado de mí. Sólo así aceptaré casarme.

—Es un deseo muy noble. Espero que lo alcances. En realidad, sé que lo harás.

—¿Misia Mercedes?

—¿Sí, querida?

—No esté enojada conmigo porque no he querido bailar con nadie, se lo suplico.

—No, querida. ¿Cómo podría?

—Le prometo que al próximo que me pida una pieza, lo acepto.

—Como desees.

En aquel momento, un caballero algo petiso y abultado, vestido con elegancia, ingresó en el salón acompañado de una mujer.

—¡El conde y la condesa Walewski! —Mercedes se incorporó de inmediato—. Si me disculpas, Fiona, debo ir a recibirlos. Eso sí: no quiero que vayas con las planchadoras. Prométeme que permanecerás aquí, donde tu bello rostro pueda verse. Alegra este lugar.

—Sí, misia Mercedes, lo prometo.

Fiona observó a la mujer mientras se alejaba para desaparecer detrás de unos cortinados.

Otra vez sola. Se dedicó a observar a su alrededor. La mansión de misia Mercedes Sáenz, en la calle de la Florida, era de las más hermosas de Buenos Aires, con salones famosos por el lujo y el buen gusto. Levantó la vista hacia el cielo raso. El enorme candil de bronce, cargado de gotas de cristal y de velas chorreantes de cera de abeja, le pareció magnífico. Lo observó mecerse muy lentamente; tal vez sus ojos le jugaban una mala pasada y se trataba de una ilusión, tal vez la lámpara no se movía ni un centímetro. Aunque parecía que se desplazaba al son de los acordes del vals que tocaban Favero y su orquesta. Cerró los ojos para concentrarse en las notas que la envolvían.

—¿Has descubierto acaso una grieta en el techo? ¿O tal vez una telaraña en una esquina? Porque esta casa podrá ser de las más distinguidas y soberbias de Buenos Aires pero le está faltando mucho mantenimiento. No es la misma que en tiempos de don Cecilio. ¿Me permites acompañarte, Fiona?

La joven asintió con desgano, mientras la rolliza anciana se apoltronaba a su lado.

—Como te estaba diciendo... ¿Qué te estaba diciendo? ¡Ah, qué memoria la mía! Siempre he sido así.

—De don Cecilio.

—¡Sí, gracias, querida! En épocas de don Cecilio, el padre de Merceditas... Bueno, tú ni habías nacido aún. En épocas de ese gallardo y honorable caballero rioplatense, esta casa era un verdadero paraíso.

Aunque la mujer continuó con sus recuerdos, Fiona no la escuchaba. Le resultaba intolerable que doña Josefina Coloma le echara a perder el momento de tranquilidad. Era vieja, hasta bisnietos tenía, no existía ninguna razón para que asistiese a esas fiestas. Debería permanecer en su hogar en consideración a los oídos y a los nervios de los invitados. En realidad, pensó Fiona, hubiese preferido bailar con su eterno enamorado, Palmiro Soler, que escuchar a esa anciana ladina y retorcida.

—Qué bello vestido traes hoy, Fiona. ¿Acaso te lo hizo…?

La frase quedó en suspenso. Por aquella época el nombre de una buena costurera era un dato muy preciado. En ocasiones, lucir el mejor vestido en una fiesta se convertía en la clave para atrapar a un buen partido. Y Fiona llevaba el más bonito esa noche.

—¿Sí, doña Josefina?

La mujer carraspeó.

—Tal vez fue la señora de Urrutia o quizá la señorita Torres —conjeturó—. No sé, son las mejores que conozco. Con ellas se confecciona los vestidos Clelia.

La abuela dirigió la mirada hacia el salón para observar a su nieta, que se desarmaba por complacer al joven con el que bailaba la polca. Fiona contempló por unos segundos a Clelia Coloma y pensó de ella lo mismo de siempre: que se trataba de una caza-marido sin demasiados escrúpulos.

—No me dijiste dónde te hicieron este despampanante vestido —insistió la anciana.

Tomó la tela de la falda y la frotó entre sus dedos, tratando de descubrir de qué género se trataba.

—*Aunt* Tricia me lo envió desde Londres, doña Josefina.

No era cierto, pero le gustaba jugar ese perverso juego de mentirillas con una vieja taimada como la Coloma.

—¡Oh, Tricia te lo envió desde Londres!

Frente a aquello, la mujer no podía competir. Ella no contaba con nadie que le enviara nada desde la Europa.

—¿Cómo has hecho para recibirlo teniendo en cuenta el terrible bloqueo al que está siendo sometida nuestra Santa Federación?

—Si uno tiene alguien que le envíe las cosas en paquetes desde la Inglaterra o desde la Francia, lo más posible es que lleguen, como mi vestido, ¿lo ve usted, doña Josefina?

Fiona ensayó una sonrisa y levantó la tela del traje. La mentira era tan grande que tendría que confesarse con el cura Vicente si deseaba comulgar el domingo. Pero se tranquilizó pensando que se trataba de una mentira piadosa, para bajarle los humos a la vieja chusma.

—¡Ah, también el servicio es lamentable en esta casa! —se quejó la anciana—. ¿Puedes creer que no me han convidado un solo mate desde que llegué, hace más de una hora ya? —Y a continuación, gritó—: ¡Sofía, Sofía, cébame uno a mí!

Fiona compadeció a misia Mercedes por verse obligada a invitar a gente como ésa. Ocurría que Josefina Coloma era una "buena federal": fiel a la causa, amante de la Federación, del color rojo y de su caudillo Rosas. No invitarla habría sido lo mismo que pararse en medio de la Plaza de la Victoria y gritar: "¡Soy unitaria! ¡Soy unitaria!". Pero así eran las cosas; no había más remedio que adaptarse o perecer.

La negra Sofía ya estaba junto a ellas.

—Aquí tiene, doña Josefina.

—¡Pero, m'hija! Este mate es peor que el de los Morales —se quejó la anciana, mientras se lo arrebataba—. ¡Por fin! Tenía la lengua seca como la de un loro.

"Será por hablar tantas necedades", pensó Fiona, ensayando un gesto de hartazgo tan inequívoco que provocó la risa de Sofía.

—Ahora ya me siento un poco mejor, pues. —La mujer respiró con dificultad dentro del corsé—. Dime, hija, ¿cómo es que te encuentras aquí y no estás bailando con alguno de nuestros guapetones federales? Estás más sola que una monja de clausura, Fiona. Eso no es bueno si deseas conseguir esposo.

—No me siento muy bien, doña Josefina. Tal vez sea algo que me indigestó.

—¡Oh, pobre niña! Con razón tienes esa cara de muerta, más pálida que un ánima. Justamente comentábamos con mi nieta Clelia lo mal que lucías. ¡Oh, y esas ojeras, oscuras como una noche sin luna! Decididamente, no te encuentras en tu mejor momento.

Los instrumentos dejaron de sonar y el salón pareció enmudecer; los hombres volvieron a congregarse en grupos y dirigieron la mirada a la entrada principal; algunas jovencitas comenzaron a cuchichear, nerviosas, mientras se escondían tras los abanicos para disimular el arrebol de sus mejillas.

Intrigada, Fiona apretó el entrecejo. Vio a misia Mercedes, que se encaminaba hacia la puerta con los brazos extendidos, y la escuchó decir en un dulce tono de voz: "Bienvenido a mi hogar". Como estaban, muy alejadas del salón principal, Fiona y Josefina Coloma no lograban divisar al objeto de tanto despliegue; aunque de algo se encontraban seguras: se trataba de una gran personalidad. Misia Mercedes no recibía así a cualquiera. Ni siquiera con el conde Walewski, hijo bastardo de Napoleón I, había actuado de ese modo tan obsequioso.

El piano del maestro Favero sonó de nuevo, y aunque misia Mercedes, perdida entre los cortinados, no había reaparecido aún, todo volvió a la normalidad.

—¡Por supuesto! ¡Debí habérmelo imaginado! —masculló de pronto doña Josefina Coloma—. ¡Claro, cómo no! Si se trata de Juan Cruz de Silva.

Misia Mercedes Sáenz, tomada del brazo de un caballero, se presentó ante la mirada de Fiona, que no conseguía apartar sus ojos del cuadro magnífico que componían. La imagen se desenvolvía en forma lenta; el hombre caminaba con porte aristocrático, una sonrisa fresca y gesto vanidoso. Fiona contemplaba con obstinación aquel rostro enigmático y atractivo. Sabía que se juzgaría impropio observarlo así, pero no le importaba, no dejaría de hacerlo.

—¿Quién es? —le preguntó a doña Josefina.

La mujer se volvió hacia Fiona con desconcierto.

—¿Es que acaso vives en un dedal, niña?

La pregunta le causó risa.

—No, doña Josefina, ¿por qué lo pregunta?

—Es que sólo una persona que ha vivido en un dedal durante los últimos tres meses no conoce a Juan Cruz de Silva.

—Pues yo no lo conozco.

—Y claro, cómo vas a conocerlo. Casi no apareces en las tertulias, no vas a la Alameda más que para montar tu caballo como una forajida, no recorres la calle de la Florida después de misa los domingos...

—¿Va a decirme quién es el caballero, sí o no? —preguntó Fiona con insolencia.

—Sí, m'hija, sí. Es uno de los hombres más ricos de la Confederación. Como te decía, Juan Cruz de Silva se llama. Además, es el protegido de nuestro excelentísimo gobernador. Ahora que el brigadier Rosas está tan ocupado con las cuestiones de estado, de Silva es quien maneja sus estancias. Tú sabes, Fiona, su hijo, Juancito, no es el mejor de los hijos, y como no se ocupa mucho de los asuntos familiares... En fin.

—Jamás lo había oído nombrar —comentó, abstraída.

—En realidad, llegó del campo hace unos meses, nada más.

—¿Y va a quedarse?

—Parece que te interesa conocer acerca del mocito de Silva, ¿no es cierto?

El comentario malicioso la puso en guardia. Mostraba de manera abierta el impacto que de Silva le había causado y estaba preguntando de más. Doña Josefina era afecta a fantasear, y Fiona no deseaba ser la protagonista de una fábula de su autoría.

—Sí, doña Josefina, tiene razón. Qué me interesa a mí, ¿verdad? —La miró con agudeza, directo a los ojos—. Tengo que dejarla; no puedo perder toda la noche aquí sentada si lo que quiero es conseguir esposo. Buenas noches.

Se levantó y se fue, dejando a la mujer con la boca abierta. De inmediato lo lamentó, pues Palmiro Soler la interceptó antes de que pudiera escabullirse al patio y la invitó a bailar la próxima pieza.

—Espero que se sienta usted mejor, señorita Fiona —le dijo cerca del oído, mientras la conducía al salón, la mano apoyada en la parte más fina de su cintura.

—Sí, sí —susurró Fiona, al tiempo que percibía el calor de esa mano sudada a través de la seda del vestido como si se tratara de una brasa.

Le disgustaba Palmiro Soler. No se trataba de su aspecto porque, como le recordaba Imelda a diario, destacaba entre los más guapos de la ciudad. Además, era un activo federal, lo que se juzgaba como una cualidad preciada. Se trataba, en cambio, de su actitud soberbia, de cómo la miraba, de sus manos, que siempre intentaban tocarla de manera solapada, de esa sonrisa que parecía burlarse de su incomodidad, incluso la fastidiaba el modo en que caminaba, ostentoso y petulante. Cierto que podía ostentar, pues era alto y bien formado, pero Fiona encontraba imperdonable su afectada vanidad. Opinaba que un hombre —un hombre de verdad, como su abuelo Sean Malone— soslayaba las cuestiones relacionadas con la apariencia, asociadas a la naturaleza coqueta de las mujeres, y se encargaba de las que contaban: los negocios y el bienestar de la familia.

—Esta noche está más linda que nunca —musitó Soler cuando un paso del minué le dio la oportunidad de inclinarse sobre el rostro de Fiona.

Ella no contestó y se alejó deprisa, alterando el tempo de la danza. Volvieron a encontrase, y Soler insistió:

—Ninguna mujer esta noche se compara con usted, querida Fiona. Ninguna mujer en toda la Confederación es tan hermosa como usted.

—¡Exagera, Soler! —se impacientó la muchacha, y su vehemencia lo sorprendió.

—¿Dice que miento?

—Digo esto —pronunció—: que no soy ni ciega ni tonta.

Palmiro Soler lanzó una risotada que enojó a Fiona y que llamó la atención de los que bailaban junto a ellos.

—Mañana iré por su casa. Necesito hablar con su benemérito abuelo.

—¿Qué tipo de asunto podría mantener su merced con mi abuelo? —preguntó Fiona, sin ocultar una nota de incredulidad displicente.

Soler abrió grandes los ojos, divertido ante la impertinencia de la muchacha, que lo cuestionaba con la osadía de un hombre. Enseguida se repuso y decidió darle un poco de su propia medicina.

—Ningún asunto, mi querida Fiona. Se trata de

usted. Quiero pedirle a su abuelo autorización para visitarla a diario.

Fiona percibió cómo su estómago se convertía en una piedra. Se le secó la boca, y, aunque creyó que sería incapaz de hablar, se dijo que resultaba imperioso pronunciar una respuesta clara y contundente.

—No es necesario preguntarle a mi abuelo, señor Soler. La respuesta se la daré aquí y ahora para evitarle a vuesa merced el viaje hasta mi casa: no es mi deseo que me visite.

—Igualmente hablaré con su abuelo —se empecinó el hombre—. Él la hará entrar en razón.

Fiona soltó una corta carcajada que dejó atónito a Soler. Terminó el minué, y, después de una breve inclinación, se marchó hacia los interiores sin aguardar a que su compañero la escoltara. Soler la observó partir, y, aunque humillado y despechado, se sintió acometido por la usual excitación que esa muchacha indomable le provocaba.

—Señor de Silva, es una suerte que haya llegado a tiempo —manifestó Mercedes Sáenz, que, tomada del brazo de de Silva, caminaba con él por la sala.—. Ya temía que no viniera usted.

—Discúlpeme, misia. Sucede que me entretuve hasta último momento en la discusión de unos negocios —se apresuró a explicar el recién llegado.

—¿Unos negocios o... una damisela, señor?

La mujer lo miró de hito en hito, sonriéndole con picardía y codeándolo en las costillas.

—¡Me extraña, misia Mercedes! Vuesa merced sabe que últimamente no pienso en otra cosa que en sentar cabeza y conseguir esposa —respondió de Silva, con cierta ironía.

Mercedes rió. Le agradaba ese muchacho, y estaba encantada con la misión de celestina que se había impuesto con él.

—Su demora casi tira por la borda todos los planes que tracé para usted esta noche, señor de Silva. Vamos, tengo lo que me pidió. Ahora todo depende de su encanto.

Encanto le sobraba a Juan Cruz de Silva cuando se lo proponía. Había llegado a la ciudad envuelto en un halo de misterio que lo hacía aún más apetecible. Las chiquillas solteras suspiraban al verlo, y las casadas no podían evitar la decepción al compararlo con sus maridos. Los hombres, por su parte, sabiendo que obtendrían pingües ganancias, se empeñaban por cerrar algún trato con él. Se lo conocía como hombre de palabra y tenía fama de enriquecer a sus socios.

También eran mentadas su rudeza y rapidez con el facón. No resultaba fácil intimidarlo, y se comentaba que muchos habían pasado por el filo de su cuchillo. Los peones no sólo lo respetaban, le temían como al mismo demonio. Hablaban de su severidad y exigencia, y afirmaban que no dudaba en castigarlos con dureza cuando incumplían sus órdenes. No se le conocían amigos, y él tampoco mostraba ansiedad por hacer migas con los porteños. Era atento, educado y divertido, pero no pasaba de eso.

A ciencia cierta, poco se sabía de él. Que se trataba del protegido del gobernador Rosas, rápido para los negocios y muy rico. Su origen y su pasado se mantenían en una nebulosa; tal vez nadie deseaba conocer su historia, intuyéndola no muy conveniente. Se habían tejido tantas anécdotas alrededor de de Silva como mujeres había en Buenos Aires. Hasta los hombres tenían sus propios cuentos.

Esa noche, Mercedes lo notó nervioso y se extrañó. Siempre desconfiado y cauto, se trataba del tipo de persona que no revelaba sus sentimientos ni sus resquemores. La mujer sesgó los labios; creía conocer el motivo de su inquietud.

Fiona necesitaba un poco de aire. Había soportado demasiado en aquella tertulia. El patio de la vieja casona se convirtió en su salvación. Cruzó los pasillos dejando atrás el sonido de la música, el incansable murmullo de la gente, el humo de los cigarros y el aroma —medio repugnante ya— de las esencias que se quemaban en los pebeteros de la sala.

El choque con la brisa helada la recompuso bastante. Se acercó al aljibe y se reclinó sobre el borde. Allí se quedó, mirando el cielo, cerrando los ojos de tanto en tanto. No supo cuánto tiempo permaneció así. Quizá, por momentos, dormitó. De pronto, sintió frío y decidió regresar a la fiesta. “Así nunca conseguirás esposo, Fiona Malone”, se dijo, sonriendo.

—Aquí estabas. Hace rato que llevo buscándote. ¿Qué haces aquí, sola? ¡Si está helado! Vamos, adentro, niña tonta.

Camila la tomó por el brazo.

—¿Lo viste?

—¿A quién? —inquirió Fiona.

—¿Cómo a quién? Al invitado más popular de esta noche. A Juan Cruz de Silva.

Se había olvidado de él.

—Sí, lo vi cuando llegó. ¿Qué tanto hay con ese hombre? Todo el mundo parece pendiente de él.

—Sucede que es el protegido de don Juan Manuel. Algunos dicen que es su hijo bastardo; otros, que es el hijo de una negra, que lo tuvo con un importante estanciero. Lo que sí sé es que vino a Buenos Aires a buscar esposa.

—Ahora entiendo por qué tanto escándalo —replicó Fiona—. Por eso todas las solteras de la ciudad sacan a relucir sus carteles que dicen: "Se busca esposo", ¿verdad?

—No seas mordaz, Fiona. Es un hombre atractivo, ¿acaso no lo viste bien?

—Sí, lo vi. No me pareció nada del otro mundo —mintió.

—Quizá porque estabas muy ensimismada bailando con el guapetón de Soler, que parecía adorarte con la mirada.

—Entremos —propuso Fiona, con aire de fastidio.

—Está bien, está bien —claudicó Camila, que conocía los sentimientos que Palmiro Soler le inspiraba.

—¿Sabes? —dijo Fiona, mientras avanzaban hacia la sala principal—. El muy atrevido de Soler me ha confesado que irá mañana a hablar con *Grandpa* para pedirle permiso para visitarme a diario.

—¿De veras? ¿Y tú qué le has dicho?

—Que no se molestara en concurrir a casa de mi abuelo, que yo misma le daría la respuesta.

—¿Qué respuesta le has dado? —se impacientó Camila.

—Que no deseo que me visite.

—¡Fiona! —Camila se detuvo—. ¿Has sido capaz?

—Pues sí.

—¡Fiona! —Se miraron fijamente antes de estallar en una carcajada—. ¡Eres incorregible! Después de todo, Soler no es tan mal partido.

—A mí no me gusta.

—Sí, sí, ya sé que no te gusta. Está bien, volvamos al salón. Tal vez consigas bailar con de Silva.

—Tampoco deseo bailar con él, Camila. En realidad, no deseo bailar con nadie.

—Anda, vamos —dijo, y la tironeó para seguir—. Misia Mercedes me preguntó mil veces por ti.

—Sí, vamos. Pero antes cuéntame más acerca del gallardo e ínclito caballero —dijo Fiona, parodiando a doña Josefina Coloma—. A de Silva me refiero.

—En realidad, no es mucho lo que sé. Tatita el otro día comentaba con Eduardo que es un hombre muy rico. Parece que además de administrar las estancias de don Juan Manuel, es dueño de varias. ¡Sí, ahora recuerdo! Es dueño de uno de los saladeros más grandes de la Confederación. Pasado mañana, creo, viene a almorzar a casa. Ahí podré enterarme de más cosas.

—De todas formas, no comprendo bien por qué es tan buen partido. Si es bastardo de Rosas, o hijo de una negra... Nada muy halagüeño que digamos —comentó Fiona.

—¡Eso qué importa! —se sorprendió Camila—. Para don Juan Manuel es como un hijo. Así lo ha presentado, como su hijo adoptivo. Él mismo lo acompañó a lo de Lacompte y Dudignac para que lo vistieran de punta en blanco, como lo has visto. Ahora sí, vamos a la sala o misia Mercedes se enojará conmigo. Fue ella la que me envió a buscarte.

—Sí, vamos.

Caminaron unos pasos, y esta vez fue Camila quien la detuvo.

—¡Ah, me olvidaba! ¿Sabes cómo llaman a de Silva?

—No.

—El diablo.

En el salón principal, Camila y Fiona cruzaron una mirada cargada de desencanto: de Silva bailaba el minué con Clelia Coloma.

Por tratarse de un recién llegado del campo, meditó Fiona, sus movimientos al son de la música resultaban armónicos y coordinados. Lo observó con detenimiento, escondida tras una puerta. Era alto, muy alto, más que Palmiro Soler. Comparado con la lánguida silueta de Clelia, aquel hombre parecía enorme, y, si bien presentaba una contextura robusta, al mismo tiempo su cuerpo lucía atlético. Vestía una elegante levita negra que subrayaba el contorno de su espalda y terminaba estrechándose a la altura de la cintura. Los puños de encaje le caían sobre las manos, que sostenían las pequeñitas de Clelia con la suavidad y destreza de un caballero que lo ha hecho cientos de veces. En un movimiento del baile, su levita permitió entrever el chaleco de terciopelo negro en el que destacaba una elegante corbata de seda. Nadie habría dicho que se trataba de un campesino. Cierto aire de superioridad y, al mismo tiempo, de indiferencia, lo destacaba; tanto, que descollaba incluso entre los caballeros más apuestos de la ciudad.

La cinta punzó, distintivo obligatorio del Partido Federal, que colgaba de un ojal de su saco, era más pequeña que las de algunos unitarios. Su cara, limpia de barba, no exhibía siquiera el obligado bigote federal. Llevaba el pelo partido al medio, a la trovador. Sin embargo, nadie en Buenos Aires habría osado poner en duda su lealtad a la causa. Se trataba del protegido de su excelencia, el brigadier don Juan Manuel de Rosas, "presidente de los porteños" y caudillo de la Confederación.

—Parece que esta noche estamos destinadas a encontrarnos, querida Fiona.

Reconoció la voz de doña Josefina a sus espaldas y no se molestó por su presencia. El malhumor inicial se había disipado.

—Así parece, doña —contestó, con amabilidad—. Veo que su nieta ha sido una de las afortunadas en bailar con el caballero de Silva —comentó.

—¡Oh, sí! —exclamó, alborozada, doña Josefina—. De Silva ha ido varias veces a casa de mi hijo. En todas las ocasiones la excusa han sido los negocios, pero yo no lo creo. Además, se comenta que ya eligió a la que será su esposa. Para mí que... Bueno, hija, no me hagas hablar de más.

—Está bien, doña Josefina. Ahora debo dejarla; ya es tarde y tengo que retirarme.

—¡De ninguna manera, señorita! Todavía es muy temprano. —Permaneció un instante pensativa—. Bailarás con mi nieto Esteban.

—¡Oh, por Dios, doña Josefina, ni se le ocurra!

Demasiado tarde. Esteban Coloma pasaba por allí en ese momento. Su abuela lo tomó por el brazo y, literalmente, lo aplastó contra Fiona.

—Llévala a bailar, querido.

El muchacho se puso rojo, al igual que Fiona. No les quedó otra opción y, cuando el vals comenzó a sonar, se encaminaron a la improvisada pista de baile. Desde otro sitio, Camila e Imelda la observaban, atónitas. Les resultaba difícil creer que hubiese aceptado una pieza al nieto de doña Josefina.

—¡Bien merecido se lo tiene! —afirmó Imelda—. Por hacerse la exquisita, se quedó con el peor.

Esteban debía soportar sobre sus espaldas la pesada carga de ser nieto de su abuela; a pesar de ello, se trataba de una persona agradable y sensible. A poco, resultó evidente que él también se sentía a gusto con Fiona porque la música continuó sonando y ellos no cesaron de danzar. La tensión del principio fue dando lugar a una amena conversación.

Esteban era dulce, caballero y muy tierno. Le gustaban el campo, la música y la literatura. Fiona se sorprendía de que doña Josefina fuera la abuela de un muchacho tan sensible y educado. Aunque, habida cuenta de la historia de su propia familia, tuvo que aceptar que ella era la menos indicada para juzgar a las personas por sus antecedentes genealógicos.

Siguieron bailando hasta que Fiona necesitó ir al tocador, y en el primer corte entre pieza y pieza, se disculpó con Esteban. Mercedes siempre le indicaba que utilizara la sala de baño contigua a su dormitorio, de modo que no dudó en encaminarse hacia allí.

Debido a las grandes dimensiones de la casa, había que cruzar dos patios para llegar a la zona de las alcobas, que daba sobre la calle de San Martín. El ruido de la fiesta se había perdido y esa parte retirada se había vuelto tranquila y silenciosa.

Le pareció escuchar un sonido similar a un gemido, a un lamento. No, no, se trataba de un jadeo; y parecía angustiado. Tal vez alguien lloraba en alguna de las habitaciones; quizás una de las planchadoras. Experimentó una fuerte necesidad de descubrir de quién se trataba; pensó en consolarla. Con esa idea en mente, se adentró en las habitaciones y fue recorriéndolas una a una, tratando de alcanzar aquel sonido que se volvía cada vez más audible. Sus escarpines apenas rozaban el suelo, y tomó la precaución de levantar la falda del vestido para que el roce con el piso no alertara a la pobrecita que lloraba.

Advirtió entonces que el sonido provenía del fondo, de una de las últimas habitaciones para huéspedes. La ansiedad le jugó una mala pasada, y tropezó con una mesita apostada a uno de los costados del pasillo. Un jarrón de plata cayó al suelo, y Fiona contuvo la respiración. Por fortuna, la pieza terminó sobre una alfombra y el ruido no fue estrepitoso.

—¿Qué fue ese ruido? ¿Lo escuchó su merced? —La voz era femenina.

Fiona se detuvo, y permaneció quieta en el lugar.

—No, no. Debe de haber sido el gato. No te detengas. —Y otra vez el gemido, el lamento.

En esa instancia, Fiona se hallaba muy intrigada. Resultaba evidente que había dos personas en esa habitación, un hombre y una mujer. Entreabrió la puerta del dormitorio y ante ella se presentó una escena que jamás habría podido imaginar: una mujer, de espaldas a Fiona, el vestido echado sobre la cabeza, se sostenía con ambas manos de uno de los doseles de la cama, y, como si estuviera montado sobre ella, y asido con fuerza a su cintura, un hombre la empujaba una y otra vez, atrayéndola hacia sí, meciéndose sobre ella, refregándose en ella, emitiendo extraños sonidos. La mujer también gemía y respiraba entrecortadamente. La habitación se encontraba a oscuras y sólo la bañaba la luz del fanal de la calle. El asombro y la mala iluminación no ayudaban.

Una sola imagen surcó la mente de Fiona: la yegua de su abuelo abrumada bajo el peso del padrillo árabe de los Terrero. Por aquellos días en que el animal visitaba la estancia le habían prohibido ir al potrero; pero a ella no le importó, y se lanzó a descubrir qué cosa hacían los animales. Y eso recordó.

Ahora, en cambio, los que se entregaban a ese extraño ballet eran un hombre y una mujer. Fiona mantenía apretada la falleba con tanta fuerza que sintió cómo las uñas se le clavaban en la carne. Sabía que no debía mirar, sin embargo, los movimientos, los pequeños gritos reprimidos, el jadeo, sobre todo ese continuo y persistente jadeo, como si estuvieran corriendo, todo aquello ejercía sobre ella una atracción tan irresistible que no conseguía apartar los ojos. Además, quería ver sus rostros.

Respiró profundamente para dominar su agitación, y otro mal movimiento estuvo a punto de ponerla en evidencia: aflojó de repente la presión de su mano y, en medio de la quietud de la noche, el ruido de la falleba al volver a su sitio sonó como un cañonazo.

El hombre y la mujer se volvieron hacia la puerta. Aunque había atinado a echar el cuerpo hacia atrás, Fiona alcanzó a reconocerlos. Por un momento pensó que sus ojos la engañaban, pero no cabía duda de que eran Clelia Coloma y de Silva.

Fiona vio que el hombre, todo desaliñado, con el pantalón abierto y la camisa por fuera, se apartaba de mala gana de la mujer, dispuesto a averiguar quién venía a interrumpir su faena. La muchacha decidió que era tiempo de huir y corrió hacia el patio de los sirvientes. Para cuando de Silva terminó de abrir la puerta, ya no había nadie.

—Será mejor que regresemos a la fiesta —ordenó.

Fiona alcanzó el salón a la carrera. No se sentía bien; le faltaba el aliento, el corazón le palpitaba a toda velocidad y las sienes le latían. Estaba pálida y las manos le temblaban.

—¿Qué te sucede, Fiona? ¿Acaso has visto al diablo?

—Tal vez. Por favor, Camila, consígueme algo fresco para beber.

Al cabo de unos minutos, Camila reapareció con un vaso de agua con panal.

—Gracias. Por favor, tráeme mi esclavina. Quiero irme. Ya mismo.

Camila no iba a discutir, no recordaba haberla visto tan conmocionada.

Fiona sorbió el agua lentamente para evitar atragantarse. Posó el vaso en una mesa y se apoltronó en un sillón. No deseaba estar allí; deseaba irse, escapar. Lo que acababa de ver le resultaba sórdido e inaceptable. Clelia siempre le había parecido una mentecata cualquiera, con su tonito empalagoso y sus modos de niñita bien. Y ese tal de Silva era el mismo diablo en persona.

—¡Por fin, Fiona querida! —exclamó la anfitriona al encontrarla—. Hemos estado buscándote largo rato. No importa, te hemos encontrado.

Mercedes le sonrió con dulzura, y Fiona sintió pena por ella, que ignoraba lo que ocurría en su propia casa, en una de sus habitaciones.

—Ven, deseo que conozcas a alguien —indicó la señora, y la apartó unos metros.

—Fiona, querida —comenzó a decir Mercedes al ver aparecer a de Silva—, deseo presentarte al señor don Juan Cruz de Silva. Él desea bailar contigo la próxima pieza.

Fiona miró alternadamente a uno y a otro sin pestañear. Por fin, declaró:

—Antes prefiero estar muerta.

Camila no tuvo tiempo de alcanzarle su abrigo. Fiona se lo arrebató de las manos y abandonó la tertulia.

Capítulo II

"Hablar del corazón a esas gentes era farsa del diablo,
el casamiento era un sacramento
y cosas mundanas no tenían que ver con esto."
Mariquita Sánchez de Thompson

Fiona se crispó al oír el rechinar de las ruedas del coche contra los adoquines de la calle de la Florida. Su cuerpo se meció sobre la pana del asiento y cerró los ojos; no quería ver nada más por esa noche.

Tan sólo escuchaba. "*¡Viva la Santa Federación! ¡Mueran los salvajes unitarios! ¡Las doce han dado y nublado!*" La voz del sereno se perdía a medida que los caballos, azuzados por Eliseo, ganaban terreno en su carrera hacia la casa. "*¡Las doce han dado y nublado!*" ¿Y nublado? ¿Acaso no había visto la luna en el patio de misia Mercedes? Misia Mercedes. Jamás le perdonaría su comportamiento de esa noche. "Antes prefiero estar muerta." "¡Antes prefiero estar muerta!", había dicho. ¿Es que siempre se comportaría de ese modo tan impulsivo y arrebatado? Se preguntó qué le habría costado responder: "Disculpe su merced, señor don de Silva, pero debo retirarme". Lo pensó unos segundos;

en realidad, terminó por aceptar, jamás lo habría logrado; cuando su temperamento irlandés se desataba, no había más remedio que padecerlo.

Le resultaba difícil creer que la misma persona que momentos atrás hacía "eso" en una de las habitaciones para huéspedes se presentara poco después ante ella y la invitara a bailar con esa cara impávida y esa sonrisa falsa, aunque, debía admitirlo, hermosa.

Tal vez había exagerado. ¿Qué le importaba lo que el tal de Silva hacía con Clelia? No era su asunto, en absoluto. Ni Clelia era su amiga, ni "el diablo" su prometido.

"*Y nublado.*" Descorrió la cortina de la portezuela y contempló el paisaje urbano. La luna ya no estaba; el celaje espeso, iluminado desde atrás, permitía entreverla cada tanto, y la ocultaba luego en su espesura gris. Una luz repentina iluminó las calles e instantes después un estruendo cayó sobre Buenos Aires. Otra vez la luz, y otra vez el estentóreo sonido que daba miedo.

En pocos minutos todo había cambiado; el cielo se había transformado en una espesa mezcla de nubes negras que gritaban sus anatemas sobre la ciudad; la luna asomaba, de cuando en cuando, con una mirada lánguida y mortecina. En pocos minutos, habían cambiado también la pureza de su alma y lo angelical de su rostro, el brillo de sus ojos y el trepidar de sus labios inseguros. Había llegado a la tertulia de una forma y se marchaba de otra. En su mente, los recuerdos candorosos e inocentes de su niñez desaparecían y daban paso a las vivencias más crudas que jamás imaginó.

Escuchó las primeras gotas de lluvia sobre el techo de la galera y se arrellanó aún más en el asiento. Apoyó la cabeza sobre su hombro y trató de hacerse pequeña como cuando niña, y su abuelo la arropaba en la cama, mientras le contaba las historias de los héroes irlandeses.

El coche se sacudió al pasar por un incipiente charco, trayendo un ruido de cascadas a los costados de las ruedas. Y otro bache más, y más ruido a cascadas. El agua sucia y barrosa de la calle se partía al paso de las ruedas del carruaje Malone. Fiona comenzó a adormilarse. La rabia con la que había saltado dentro del coche fue esfumándose a medida que un sopor incontrolable se apoderaba de sus ojos, de su cabeza, de todo su cuerpo.

—¡Niña Fiona! ¡Niña!

Estaba dormida. Eliseo la habría tomado entre sus brazos para cargarla hasta la casa, como cuando era pequeña. Pero ahora no lo haría. Fiona había dejado de ser una niña para transformarse en una de las mujeres más bonitas que él conocía; a pesar de eso, para él seguiría siendo su niña Fiona.

—¡Niña Fiona! —repitió.

Esta vez, Fiona se rebulló. Entreabrió los ojos, se mesó el cabello y estiró el brazo para quitarse de encima la modorra que la entorpecía.

—¡Vamos, mi niña! Todavía debo regresar por la niña Imelda, que quedó en el baile.

Se había olvidado por completo de su hermana. Había salido como una tromba de la mansión Sáenz, se había lanzado sobre Eliseo y le había rogado que la llevara de regreso a casa, de inmediato. Y Eliseo jamás le negaba nada a su niña, a pesar de que sabía que Imelda lo regañaría por haberla dejado en lo de misia Mercedes.

Un sonido de cascos de caballo y ruedas de carruaje llegó a los oídos del hombre. Se trataba de la volanta de los O'Gorman, que un momento después se detenía a la puerta de la casa de los Malone.

—Buenas noches, Camila, y gracias por traerme —se despidió Imelda antes de descender asistida por un lacayo.

Una mano de mujer cerró la portezuela. Con un ruido filoso, el látigo surcó el aire y cayó sobre las ancas del ruano. El coche de los O'Gorman arrancó a toda marcha.

Eliseo, que apareció detrás del carruaje Malone, se encontró con una Imelda desfigurada por la furia.

—Sería en vano pedirte que me expliques por qué me dejaste en el baile, ¿no? —vociferó la joven.

—Niña Imelda, yo... —farfulló Eliseo.

—¡Cállate, Imelda! No te atrevas a culpar a Eliseo por esto —intervino Fiona, que se protegía de la garúa bajo el voladizo del coche—. Yo le pedí que me trajera de regreso cuanto antes.

—Por supuesto, su majestad —replicó Imelda—. Por supuesto —e hizo una reverencia—. Y el fiel y servil lacayo jamás contradice una orden de su majestad, ¿verdad?

—¡Déjalo en paz! Fui yo la que te dejó en el baile.

—¡Ya verás mañana cuando le cuente a *Grannie* todos los papelones que hiciste en lo de Sáenz!

—Niñas, niñas, es muy tarde y no es correcto que estén aquí paradas en la puerta discutiendo —intervino Eliseo—. Además, están mojándose.

—Sí, Eliseo, mejor será entrar —respondió Fiona, sin quitarle los ojos de encima a su hermana.

Imelda levantó su falda y se aprestó a ingresar en la casa de su abuelo. La puerta principal se abrió y dio paso a una ráfaga de aire caliente. Maria, la criada, se asomó con ojos medio adormecidos e instó a las jóvenes a entrar. Imelda pasó raudamente, y la sirvienta la miró con gesto curioso. Fiona permaneció al lado de su fiel criada; había extrañado a Maria toda la noche y ahora deseaba conversar con ella.

—¡Virgen Santísima! ¡Parece que llevara el diablo dentro de ella!

—No le hagas caso. Está furiosa porque tuvo que volver en la volanta de los O'Gorman.

—Y no sé por qué me huele a que tú has tenido que ver con eso, ¿verdad?

—¡Oh, Maria! Jamás adivinarías las cosas que han sucedido esta noche. Deseo contártelas ahora mismo. —Y tomando a la mujer por el brazo, intentó arrastrarla hacia la cocina.

—Prepárame un vaso de leche caliente con unos *scons* y te lo contaré todo.

—Un minutito, señorita. —La sirvienta se detuvo.

—¿Qué sucede?

—Sucede que alguien te espera en la sala.

—¿Que alguien me espera en la sala? ¿A esta hora?

—Sí, mi niña. Tu padre. Llegó esta noche, después de que salieron para la tertulia.

Las facciones de Fiona se contrajeron. Su padre. Cuando de él se trataba, Fiona se alteraba, sus ojos se apagaban, sus labios se tensaban, fruncía la frente y unía las cejas en una sola línea. Fiona odiaba a William Patrick Malone, el hijo mayor de su abuelo, su padre.

—Está bien, Imelda, ve a tu alcoba. Debo conversar con tu hermana —indicó William cuando vio entrar a Fiona, su hija menor.

—Por favor, *daddy*, deseo quedarme con usted un momento más —suplicó Imelda—. Hacía tanto que no venía a visitarnos.

Fiona se había detenido en la puerta y mantenía los ojos fijos en los de su padre, con expresión indefinida.

—Ya lo sé, Imelda, pero ahora debes irte a dormir.

—¿Por qué no puedo quedarme aquí con ustedes? Por favor, *daddy*.

Una vez más la súplica de Imelda. Para Fiona, la humillante súplica. El odio que ella sentía por William y la idolatría que la otra le profesaba habían provocado una grieta profunda entre las dos hermanas

Bianca, la madre de Imelda y de Fiona, había fallecido cuando la mayor de sus hijas tenía dos años y la otra, apenas seis meses. Era una hermosa e inteligente italiana que, a la edad de veinte años, había abandonado su pueblo natal, Asti, al norte de la Italia, para aventurarse en las tierras cisplatinas. A poco de llegar, conoció a William Malone y se casó con él. No mucho tiempo después nacieron sus hijas: primero Imelda, y un año y medio más tarde Fiona, ambas hermosas y saludables como ella.

Poco después de cumplir veinticinco años, Bianca falleció a causa de una aguda infección provocada por un furúnculo que le deformó la cara hasta convertirla en un monstruo irreconocible. Sus ojos azules se sumían y desaparecían en la hinchazón; sus mejillas, sus labios, su nariz, parecían a punto de reventar.

William jamás superó la culpa. O tal vez sí, pero sentía que su hija Fiona se encargaba de recordársela en cada oportunidad. Había sido él quien provocó la virulenta infección al tratar de supurar el grano del rostro de Bianca con una aguja sin esterilizar.

¿Comprendería William algún día que no era eso lo que su hija le reclamaba? Fiona sabía que su padre jamás habría procedido de ese modo con la intención de provocarle la muerte a su madre. Sabía que su padre había amado a Bianca. Así se lo había dicho *Grandpa*, tratando de suavizar el rencor de su corazón, y Fiona creía en su abuelo; él jamás la había engañado. Pero el odio se mantenía vivo porque no era eso lo que a ella la consumía de rabia.

A los pocos meses de fallecer Bianca, William contrajo matrimonio con otra mujer, hija de un estanciero vecino. La mujer se llamaba Úrsula.

It's easier to jump over her rather than walking around her[1]. Esas palabras utilizó su abuelo para describir a Úrsula cuando, al regresar de la boda de William en el campo, su esposa Bridgit e hijas, Ana y Tricia, que habían permanecido en Buenos Aires, le pidieron detalles acerca de la nueva mujer de William.

Se quedaron mudas observando cómo el viejo irlandés se apoltronaba en el sillón para cargar en brazos a su pequeña nieta Fiona.

—¿Cuándo irán las niñas a la estancia? —preguntó Bridgit.

—Nunca.

—¿Cómo que nunca, Sean?

—Ellas se quedarán a vivir aquí, con nosotros. Serán como mis hijas, les daré todo y nada les faltará.

—Sean, no seas necio, sabemos que te has encariñado con ellas. De igual modo...

—¿Es que acaso no comprendes, Bridgit? La nueva mujer de William ha prohibido que las niñas vivan con ellos. No quiere hacerse cargo de ellas.

—¡Maldita sea, mujerzuela del demonio! —exclamó Tricia, hermana de William.

Bridgit observó horrorizada a su hija antes de abofetearla. La joven no lloró. Se acarició la mejilla y se retiró a su habitación.

Los ojos de Bridgit quedaron fijos en la mano con la que acababa de golpearla. Había desistido de castigar físicamente a Tricia; no conseguía enmendar su conducta díscola, sólo desgarrarse el corazón cada vez que la mirada inteligente y condenatoria de la muchacha se clavaba en su rostro. Pero esta vez no había podido controlarse.

—Ana, retírate a tu habitación —ordenó Sean.

—*Yes, daddy*.

Las hermanas parecían el día y la noche. Ana era obsecuente, mientras que Tricia no cejaba nunca en su rebeldía. Ana era aplicada y minuciosa, Tricia, desorganizada y libre. El día y la noche, sí, pero eran hermanas y se querían.

—¿Por qué abofeteaste a Tricia? —preguntó Sean a Bridgit cuando estuvieron solos.

—Sean, ese vocabulario que empleó para con la esposa de su hermano…

—Bridgit, tú sabes bien que es una inmunda mujerzuela del demonio. Y aunque me duela más que un cardo clavado en el pie, mi hijo no tiene valor ni hombría. Es un cobarde; me avergüenzo de él. No quiero pensar cuáles serán las consecuencias de esta decisión nefasta. Al fin y al cabo, para mí esto es como una bendición del cielo. Reconozco que soy egoísta por desear que mis niñas permanezcan aquí, junto a mí, para siempre.

—Vamos, Imelda, déjame solo con tu hermana —ordenó William, impaciente.

—Pero...

—¡Te he dicho que no puedes quedarte! —vociferó su padre.

Imelda retrocedió unos pasos, con el semblante contraído. Después de unos segundos, corrió llorando a su habitación.

—No te atrevas a gritarle nunca más —dijo Fiona, con los dientes apretados.

La joven había avanzado hacia su padre al tiempo que se quitaba la esclavina y la arrojaba sobre un confidente. William la miró con furia. Se había acostumbrado a que no lo tratara de usted, porque con ningún pariente lo hacía, pero una impertinencia como ésa, en otra familia habría significado el destierro a un convento de clausura. Con Fiona no. Ella era ama y señora de su vida gracias a su abuelo y a su tía Tricia, que no le habían enseñado otra cosa.

—¡Cómo te atreves!

Se acercó a su hija con el brazo en alto, dispuesto a descargarlo sobre ella.

—¡Vamos, atrévete a ponerme un dedo encima!

Se aproximó a su padre, con la cabeza levantada, sacando pecho. Ante ese espectáculo, su padre desistió del castigo y bajó el brazo. La observó por unos segundos antes de desplomarse en el sillón y llevarse las manos al rostro.

Ni una fibra se conmovió en el cuerpo de Fiona. Recogió la esclavina y se dispuso a partir hacia su dormitorio.

—No te retires aún, Fiona. Debo hablar contigo —dijo William, con tono abatido.

La muchacha se detuvo. Conociéndola, William no esperó que su hija volteara. Simplemente, comenzó a hablar.

—Es necesario que sepas toda la verdad para que comprendas la decisión que he tomado.

Se hizo un silencio. Fiona se dio vuelta lentamente.

—La situación económica de nuestra familia es calamitosa. Estamos a punto de perder todos los campos y, tal vez, esta casa.

Fiona no pronunció palabra; sus ojos encontraron los de su padre, que bajó la vista al suelo.

—Tu tío John y yo hemos tenido algunos problemas desde que tu abuelo nos encomendó la administración de las estancias; ahora, los acreedores nos están acosando. La verdad es que no tenemos ni un centavo.

De nuevo sobrevino un silencio. Esta vez Fiona se echó en un taburete y bajó el rostro.

—Por todo esto, tengo que decirte que he concertado un matrimonio que nos salvará de la ruina. Tú te casas con el hombre, y él se hace cargo de nuestras deudas.

Sorprendida, Fiona se incorporó como impulsada por un resorte, y en un instante estuvo frente a su padre.

—¿Que has hecho qué? —lo encaró.

—Fiona, no queda otra posibilidad si no queremos perderlo todo.

—¿Cómo has sido capaz? ¿Con qué derecho? —lo increpó.

Le acercó tanto la cara que él pudo sentir su respiración.

—¿Qué derecho? ¿Qué derecho, me preguntas? El derecho de ser tu padre, ¿o lo has olvidado? —tronó William, y se puso de pie.

Fiona retrocedió; no estaba preparada para la repentina reacción de su padre.

—Tú... tú... —balbuceó sin modular las palabras.

Su boca temblaba de cólera y sus puños se cerraban al costado del cuerpo.

—Tú no eres mi padre; jamás lo has sido, y jamás lo serás —barbotó al fin.

William respiró profundamente, intentando contener el llanto. No quería mostrarse débil frente a ella.

—¿Y quién es el hombre? —trató de disimular el miedo con la furia—. No será Soler ¡Por Dios Santo!

—exclamó, e imprimió a su gesto una mueca de repugnancia.

—¿Palmiro Soler? ¡No, Fiona! —William hizo una pausa—. En realidad, no lo conoces.

—¿Cómo que no lo conozco?

—Es un forastero. Ha venido a Buenos Aires para radicarse no muy lejos de aquí. Es muy rico. Piensa, podrás viajar, tal vez a la Europa, podrás visitar a Tricia. Tiene grandes proyectos y negocios en los que... —No pudo seguir.

—¡Qué me importan a mí los negocios de ese estúpido! ¡Qué me importa su dinero! ¡Nada de eso me importa un comino!

—Fiona... —William no sabía qué decir—. Fiona, sé que me detestas, lo sé. Si no lo haces por mí, hazlo por mi padre, por tu abuelo.

—Él jamás permitirá que yo me case en contra de mi voluntad. Y menos aún para pagar las deudas que tú y el inútil de tío John han contraído. Jamás lo permitirá.

—No comprendes...

—Sí que comprendo, no soy estúpida. Me vendiste al mejor postor para cubrir los errores que cometiste con las propiedades de mi abuelo. Me vendiste como a una esclava en el mercado, como a una cualquiera. ¡No, no, no! Jamás lo haré.

—Sí, lo harás.

—No, no lo haré.

—Entonces, sobre tu conciencia pesará la muerte de tu abuelo. Tuviste la posibilidad de salvarlo, y por una estúpida veleidad de niña malcriada no lo hiciste.

La certera estocada dio en el blanco. Fiona se quedó sin aliento.

—El doctor Rivera nos dijo a tu tío y a mí que el corazón de tu abuelo jamás podrá resistir una noticia como ésta. Morirá en el mismo instante.

Fiona conocía muy bien la afección de Sean Malone. Su corazón había comenzado a debilitarse cinco años atrás. En aquel momento, por indicación del médico, el estanciero irlandés delegó el negocio en manos de dos de sus hijos, William y John.

En ocasiones, cuando la presión le subía de modo alarmante, no quedaba otro procedimiento para normalizarla que una sangría con sanguijuelas. Fiona siempre lo asistía. Ella sabía cuánto sufría, cuánto le dolían la cabeza, el corazón, el pecho, el cuerpo entero. Ella padecía cada vez que los ojos del viejo Malone se clavaban en los suyos y le aferraba la mano para tratar de soportar el tormento.

—Por eso te digo: en tus manos está la vida o la muerte de tu abuelo. Sobre tu conciencia...

—¡Cállate, cállate! ¡Te maldigo! ¡Maldito seas! Arruinaste mi vida cuando recién comenzaba y ahora, que soy feliz aquí, ¡vuelves a meterte en ella para colmarla de odio y dolor! ¡Te odio, te odio con toda mi alma, con todas mis fuerzas! ¡Y te maldigo, William Malone, te maldigo para siempre!

Fiona abandonó la casa a la carrera.

Tal vez fuese mejor morir.

Fiona no lograba ponderar lo que su padre acababa de confesarle. Los negocios de la familia, la salud del abuelo, la pérdida de los campos y, por fin, un posible matrimonio redentor. Su padre la había vendido cuando ella jamás le había pertenecido, ni le pertenecería. Nunca aceptaría esa locura. Sólo deseaba enamorarse de un hombre, amarlo y entregarse a él. Pero su padre había arruinado su sueño más preciado.

Tomó por la calle Larga de Barracas. Sabía que estaba alejándose de la casa de su abuelo. La casa de su abuelo, la que estaban a punto de perder junto con los campos. Las palabras de su padre le martillaban las sienes. Los ojos le ardían del llanto contenido y su garganta latía con intensidad.

Caminaba por la estrecha vereda dando tumbos, como ebria. El barro cedía bajo sus escarpines dificultando la caminata; el ruedo del vestido se complotaba en su contra, tornándose cada vez más pesado a medida que recogía las densas cazcarrias.

Tal vez fuese mejor morir. La desesperación la embargaba. Su mente repetía la idea a medida que seguía avanzando hacia ningún lugar. La lluvia golpeaba su cara, sus brazos, le empapaba el cabello, le provocaba espasmos de frío.

Se desmoronó en la calle, y se sumergió en uno de los baches de agua sucia y maloliente. Sus manos se enterraban lentamente en el fondo del lodazal y la caída no tenía fin. Toda ella estaba desparramada en esa inmundicia. Sufrió un quebranto y comenzó a llorar. Sus brazos cedieron, y fue a dar con su rostro y todo su pecho sobre el agua mugrienta.

Tal vez fuese mejor morir.

Se irguió con dificultad. Su vestido, sus enaguas, sus mangas *gigot*, su viso de crinolina, todo parecía de plomo. Comenzó a incorporarse, tratando de no resbalar, intentando no llorar porque le quitaba fuerzas.

Se levantó y permaneció allí, de pie, en medio de la calle, embarrada de los pies a la cabeza, ennegrecida por el lodo, mimetizada con la oscuridad. Tanto que la volanta que giró en la esquina de la calle de la Independencia y tomó por la Larga, no logró distinguirla en el paisaje nocturno. El coche avanzaba a gran velocidad directo hacia ella. Fiona la vio acercarse, imparable. Los cascos de los caballos chapoteaban en el barro, y las ruedas abrían surcos como arados. Aquello sería lo mejor. Con estoicismo, se dispuso a esperar la embestida mortal de la volanta que se precipitaba sobre ella.

—*Grandpa!*

Por fin, el grito se hizo vivo en la garganta de Fiona y avisó al cochero que tenía frente a él a una persona.

—¡Alto! ¡Alto!

El hombre se puso de pie sobre el pescante; sus brazos, elevados en el aire, sostenían las riendas en un intento desesperado por detener el coche. Era poco menos que imposible: los caballos galopaban demasiado rápido. Además, el lodo se confabulaba para que la carrera alocada fuera difícil de detener.

Aunque Fiona vio que el carruaje se abalanzaba sobre ella, no pudo moverse. Llegó la embestida, esperada, casi sin miedo. El coche pasó raudamente, pero Fiona ya no estaba allí.

—No era necesario que la trajeras aquí. ¿No tenías otro lugar donde llevarla?

Fiona despertó escuchando un murmullo lejano, palabras y frases entrecortadas que no comprendía y que provenían de otra habitación. Miró en torno y no supo dónde se encontraba. Esa cama no era la suya; se sintió extraña, incómoda. A su lado, una mujer negra la contemplaba con gesto impávido. Instantes después, al verla despierta, se asomó al pasillo interrumpiendo la conversación que se desarrollaba afuera.

—La señorita ha despertado —manifestó.

Volvió al lado de Fiona y, con un trapo húmedo, comenzó a limpiarle los pies. Como Fiona trató de incorporarse, la muchacha, sin pronunciar palabra, la obligó a recostarse de nuevo.

Fiona fijó sus ojos en las molduras del techo y trató de recordar lo sucedido. Su padre, el barro, el vestido que le pesaba. *El vestido.* Se palpó y descubrió que ya no lo llevaba consigo. La cubría una bata de merino blanca.

—¿Dónde estoy? —le preguntó a la negra, que estrujaba el trapo en una jofaina.

La puerta se abrió y apareció un hombre alto que se acercó a la cabecera de la cama.

—¡Señor de Silva! —atinó a decir Fiona.

—Así es, señorita. ¿Se encuentra usted mejor?

Fiona se quedó mirándolo con palmario desconcierto. Balbuceó algunas palabras y sus ojos comenzaron a brillar.

—Paolina, déjanos solos —ordenó Juan Cruz a la negra—. Señorita Fiona Malone. Ése es su nombre, ¿verdad?

Mientras tanto, acercaba una silla a la cabecera. Fiona se incorporó en la cama y asintió sin mirarlo. Ahora que los recuerdos se agolpaban en su mente, la angustia y la vergüenza parecían ahogarla. Una vez más se arrepintió de su comportamiento inmaduro en casa de misia Mercedes, y, al recordar lo que ese hombre, ahora tan galante, había estado haciendo horas atrás con Clelia, no pudo evitar que el rubor tiñera sus mejillas.

—¿Puedo hacerle una pregunta, señor?

—Sí, por supuesto.

—¿Dónde estoy? ¿Qué me sucedió? ¿Quién... quién me trajo hasta aquí?

Las lágrimas deseaban salir y la voz se le deformaba por el llanto reprimido.

—Vamos, señorita, recuéstese —ordenó de Silva con amabilidad.

El hombre abandonó la silla y la obligó a volver a su posición inicial.

—Además, ésas son varias preguntas. —Sonrió amistosamente, y después agregó—: Está en casa de unos amigos míos. La traje aquí porque la encontré en medio de la calle Larga, a punto de ser embestida por un carruaje.

Fiona bajó el rostro y por fin comenzó a sollozar.

—¿Usted...? ¿Su merced me salvó?

La joven levantó la mirada enrojecida y advirtió que los ojos de de Silva la escrutaban con intensidad. Se sintió incómoda y se levantó decidida a irse de allí.

Sin contestarle, de Silva la dejó hacer. El salto fue tan repentino y se sentía tan débil, que se mareó y cayó en sus brazos. Así permanecieron unos segundos; para Fiona, una eternidad. No lo miraba; apretaba el rostro en su pecho y mantenía los ojos cerrados, mientras esperaba recobrar el equilibrio; y, aunque un poco aturdida, tenía plena conciencia de las manos de de Silva sobre la parte baja de su espalda. Se apartó de él un momento después. No se atrevía a levantar la vista.

—¿Dónde está mi vestido? Debo irme.

De Silva rió por lo bajo y se alejó un poco.

—Señorita, no creo que su vestido vuelva a servirle.

Abrió el ropero y tomó uno de los trajes de mujer que allí se encontraban.

—Tome, póngase éste. Le quedará un tanto holgado, pero no creo que pretenda usarlo para un baile, ¿verdad?

—Gracias —contestó Fiona, de modo lacónico.

Después, lo miró directo a los ojos y, señalándole el vestido, lo invitó a abandonar la habitación. Él permaneció unos segundos bajo el dintel, observándola. Por fin, salió.

Se quitó el salto de cama y lo arrojó sobre la silla. Se dio cuenta de que debajo no llevaba nada; su desnudez era completa. Se sintió incómoda, no estaba habituada a ver su cuerpo completamente desprovisto de ropa; aun mientras Maria la bañaba, ella vestía un camisón de liencillo. Echó recelosos vistazos hacia los cuatro costados de la habitación para asegurarse de que nadie la estuviese espiando y, rápidamente, se colocó el traje sin miramientos. Tomó asiento frente al tocador y, al ver su rostro reflejado en el espejo, soltó un quejido de angustia. Su cabello era una masa compacta de barro, briznas y pelo. Las guedejas, tiesas y rectas, caían como clavos largos y pesados. Su rostro, manchado de barro, no era el mismo. Descubrió en su cuello una costra de lodo seco que despegó con asco. Se sentía humillada. Durante varios minutos había conversado con de Silva en ese estado. Estaba espantosa, mustia, maloliente, sucia.

Levantó el brazo derecho para quitar los restos de las flores de seda de su tocado, y un agudo dolor, que la recorrió desde el hombro hasta el codo, le robó el aliento. A duras penas levantó la manga del vestido y alcanzó a ver, a la altura de la clavícula, un enorme hematoma azulado.

Ahora recordaba con más claridad. Alguien la había embestido, y resultaba obvio que no habían sido los caballos. Alguien la había embestido por el costado derecho y la había sacado del alcance del carruaje. De Silva.

Tomó el trapo con el que la negra Paolina la había limpiado momentos atrás. Al enjuagarlo en la jofaina sólo logró ensuciarlo más: el agua estaba inmunda. Lo estrujó con fuerza y se lo pasó por el rostro, intentando eliminar las manchas. Con el cabello no intentaría nada; no contaba con los elementos necesarios y sólo lograría empeorar la situación. Además, deseaba terminar deprisa con todo aquello y volver a su hogar.

Salió al pasillo. Estaba oscuro y desierto. Escuchó voces sin entender qué decían, pero resultaba claro que se trataba de un hombre y de una mujer en plena discusión.

Se encaminó hacia el lado izquierdo del corredor; tal vez, pensó, al final de éste hallaría la puerta principal. Sólo deseaba escapar de ese sitio.

—¡Señorita Malone! —La voz la asaltó por detrás—. ¡Señorita! ¿Adónde cree que va?

Fiona se detuvo, giró sobre sí y se encontró una vez más con de Silva. La oscuridad del pasillo velaba en parte sus facciones.

—Me voy a casa, señor. Debo irme. Ya le he causado a su merced demasiados problemas.

—Estamos muy lejos de su casa.

—¿Su merced sabe dónde vivo?

De Silva permaneció mudo unos instantes, observando fijamente sus formas a través de la oscuridad.

—No; pero supongo que una niña de su alcurnia debe vivir... No sé. ¿Cerca de la Plaza de la Victoria? —conjeturó.

—Vivo en la calle Larga, cerca de la esquina con la de Cochabamba.

—Pues eso está muy lejos de aquí. No podrá ir sola. Yo mismo la llevaré en mi volanta.

—Señor, no deseo causarle más molestias.

—No diga nada. Es una orden. —A continuación, vociferó—: ¡Mateo, prepara la volanta, salgo enseguida!

Nadie respondió; todo lo que se escuchó fue un correteo en otro sector de la casa.

La figura imponente de de Silva fue haciéndose más nítida a medida que se aproximaba a ella. Fiona no podía moverse; aquel hombre le clavaba los ojos de tal forma que lograba paralizarla y quitarle todo resto de voluntad. La tomó por el brazo.

—¡Ayy! —se quejó Fiona, al tiempo que se sobaba el hematoma.

—Disculpe usted —dijo él, sinceramente apenado.

Por primera vez en toda la noche, Fiona lo notó desconcertado.

—Le molesta el brazo —afirmó—. Lo lamento; no tenía otro remedio que embestirla por ese lado si quería salvarle la vida. Tuvo suerte de que justo caminara por ahí.

Ninguno de los dos habló de nuevo hasta que subieron a la volanta.

—¡A la calle Larga, en esquina con la de Cochabamba! —ordenó de Silva, y los caballos echaron a andar.

Entre los cojines de la volanta, Fiona adoptó una postura que no correspondía a la de una joven de su clase. Sabía muy bien que en presencia de un caballero debía permanecer sentada, muy derecha, las rodillas juntas y las manos entrelazadas sobre el regazo, como si rezara. Pero no lo hizo así: se desparramó cómodamente en el asiento, frente a de Silva, recogiendo los pies bajo la falda. Para ella, él no era un caballero. Además, estaba exhausta. Aquella había sido la noche más larga y difícil de su vida. No estaba para protocolos; normalmente no lo estaba, mucho menos en esa instancia.

De Silva no le quitaba los ojos de encima y ella, aunque no estuviera mirándolo, lo notaba. Descorrió la cortina de la ventanilla y divisó la luna llena. Ahora que la tormenta había escampado, pensó, todo volvía a la normalidad.

—Sería poco caballeroso e indiscreto además preguntarle por qué deseaba quitarse la vida. De todos modos, como me considero su salvador, creo tener cierto derecho.

Fiona volvió sus ojos hacia él. Era más hermoso de lo que le había parecido en casa de misia Mercedes. Aunque, pensó, tal vez no era hermosura la palabra adecuada para definirlo. Sus rasgos no eran perfectos. Tal vez su nariz era demasiado fina y alargada, tal vez sus ojos estaban levemente rasgados hacia abajo, tal vez sus labios eran demasiado gruesos, aunque increíblemente sensuales y atractivos. Se trataba del hombre más viril que Fiona había visto.

Por fin, descubrió el color de sus ojos, ¿o acaso no tenían un color definido? Puesto que en ese momento los veía negros, tan negros que no distinguía la pupila del iris, mientras que antes, en lo de misia Mercedes, los había visto distintos.

—Evidentemente, no va usted a responderme.

De Silva quebró su abstracción. A Fiona le dio vergüenza el modo descarado en que había estado estudiándolo y bajó la vista.

—No lo sé. No sé por qué hice lo que hice.

—No creo que una persona que decide quitarse la vida...

—¡Por favor, señor, no vuelva a decirlo!

—¿Qué cosa? ¿"Quitarse la vida"? —Los ojos pícaros de de Silva parecían sonreír—. ¿No es ésa la verdad, pues?

Fiona no respondió. Seguía con la vista baja, sólo que ahora se había sentado, muy derecha, las rodillas juntas y las manos entrelazadas sobre el regazo, como si rezara.

—Lo hice porque... Bueno, porque... Porque mi padre concertó un matrimonio para mí y... —Volvió a levantar la mirada. Después de decirlo sintió que se quitaba el mundo de encima, aunque se lo hubiera confesado a un extraño.

De Silva continuaba observándola, impávido, como si no hubiese escuchado la confesión de Fiona.

—¿Y quién es el afortunado? —preguntó, finalmente.

—¡Afortunado, San Patricio! ¡No va a serlo nunca! ¡Yo me encargaré de hacerle la vida imposible!

De Silva rió con ganas.

—¿De qué ríe, señor? —preguntó, ofendida.

—No, de nada, de nada. Disculpe, señorita Malone. Quizá, de su vehemencia. —Hizo una pausa para recuperar el aliento—. Aún no me ha dicho de quién se trata.

—No lo conozco. Sólo sé que se trata de un forastero que va a radicarse en Buenos Aires y que... Bueno, sólo eso. No me importa.

—¿No cree que su decisión fue un poco dramática y definitiva? Tal vez se trate de un buen hombre.

—Lo dudo mucho.

—En su lugar, cualquier mujer se sentiría feliz de saber que su padre le ha conseguido un esposo. ¿No es eso lo que desean todas las porteñas por estos tiempos?

—Todas, menos yo.

—¿Y qué desea usted, señorita Malone?

Giró su rostro hacia él y lo miró con desdén.

—Señor de Silva —comenzó a decir—, no quiero que vuesa merced piense que soy una persona maleducada y descortés. En todo este tiempo no le he dado las gracias por haberme salvado la vida. Así que... Gracias.

—¡Ah! ¡Después de todo sí desea seguir viviendo!

—Sí, deseo seguir viviendo, pero no por mí. Lo deseo por otra persona.

—¿Tal vez su corazón pertenece a algún otro?

—¿A quién podría yo haberle entregado mi corazón? Todos los hombres que conozco no son más que mentecatos aburridos. No, señor de Silva, sólo deseo vivir por mi abuelo.

No volvieron a cruzar palabra durante el resto del viaje.

De pie en la puerta de su casa, Fiona siguió con la mirada la marcha del carruaje de de Silva. ¿Por qué lo llamarían el diablo?, se preguntó. Si bien había salido de casa de misia Mercedes convencida de que el mote resultaba apropiado, en ese momento su percepción había cambiado.

El ruido de la puerta la arrancó de sus cavilaciones, y Maria le echó los brazos al cuello.

—¡San Patricio sea bendito una y mil veces porque te trajo a casa sana y salva! —exclamó, mientras la apretujaba.

Fiona respondió al abrazo y la besó en ambas mejillas. La criada se apartó y se quedó mirándola, perpleja.

—¡Dios Santo, Fiona! ¿Qué te ha sucedido?

¿Dónde has estado? Mírate un poco. ¿Qué le ha sucedido a tu cabello? ¿De quién es ese vestido, niña?

La mujer no lograba controlar la ansiedad que había reprimido durante las tres horas transcurridas desde la desaparición de Fiona.

—¿Está mi padre?

—No, salió con Eliseo. Están buscándote.

—¡Pobre Eliseo! Debe de estar muy preocupado.

—A muerte, mi niña, a muerte. ¿Se puede saber dónde has estado?

—Maria, han sucedido tantas cosas esta noche que no sé por dónde empezar. Ven, vamos. Mientras me preparas un baño te lo cuento.

—¡Un baño, a estas horas!

—Es que, entre otras cosas, esta noche nadé en un bache lleno de barro.

La cara de espanto de Maria la hizo sonreír. La tomó por el brazo y la arrastró hacia su dormitorio. Se internaron en la casa en medio de un silencio y una oscuridad sobrecogedores. Fiona comprendió con alivio que el resto de la familia había permanecido ajeno a su desaparición.

Al cabo, estuvo en la cama, caliente y cómoda. Sus músculos comenzaban a relajarse. De todas maneras, se sentía extraña, ni triste ni contenta: diferente. Instantes después, se durmió.

Capítulo III

Al día siguiente, Fiona pidió a Maria que la disculpara con sus abuelos. Mandó decir que estaba indispuesta y permaneció el día entero en cama. Le dolía cada parte del cuerpo y, por momentos, tuvo fiebre; aunque, en rigor, era su espíritu el que había amanecido más indispuesto.

La excitación por la aventura de la noche anterior había desaparecido al despuntar el sol para dar paso a una gran desazón. Todo había terminado; la realidad la ahogaba. La salud de su abuelo, la ruina de su fortuna, su casamiento concertado. Todo había terminado: sus sueños y fantasías habían quedado destruidos. Su padre los había destruido.

Más tarde, llegó su abuelo y se sentó junto a la cama, dispuesto a conversar con ella como todas las mañanas. Fiona miró esos ojos cansados, desvaídos, enmarcados por pliegues secos y arrugados de piel. Según Bridgit, en su juventud, los ojos de Sean Malone habían sido de un vívido azul cielo; pero el paso del tiempo los había desteñido, tornándolos de color celeste claro.

Fiona siguió contemplándolo, escuchándolo, sonriéndole con aire ausente en tanto se convencía de que, para prolongar algunos años más la vida de su abuelo, el sacrificio de su propia vida valdría la pena.

Conversaron, leyeron los periódicos, discutieron de política, y Sean le relató nuevas anécdotas de la Irlanda y de cuando ella era pequeña. Le contó la preferida de Fiona; quizá la había escuchado mil veces, pero no le importaba escucharla mil más. Había algo en la mirada de su abuelo cuando la relataba que la llenaba de orgullo.

—Una vez, recuerdo que era el día de San Patricio... —comenzó Sean.

—El natalicio de *aunt* Tricia —agregó Fiona.

—Así es, cariño. Ese día te arrellanaste sobre mis rodillas, como siempre cada mañana cuando me disponía a leer la *Gaceta*. Me señalaste una palabra del periódico y expresaste: "Yo sé lo que dice ahí, *Grandpa*". Así fue como comenzaste a leer. Primero el nombre del periódico, luego los títulos, y así todo. Tengo que confesarte, Fiona, que al principio me asusté. Después, pensé que Tricia había estado enseñándote a escondidas. Sin embargo, cuando se lo pregunté lo negó tan sinceramente que le creí. Lo consultamos con el médico Rivera. Nos dijo que aquello era ni más ni menos que una de tantas rarezas de la naturaleza. Comprenderás que no me quedé conforme con esa respuesta, así que consulté a otros doctores. Uno de ellos me explicó que existen en el mundo algunas personas que aprenden a leer, incluso a escribir, sin que nadie les enseñe. Se las llama autodidactas. Sólo hay unas pocas en el mundo y una de esas la tengo yo.

Rozó con su mano la mejilla de Fiona, y con ese gesto la joven sintió que su abuelo barría con la angustia y la tristeza que la habían embargado momentos antes.

—Que manda a decir tu padre que más vale que mañana estés bien porque va a venir a verte tu prometido por la tarde.

Después de entregar el recado, Maria la miró con temor, a la espera de una explosión. Fiona escuchó y no dijo nada, lo que preocupó aún más a la criada; tal vez, habría sido mejor que la niña gritara y pataleara en su cama.

—¿Sabes cuándo se va? —preguntó Fiona.

—¿Se va? ¿Quién, mi niña?

—Mi padre, pues.

—No lo ha dicho; me parece que no tiene intenciones de irse pronto —acotó.

—¿Y de dónde sacas eso?

—Le ha dicho a Eliseo que esté atento en estos días porque tiene que atender muchos negocios en la ciudad y lo va a necesitar como cochero. Además, trajo un baúl bastante grande con ropa. Pa'mí que se quiere quedar hasta la boda.

Al escuchar esa palabra, Fiona clavó la mirada en las sábanas. Maria, acongojada, se estremeció al pensar que su niñita pudiera perder la razón por toda aquella maldita cuestión del casorio. Fiona era una criatura de comportamientos exacerbados y extremos. No tomaría a bien que le cercenaran la libertad de ese modo. Ya le había prendido una votiva a la Virgen del Luján y otra a

San Patricio, que siempre se portaba tan bien con ella. Se le ocurrió una idea mejor: le prendería una vela a San Antonio para que hiciera que su niña se enamorara del prometido; así no sufriría tanto.

A punto de salir de la habitación para cumplir con su cometido, Fiona la detuvo.

—¿Nadie más sabe acerca de esto?

—¿De esto? ¿Qué, mi niña?

—¡Ay, pero si estás lenta hoy, Maria! ¿Qué te sucede? ¿No desayunaste? Que si alguien más sabe lo de mi casamiento.

—Nadie, mi niña. Todos están como si nada pasara; todos menos tu padre. ¡Tiene una cara el pobre!

—¡Qué pobre ni ocho cuartos! ¡Es un maldito embustero! ¿Entiendes lo que hizo, Maria? —La miraba con fijeza, los ojos repentinamente brillantes e inyectados—. ¡Me vendió como a una esclava en el mercado! Me vendió al mejor postor —remató con indignación, y se llevó las manos al rostro.

—Vamos, mi niña, no llores.

Maria trataba de consolarla, aunque al ver a Fiona como siempre, con la mirada encendida y la lengua mordaz, se sintió reconfortada.

—Si no lloro, Maria, no lloro. Aunque quisiera, no podría. Tengo tanta rabia, tanta rabia... —Apretó los dientes y lanzó un grito ahogado—. ¿Por qué no la ofreció a Imelda? Ella estaría feliz de enganchar a un marido.

—Pero no, mi niña, estando tú, ¿quién querría a Imelda? Eres tan bella, más bella que la aurora en el campo. La niña Imelda no es ni la mitad de lo que tú. Además, ella ya tiene novio.

—¿Senillosa? Ése no es un novio, es un zoquete. Ya creo yo que Imelda lo cambiaría si tuviera alternativa.

—Y como dice el refrán: "Dios le da pan al que no tiene dientes" —sentenció Maria—. Lo que yo no comprendo es cómo no se te ocurrió preguntarle a tu padre de quién se trata. Tu prometido, digo.

—Ya te dije que no lo conozco; es un forastero, recién llegado a la ciudad. No me interesa. Puede tratarse del mismo Jesucristo o del propio Lucifer, me da exactamente igual.

La criada se hizo varias veces la señal de la cruz con los ojos cerrados antes de abandonar la habitación.

Fiona estaba muy bonita esa tarde gracias a las manos maestras de Maria que no sólo le habían confeccionado el vestido, sino que también la habían peinado y maquillado. Si bien la criada ya había encendido la votiva para San Antonio, no era cuestión de dejarle todo el asunto al santo. Maria suspiró y continuó marcando los bucles con un hierro caliente.

—¿Por qué suspiras? —preguntó Fiona.

—¡Ah, el amor, mi niña, el amor!

Levantó la vista del cabello de Fiona y observó por la ventana. Ahí estaba Eliseo.

—Para mí, el amor ya no existe. Es un sueño que jamás se hará realidad —afirmó Fiona, con acento sombrío.

—¡Cómo puedes decir semejante cosa! No me hagas enojar.

—¿Que cómo puedo decir semejante cosa? Pregúntaselo al hijo mayor de mi abuelo.

Comenzaba a hartarse de tener que quedarse tiesa frente al espejo preparándose para alguien a quien ya había decidido odiar.

—Ya sé, mi niña, que no es como lo soñaste. Lo sé porque hemos hablado de esto muchas veces. Pero la vida no es siempre como nosotros queremos, Fiona. A veces las cosas son de otra forma y no queda otra pos...

—Es que no puedo aceptar que por su culpa, justamente por su culpa, mi vida tenga que ser distinta de como yo la planeé. Por culpa suya y del estúpido de tío John.

—Bueno, mi niña, no te pongas así que no estarás linda para cuando llegue.

Maria abandonó el peinado y comenzó a rozar carmín en las mejillas de Fiona.

—¿Es que no entiendes que no me interesa estar linda nunca más? No deseo agradarle. Ojalá me vea fea, muy fea, así no quiere casarse conmigo.

Se calló y bajó el rostro. Sabía que si el hombre no quería casarse con ella, su abuelo se convertiría en la verdadera víctima. Se arrepintió de haber pronunciado esas palabras.

—Por más que lo intentes, jamás podrás lograr que te vea fea porque, simplemente, eres hermosa, la más hermosa que yo conozco.

—No exageres. Tú me lo dices porque me quieres de veras, pero no ha de ser para tanto.

—Para tanto es, mi niña. No sabes cuántas patronas de otras familias mandan a sus sirvientas a preguntarme dónde te haces los vestidos, dónde te peinas, quién te enseñó a tocar el piano...

—¡No puedo creerlo!

Fiona giró sobre sí en el taburete y clavó sus ojos en los de Maria.

—Sí, cada vez que voy a la Recova de compras, alguna de las criadas me detiene y me pregunta. Tú nunca has querido darte cuenta de lo bella que eres y siempre has intentado mantenerte aparte de la sociedad. Pero la sociedad te ha visto, Fiona; ellos siempre te ven.

—¡No puedo creerlo! —repitió.

Se miró en el espejo del tocador y se acarició la mejilla.

—Pues créemelo, mi niña, créemelo. Eres muy bella, de verdad.

Se hizo un silencio. Maria continuó con su labor, y Fiona permaneció con la mirada perdida en su propio reflejo.

—¡Listo! He terminado. Estás más linda que una azucena. Espero que el caballero se muera de amor por ti. Y tú por él.

—Jamás. Jamás moriré de amor por alguien que me ha comprado como a una vaca en la feria. ¿Me entiendes, Maria? Jamás.

—¡No, Fiona, no! Debes predisponer tu corazón para él. Tal vez se trata de un buen hombre que te quiere bien. Si lo combates, sólo conseguirás hacer de tu vida un calvario. Debes hacerlo por el bien de todos.

—Por el bien de *Grandpa* es que hago el mayor sacrificio de mi vida, Maria. Una vez que tenga la certeza de que ese hombre ha pagado todas las deudas de mi abuelo, me escaparé, huiré lejos, donde nadie pueda encontrarme.

Maria se llevó las manos a la boca para sofrenar una exclamación. Abrió grandes los ojos y movió la cabeza de un lado al otro negando con insistencia. Es que la sabía capaz de eso.

—Maria, no te pongas así. Tú y Eliseo vendrán conmigo. Jamás los abandonaría —argumentó Fiona, y le separó las manos de la boca.

—Lo que se te ocurre, niña. Nunca vuelvas a pensar en algo igual, no debes hacerlo.

La palidez de Maria la asustó, tanto que le prometió que jamás volvería a pensar en tal cosa. Sin embargo, la idea que acababa de ocurrírsele no le pareció tan mala, y decidió mantenerla en un rincón de su mente para rescatarla en el momento propicio.

—Tienes que tratar de amarlo, mi niña —insistió, un poco más tranquila con la promesa de Fiona—. Tal vez, con el tiempo, llegues a enamorarte de él, y todo esto que estás viviendo te resulte gracioso.

Fiona le dirigió una mirada dulcificada. Maria era como una madre para ella, una de las personas en la que más confiaba, pero en esa instancia no lograba comprenderla. Pensó en su tía Tricia; ella sí la entendería. Por desgracia, hacía tiempo que se había casado con un poderoso comerciante inglés y se había marchado con a él a Londres.

Se escuchó la aldaba de la puerta principal. Debía de ser él, el prometido. Fiona, muy nerviosa, se llevó la mano a la boca y comenzó a chuparse la punta de los dedos; luego, inconscientemente, se estiró los bucles que tanto trabajo le habían costado a Maria; y, por fin, y sin querer, se le cayó la talquera que provocó un desparramo en el piso.

—¡Dios mío, el ruedo del vestido está lleno de talco, Fiona! ¡Dios mío! ¿Qué haremos ahora?

—¡Es un poco de talco, Maria! ¡No exageres! ¿Ves? Sacudiendo un poco, se quita —dijo, mientras se agachaba para enmendar el problema.

—¡No te agaches, Fiona! Vas a reventar el corsé.

Maria la tomó por los antebrazos y la obligó a enderezarse.

—Déjame que yo lo haga.

Llamaron a la puerta del dormitorio. Era Coquita, una mulata sirvienta de la casa.

—Que manda a decir el señor don William que la niña Fiona vaya a la sala. Que tiene una visita.

Fiona tomó las manos de Maria entre las suyas, que estaban frías, sudorosas y le temblaban un poco.

—San Antonio, dejo todo en tus santas manos —murmuró la criada, y la dejó ir.

Al llegar a la sala, Fiona descubrió que su padre no se encontraba allí. Sólo vio a un hombre de espaldas, que observaba por la ventana.

—Buenas tardes —dijo, para delatar su presencia.

—Buenas tardes —contestó el caballero, y se dio vuelta.

—¿Señor de Silva? —Frunció el entrecejo, sorprendida y extrañada—. Ah, es usted.

De Silva asintió con una sonrisa en los labios.

—¡Qué confusión! —Fiona trataba de ganar tiempo para poner en orden sus ideas. Presentía que algo horrible estaba a punto de suceder, y no se atrevía a enfrentarlo—. Yo creí que... En realidad, mi padre... Él me dijo que...

Fiona cerró los ojos y tragó saliva en un intento por controlar el ritmo de su corazón. Sabía que estaba balbuceando como una criatura, y eso no le gustaba.

—¿Es acaso su merced —dijo un momento después— a quien se refería mi padre cuando dijo...? Quiero decir, ¿se trata de usted, señor de Silva, con quien yo...?

La voz se le había convertido en un hilo; el pánico a la respuesta la dominaba. El caballero se limitó a asentir en silencio.

Sin más ni más, Fiona tomó entre sus manos el jarrón de porcelana del aparador y se lo arrojó a la cabeza. Por cierto, no contó con los buenos reflejos de de Silva, que se agazapó y esquivó el proyectil. El jarrón fue a dar contra el marco de la ventana y sus fragmentos se esparcieron, en parte, sobre la levita negra de de Silva.

Fiona, en estado de conmoción, permaneció muda, con la respiración sujeta, no pestañeaba, no se movía. No salía de su confusión. "Dios mío, no él", atinó a pensar.

—*Jesus Christ! What's going on here?* —exclamó Bridgit al ingresar en la sala.

El espectáculo con el que se encontró era por demás extraño. Un hombre a quien no conocía se sacudía las últimas esquirlas de porcelana de su levita. Fiona lo miraba como a un fantasma. Bridgit se colgó las gafas en el puente de la nariz: tuvo que admitir que lo que estaba viendo no era producto de su imaginación.

Detrás de la dueña de casa entraron Ana y William. El padre de Fiona quedó boquiabierto al ver los trozos de jarrón sobre el piso de la sala

—¿Qué pasó aquí? —preguntó a su hija, volviéndose hacia ella.

Fiona seguía sin hablar, se empecinaba en su mutismo y no apartaba la mirada de de Silva. Nuevamente, sus arrebatos la habían conducido a una situación compleja e incómoda.

—¿Fiona? —insistió su padre

Fiona no se inmutó; en cambio, siguió con la vista a de Silva, que en ese momento, como si nada raro hubiese sucedido, se dedicaba a recoger los pedazos del jarrón.

—¡Oh, no, señor! ¡Por favor, deje su merced!

Bridgit ya estaba junto al hombre. Le quitó con suavidad el trozo de porcelana de la mano, lo tomó del brazo y lo condujo hasta el sillón.

—Por favor, señora —dijo entonces de Silva, y con una elegante reverencia invitó a Bridgit a sentarse.

La anciana le sonrió, halagada, y se sentó. De Silva paseó fugazmente su mirada por los presentes, consciente del suspenso y la incomodidad que se había creado entre ellos. Resultaba evidente que todos estaban pasmados y aguardaban una explicación.

—Toda la culpa ha sido mía —dijo con sencillez, sin dirigirse a nadie en particular—. El jarrón me atrajo por su colorido y delicadeza. Lo acerqué a la ventana para apreciarlo mejor, y sin que me diera cuenta se me resbaló de las manos. En ese momento entró la señorita. Y como es natural, se ha quedado boquiabierta ante mi torpeza. No sé cómo pedirles disculpas.

Bridgit cruzó una rápida mirada con Fiona, que apartó los ojos en una actitud de inequívoca vergüenza.

—Olvide usted el jarrón, señor de Silva —se apresuró a decir William, que no necesitó ninguna explicación para saber la verdad de lo ocurrido.

El gesto de contrariedad que se dibujó en el rostro de Bridgit —aquel jarrón era una antigüedad de la familia valuada en varios cientos de reales— no pasó inadvertida a de Silva.

—No, don William, no es algo sin importancia; para mí es un hecho bochornoso. Debo repararlo de alguna manera.

Sus ojos sesgados se posaron alternadamente en Bridgit y en Fiona, todavía ausente.

—Mañana mismo buscaré un jarrón igual —dijo, por fin.

—No se preocupe, señor... —Bridgit advirtió de pronto que con el alboroto ni siquiera sabía con quién estaba hablando.

—¡Oh, madre, discúlpeme! ¡Aún no los he presentado! —dijo William, mientras se aproximaba a ambos—. Madre, él es el señor de Silva, mi amigo personal y asociado en algunos negocios. Señor de Silva, la señora doña Bridgit Maguire de Malone, mi madre.

De Silva tomó la mano de la anciana y la besó.

—Ella es mi hermana menor, Ana —agregó William—. Y ella es mi hija Fiona.

Fiona clavó los ojos en los de su padre y lo hizo bajar la vista.

—Buenas tardes, señorita Fiona. —Desde lejos, de

Silva inclinó la cabeza hacia ella—. Nosotros nos conocimos anteanoche, en casa de misia Mercedes Sáenz, en la tertulia por el Día de la Independencia —comentó de Silva a Bridgit.

—Tome asiento por favor, señor de Silva. ¡Y sobre todo, olvídese del jarrón!

El rostro de la anciana había cambiado al comprender que el señor Juan Cruz de Silva podía convertirse en un candidato potable para poner fin al celibato de su nieta.

Entretanto, Ana y William se sentaban cerca de Bridgit. Sólo Fiona permanecía de pie, confundida.

—Si me permites, *Grannie*, yo me retiro —dijo, inexpresiva.

Ana y Bridgit la observaron desconcertadas. William contuvo su furia, y de Silva sonrió con picardía.

—¡Por favor, señorita Fiona! ¡No me prive usted de su presencia!

De Silva caminó hasta Fiona, la tomó de la mano y la condujo a un taburete cerca de él.

Se entregaron a una plática intrascendente de la que sólo Fiona se mantuvo al margen. Al principio logró no pensar en nada. Momentos después, cuando entendió el giro brusco y radical que había dado su vida, la piel se le erizó y su cuerpo comenzó a temblar de modo imperceptible.

—Vamos, hija, toma un poco de té, te sentará bien. Estás muy pálida, querida.

Fiona tomó la taza que le alcanzó su abuela. Enseguida, de Silva sostuvo la loza por ella, apoyándola en una mesa cercana.

—Esta vez no he hecho ningún desastre, doña Bridgit.

El comentario causó la algazara de todos. Fiona, en cambio, lo observó con una mueca exasperada. Al cabo de una hora, de Silva se había puesto en el bolsillo a Bridgit y a Ana. William estaba radiante por el triunfo. La actitud de su hija ya no le importaba; si su madre y su padre lo aceptaban, el matrimonio era un hecho. La batalla con Bridgit estaba ganada. Ahora sólo restaba impresionar al viejo Malone, y asunto arreglado.

—Creo que ya es hora de retirarme, señoras. Ha sido un verdadero placer compartir la tarde con ustedes.

Todos comenzaron a levantarse de sus asientos.

—Señor de Silva, el placer ha sido nuestro. Regrese cuando guste —dijo Bridgit, y, ansiosa por cerrar el círculo en torno de la escurridiza Fiona, agregó—: Me gustaría que el señor Malone lo conociera.

—Será un placer —replicó de Silva; dirigió la mirada hacia Fiona y añadió—: Además, me gustaría volver a ver a su nieta si para usted no es inconveniente, señora mía.

—Insisto, señor de Silva, vuelva cuando desee. Las puertas de esta casa estarán siempre abiertas para usted —aclaró Bridgit, para que no quedaran dudas.

De Silva saludó con una leve inclinación, dio media vuelta y abandonó la sala.

—Además de todo, eres un mentiroso —dijo Fiona, con el gesto desencajado.

William sabía bien a qué se refería, pero no deseaba discutir con su hija.

—¿Por qué lo dices?

—Sabes perfectamente por qué lo digo. —Lo miró fijamente, y en el silencio que sobrevino resonó con fuerza su respiración agitada—. ¡Me dijiste que no lo conocía y que se trataba de un forastero!

—Es cierto —afirmó William, con sarcasmo.

—Pero resulta ser que sí lo conozco. Y que no es forastero. —Fiona adelantó su cuerpo y se puso las manos en la cintura, desafiante.

—Yo no sabía que lo conocías y sí, es forastero. No es de Buenos Aires. Además, en algo no te mentí: es muy rico.

—¡Mentiroso! Me ocultaste la verdad porque es un bastardo. ¡Es bastardo! ¡Y tiene la fama de un demonio! —explotó Fiona—. ¡Es hijo de una negra o algo así! ¡Por eso me ocultaste la verdad! No puedes hacerme esto, no puedes hacerme esto. —De pronto, su voz languideció.

—Te desconozco, Fiona. ¿No eres tú la que siempre pregona la igualdad entre todos? ¿No eres tú la que siempre trata a los sirvientes como si fuesen de la familia? ¿Qué hay con Maria y Eliseo? Los respetas más que a mí, y no son más que un par de mestizos.

—¡No te atrevas a meterte con ellos, embustero! Son diez veces mejores que tú.

—¡Basta! —gritó William, tratando de amedrentarla—. Ya está todo arreglado. Te casarás con él como sea. Si no lo haces, ya sabes lo que ocurrirá en esta casa.

De Silva volvió, y lo hizo casi todas las tardes. Cada vez que se presentaba en la casa de los Malone, traía consigo algún presente para los miembros de la familia. Para todos, excepto para Fiona, a quien parecía no importarle. El primero fue un magnífico jarrón de porcelana de Sèvres azul marino con delicadas orquídeas dibujadas en laca rosa pálido. Hermosísimo, y por cierto mucho más costoso que el que Fiona había hecho volar por el aire. Ana recibió un par de guantes de cabritilla color marfil que de Silva mandó comprar a lo de Caamaño, la tienda más pituca de la ciudad. El viejo Malone también fue sorprendido con un presente: una pipa de espuma de mar en cuya cazoleta estaba tallada con mucha precisión la cabeza de un soldado turco. Sean quedó perplejo al recibir el presente. Hacía años que deseaba una idéntica y en ninguna parte la conseguía, ni siquiera Tricia en Londres. ¿Cómo había adivinado aquel hombre su deseo? Nadie comprendía cómo se las ingeniaba para conseguir artículos tan bonitos en épocas en que, por el bloqueo anglofrancés, hasta comprar alimentos resultaba difícil. Al parecer, ningún escollo se interponía entre Juan Cruz de Silva y sus deseos.

Frente a sus abuelos, Fiona aparentaba ser encantadora, risueña, conversadora, hasta pícara; se convertía en otra persona cuando la dejaban a solas con de Silva. Se volvía mordaz y atrevida, violenta y resentida. No tenía mayores miramientos en expresarle su desprecio. Pero de Silva mostraba la paciencia de un beduino y la seguridad de un magnate. Nada lo importunaba, ni los comentarios ni la mala cara de Fiona parecían hostigarlo. Siempre de buen talante, no escatimaba sus elogios a los Malone.

—¿Hasta cuándo tendré que soportar esta farsa del galante enamorado? ¿Qué espera para anunciar nuestra boda? ¿Que me enamore de vuesa merced, señor de Silva?

Una sonrisa sarcástica, casi enfermiza, surcó los labios de Fiona.

—Eres tan bella cuando sonríes, mi querida.

El hombre le tomó la mano; ella la retiró como del fuego.

—No sea hipócrita, señor de Silva. Responda a mi pregunta. ¿Cuándo será la maldita boda?

—No sabía que estabas tan interesada en casarte conmigo, Fiona. Saber que lo deseas con tanto ahínco es una noticia maravillosa.

Fiona cerró los puños y apretó los dientes para reprimir un grito de impotencia. Por un instante, sus miradas se cruzaron. Era tanto el poderío y el dominio que de Silva demostraba tener sobre ella, sobre su padre, sobre todos, que bajó la cara y comenzó a sollozar. No quería que él la supiese quebrada. Se levantó y abandonó la sala.

La pena que la embargaba dejó en el aire una estela que se apoderó del ánimo de de Silva. Su habitual gesto soberbio se desvaneció, y en su lugar apareció un semblante apagado y mortecino. En realidad, de Silva no sabía qué hacer con Fiona.

Al día siguiente, William anunció ante los miembros de la familia el compromiso de su hija y de de Silva, y el deseo de Juan Cruz de que la boda se realizara cuanto antes. Ana y Bridgit trataban de contener las lágrimas: no correspondía llorar. Imelda se acercó a su hermana y le tomó la mano con disimulo. Sean Malone permaneció largo rato contemplando a su hijo. Siempre había pensado que le consultaría ese tema cuando llegara el momento.

Finalmente, de Silva se acercó a Fiona y le entregó un pequeño estuche de terciopelo. Todos permanecían callados y expectantes, los ojos clavados en las manos de la joven. Al fin, Fiona lo abrió.

—¡Es bellísimo! —exclamó Imelda al descubrir el cintillo de brillantes y zafiros.

De Silva tomó el anillo de manos de Fiona y se lo colocó en el dedo. Bridgit y Ana se acercaron a curiosear, asombradas ante una alhaja tan soberbia.

Al día siguiente, todo Buenos Aires conocía la noticia del compromiso de Fiona Malone y Juan Cruz de Silva. Cada familia se había convertido en un hervidero de chismes y hablillas. Por fin, de Silva despejaba el enigma que había mantenido en vilo a las jovencitas de la ciudad. Algunas estaban enfermas de envidia. Uno de los solteros más codiciados de la Confederación se les había escapado. Tenían que aceptarlo, ninguna competía con la Malone.

Fiona era la más hermosa, la más rebelde, la más escurridiza de todas las doncellas de la alta sociedad. Él, aunque bastardo, *guarango* y advenedizo, era el protegido del gobernador y uno de los hombres más ricos del país, razón suficiente para que todos hicieran caso omiso de los antecedentes genealógicos de de Silva y lo admitieran en su círculo como si se tratase de un conde francés, aunque supieran que no se trataba de uno de ellos sino de una casta muy inferior.

Palmiro Soler regresó a Buenos Aires decidido a enfrentar al viejo Malone y pedirle autorización para frecuentar a su nieta. Después de la velada del 9 de julio en casa de misia Mercedes Sáenz, debió emprender un viaje urgente a Córdoba por orden del gobernador Rosas, lo que postergó sus planes de iniciar el cortejo que terminaría en matrimonio.

Mientras se esmeraba en su atuendo para concurrir a la casa de la calle Larga, pensaba en ella. En realidad, pensaba en ella de continuo. La deseaba con un ímpetu que no había experimentado con otras mujeres, y dedujo que la indiferencia, incluso ese aire de desprecio de la Malone, le provocaba aquel sentimiento poderoso que lo dominaba por completo y que lo incomodaba también. Se decía que, si la conquistaba, volvería a ser él mismo. Si bien le agradaba la rebeldía que la caracterizaba, necesitaba tenerla entre sus manos, sumisa y bien predispuesta.

Llamó a su sirviente y le pidió que ensillara un caballo. Se perfumó y salió. Antes de presentarse en lo de Malone, decidió pasar por el Café de los Catalanes para echarse un trago al coleto y para hacerse de noticias frescas entre los parroquianos; había llegado ese mismo día y nada sabía de lo acontecido durante su ausencia.

El lugar estaba lleno, como solía ocurrir a esa hora de la tarde. Divisó a sus amigos en la mesa de costumbre; la mayoría eran socios populares. Lo recibieron con muestras de afecto, quizá algo obsequiosas, lo cual no disgustó a Soler ya que hablaban de su creciente influencia dentro de la Mazorca. Le preguntaron por el viaje a Córdoba, y él se mostró evasivo, dando a entender que la cuestión implicaba una extrema reserva.

—Los vi muy alborotados cuando entré —comentó, para cambiar de tema—. ¿De qué hablaban?

—¡Pues claro! Palmiro no sabe nada.

—¿Qué tengo que saber?

—Se trata de de Silva.

"De Silva", mascculló Soler. Ni siquiera los unitarios le inspiraban el odio que experimentaba por el protegido de Rosas. Sabía que, más que odio, se trataba de celos y de envidia, y eso lo enfurecía, pues el sentimiento lo rebajaba.

—¿Qué hay con ése? —preguntó, sin ocultar su desprecio.

—¡Que se casa! Ya eligió a la que va a ser su esposa y ésta le dijo que sí. ¡Nunca adivinarás quién es!

—¿Clelia Coloma? —aventuró Soler.

—No. Dicen que Clelia Coloma sufrió un ataque de nervios cuando se enteró de que de Silva se casaría con otra.

—¿Y bien? ¿De quién se trata?

—¡De la Malone!

—Imelda Malone está comprometida con Senillosa —apuntó Soler.

—No con Imelda. ¡Con Fiona Malone!

A ninguno de la mesa pasó inadvertido el cambio súbito que se operó en el rostro de Soler. Lo vieron beber de un trago la ginebra y apoyar el vaso sobre la mesa con cierta violencia.

—¿A ti te gusta la Malone, verdad?

—¿A mí? —Giró en su silla y vociferó—: ¡Pedro, otra ginebra!

—Bueno, siempre la invitas a bailar en las tertulias.

—Ah, sí. Es bonita y baila bien.

—Sí, muy bonita.

—Pero demasiado cocorita y rebelde —acotó Soler, y sonrió con labios trémulos—. Quizá la querría para un revolcón, nada más. Para esposa, me buscaría una más sumisa. No soporto a las mujeres que se dan aires de independientes, como ella. Es una malcriada, en realidad. ¿Qué me cuentan de Salomón? —se refería al presidente de la Mazorca—. ¿Alguna novedad con él?

Pasó un buen rato en el Café de los Catalanes, simulando que la noticia del matrimonio de la Malone con de Silva no lo había afectado en absoluto. Al llegar a su casa, le vociferó al sirviente que le llevara una botella de vino al estudio. Pasó la noche bebiendo, hablando solo, cantando, incluso bailando, y en los momentos previos a perder la conciencia, se echó a llorar pronunciando el nombre de Fiona.

Fiona se sobresaltó cuando Camila O'Gorman irrumpió en su alcoba y quebró el silencio en el que estaba sumida desde hacía rato.

—¡Camila! —gritó Fiona, y se arrojó a sus brazos con tal ímpetu que sintió las ballenas del corsé de su amiga bajo las manos.

Camila se había enterado del compromiso de Fiona con de Silva y no cabía en sí de la sorpresa y el entusiasmo. El propio Juan Cruz lo había anunciado la noche anterior durante la cena en su casa. Sin embargo, no pudo evitar la pregunta.

—¿Es cierto que vas a casarte con de Silva?

Fiona apenas asintió, y Camila se dio cuenta de que la novedad desagradaba a su amiga. Trató de levantarle el ánimo con una chanza.

—Al menos no tendrás que volver a soportar el asedio de Palmiro Soler. Dicen que no hay mal que por bien no venga.

Fiona sonrió sin levantar el rostro.

—De Silva no está nada mal. Después de todo...

—Por favor, dime, ¿cómo está tu abuela? —se interesó Fiona.

—No muy bien.

Los ojos de Camila se apagaron y sus labios dibujaron una mueca triste. Su abuela, popularmente conocida en Buenos Aires con el apodo despectivo de "La Perichona", no estaba bien de salud.[2] De allí que Camila viajase todas las semanas a La Matanza, la estancia de su padre, en donde habían confinado a la mujer desde hacía años, después de su romance con el virrey Liniers. Camila y Fiona amaban a la Perichona, tal vez porque deseaban ser como ella. Hermosa, majestuosa, refinada y libre como un pájaro. Un pájaro que ya había soportado demasiados años de cautiverio y estaba decidiendo partir.

Fiona entendió que la conversación debía tomar otro rumbo.

—¿Estuviste con tu curita tucumano? —preguntó en voz baja y con tono cómplice, en un intento por levantarle el ánimo.

Eso pareció suficiente para alegrar a Camila, que comenzó a relatarle los detalles de la relación clandestina que mantenía con el cura del Socorro, Ladislao Gutiérrez. Estaba perdida de amor y pasión por él. Dentro de ella se habían desatado por fin los sentimientos de los que tanto les había hablado la Perichona.

A su turno, Fiona le contó acerca de de Silva, desde los acontecimientos en la tertulia de misia Mercedes Sáenz y Velazco hasta la entrega del cintillo frente a su familia. Expresó el odio que el hombre le inspiraba, la vergüenza que le provocaba saberse comprada, el dolor de casarse sin amor, la humillación, la deshonra.

—Tal vez, Fiona, no sea tan malo como tú piensas.

—¡Oh, tú también! Parece que te hubieras puesto de acuerdo con Maria —rezongó.

Se levantó de la cama y se dirigió al tocador. Camila la siguió. Tomó un cepillo de cerda y comenzó a peinarle el cabello, tan lacio, tan largo. Sabía que eso le gustaba.

—Ha ido varias veces a casa. Tiene algunos negocios con tatita. Yo no lo he visto mucho últimamente porque me lo he pasado en La Matanza, tú sabes, pero las veces que nos hemos cruzado, me ha parecido un hombre muy interesante, de veras. —Camila sonrió al escuchar el resuello obstinado de su amiga—. No seas terca y escúchame —insistió—. No es el más apuesto, no, pero tiene algo. Es galante y muy refinado para ser un gaucho la mayor parte del año, ¿no crees?

—Creo que es un cretino. ¿No te has preguntado por qué lo llaman "el diablo"? No debe de ser por tratarse del hombre más bueno y galante del mundo, ¿no te parece?

—Está bien —admitió Camila, un tanto enojada—. Está bien. Si no lo soportas, ¿por qué no vas y le dices que no te casarás con él?

—¡No! Sabes que no puedo. Por *Grandpa*.

Fiona bajó los ojos. Allí, abandonado en el tocador desde el día en que de Silva se lo entregó, estaba el cintillo de compromiso.

—Entonces, haz un intento por cambiar de actitud. Si no, tu vida se convertirá en un verdadero infierno.

Fiona asintió. Las mismas palabras de Maria. ¿Sería ella una obstinada sin razón? ¿Por qué no lograba ver la solución que todos parecían vislumbrar tan claramente? Estaba muy confundida.

La boda tuvo lugar el 25 de agosto de 1847, en la casa de los Malone, en la más estricta intimidad; sólo asistieron la familia de Fiona y los amigos más allegados. No había invitados por parte del novio, y nadie cometió la indiscreción de preguntar por qué; se sabía que Juan Cruz de Silva no tenía madre ni padre, que había vivido toda su niñez en una de las estancias de Rosas y que había sido criado por una negra.

Esa mañana, Fiona estaba soberbia. Los invitados contuvieron el aliento al verla aparecer en la sala acondicionada para la ocasión del brazo de su abuelo. De Silva simulaba una indolente impavidez al observarla aproximarse; sin embargo, se solazó íntimamente con la belleza de su prometida, y, de pronto, sus movimientos siempre estudiados se liberaron, y el cuerpo se le estremeció de placer; su sonrisa, medio diabólica, fue, por primera vez, sincera. Fiona no lo notó; lucía ajena. Su mirada se perdía en un punto indefinido de la pared, sus ojos azules habían abandonado su brillo intenso para convertirse en dos zafiros duros y fríos.

Los lineamientos del vestido confeccionado por Maria eran magníficos. A pesar de que había insistido en hacerle traer uno de París, al verla en aquel traje, de Silva admitió que nadie lo habría hecho mejor. Era blanco, de encaje francés. El corsé se ceñía a su talle y revelaba la estrechez de su cintura y la redondez de sus senos. De Silva imaginó la suavidad de sus pezones, como pétalos de una rosa, y de inmediato tuvo una erección.

El padre Fahy, un sacerdote irlandés amigo de Sean y guía espiritual de la familia, bendijo el matrimonio, aunque no le gustaba nada que una irlandesa se uniera a un nativo. Después de la ceremonia, se sirvieron los manjares que Bridgit, Ana y las domésticas habían preparado. A pesar de que la celebración marchaba de acuerdo con lo planeado, la anciana estaba desconsolada; los acontecimientos se habían precipitado de tal modo que no había tenido tiempo para preparar el tradicional *plum pudding*, que llevaba más de un mes de elaboración. Bridgit pensaba que una boda sin *plum pudding* era un mal augurio para los recién casados, así que le había rogado a de Silva que pospusieran la boda; pero él se negó con el argumento de que ya había permanecido demasiado tiempo en Buenos Aires y que debía volver al campo para ocuparse de sus estancias.

Mientras todo a su alrededor parecía alegría y jolgorio, la tristeza profunda del rostro de Fiona expresaba a gritos silenciosos su desconsuelo. Resultaba paradójico, pensó; esa mañana, su familia festejaba lo que creía su dicha, y ella se sentía la criatura más desgraciada del mundo. Su abuelo irrumpió en sus pensamientos tomándola del brazo y apartándola del grupo.

—¿Por qué estás tan triste, Fiona?

—No, *Grandpa*, no estoy triste. —Trató de ensayar una sonrisa como lo había hecho cada día desde que su padre le anunció la noticia—. Me siento un poco rara, nada más. La verdad es que extraño mucho a *aunt* Tricia. Me habría gustado que estuviera hoy aquí.

Su abuelo le golpeó la mejilla con delicadeza y una mueca divertida.

—Creo que es normal que te sientas un poco extraña. Hoy es un día muy especial. Todo va a cambiar en tu vida.

Sean hizo una pausa y se sentó en el sillón. Fiona se arrellanó a su lado.

—Como te decía, todo va a cambiar. Para mejor. Compartir tu vida con la persona que amas es lo más maravilloso que puede sucederle a una persona. Te lo aseguro.

Fiona sintió que el corazón le galopaba en el pecho. Se frotó las manos, cada vez más húmedas y frías; percibía las gotas de sudor que se deslizaban entre sus senos hasta perderse en su vientre. ¿Cómo haría para ocultarle a su abuelo que todo aquello era una farsa? Una espantosa y cruel farsa urdida por su padre y por su flamante esposo. ¿Cómo haría para soportar su vida al lado de un hombre al que odiaba? Veía su sonrisa, siempre sardónica, que parecía decirle: "No me desafíes, Fiona. Ahora, yo tengo el poder". Sus ojos profundos eran infranqueables: nunca podía saber lo que pensaba. Y sus gestos eran tan controlados que no hacía un solo movimiento, no decía una sola palabra, sin analizarlos antes, estaba segura de ello. La sola presencia de de Silva la intimidaba, la llenaba de temores y vacilaciones. ¿Cómo haría para soportarlo una vida entera?

Sean continuó con su parrafada, pero Fiona no lo escuchaba. Sumergida en un mundo de preguntas sin respuesta, sólo lograba deprimirse aún más. Si seguía así conseguiría que las lágrimas la traicionaran frente a su abuelo y el desconsuelo la llevara a poner al descubierto la verdad.

Un pequeño alboroto en la puerta principal interrumpió los consejos de Sean Malone. Rosas había llegado.

Sean y Fiona se pusieron de pie. Fiona permaneció junto al sillón, inmóvil y expectante; su abuelo, en cambio, salió al encuentro del gobernador de Buenos Aires.

Los invitados no daban crédito a sus ojos. Les costaba creer que Rosas hubiese concurrido a la boda de de Silva cuando sabían que, últimamente, permanecía recluido en su quinta en Palermo trabajando día y noche, durmiendo poco y comiendo mal y a deshora. Se cansaban de participarlo de las tertulias y reuniones que organizaban, sin lograr que el gobernador federal les hiciera el honor de pisar sus hogares. La excusa era siempre la misma: los asuntos de la Federación.

Detrás de Rosas apareció su hija Manuelita. No era linda, tampoco fea; poseía una figura delgada y un rostro agradable que conquistaba los corazones de todos por la humildad de su mirada y lo acogedor de su sonrisa. Siempre dirigía palabras dulces y llenas de esperanza a quien visitaba su casa en busca de consuelo o de un favor. Se había convertido en una de las mujeres más queridas de Buenos Aires y no resultaba difícil caer bajo su encanto puro y espontáneo.

—¡Viva la Santa Federación! —gritó Rosas, posando sus rasgados ojos azules en cada uno de los que estaban cerca de él.

—¡Viva! —respondieron los comensales al unísono.

Sean llegó hasta el gobernador abriéndose paso entre la gente y, extendiéndole la mano, le dio la bienvenida.

—Su excelencia, es un honor que su merced se haya dignado a visitar mi casa en un día tan feliz como éste.

A continuación, el viejo irlandés hizo una respetuosa reverencia con la cabeza.

—Déjese de tanta formalidad, don Malone. Si yo lo conozco a usted desde antes de subirme a un caballo.

Rosas lo atrajo hacia su abultado pecho y lo abrazó fraternalmente, provocando el asombro de los presentes. El gobernador estaba de muy buen talante ese día; a pesar de ello, las personas a su alrededor lo trataban con un cauteloso respeto, en el que se mezclaban la admiración y el temor. Lo conocían demasiado; con sus chanzas o sus mandatos podía hacer infeliz a cualquiera.

—Además, el honor es mío —continuó manifestando Rosas con voz muy varonil, mientras se separaba de Sean—. Quien haya sido amigo del coronel Dorrego, como lo fue usted, don Malone, merece mi más profundo respeto y admiración. Además, ahora que Crucito se ha unido a su nieta, usted y yo somos casi como de la familia.

Sean se sintió intimidado por el fogoso saludo. No sólo intuía que Rosas simulaba: él mismo lo estaba haciendo.

Siete años atrás, en 1840, el bloqueo francés hacía estragos en la economía de Buenos Aires, basada fundamentalmente en los ingresos aduaneros. Las tiendas estaban vacías y costaba conseguir los artículos más elementales. El invierno, muy riguroso, había arruinado algunas cosechas, y eso empeoraba la escasez de alimentos.

En el verano habían quedado las habladurías acerca de que Rosas dejaría el mando y se retiraría a una de sus estancias. La Legislatura lo había ratificado en su puesto por cinco años más, y el caudillo federal tenía más poder que nunca.

Dos años antes había impuesto la orden de no articular palabra sin anteponer las frases "¡Viva la Santa Federación! ¡Mueran los salvajes unitarios!". Hacía poco había decretado el uso obligatorio de la divisa punzó, una cinta de color rojo intenso con el lema "Federación o muerte", que las damas debían lucir en el tocado, y los hombres, en el pecho. El gobernador había creado una fuerza especial, los monitores, encargada de controlar el uso de la divisa, que debía ser visible y ostentosa. Los monitores castigaban a los ciudadanos que no portaban el distintivo y, en medio de la calle, les pegaban un parche rojo con brea. No sólo eso, también pesquisaban los domicilios buscando elementos que delataran a sus dueños como unitarios. Bastaba una prenda celeste para enfurecer a los soldados federales.

Pero la que se había vuelto muy dura era la Mazorca. Todas las mañanas se anunciaba a gritos quiénes habían sido degollados, cuántas cabezas se habían estaqueado en la Plaza de la Victoria, qué casas se habían asaltado. El pregón duraba mucho; las víctimas y los acusados eran cada vez más. Rosas se expresaba sin ambages con los mazorqueros: "En el estado a que han llegado las cosas en los pueblos argentinos, todos los medios de obrar son buenos. Los medios siempre quedan legitimados por los fines". Y sus hombres no se apartaban de ese pensamiento.

La Confederación estaba sumida en una cruel guerra civil. Abundaban las muertes y los ánimos se exacerbaban a medida que la sangre corría. El odio se acentuaba y el ensañamiento con los del bando contrario se volvía feroz. Resultaba común el derramamiento de sangre; todos parecían haberse acostumbrado a los fusilamientos, a las decapitaciones. Cada hombre portaba a la vista su puñal o facón, "la espada de la Federación", como la llamaban.

Los emigrados a países vecinos contaba de a miles. Se refugiaban especialmente en Montevideo y en Santiago de Chile. Desde allí, iniciaban una lucha encarnizada contra el régimen del "abominable tirano". Escapaban de Buenos Aires como podían. Algunos por barco, durante la noche. La empresa era más que temeraria; la Mazorca siempre vigilaba el Bajo y la Boca. Otros, los que huían por tierra hacia Chile, debían tener cuidado en la zona de Cuyo; era difícil pasar los controles de los caudillos en esa parte de la Federación.

A Sean, todo ese asunto de unitarios y federales le importaba un comino. Había dejado su Irlanda natal asqueado de las luchas entre católicos y protestantes, entre ingleses e irlandeses. No se plegaría ahora a ningún bando, por más razón que tuvieran uno u otro. El estanciero pensaba que los dos tenían sus verdades y sus desaciertos. "Aunque ninguno es un santo", solía decirle a su esposa.

Pero los sucesos lo arrastraban y comprometían; sus mejores amigos eran unitarios y estaban siendo perseguidos y asesinados sin compasión. Les debía mucho a esos criollos que lo habían ayudado en sus primeros años en el Virreinato. Lo habían acogido en el seno de su grupo social, le habían dado una mano en sus primeros negocios, le habían abierto las puertas necesarias para su integración.

Lo peor era ese mocito, el tal Joaquín Echevarría, del que su hija Ana estaba enamorada, y que era más unitario que el propio Lavalle. Los socios populares, sorprendiéndolo en el Bajo, en plena huida hacia Montevideo, lo habían malherido de un disparo. Aquella vez, un amigo, Martín Uturralde, logró salvarlo. Joaquín, sin embargo, había sido malherido y perdía mucha sangre. Martín no conseguía restañarle la herida. Llevarlo a su casa equivalía a condenarlo; los mazorqueros estarían rodeándola para esos momentos, dispuestos a echársele encima, debido a que él también estaba tildado de unitario. Desesperado al ver que la vida de su amigo languidecía ante sus ojos, Martín decidió llevarlo a casa de su amada, Ana Malone.

Sean no quería comprometerse, pero los ruegos y el llanto de su hija pudieron con su firmeza. Joaquín permaneció en la casa de la calle Larga hasta que murió. Había perdido demasiada sangre, la herida estaba muy infectada y no se atrevían a llamar a un médico por temor a que los delatara. Aunque habían ocultado a Joaquín en una zona poco visitada de la casa y la servidumbre que lo asistía era de confianza, había un par de negras que habrían ido corriendo a avisarle a Rosas que su patrón tenía escondido a un unitario.

Fueron días muy duros para todos; no sólo debían ocultar al prometido de Ana sino sus propias emociones. Las niñas, Fiona e Imelda, permanecían ajenas a los horrores que acontecían dentro y fuera de la casa gracias a los esfuerzos de los adultos para sonreír y comportarse como si nada extraño aconteciese. Ana lloraba en los rincones y Joaquín tenía que morderse el puño para no gritar de dolor. Su muerte dejó en la familia Malone una amargura que tardaría años en borrarse. Ana nunca lo olvidó. No volvió a frecuentar a ningún muchacho, y consagró su vida al cuidado de sus dos sobrinas.

Después de la muerte de Joaquín, algo cambió en Sean. Sin definirse políticamente por ningún bando, tomó abierta participación en las fugas de sus amigos unitarios. Cualquier recurso se juzgaba válido si la vida de alguien corría peligro y había que facilitarle la huida del país. Malone cobró fama por la ayuda que prestaba a los enemigos de Rosas, y pronto la Mazorca tuvo noticias de él. Sin embargo, se manejó con habilidad y jamás pudieron echarle el guante. Ni las dos sirvientas negras, devotas del gobernador, pudieron dar un dato certero que lo comprometiera.

Rosas estaba rabioso. "Ese viejo irlandés de mierda algún día me las va a pagar." Pero el gobernador no era tonto y conocía muy bien el poder de Malone dentro de la Confederación. Era dueño de las estancias más ricas del Río de la Plata y amigo del ministro Mandeville, representante de la Inglaterra en Buenos Aires. Además, mantenía contactos muy fuertes con los franceses. Para peor, su hija Tricia estaba comprometida con un comerciante inglés tan poderoso que la reina Victoria lo había nombrado "sir". Los peones de sus campos se contaban por cientos y lo adoraban por sobre cualquier causa política. Si lo quería, el irlandés podía sublevar a gran parte de la población rural en su contra. Debía moverse con cuidado. Si enfurecía a Malone, podía desatar una hecatombe.

"Algún día, algún día", repetía el gobernador, golpeándose la mano con el puño.

Rosas aflojó su caluroso abrazo y dejó medio aturdido a Malone, que se hizo a un lado para que el gobernador saludara a su esposa.

En aquel momento, de Silva juzgó conveniente irrumpir en la escena.

—¡Don Juan Manuel, pensé que ya no vendría! —exclamó.

—¡Ah, hijo, Manuelita me ha tenido medio loco toda la mañana recordándome tu boda! Sabes como es esta niña contigo —replicó Rosas, y desvió la mirada al rostro carmesí de su hija.

—¡Ay, tatita, cómo es! —se quejó la joven, acostumbrada a las salidas imprevisibles de su padre.

Las presentaciones y saludos duraron un buen rato. En ese tiempo, Fiona no se movió del lugar en el que su abuelo la había dejado, al costado del sillón, callada, pendiente de la escena. Comenzaba a vislumbrar el verdadero poder del hombre con el que se había casado, y experimentó mucho miedo. Que Rosas se hubiese decidido a comparecer esa mañana en casa de su abuelo para saludar a de Silva ponía de manifiesto el inmenso cariño que sentía por él. Y en esos tiempos, el cariño y el aprecio de Rosas valían más que cualquier otra cosa.

Al ver que el brigadier Rosas y su hija se acercaban a ella, tragó saliva. ¿Acaso había esperado pasar inadvertida y que no la saludaran? Si esa ilusión había cruzado su cabeza, se desvaneció apenas el gobernador tomó su mano y le besó la punta de los dedos sin quitar sus ojos de los de ella, que a esa altura ni si preocupaba en disimular su terror.

Rosas era un hombre muy apuesto, alto y de cuerpo hercúleo y avasallante. De piel blanca y mejillas rosadas, sus grandes párpados celaban el azul oscuro de sus ojos; su boca era sólo una línea purpúrea bajo la nariz delgada y recta; su frente amplia terminaba en un tupido y suave cabello castaño con algunos rizos en el jopo. Fiona decidió que la nariz y los ojos eran las partes que mejor definían el carácter de ese hombre. Los ojos, pequeños, no permitían vislumbrar lo que estaba pensando; y la nariz, recta y alargada, le otorgaba un aire autoritario, imperioso, que daba miedo desairar. Ella lo había visto fugazmente en algún acto público, o alguna vez que se escabulló junto a Camila para ver el candombe de los domingos, pero hacía mucho tiempo ya de eso. Entonces eran apenas unas niñas.

Camila, amiga de Manuelita, siempre iba a las tertulias de Palermo y, a veces, la hija de Rosas la mandaba llamar sólo para charlar. A pesar de su entorno, Manuelita parecía una muchacha muy sensible que gustaba de la gente como ella, romántica y con sentimientos bondadosos, algo que escaseaba en su hogar. Por eso, Fiona sentía simpatía por la joven, aunque jamás hubieran cruzado palabra.

De Silva se ocupó de presentarlas, y luego de los besos de rigor, tomó la posta en la conversación. Sus ocurrencias, que hicieron reír a Manuelita, sólo lograron arrancar de los labios apretados de Fiona una sonrisa falsa y afectada. Pero la hija del gobernador pareció no notarlo.

El maestro Favero, el profesor de piano de Fiona, había ofrecido como regalo de bodas a su mejor alumna tocar con su orquesta algunos valses para ella y el novio. Cuando los acordes comenzaron a sonar, de Silva rodeó la ansiada estrechez de la cintura de su mujer y se encaminó con ella hacia el sector de la casa en el que se había improvisado una pequeña pista de baile. Fiona se dejaba arrastrar, apenas si movía los pies; dura y erecta, la repentina e inesperada intimidad de las manos de de Silva la habían puesto sumamente nerviosa. Los dedos de él, ásperos y grandes, se entrelazaron con los de ella, pequeños y suaves. De Silva apoyó su mano en la curva más pronunciada de la cintura de ella y, con la maestría de un caballero, comenzó a llevarla al ritmo del vals a través de la galería principal.

Los invitados y los dueños de casa se congregaron alrededor de los novios. Pronto se sumaron nuevas parejas a la pista y en pocos momentos no quedó lugar para uno más.

De Silva mantenía la mirada en el rostro de su mujer. Pensó que ésa era la primera vez que bailaban juntos y no pudo evitar sonreír al recordar la única ocasión en que se lo había pedido. "*Antes prefiero estar muerta.*" La voz de su esposa le llegaba como el recuerdo de un pasado que, a pesar de ser cercano, se le antojaba tan lejano como su infancia en "Los Cerrillos", la estancia de Rosas. De Silva estaba seguro de que aquella noche Fiona lo había visto enzarzado con Clelia. ¿Cómo explicar, si no, semejante desplante a una simple invitación a bailar? De todos modos, no le importaba en lo más mínimo; Clelia sólo había sido una de tantas, y Fiona ya le pertenecía.

Fiona evitaba los ojos de de Silva. No soportaba la intensidad de su mirada: parecía desnudarla. También ella recordaba aquella noche en lo de misia Mercedes y no pudo evitar un estremecimiento. Como respuesta, percibió que la mano de su esposo se ceñía sobre ella, y su rostro se acercaba más al suyo. Una exquisita fragancia le inundó los sentidos, más atribulados y confundidos que nunca. Entretanto, sus pies seguían presurosos los pasos diestros de de Silva, que la guiaba como a una pluma en la mano; por momentos, cuando un acorde más pronunciado invitaba al danzarín a hacerla girar entre sus brazos para tomarla con más vigor y fogosidad que antes, su cabeza parecía dar vueltas. Se aferraba al cuerpo de de Silva porque sus pies le fallaban; el remedio se volvía peor que la enfermedad: el hombre respondía con más ardor.

La salvó su abuelo. Le pidió a de Silva la próxima pieza y el novio aceptó con desgano.

Mientras bailaban, Sean Malone la contempló sin esbozar comentario alguno. ¡Qué niña especial era ésa! ¿Por qué? No lo sabía. Quizá, se tratara de su belleza. No, no se reducía a eso. Su inteligencia, tal vez, pero había algo en ella que la hacía singular. Fiona era su nieta adorada, su alma gemela. Nadie lo conocía como ella, ni siquiera Bridgit, después de tantos años juntos.

A pesar de que Fiona ya no viviría bajo su techo, Sean estaba contento de que se casara con de Silva. No podía quejarse; el hombre era educado, de buena presencia y muy rico. Le aseguraría a su nieta la vida cómoda a la que estaba habituada. Además, era el único al que ella había aceptado.

A Malone no le importaba el hecho de que Juan Cruz de Silva fuera un bastardo. ¿Alguien podía culparlo por eso? En cambio, de Silva había mostrado su hombría abriéndose camino en un mundo antagónico que lo condenaba sin misericordia, hasta llegar a convertirse en lo que era en ese momento: un hombre importante, refinado y agradable.

Además, Fiona Malone necesitaba a alguien como él, de carácter, con convicciones firmes y espíritu aguerrido. Tal vez había sido demasiado blando con su nieta, tal vez la había echado a perder con sus ideas románticas y utópicas. Pero cuando la niña llegó a su vida, él ya estaba viejo y con la guardia baja. ¿Cómo habría podido ser duro y estricto con una dulzura como ella?

Su nieta parecía enamorada, de eso estaba seguro; en caso contrario, no habría consentido en casarse con de Silva. Y aunque se la veía nerviosa y consternada, se tranquilizó pensando que no había conocido una novia que no lo estuviese el día de su boda.

Tampoco le molestaba que Juan Cruz de Silva fuera el protegido de Rosas. Primero, porque el muchacho, si bien federal, no se manifestaba como del tipo exacerbado y fanático. Segundo, porque él jamás había considerado que don Juan Manuel fuese su enemigo. Él no era ni unitario ni federal. Años atrás, el destino lo había puesto en una encrucijada y él había tomado una decisión: colaborar con sus amigos unitarios. De todas formas, sabía que éstos tampoco eran los buenos de la historia. ¿O acaso no había sido un general unitario, Lavalle, el que había mandado a fusilar a su gran amigo, el coronel Dorrego? No, nadie se salvaba, todos eran pecadores, todos tenían culpa; la guerra había sido sucia y nadie resultaba sin mácula.

Inclusive, en algunas cuestiones fundamentales les daba la razón a los federales. Ahora el destino le brindaba una nueva oportunidad: demostrar que él no guardaba resentimientos por nadie, y que sólo deseaba vivir en paz. No quería sentir como una sombra la mirada acusatoria de los rosistas ni pensar que su familia corría riesgos por sus andanzas en la época de las luchas civiles. ¿Qué mejor forma de lograrlo que entregar en matrimonio a su nieta más querida a un hombre como de Silva, la mano derecha del caudillo de la Federación?

Después de todo, Rosas siempre le había resultado simpático; un poco autoritario y gritón, sí, pero agradable al fin, y por añadidura lleno de bríos e ideas. Lo recordaba en sus años mozos, con varios kilos menos y más pelo en el jopo. Una pelea con su madre, una mujer nada fácil, lanzó al joven Juan Manuel al mundo, solo y sin un centavo. Se hizo desde abajo, sin la ayuda de nadie, y pronto llegó a ser dueño de varias haciendas en Buenos Aires. Más de una vez, Rosas le había pedido consejos a Sean Malone, para entonces ya un hombre avezado en las artes rurales.

"Es increíble. ¡Las vueltas que da la vida!", pensó Sean, mientras le sonreía a su nieta.

Los valses dejaron de sonar y todo fue terminando. Los primeros en partir, don Juan Manuel y su hija, saludaron con cordialidad a los novios. De Silva acompañó al gobernador hasta la puerta, mientras Manuelita le rogaba a Fiona que la visitara en San Benito de Palermo y le aseguraba que la consideraba como a una hermana y que anhelaba su amistad.

—Porque debes saber, Fiona, que Crucito es para mi padre como un hijo, de modo que, para mí, es como un hermano muy querido.

Fiona no supo qué responder ante un comentario tan sincero; en esos días, toda su vida era una mentira.

No supo, ni pudo decir nada; cualquier cosa le habría sonado falsa y torpe a Manuelita Rosas y Ezcurra.

A medida que iban desvaneciéndose los acordes de la música, la algarabía de los invitados, el parloteo controlado de los sirvientes en la cocina, el sonido del choque de las copas de cristal, Fiona terminó por admitir lo que había estado rehuyendo durante ese tiempo: que debía marcharse de su hogar, del hogar de sus abuelos, sus seres más queridos, para dirigirse a la estancia de un hombre que, aunque todos, la Iglesia y la sociedad porteña, llamaban su esposo, para ella era un extraño.

—¡Ni se te ocurra mencionarlo, Fiona Malone! —expresó Maria, furiosa—. ¿Es que acaso todo esto ha logrado trastornarte, niña?

—Te lo suplico, no me dejes a solas con él.

—¿No te das cuenta de que él es tu esposo y que tendrás que pasar tus días a su lado?

La criada la miró a los ojos y contuvo el aliento por unos instantes. Después, suspiró, y bajando la mirada, cedió.

—Está bien. Iré contigo en el coche.

Fiona se abalanzó a sus brazos.

—¡Basta, Fiona! ¡Pareces un cachorro, basta!

—Gracias, Maria, gracias.

La reacción de Fiona había sido tan infantil que Maria no pudo esgrimir una mueca de disgusto. Iría con los recién casados en el carruaje, sí, ya que no había tenido la voluntad para negarse. No la dejaría a solas con su marido hasta que llegaran a la estancia. "¿Y después qué?", se preguntó. Temblaba al pensar que Fiona no se aviniera pronto a entrar en razón.

Salieron todos a la calle. Tres volantas esperaban ante la puerta. Los baúles con la ropa y el ajuar de Fiona ya habían sido cargados. Su bayo, enganchado al coche principal, corcoveaba impaciente, en tanto Maria y Eliseo esperaban la partida junto a su ama; Fiona jamás habría consentido que sus dos sirvientes no fueran a vivir con ella a la casa de de Silva. Nadie, ni siquiera el mismo de Silva, trató de interponer una excusa para impedirlo; sabían el afecto que la joven les tenía y el respeto e idolatría que ellos le profesaban. A Sean Malone ni se le habría ocurrido oponerse: sabía que nadie la protegería mejor que esas dos personas.

La despedida fue rápida en un intento por dar fin a lo que parecía ser una tortura para los miembros de la casa Malone. Fiona se colgó del cuello de su abuelo y trató de no derramar lágrimas. Por su parte, el irlandés intentó mantenerse incólume y no demostrar que su alma se desgarraba. Al separarla de él, sólo le acarició torpemente el pómulo y la instó a partir.

William permanecía a un costado. Finalmente, se acercó a su hija y le musitó algo con miedo.

—No te atrevas a dirigirme la palabra nunca más —murmuró Fiona, casi sin despegar los labios. Después de perforar la mirada de su padre, giró sobre sí y ordenó con voz firme—: Maria, vamos, por favor.

Capítulo IV

La mandíbula de de Silva cayó por un brevísimo instante al observar que Maria trepaba de un salto al coche en el que, creyó, sólo él y Fiona viajarían. Con la mano aún en la portezuela, de Silva dirigió la mirada hacia el interior en busca de una explicación, pero la sirvienta mantuvo la vista baja y las manos apretadas sobre el regazo, en tanto Fiona, vuelta hacia la otra ventanilla, contemplaba con suma atención el río, en una manifiesta actitud entre indiferente y desafiante. Al cabo y sin haber obtenido ninguna aclaración, de Silva subió al carruaje.

No terminaba de entender cuál era el hechizo que emanaba de esa mujer capaz de transformar su enojo, que en otra ocasión no habría tardado en aflorar, en la sonrisa de perplejidad que ahora se dibujaba en sus labios. Tal vez se tratara de su constante arrogancia lo que lograba el milagro, o de ese gesto aguerrido que la hacía más bella aún; o quizá, sus respuestas envalentonadas y bien elaboradas; o el brillo de sus ojos, siempre atentos e inteligentes. De algo se encontraba seguro: por mucho menos habría mandado azotar al que se hubiese atrevido a plantarle cara de ese modo.

Enfilaron por la calle Larga de Barracas y, al llegar a la de Cochabamba, se dirigieron hacia el Bajo. Por allí, y bordeando el río, se encaminarían hacia la mansión que de Silva había terminado de construir recientemente, emplazada en una de sus estancias más prósperas, *La Candelaria*, en el paraje llamado Los Olivos, a tres leguas de la ciudad. El viaje les llevaría algunas horas.

De Silva se asomó por la ventanilla y observó con fastidio que sobre el río se proyectaba la sombra oscura del celaje. El cielo se había convertido en una masa espesa de colores grises y marrones. Un momento después, volvió el rostro al interior de la volanta.

Fiona, sentada frente a él y al lado de su criada, había tomado un libro de tapas rojas de su pequeño bolso de cuero y leía con una expresión de paz y serenidad que resultó toda una novedad. Como había esperado una escena de llanto y reproches a lo largo del viaje, la estoica actitud de su esposa lo sorprendió.

El rostro de su mujer despedía un aura de blancura que se proyectaba desde su piel como si estuviese satinada y una luz propia la hiciese brillar. Sus labios pequeños y carnosos eran de por sí deseables; su color rojo carmesí y su humedad natural los volvían muy apetecibles. La nariz era diminuta y recta, y sus fosas, tan pequeñas en comparación con las de él, lo hicieron sentir feo y tosco. Sus pómulos se elevaban con delicada feminidad y la leve tonalidad rosada de sus mejillas le recordó a la de un bebé. Experimentó un deseo irrefrenable de acariciarlas; tenía la certeza de que sería como acariciar un trozo de algodón. Se estremeció sobre la pana del asiento y su respiración se aceleró; ninguna de las dos mujeres pareció notarlo, aunque, por un instante, su esposa elevó los ojos por sobre la lectura y columbró el paisaje. Después, volvió la vista al libro y la congeló una vez más sobre sus páginas.

Fue un momento fugaz, pero la intensidad de sus ojos se proyectó sobre la pupila de de Silva y se grabó en su mente. Su forma rasgada, sus pestañas largas, espesas y arqueadas, el color azul profundo del iris, ese delineado natural que le concedía cierto aire amenazante. Los ojos otorgaban a Fiona Malone la veta de fierecilla que el resto de sus facciones trataba de desmentir.

Un relámpago iluminó el interior de la volanta, una luz fuerte y blanquecina que se proyectó sobre los rostros de los viajeros. Segundos después, pareció que la ciudad se sacudía con el trueno.

Maria levantó la vista del tejido y Fiona, del libro, en tanto de Silva no la apartaba de ella.

—¿Qué lees? —Su voz gruesa quebró el silencio.

Maria dejó de tejer, aunque no apartó la mirada de las agujas. Fiona permaneció callada unos instantes, con el rostro aún sumergido en el libro. Por fin, levantó la mirada y arqueó sus cejas.

—*Hamlet* —susurró, aunque su gesto expresaba a gritos: "¿Qué le importa?".

Fiona regresó a la lectura. Su esposo, en cambio, parecía cansado de tanto silencio.

—¡*Hamlet*, de Shakespeare! ¡Genial como pocos! ¿No lo crees así, Fiona?

Sabía que estaba molestándola con sus comentarios, pero aquel juego empezaba a gustarle.

—¿Lo ha leído?

El tono petulante de la muchacha no lo importunó; por el contrario, lo instó a continuar con la pequeña rencilla en la que ambos se habían metido.

—He leído toda la obra de Shakespeare, Fiona.

Después de lanzar ese comentario, esperó la reacción de la joven. Ésta permaneció callada, evidentemente sorprendida, aunque enseguida mudó el gesto sincero en uno más estudiado. Después, volvió a sumergirse en el libro.

—¿Has leído *Macbeth*, querida?

—No.

—Lo encontrarás en mi biblioteca. No sólo tengo las tragedias y las comedias. También los sonetos.

Sabía que con eso picaría el anzuelo. Mercedes Sáenz le había hablado de la pasión de Fiona por la lectura, y como por aquellos días la mitad de los libros estaban proscriptos y la otra mitad no resultaba fácil de conseguir, una fuente de buena literatura significaba que su poseedor era un afortunado, en el mejor de los casos, y en el peor, decididamente un audaz.

—¿Usted tiene una biblioteca, señor?

—Sí; y muy completa. Podrás tomar el libro que gustes.

Juan Cruz de Silva estaba feliz con aquel pequeño triunfo. Por fin le había ganado una batalla, por fin había encontrado algo con que atraerla. Porque Fiona era la primera mujer que se negaba a sus encantos. Famoso por la impetuosidad de su miembro entre las mujeres de mala vida y por la exquisitez de sus maneras entre las de la alta sociedad, nunca había tenido que soportar afrenta alguna del sexo opuesto. Hasta que conoció a Fiona.

—¿Qué otros libros tiene, señor?

Si bien Fiona lucía apacible, su tono seguía siendo medido y formal.

—Los tengo todos —respondió de Silva.

Estiró el brazo para alcanzar el libro, que descansaba en el regazo de su esposa. Fiona dio un respingo al sentir la mano de él sobre su falda. Maria levantó los ojos del tejido por primera vez, los fijó en el matrimonio y contuvo la respiración. De Silva demoró sus dedos sobre Fiona más de lo necesario y sintió una extraña sensación de placer al hacerlo. Tomó el libro. La joven trató de arrebatárselo por un instante, mas luego lo dejó.

—¡Humm! En inglés —comentó, mientras lo hojeaba y, cada tanto, levantaba la vista para estudiarla.

Fiona recibió la impresión de que la fulminaba con la mirada. Sus ojos no habían perdido el carácter torvo que tanto la atemorizaba.

—Sí. *Aunt* Tricia me lo envió desde Londres.

De Silva sonrió con un gesto que a Fiona le molestó ya que no pudo discernir si era divertido o burlón. Se preparó para la batalla que había abandonado momentos atrás. Su esposo, sin embargo, lo advirtió enseguida, y, estirando el brazo, le devolvió el libro. Fiona se lo arrebató y, sin agregar palabra, lo abrió y continuó con la lectura.

Si hubiese estado solo, habría hecho caso omiso de la tormenta que se avecinaba. Pero su soledad había terminado, y debía pensar en la seguridad de la mujer que viajaba junto con él. El camino bordeaba las abras del río y eran habituales las sudestadas que lo arrasaban todo, incluso carretas o carruajes que recorrían la zona.

De Silva golpeó el techo de la volanta con la contera metálica de su bastón. El coche se detuvo, y todos en su interior sintieron cómo se mecía cuando el cuerpo macizo y pesado de Eliseo abandonó el pescante para acudir al llamado de su nuevo amo. Junto a él, asomó la carita joven del lacayo, que llevaba en su mano una escopeta.

—Eliseo, diles a los demás que no continuaremos el viaje. Haremos noche en la posada de los Fleitas —ordenó de Silva.

—Sí, señor —respondió Eliseo, y, de inmediato, con una seña, instó al muchacho a cumplir la orden.

Con las ruedas detenidas, el silencio en el interior de la volanta se volvió insondable y pesado. Fiona seguía leyendo. Maria tejía a un ritmo frenético, y el leve choque metálico de las agujas era el único sonido que inundaba el lugar. Juan Cruz, absorto, mantenía su mirada en aquella mujer empecinada en rechazarlo con una indiferencia que ya comenzaba a molestarlo. Prefería sus ataques, sus palabras duras e hirientes, su mirada fría y despreciativa; cualquier berrinche a esa mortal indiferencia.

Después de reanudar la marcha, los coches se desviaron hacia la izquierda y tomaron un atajo que los conduciría rápidamente a la posada. Ya era casi de noche: los espesos nubarrones a punto de estallar habían precipitado el crepúsculo. Las primeras gotas, gruesas y pesadas, repiquetearon sobre el techo. La brisa fría que invadió el interior de la volanta y una gota que le salpicó la piel trajeron a Fiona de nuevo a la realidad. De pronto, su cuerpo se irguió, sus manos se apoyaron en la ventanilla y miró espantada hacia el paisaje oscuro que se desplegaba fuera.

—Quiero que Eliseo entre aquí, con nosotras. No debe mojarse —dictaminó cuando comprendió que pronto la lluvia arreciaría.

De Silva la contempló pasmado; un segundo después, su semblante se oscureció. El arranque de furia que lo atravesó como una corriente eléctrica sacudió sus hábitos autoritarios adormecidos.

—De ninguna manera —fue la respuesta.

Su tono era serio; había abandonado el gesto burlón y ya no parecía estar jugando con ella.

—O lo detiene usted o lo hago yo.

Fiona se había estremecido de miedo ante la nueva actitud de su esposo, pero su orgullo no le permitía ceder. Maria guardó el tejido en la bolsa y se acurrucó en un rincón; con las manos entrelazadas, parecía rezar.

De Silva, por su parte, se había quedado paralizado. La rabia le calentaba las mejillas y la yugular comenzaba a latirle con ferocidad en el cuello. ¿Qué estaba sucediéndole? ¿Era para tanto? Aunque no acostumbraba a tener consideraciones con sus servidores, la propuesta de Fiona no resultaba tan descabellada; al fin y al cabo, Eliseo ya era un hombre mayor. Entonces, ¿por qué de repente esa rabia incontrolable? Un pensamiento se coló de pronto en su mente y lo enfureció: se preguntó qué pasaría si el cochero fuera él; de seguro, Fiona ni se inmutaría. Sintió celos de Eliseo, terribles, infantiles e inmanejables celos, y esa revelación terminó por empeorar su ánimo porque nunca había experimentado una sensación semejante. Su negra Candelaria, sus amantes, sus amigos, sus sirvientes, todos se postraban a sus pies, le rendían pleitesía. Aquella joven, doce años menor que él, había conseguido ponerlo en carne viva con su desprecio. Le había arrancado un sentimiento que, por nuevo y desconocido, estaba volviéndolo loco.

—Ni te atrevas a detener la volanta. Debemos llegar cuanto antes a la pos...

Fiona no le permitió terminar. Se puso de pie y agitó con furia el techo con sus nudillos. Eliseo no habría podido escuchar; en ese instante, un estruendo inundó los oídos de todos. Entonces, de Silva la aferró por el brazo, la tiró hacia él y, muy cerca de sus labios, le murmuró:

—Ya me has cansado, niña caprichosa. He tratado de tenerte paciencia, pero tus remilgos de chiquita bien me han asqueado. O permaneces en tu sitio o te daré una tunda que jamás olvidarás.

Fiona comprendió por qué lo llamaban "el diablo": la furia cincelaba en su cara profundas arrugas que le deformaban el rostro hasta convertirlo en el de una criatura monstruosa. El miedo la paralizó. Era la primera vez que alguien le confería ese trato. Ni su padre se había atrevido a hablarle de esa manera, a tomarla de aquel modo que le dejaría marcas en la piel.

Aunque Maria la atrajo para sí, en un primer momento de Silva no se avino a desasirla. Después, con un ademán de profundo desprecio, la soltó y, acto seguido, se echó contra el respaldo del asiento acompañando el despliegue con un resuello que hizo temblar a las dos mujeres.

Durante el resto del viaje, Fiona permaneció ovillada sobre el regazo de Maria con la vista hacia abajo; no tenía deseos de leer. La mirada y el rostro embravecido de su esposo la habían perturbado, y una angustiosa desesperanza la inundaba; sabía que dentro de algunas horas estarían en casa de de Silva, en su territorio, en el que él se erigía como amo y señor. No tendría escapatoria. Ahogó un lamento y cerró los ojos para que las lágrimas no escaparan con facilidad; no quería humillarse frente a él.

Recogió los pies bajo la falda para acomodarlos entre su tontillo y el asiento, tal como la noche en que de Silva la rescató de la muerte. El recuerdo la llenó de zozobra; no podía olvidar que él le había salvado la vida. Y aquella misma noche, horas antes, en casa de misia Mercedes, había logrado impactarla. Su andar sereno, su cabello negro, largo y lacio, partido al medio por obra de un remolino que insistía en bifurcar sus mechones sobre la frente, le otorgaban un aire muy especial y atractivo.

Llegaron a la posada. La lluvia descargaba su ímpetu sobre la tierra fangosa y resbaladiza.

El coche se detuvo y de Silva se apeó con agilidad. Ya fuera, se embozó en su capa y se encaminó a la fonda, no sin antes dar instrucciones a los cocheros. Fiona y Maria permanecieron calladas; acostumbradas al silencio reinante, les resultaba difícil quebrarlo con el sonido de sus voces. De pronto, Eliseo asomó su cabeza por la ventanilla del coche.

—Vamos, mi niña. El patrón me ha pedido que las hiciera entrar.

Fiona se asomó y divisó, entre la espesa cortina de agua, una casa de adobe con techo de paja que se parecía más a una pulpería que a una posada. Sus ventanas, ubicadas a ambos lados de la puerta, dejaban entrever las llamas trepidantes de las velas que ardían en el interior. Tragó saliva y suspiró. Sólo deseaba una cama confortable; estaba exhausta.

Casi arrastrada a través de la lluvia y del viento por los fuertes brazos de Eliseo, Fiona ingresó en el lugar trastabillando. Retiró la caperuza y enjugó las gotas que rodaban por sus ojos. Miró a su alrededor; el panorama era desolador por lo pobre y lo solitario. La tormenta había ahuyentado a todos los clientes; el salón estaba completamente vacío. Divisó a de Silva apoyado sobre el mostrador, conversando con el pulpero. Al oírlos entrar, se volvió y, con aire hierático, les clavó la mirada por algunos instantes; sólo se trató de un momento fugaz, pero suficiente para volver a atormentarla.

La esposa del posadero apareció tras un trapo que colgaba de una abertura a la derecha del salón.

—¡Por favor, señora, acérquese a la trébedes! Aquí está más calentito. ¡Uy, pero si está empapada! —comentó la mujer al tomar entre sus manos la capa de Fiona.

—Gracias, señora, pero ella y yo no estamos tan mojadas. Es él el que está pasado por agua.

Fiona tomó por el brazo a Eliseo y lo arrastró hasta el fuego.

—¿Sería usted tan amable de conseguir un poco de ropa seca? Yo le pagaré...

No pudo terminar; un agudo dolor en el brazo la detuvo. De Silva clavaba sus dedos en ella y atraía con fuerza su rostro hacia el de él; esta vez el tono fue más circunspecto que el de antes.

—Fiona, yo arreglaré nuestra noche aquí.

“Me desautorizas una vez más frente a mis empleados y estos pulperos y te estrangulo”; al menos, eso fue lo que la joven interpretó.

Ella y Maria ocuparían una de las dos habitaciones que tenía la posada, explicó de Silva. En la otra, se hospedaría él. Los tres cocheros y los jóvenes lacayos se acomodarían en el granero.

—No —se descorazonó Fiona al pensar que Eliseo, mojado como estaba, pasaría la noche sobre un jergón de paja, casi a la intemperie. De Silva, al escuchar el lamento, giró y la desafió con una mirada feroz. Fiona bajó los ojos, agobiada.

Comieron en una de las mesas cercanas al mostrador. Maria, sin que nadie se lo indicara, fue a sentarse con Eliseo y los muchachos. Fiona quedó, por primera vez, a solas con su esposo.

A pesar de que no había probado bocado en todo el día, jugueteó con la comida y no se llevó un solo trozo a la boca. De Silva, en cambio, devoró con avidez el estofado, casi sin levantar la vista del plato.

—Deberías comer; estás muy delgada —comentó.

Fiona le dispensó un vistazo furibundo e hizo chirriar el tenedor sobre el plato de hojalata. Al notarlo otra vez afable y con ese tono mordaz, su carácter impulsivo resurgió.

—No creo que a su merced deba importarle mi anatomía —expresó, mordaz.

De Silva comenzó a sonreír suavemente.

—Oh, sí que me importa.

Echó la silla hacia atrás, como buscando el mejor ángulo para estudiarla, y se entregó a mirar a Fiona con descaro. Al cabo, agregó:

—Aunque tengo que confesar que Madre Natura te ha tallado más que armoniosamente. Tienes los bultos necesarios, y donde debes tenerlos.

Sus ojos se clavaron en el pronunciado escote de la joven.

—¡No sea insolente, maldito depravado! —bramó Fiona, con las mejillas arreboladas.

Abandonó la mesa de un salto y se cubrió el pecho con las manos.

—Maria, por favor, vamos a la recámara.

Momentos más tarde, de Silva entró en la habitación sin llamar. Fiona se levantó como propulsada del borde del lecho y Maria dio un paso atrás, llevándose el cepillo de marfil a la boca.

—Déjenos a solas.

Fiona observó con fastidio cómo Maria se escurría mansamente por la puerta, con la cabeza gacha y el cepillo aún sobre los labios, y se desalentó al descubrir que en aquel lugar no había nada apropiado para arrojarle.

—Su educación deja mucho que desear, señor mío. ¿No le han enseñado que debe llamar a la puerta antes de entrar en el cuarto de una dama?

De Silva sonrió, mientras le echaba un vistazo de pies a cabeza. El pelo suelto le caía sobre los hombros y los senos, cubiertos ahora por una bata de lana que se adhería a su contorno. Caminó los pasos que lo separaban de su esposa. Ya cerca de ella, permaneció quieto unos instantes, inspirando la fragancia de su piel. Ahora sus ojos recorrían cada centímetro del rostro de ella, de su cuello, de sus senos. Tomó en sus manos un mechón de pelo tan largo que casi rozaba las caderas de Fiona. Se lo llevó a la nariz y absorbió su perfume, cerrando los ojos cuando el aroma lo inundó. Ardía de deseo. Al soltarlo, el mechón cayó pesadamente.

Fiona estaba alterada. No podía hablar ni pelear; las fuerzas la habían desertado, y una extraña sensación de cosquilleo le recorría el cuerpo.

—¿Realmente crees que debo llamar a la puerta de la habitación de mi esposa?

Ella no supo qué contestar.

—¿Qué necesita, señor de Silva? —susurró.

Bajó la cara y dio un paso atrás. De Silva le levantó la cabeza rozando apenas su barbilla con los dedos. Los cabellos que enmarcaban el rostro de su joven esposa parecían danzar al ritmo del brillo de la lámpara de sebo, que acentuaba aún más el tono rojizo. Por momentos lo tornaba casi de un carmín nacarado, y luego su matiz cambiaba de más intenso a más suave, al compás del movimiento continuo de la llama.

—¿Qué necesita? —volvió a preguntar Fiona con la voz en un hilo.

—¿Qué necesito, preguntas? —De Silva sonrió otra vez—. Sólo quería avisarte que mañana, apenas amanezca, saldremos para la estancia. Deseo que para esa hora estén listas; no quiero perder un minuto.

Dio media vuelta y abandonó la habitación.

Capítulo V

Juan Cruz cerró los ojos. No deseaba dormitar, necesitaba pensar. Fiona, sentada frente a él en la volanta, continuaba leyendo su libro de tapas rojas, aunque sabía que hacía media hora su mirada se perdía en la misma página.

Se había casado con ella porque quería unirse a una mujer de alcurnia que le quitara el último vestigio de advenedizo. El dinero había hecho mucho, su estrecha relación de más de veinte años con Rosas había hecho otro tanto. De todas maneras, él sabía que la gente de abolengo lo miraba con desprecio y arrogancia por su origen incierto, por ser un bastardo. A veces deseaba gritar a los cuatro vientos su verdad; pero no podía, había hecho una promesa.

No le molestaba la mirada altiva de las personas con prosapia; simplemente necesitaba blanquear su apellido para que los negocios se le facilitaran. Además, deseaba un heredero que continuara lo que él había construido.

Por eso la había elegido. Ella pertenecía a la alta sociedad porteña, su abuelo era uno de los estancieros más reconocidos de la Federación, su tía Tricia había contraído matrimonio con un famoso comerciante inglés y vivía ahora en Londres. Esas razones lo habían decidido.

Con los ojos aún cerrados, chasqueó la lengua, fastidiado, y Fiona levantó la mirada del libro y lo estudió con curiosidad. ¿Por qué insistía en ese razonamiento? Él jamás se había engañado. ¿Por qué estaba haciéndolo ahora? ¿Acaso no recordaba el primer día en que la vio? En el atrio del Socorro, después de la misa del domingo, con su vestido de blonda lila claro y la mantilla de encaje blanco que le cubría la cabeza y enmarcaba las facciones femeninas más bonitas que él había visto.

—Ni lo piense, señor de Silva —le había susurrado al oído Mercedes Sáenz en esa ocasión—. Es inalcanzable.

Mercedes Sáenz no sabía que para él nada era inalcanzable. Sin embargo, debía reconocer que por aquellos días Fiona Malone se había convertido en su obsesión ya que resultaba difícil encontrarla en las tertulias, casi nunca iba; jamás recorría la calle de la Florida después de misa los domingos. Más raro aún era hallarla en el paseo de la Alameda, al que sólo concurría en contadas ocasiones para montar su caballo, alejada de todos y sin dirigir una mirada al grupo de gente. Jamás asistía a tomar el té a lo de Manuelita los miércoles. La obsesión lo llevó a averiguar acerca de su familia. Misia Mercedes lo puso al tanto de la calamitosa situación económica en la que se encontraba su abuelo.

Entreabrió los ojos al escucharla estornudar. Se había tratado de un sonido corto, delicado, hasta gracioso, como el de un gatito. La observó repasar su nariz con un pañuelo de lino, y sus modos le resultaron tan femeninos que no pudo evitar que su pecho se llenara de orgullo y de un feroz sentido de posesión. Fiona era distinta. Su rebeldía, su inteligencia, su libertad, la hacían diferente, y él la atesoraba. Sus arrebatos y su ímpetu lo divertían, aunque debía admitir que no le gustaba que sufriera y que se sintiera herida al saberse comprada. Esa boda había echado por tierra sus sueños románticos; ya se lo había advertido misia Mercedes cuando él le expuso su plan.

Se rebulló en el asiento, incómodo. ¿Qué le importaban a él los sueños románticos de una joven que nada entendía de la vida, que siempre había tenido todo en bandeja, que jamás había pasado hambre o frío? Su inflexibilidad, su extrema severidad, incluso su crueldad, le habían merecido el famoso mote: el diablo. Pero ser así le había servido, y mucho. Su realidad distaba del cuento de hadas en el que parecían creer los niños y niñas bien de la ciudad. Vivir en la campaña, entre gauchos brutos, teniendo que llagarse las manos hasta verlas sangrar nada más que por unos centavos para comer, y defendiendo la miseria que poseía con uñas y dientes, eso no era un cuento de hadas. Manejaba el facón como nadie y era famoso por sus puñaladas certeras y mortales, que le habían granjeado desde muy joven el temor y el respeto de los gauchos e indios de las pampas; su nombre había transpuesto los lindes de las estancias para llegar más allá de la frontera.

—¡Señor de Silva, estamos llegando!

La voz del lacayo resonó dentro de la volanta y

sobresaltó a las dos mujeres. De Silva no tardó en salir de su ensimismamiento.

—¡Por Dios y María Purísima! —exclamó Maria, con la vista clavada en el paisaje.

La curiosidad carcomía a Fiona; su orgullo, sin embargo, le impedía asomarse por la ventanilla. Había cerrado el libro, que descansaba ahora sobre su regazo, e insistía en retorcer el pañuelito de lino entre las manos.

—¡Maria, déjate ya de tanto aspaviento y entra! No puedes tener medio cuerpo fuera del coche —susurró en inglés, descargando la tensión en la criada.

Maria, sin emitir sonido, se acomodó al lado de su niña. Cuando su joven patrona optaba por hablarle en ese idioma era porque deseaba que un tercero no la comprendiese o porque estaba furiosa con ella. No obstante, la imagen de lo que acababa de ver volvió a reflejarse en su retina y, olvidando la admonición de Fiona, comentó:

—¡Oh, Fiona! Deberías ver la casa, es preciosa. —A continuación, y sin mirar a de Silva, manifestó—: Señor, vuestra casa es bellísima.

—Gracias, Maria.

Fiona habría estrangulado a su criada. Se sentía traicionada al verla tratar con tanta deferencia a de Silva, y, aunque la fulminó con la mirada, sólo obtuvo de la mujer un gesto de descaro que la dejó atónita.

—Tal vez deberías hacer caso a Maria. La vista de la mansión se aprecia mejor desde aquí —agregó de Silva.

—Desgraciadamente para mí, señor, tendré toda la vida para apreciarla. ¿Por qué adelantar la tortura?

Si bien el comentario molestó a de Silva, se cuidó de demostrarlo, por el contrario, fijó sus ojos en ella y le dirigió una mirada amorosa.

A Maria la incomodó la acidez de las palabras de su joven patrona. Sabía que podía convertirse en una niña malvada, con una lengua venenosa cuando se lo proponía. Las personas que le desagradaban sacaban lo peor de su naturaleza. Movió la cabeza, con aire condenatorio. Su niña debía tratar de cambiar esa actitud inmadura que desplegaba en relación con su marido.

Fiona jamás había visto algo como aquello. La impresión que le causó la mansión de de Silva la llevó a retener el aliento de manera inconsciente, en tanto su rostro permitía entrever la fascinación que la embargaba. Nunca apartó los ojos de aquel espectáculo arquitectónico mientras Eliseo la ayudaba a bajar las gradillas del carruaje. Sus ojos azules seguían las líneas del palacete que se erigía frente a ella, majestuoso, imponente, como si de la residencia de algún rey europeo se tratase, una de ésas que veía en los óleos que *aunt* Tricia enviaba desde Londres. De tres pisos, mucho más elevada que los altos de Riglos, que, por cierto, se reputaba como la casa más alta de la ciudad, se encontraba dividida en sendas alas separadas por una construcción circular que finalizaba en un techo cónico con una pequeña claraboya en su ápice. En la parte superior, cada una de las alas poseía varias puertaventanas que daban a un gran balcón corrido que las comunicaba. El techo era a dos aguas, de modo tal que uno caía hacia delante y podía ser divisado en su totalidad, mientras el otro se perdía por detrás y era imposible verlo. El tejado era extraño; de piedras chatas de color negro, imbricadas, que brillaban bajo la luz del sol y se tornaba por momentos de un color azul pétreo que pronto se tornaba en azabache. Tiempo después supo que se trataba de una roca muy exclusiva llamada pizarra, que su esposo había hecho traer de unas canteras en la Italia. Finalmente, y sobre la cumbrera del tejado, una baranda lo circundaba de un extremo al otro, imprimiéndole un toque tan especial como extraño para la época. Su soberbia fachada gris caliza poseía algunos detalles en ladrillos color terracota que bordeaban los sotabancos de las contraventanas.

De pronto, la magnificencia de la casona que la había mantenido arrobada, operó en sentido contrario: la deprimió. Se dio cuenta de que esa mansión constituía una prueba más del poder y del dominio de su esposo, que tanto había construido esa fastuosa casa como la había tomado a ella por esposa a cambio de algunas abultadas deudas. Este pensamiento la ahogó, y la ya familiar sensación de angustia le oprimió el pecho.

Varias sirvientas aparecieron por la puerta principal para recibir al patrón y bajaron solícitas las escaleras de mármol hasta alcanzar el camino de pedregullo en el que esperaban las tres volantas. Algunas eran negras, otras mestizas, y todas vestían impecables guardapolvos blancos y llevaban las cabezas cubiertas con pañuelos rojos para expresar su devoción a la causa federal.

Fiona, aún de pie cerca del coche, divisó entre la servidumbre a una negra que se destacaba por su vestimenta. Un traje de seda púrpura con detalles en encaje color marfil festoneando el escote, demostraba que se trataba de alguien especial. Obviamente, ésa era la negra que se suponía la madre de de Silva. Se negó a dar por cierta esa hablilla; los rasgos de Juan Cruz de Silva no presentaban ni un atisbo de la raza africana que tan bien caracterizaba a la mujer. De labios muy gruesos, nariz ancha y aplastada, ojos un tanto achinados, frente amplia y cabello hirsuto y negro, esa mujer no podía ser su madre. La divisa punzó que la negra había acomodado en el lado izquierdo de su tocado era tan vistosa que Fiona sintió que la suya apenas lucía.

De Silva estaba alejado, cerca de la primera volanta, dando órdenes a los otros cocheros, cuando su mirada encontró la de la negra. Fiona supo en aquel instante que su esposo la adoraba: jamás había visto semejante expresión en su rostro. Los ojos negros se le iluminaron como los de un niño frente a un dulce, mientras el ceño, siempre fruncido, se le suavizó. Acortó el trecho a grandes trancos hasta llegar a la mujer, que lo observaba seria, aunque no enojada.

—Te esperaba anoche —dijo la negra con aire de reconvención, y provocó la sonrisa cómplice de Juan Cruz, que la tomó por los hombros y la besó en las mejillas.

La condujo donde Fiona, a quien dispensó una mirada elocuente: "Atrévete con ella y te mato".

—Candelaria, te presento a mi esposa, la señora Fiona de Silva. Fiona, Candelaria es como una madre para mí; espero que la trates con el respeto que merece.

—Es un placer, señora.

La joven la besó en ambas mejillas, tal como vio

hacerlo a su esposo. Se sintió extraña al conferir ese trato especial y respetuoso a una negra; por aquella época seguían considerándolos de una casta inferior, aun cuando la Asamblea del año XIII hubiese demostrado su espíritu liberal al declarar la libertad de vientre. De igual modo, Fiona tenía la certeza de que con de Silva a su lado nada volvería a ser normal.

—El placer es mío, señora de Silva —contestó la mujer, y no se preocupó por simular su disgusto.

Las tres primeras noches en *La Candelaria*, Fiona durmió en el sofá de la sala principal. Jamás se avendría a compartir una habitación con de Silva; se ahorraría esa humillación.

Después de aquel frío recibimiento por parte de Candelaria en el camino de pedregullo, Fiona percibió que de Silva la tomaba por el codo y la impulsaba escalinatas arriba. Aquella muestra de intimidad, que la tocase, la mortificó, y se dio cuenta de que ascendía los peldaños conteniendo la respiración; los latidos que le martilleaban las sienes la ensordecían. Levantó la mirada. La puerta principal, a tono con la casa, de roble y de dos hojas, la aguardaba abierta como dispuesta a engullirla. Se preguntó si Maria la seguiría unida al cortejo de domésticas.

Se detuvieron en el vestíbulo, y Fiona tuvo la impresión de que de Silva aguardaba a que comentase acerca de la casa, que, sin duda, superaba las expectativas suscitadas con su fachada. Se limitó a girar la cabeza, con el mentón ligeramente elevado, aprovechando esa actitud que interpretó como una debilidad del hombre. Le habló a Candelaria sin mirarla, con aire de superioridad.

—Estoy cansada del viaje —expresó—. Sería tan amable de guiarme hasta mi recámara. Me gustaría recostarme un momento.

Candelaria dirigió una mirada a de Silva, que se limitó a bajar los párpados en señal de aprobación. Sólo después, la mujer asintió en dirección a Fiona.

—Me encontrarás en la biblioteca si llegases a necesitar algo —le dijo Juan Cruz a la negra, y, antes de evadirse hacia la derecha, la besó en la frente.

Fiona se quedó mirándolo, en un principio, pasmada, después, furiosa, aunque sólo Maria se dio cuenta de que aquel gesto de familiaridad de de Silva con la criada —para Fiona no era más que eso, una criada— y la absoluta indiferencia hacia ella la habían lastimado.

—Por aquí —indicó la mujer, y le señaló unas escaleras de mármol con barandilla de hierro forjado.

Las seguían los lacayos con los baúles, algunas domésticas con bolsos más pequeños y cajas y Maria, que subía rezando el padrenuestro. Fiona miraba por el rabillo del ojo los enormes óleos colgados en la pared que rodeaba la escalera. En el descanso, había una ventana de gran altura con vitrales cuyo colorido se proyectaba sobre la blancura del mármol. Se detuvo y levantó la cabeza para observarla. No recreaba una escena bucólica o de algún pasaje bíblico, sino la de una mujer desnuda tomando un baño en un río del Edén, y, si bien el diseño le pareció hermoso y estimulante, apartó el rostro con un gesto de disgusto. Candelaria había llegado a la planta superior y la aguardaba con actitud impaciente. Fiona pasó a su lado y siguió camino como si conociese el recorrido.

—Aquí, señora. Ésta es su recámara. —Candelaria la obligó a volver sobre sus pasos.

Fiona entró haciendo ruido con el taconeo de sus botines. Se detuvo en medio de la estancia y, con el mismo aire de suficiencia desplegado en el vestíbulo, miró hacia uno y otro lado. La alcanzó el sonido de los baúles depositados tras ella por los lacayos.

—Pueden retirarse —les ordenó Candelaria.

—¡Qué luminosa! —elogió Maria—. ¡Qué espaciosa!

Fiona seguía contemplando el entorno. La habitación la inquietaba. Quizá se tratase de la enorme cama matrimonial, con doseles. La intimidaba. Su cama —la de la casa de su abuelo— era muy simple, sin dosel y con un respaldo de bronce. "No necesito una cama tan grande para mí sola." La idea que surgió de pronto y que le robó el aliento se confirmó al oír las palabras de Candelaria.

—Maria, puede acomodar los vestidos de la señora en este ropero. Aquél se usa para la ropa del señor.

Fiona giró sobre sí con brusquedad. Maria y Candelaria la contemplaron, expectantes. La habitación se hallaba sumida en un silencio tenso e incómodo, y, por unos segundos, sólo se escuchó la respiración agitada de la joven y el balanceo del ruedo de su vestido sobre el piso de madera.

—¿El ropero del señor de Silva? —atinó a pronunciar.

—Sí, aquel —señaló Candelaria.

—¿Es ésta la habitación del señor de Silva? —Candelaria asintió con gesto severo—. Entonces... —balbuceó Fiona—. Pues, entonces... Aquí hay una confusión. Lléveme a mi habitación, señora, por favor.

—Ésta es su habitación, señora. El señor de Silva me indicó que la acomodase en la recámara de él. Ésa fue su orden —añadió.

—Pues el señor de Silva tendrá que cambiar esa orden.

—Fiona, por favor —terció Maria.

—¡No, Maria! El señor de Silva tendrá que cambiar esa orden —insistió, elevando la voz algunos decibeles.

Salió de la habitación, de nuevo al pasillo, y se encaminó a paso rápido hacia las escaleras levantando un poco el ruedo del vestido. Escuchó que Maria y Candelaria la seguían. En el vestíbulo, miró hacia uno y otro lado preguntándose dónde se hallaría de Silva. Vio que Candelaria le señalaba una abertura a la izquierda. Cruzaron varias estancias. Fiona no reparaba en el costoso mobiliario ni en los pisos de mármol ni en las inmensas arañas.

—Señora, es aquí —la llamó Candelaria, al tiempo que golpeaba con una delicadeza que exasperó a Fiona.

Abrió sin aguardar la invitación y se quedó congelada bajo el umbral. De Silva, echado hacia atrás en una enorme butaca, con las piernas estiradas y los pies sobre el escritorio, levantó los párpados y le dispensó una mirada que la obligó a retroceder. Un hombre, un paisano a juzgar por la vestimenta, se puso de pie y se quitó la boina antes de inclinarse en dirección a Fiona.

—Celedonio —dijo de Silva, al tiempo que se ponía de pie—, puedes retirarse. Te encargo a esa yegua. El potrillo no puede perderse.

—No, no, don Juan Cruz. Yo mesmo me haré cargo, patrón.

De Silva asintió y lo acompañó hasta la puerta. Fiona, arrepentida de su impulso, bajó el rostro. El hombre volvió a inclinarse antes de salir, y Fiona estuvo a punto de seguirlo cuando una mano poderosa se cerró en su brazo y la obligó a entrar. Escuchó el portazo y dio un respingo.

—Mucho apellido, mucha alcurnia, mucha tía casada con un *sir* inglés, pero tu educación, querida, deja mucho que desear. ¿Nadie te explicó que debes llamar antes de entrar?

—Perdón —musitó, y su propia cobardía la enfureció—. Es que... —dijo, y levantó la vista.

De Silva se hallaba demasiado cerca. Le veía con claridad detalles del rostro que no le conocía, como unas ligeras arrugas en torno a los ojos, otras en el entrecejo aunque no lo frunciera y la hendidura en el mentón, y se dio cuenta del límite en donde comenzaba a crecer la barba, azulado en comparación con el resto. "Le crece rápido la barba", pensó, pues esa mañana había reparado en que acababa de afeitarse.

—¿Es que qué? —la instó de Silva.

Alguien abrió la puerta.

—Juan Cruz —escuchó Fiona detrás de ella—, la señora desea instalarse en otra habitación.

Sin apartar la vista de Fiona, de Silva preguntó:

—Dime, Candelaria, ¿sabes por qué diantre la señora de Silva desearía instalarse en otra habitación?

—No lo sé, querido.

"No lo sé, querido", se burló Fiona.

—Sucede que... —susurró.

—No escucho.

Fiona levantó el rostro, y de Silva movió apenas la comisura al contener una sonrisa pedante. Había conseguido lo que buscaba: enfurecerla.

—Sucede, señor de Silva, que esa recámara es de vuestra merced. Y para mí sería muy inconveniente instalarme allí. Espero que lo entienda.

—No, no lo entiendo.

Fiona escuchó que la puerta volvía a cerrarse, y una sequedad le oprimió la garganta al quedar de nuevo a solas con él. Aunque le caía mal la negra Candelaria, habría preferido que permaneciese detrás de ella. De igual modo, conservó la postura beligerante.

—¿No lo entiende?

—No. Explícame.

—No quiero compartir su recámara.

—¿Por qué?

—¿Por qué? —se indignó—. Pues porque quiero conservar mi intimidad.

—Desde hoy debemos hablar de *nuestra* intimidad, Fiona. Ya no más tu intimidad ni la mía. —Le pasó el índice por la mejilla.

Fiona ahogó un gemido y se echó hacia atrás.

—No me toque.

En rigor, la caricia no le había provocado repulsión, más bien sorpresa y miedo; no obstante, la mueca que le imprimió a su rostro hablaba de asco y desprecio, y de Silva se ofendió.

—Ocuparás mi habitación, y basta —resolvió, mientras se alejaba en dirección al escritorio—. No quiero volver sobre este tema. Ahora vete. Tengo mucho trabajo. No me hagas perder el tiempo.

—No ocuparé su habitación.

De Silva giró con un movimiento brusco, y Fiona apretó ambas manos en el marco de la puerta. Las líneas del rostro de de Silva se endurecían en tanto ese gesto inhumano que la espantaba le deformaba las facciones.

—Te dije que no quiero volver sobre este tema. Ocuparás mi recámara, y basta.

—No —se negó, en un hilo de voz.

De Silva se aproximó, y a Fiona le pareció que lo hacía del modo en que el gato de su abuela se acercaba a un pájaro. Se movió hacia atrás hasta chocar con la puerta.

—Escúchame bien, Fiona. —La tomó por la barbilla y le clavó los dedos—. Soy tu esposo y me debes respeto y obediencia. Estoy cansándome de ti. Si te ordeno que te instales en mi recámara, lo haces sin chistar, ¿está claro?

—¡No lo haré!

—¡Lo harás! ¡Te instalarás en mi recámara o en ninguna otra!

—¡Pues bien! En ninguna otra. ¡Prefiero dormir en las caballerizas antes que hacerlo con usted!

Candelaria abrió la puerta y apartó a Fiona de de Silva.

—¡Sácala de aquí antes de que pierda los estribos! ¡Sácala! ¡Llévatela!

Fiona sólo escuchaba la voz atronadora de su esposo ya que, con la cara hundida en el pecho de la negra y aferrada a sus hombros con desesperación, no podía verlo. Lloraba, odiándose por exponer su debilidad. Maria la quitó de manos de Candelaria y la alejó en dirección al vestíbulo. Alcanzaron a escuchar a Candelaria interceder por ella y a de Silva prohibirle que lo hiciera, antes de que la puerta, al cerrarse con un estruendo, ahogase la conversación.

De ese modo, Fiona terminó durmiendo en el sofá de la sala. De Silva no daba el brazo a torcer y no le permitía ocupar otro de los tantos dormitorios de la casa. O en el de él o en ningún otro, con esa frase zanjaba los pedidos de reconsideración que interponía Candelaria.

El matrimonio aún no se consumaba, Fiona no quería compartir su cama y, lo que resultaba peor, lo miraba de soslayo y con desprecio. De Silva estaba intratable; su humor habitualmente proceloso se había vuelto siniestro, y los empleados de la estancia eran sus víctimas. Aunque admitían que nunca había resultado un patrón fácil, en ese momento, estaba insoportable, jamás lo habían visto así. Parecía un volcán a punto de entrar en erupción, se molestaba por tonteras y se distraía. Se trataba del asunto con la mujer, concluían en la ronda del mate, cerca del fogón, por la noche.

La cuarta mañana en *La Candelaria*, Maria despertó a Fiona de su incómodo sueño en el sillón. Al erguirse, amodorrada y mareada, soltó un quejido; sus músculos estaban tensos y duros. Las ojeras, cada vez más violáceas, se acentuaban bajo sus ojos enrojecidos, y el semblante pálido por la falta de buen dormir le daba un aspecto fantasmagórico. Casi no había comido; se sentía débil y lánguida.

Se acomodó en el sillón con las manos bajo la cintura y descubrió su aspecto reflejado en un espejo de la sala. Se estudió con una mueca de espanto. Los mechones de su cabello rojizo estaban mustios y ajados y habían perdido el brillo natural. La bata, toda arrugada, ya empezaba a oler mal. Durante esos primeros días apenas si había podido lavarse un poco sus partes íntimas con un trapo embebido en agua de azahares en la diminuta habitación de Maria.

—Vamos, mi niña.

Cuando Maria la llamaba "mi niña" era porque estaba sintiendo pena por ella.

—La negra Candelaria me ha dicho que debes ubicarte en la cuarta habitación del ala derecha —explicó su criada.

Fiona la miró extrañada, con el entrecejo fruncido, mientras intentaba domeñar su cabello.

—¿Eso te dijo? —La observó asentir en silencio—. ¡Pensar que yo soy la señora de la casa y ella decide qué cuarto puedo tomar!

—Bueno, Fiona, coincide conmigo en que no te has comportado justamente como la señora de la casa desde que llegaste.

—¡Qué dices! ¿Qué pretendes? ¿Que duerma con él? ¿En la misma cama?

Su rostro reflejaba la honda perturbación que se había apoderado de ella.

—¡Fiona! Tú aceptaste casarte con él. Sabes lo que un hombre espera de su mujer. Tu tía Tricia te lo explicó.

—*Aunt* Tricia no fue explícita con ese tema. Sí, algo me dijo, sin embargo... Camila tampoco sabe mucho, aunque por lo menos Lázaro la besaba en los labios cuando eran novios. Yo, ni eso.

Escondió los ojos cuando la imagen de de Silva y de Clelia se le presentó con nitidez.

Llegaron al inicio de la escalera de mármol, con su imponente baranda de hierro negro y madera oscura. No había vuelto a la parte alta; los primeros días deambuló entre la habitación de su criada y los salones de la planta baja. Mató el tiempo leyendo y escribiendo su diario íntimo, en inglés, por las dudas.

Aunque casi no lo había visto, frente a su esposo, se había sentido humillada, inerme y vulnerable. Él salía muy temprano por la mañana, minutos antes de que amaneciera; para cuando regresaba, ya era de noche; pasaba como flecha hacia su dormitorio en la planta alta, y Candelaria le llevaba algo de comer en una bandeja.

Sabía que la servidumbre estaría haciendo de esa irregular situación la comidilla del año. No le importaba, en absoluto; aunque, al pensarlo mejor, se dijo que sí le importaba; en caso de que esa sarta de rumores llegara a oídos de su familia y su abuelo se enterara del plan que William y de Silva habían tramado, sería el fin del viejo Malone.

Llegaron al dormitorio; los baúles con su ropa habían sido dejados a un costado. No quería siquiera imaginar el estado deplorable de sus vestidos después de varios días de encierro; estarían arrugados como un fuelle.

No podía negarlo: la habitación, amplia como un salón, le resultó deslumbrante. La cama, con baldaquín, era enorme, como para un matrimonio. "Para un matrimonio." La duda la angustió. ¿No estaría pensando de Silva en trasladarse a esa nueva recámara una vez que ella lo hiciera? Corrió despavorida hacia uno de los roperos. Maria la siguió con la mirada. Abrió una de las puertas del armario y comprobó que estaba vacío. De igual modo, eso no implicaba que de Silva decidiera ocuparlo más tarde. Cuando Maria comprendió la corrida de su ama, arqueó una ceja con enojo. A su entender, Fiona estaba manejando mal las cosas.

—Es hermosa, ¿no lo crees?

—A mí no me parece —mintió Fiona, a pesar de que no despegaba los ojos de las paredes forradas con un extraño papel aterciopelado color albaricoque.

—¡Fiona, no seas majadera! Cambia esa actitud, por el bien tuyo y el de todos.

La sirvienta la tomó por los hombros y la sacudió levemente.

—¿Qué estás buscando? ¿Que tu abuelo sepa la verdad? ¿Eso quieres? Porque te aseguro que eso lo llevará a la tumba antes que las deudas de los campos.

Fiona abrió sus ojos tan grandes que Maria pudo ver dentro de ellos algunos derrames.

—¿Eso quieres, Fiona? ¿Es eso lo que estás buscando? —insistió, envalentonada ante la evidente flaqueza de la joven.

—¡No! ¡No! Por supuesto que no.

—Entonces, cambia de actitud con de Silva.

La sala de baño estaba junto al dormitorio y sólo se podía ingresar por una puerta situada en la pared derecha. Allí encontraron una tina de latón rebosante de agua caliente. El baño le sentó de maravillas; Maria echó perfume de jazmín al agua y le frotó el cuello y la agarrotada espalda con aceites aromatizados.

Al regresar a la habitación, le llamó la atención una puerta enfrentada, ubicada en la pared opuesta. Caminó descalza hacia allí. Intentó abrirla, pero estaba con llave; quiso husmear por el ojo de la cerradura, pero algo lo cubría del otro lado. Al fin, se dio por vencida. Se dirigió a la cama y le pidió a su criada que encendiera el pebetero de plata que acababa de descubrir.

Descansó la cabeza en la almohada y dejó que su cuerpo se relajara sobre el colchón. Tuvo la impresión de que cada hueso, cada músculo, cada tendón, se acomodaba en su sitio, provocándole una rara sensación, entre placentera y dolorosa. Durmió más de ocho horas seguidas.

—¡Fiona! ¡Despierta, vamos!

La voz de Maria parecía parte de un sueño. Estaba aún adormilada y los párpados le pesaban; no podía abrirlos. Se restregó los ojos. Como en la lejanía, escuchaba los pasos presurosos de su criada.

Trató de ubicar la ventana de su habitación: no la encontró. Tanteó con la mano, buscando el pañuelo en su mesa de noche, pero la cama parecía no tener fin. Por último, miró hacia arriba para situar la araña con lágrimas de cristal que tanto le gustaba, y sólo descubrió el techo del dosel cubierto por una delgada muselina blanca.

—¿Dónde estoy?

Aunque sabía que no se encontraba en el dormitorio de la casa de su abuelo sino en lo de de Silva, necesitó preguntar.

—Te encuentras en casa de tu esposo, el señor don Juan Cruz de Silva, ¿lo recuerdas? —replicó Maria, siguiendo el juego.

Por fin, Fiona se incorporó. El dolor muscular no había remitido, tampoco el de la espalda, y la cabeza le pesaba sobre los hombros. En medio de su embotamiento atinó a reconocer a Maria, que buscaba algo dentro de uno de los baúles.

—¿Qué haces?

—Vamos, Fiona, levántate.

—No quiero levantarme; quiero seguir durmiendo —dijo con pereza, y volvió a recostarse sobre la almohada de pluma de ganso.

—¡Levántate! De Silva mandó decir que te espera en el comedor hoy a las ocho y media para cenar. ¡Ah, por fin! ¡Lo encontré! Te pondrás éste; es bellísimo y no está tan arrugado —dijo, mostrando en alto el vestido.

—¿Que de Silva quiere cenar conmigo? ¿Quién te dijo?

—¿Y quién va a ser? Candelaria. Anda, sé buena niña y levántate. Todavía hay mucho por hacer. Tengo que tratar de componer un poco esas ojeras y arreglarte el cabello; parece un nido de ratas.

Cuando bajó al comedor, de Silva y Candelaria ya estaban sentados a la mesa. Al verla entrar, de Silva se puso de pie y salió a su encuentro; sin decir palabra, le ofreció el brazo para acompañarla hasta su sitio, al lado de él y frente a Candelaria. La mujer la observaba con seriedad y una mirada cargada de desaprobación. "No será fácil", se previno Fiona, al dirigirle un vistazo furtivo.

Ya en su lugar, por el rabillo del ojo trató de mirar una vez más a Juan Cruz de Silva. Su cabello oscuro brillaba bajo la luz de las bujías por efecto del fijador con el que lo había peinado, todo hacia atrás, lo que hacía desaparecer el remolino que le partía el jopo en dos y le despejaba el rostro. Esa noche vestía una impecable camisa de batista blanca, y Fiona juzgó que el nudo de la lazada no resultaba tan ostentoso como el de otros caballeros. Odiaba los chalecos colorados rameados en negro, pero a de Silva le sentaba muy bien el suyo, tal vez por el modo en que le enmarcaba los hombros anchos y cuadrados, tal vez por la forma en que le apretaba el torso.

Los nervios le jugaban una mala pasada; las manos le temblaban, y se le ponían más húmedas a medida que los minutos corrían y nadie hablaba. Cuando sus tripas comenzaron a rugir, temió que de Silva escuchara. Tomó su copa de cristal y bebió un poco de agrio, pero la acidez de la bebida surtió el efecto contrario: acentuó el vacío del estómago y sus ruidos. Tenía deseos de levantarse y salir corriendo sin dar explicación, a pesar de que le había prometido a Maria que se comportaría como una dama.

—¿La habitación resultó de tu agrado, Fiona? —preguntó de Silva, y rompió el silencio de manera abrupta.

—Sí, señor.

En aquel momento una sirvienta anunció la presencia de un chasque.

—¡Cuántas veces debo repetir que no deben interrumpirme cuando estoy cenando! —vociferó de Silva.

La jovencita temblaba, con las manos apretujadas en el regazo y los ojos clavados en el suelo. Fiona, aterrada como si le hubiese gritado a ella, experimentó a lo largo de su columna vertebral el pánico que de Silva inspiraba. Candelaria, en cambio, lo miraba sin inmutarse.

—Es un chasque de su excelencia, patrón. Pensé que...

—Está bien, hazlo pasar —refunfuñó.

De Silva arrojó la servilleta sobre la mesa y se incorporó. Al cabo, se presentó un hombre envuelto en una capa roja de nanquín rústico, con el clásico gorro punzó caído hacia un costado, el que llevaban los servidores de Rosas.

—¡Viva la Santa Federación! —gritó a modo de saludo.

—Viva —dijeron al unísono Candelaria y de Silva, con poco ímpetu. Fiona permaneció callada.

—Buenas noches, don Juan Cruz. Señoras. —Inclinó su cabeza, primero en dirección a Candelaria, luego a la que seguramente sería la señora de Silva.

—¿Qué lo trae por acá, Cosme?

—Disculpe su merced la hora, don Juan Cruz. Pero su excelencia el gobernador le envía una misiva que ha pedido sea contestada ahora mismo, así yo llevo la respuesta antes del amanecer.

El hombre extendió la mano reseca y agrietada por el frío y le entregó unas hojas plegadas y lacradas con el sello de Rosas. Juan Cruz quebró el precinto y las abrió. Candelaria se puso de pie y abandonó el comedor sin decir palabra. Fiona la observó marcharse con los ojos dilatados por la sorpresa. De Silva, que parecía no haberse percatado de la escapada de la mujer, continuó enfrascado en la lectura de la carta.

Al cabo de unos minutos, la negra regresó con un tintero, una pluma y una barra de lacre que depositó sobre la mesa. De Silva, que acababa de finalizar la lectura, tomó la pluma, embebió la punta en el tintero de bronce y comenzó a garabatear algunas palabras en la hoja color tiza. Fiona quedó atónita; parecía que de Silva y Candelaria podían comunicarse con miradas, resultaba extraño verlos juntos. Sintió envidia y celos de esa mujer que conocía tan bien a su esposo y que, más que amarlo, parecía idolatrarlo.

—Cosme —habló de Silva—, dile a Carmelita que te dé algo caliente para comer y un poco de vino antes de partir. Pídele a Celedonio que te cambie el caballo, el tuyo debe de estar agotado —prosiguió, mientras derretía el lacre en una de las velas de los candelabros de plata. A continuación, estampó el sello de su anillo y entregó la misiva otra vez lacrada.

—Gracias, don Juan Cruz. Gracias y buenas noches. —Miró a las damas y, tras una inclinación, salió del comedor.

—Buenas noches. —Esta vez, respondieron los tres.

La cena fue servida. Los platos eran exquisitos, pero Fiona casi no probó bocado.

—¿No le ha gustado la comida, señora? —preguntó Candelaria, seria como siempre y con tono imperioso—. Maria me dijo que el budín de espinaca es de sus platos predilectos.

—La comida está muy bien —se apresuró a contestar—. No tengo mucha hambre, es todo.

—Está muy delgada. Debe comer para estar fuerte, señora.

El comentario de Candelaria sonó más como orden que como sugerencia.

—¿Necesita algo más en su alcoba? Dejé toallas en el ropero del tocador y más sábanas en los cajones del armario.

—Gracias, Candelaria. Todo está bien. —Fiona se llevó la copa a los labios de modo de sellarlos. Presentía que en cualquier momento cometería alguna torpeza de la que se arrepentiría.

De Silva, que observaba alternadamente a una y a otra, percibió la tirantez entre ellas.

—Juan Cruz, ¿vas a tomar el mate como siempre en el estudio?

"Juan Cruz, ¿vas a tomar el mate como siempre en el estudio?" Fiona no pudo evitar repetir las palabras de Candelaria con tono burlón. Un fastidio incomprensible la inundaba cuando la negra trataba con familiaridad a su esposo. Se notaba que conocía cada uno de sus secretos y costumbres, sabía bien lo que le gustaba y lo que detestaba, sus preferencias y sus deleites. Ella, en cambio, no sabía nada acerca de él.

—No, Candelaria. Manda preparar el salón azul. Tomaré un coñac allí con Fiona.

De Silva la miró, y sus ojos se encontraron por un instante. Los párpados de la joven bailotearon, sin saber qué hacer, hasta que dejó que su mirada se perdiera otra vez un bordado del mantel.

—Hace días que no abrimos ese salón —comentó Candelaria—. Debe de estar helado.

—No importa, que lleven el brasero —ordenó de Silva, sin quitar la vista del cabello de su mujer.

Fiona parecía haber perdido la acidez de los últimos días; no usaba palabras mordaces y se la veía más serena. De Silva también había cedido, en gran parte, por los ruegos de Candelaria que, si bien no adoraba a la muchacha, tampoco podía verla dormir en un sofá o deambular por la casa como ánima en pena sin apiadarse de ella. Por otra parte, ya no soportaba el chismorreo de las sirvientas.

Fiona se sorprendió al entrar en el salón. Ni siquiera misia Mercedes podía ufanarse de contar con una habitación como ésa en su casa. Acababan de iluminarla, y las bujías encendidas se reflejaban sobre las gotas de cristal de la araña produciendo miríadas de luces iridiscentes que inundaban las paredes de la sala, cubiertas por un empapelado azul oscuro que llegaba hasta la mitad; un estucado color gris claro, casi blanco, completaba el revestimiento. El piso de madera, de un tinte oscuro, resonaba a medida que los botines de Fiona avanzaban. Los muebles de caoba oscura eran de estilo inglés y los canapés estaban tapizados en una tela damasco amarilla muy tenue. El piano atrajo su atención, se trataba de un instrumento de exquisita manufactura, lo notó de inmediato. Con taconeos cortos y presurosos, llegó hasta él; apoyó la punta de los dedos sobre la madera bruñida de la cola y acarició la superficie.

—Lo mandé comprar para ti antes de casarnos. Me dijeron que tocas el piano mejor que Favero. —La voz profunda de Juan Cruz cargó el ambiente de una honda tensión—. Y como nunca accediste a tocarlo en casa de tu abuelo, pensé que tal vez ahora me complacerías.

Fiona, de espaldas, no dijo nada. Entró una sirvienta que traía la botella de cristal con el coñac, dos copas y una canasta con pastelitos de durazno.

—Blanca, cierre la puerta.

La doméstica hizo una reverencia antes de atrancar las dos hojas de madera casi sin hacer ruido.

—¿Jamás pide las cosas "por favor", señor?

—No —respondió de Silva, divertido.

Fiona continuó callada, investigando las paredes, cargadas de cuadros de gran belleza y maestría.

—Fiona, ¿podrías tocar algo para mí, *por favor*?

Los ojos de de Silva chispeaban, y sus labios se curvaban en una sonrisa pícara. Fiona dio media vuelta para mirarlo, sorprendida por lo de "por favor", y no advirtió el gesto divertido de su esposo, ya que, en ese momento, mientras servía la bebida, le daba la espalda. Cuando llegó hasta ella para ofrecerle la copa, su rostro había vuelto a la seriedad de costumbre.

—¿Cuántos "por favor" debo pronunciar antes de que toques algo para mí?

Le alcanzó el trago. Fiona se mojó los labios y, como la bebida le resultó demasiado fuerte, la dejó sobre una mesa. Se encaminó hacia el piano y se sentó frente a él. Levantó la tapa y admiró por unos instantes las teclas nuevas y relucientes. Hizo crujir los dedos, y luego jugueteó unos segundos, probando sonidos y acordes. "Perfecto", se dijo.

De Silva, mientras tanto, se había acomodado en un sillón, y copa en mano, se aprestaba a escucharla tocar. Las primeras notas llegaron a sus oídos y cerró los ojos; le pareció que de ese modo las apreciaría mejor. Poco a poco, la melodía fue aletargándolo, transmitiéndole una sensación de paz y armonía. Imaginó los lánguidos dedos de Fiona llenarse de vigor y descargar su ímpetu sobre las teclas. Imaginó que el gesto beligerante de su magnífico rostro, concentrado en la melodía que tan bien estaba ejecutando, se relajaba hasta convertirse en una expresión dulce y angelical como la que él le vio una vez a la salida de la iglesia del Socorro. Imaginó que sus mechones color fuego se escapaban del tocado y bailoteaban sobre sus sienes. Imaginó su pecho agitado y sus labios apretados.

Se aproximó a su joven esposa conducido por la excitación y no por la sensatez. Le posó la mano sobre el hombro desnudo y se dijo que no recordaba haber acariciado una piel tan suave. El roce de esos dedos la sobresaltó y dejó de tocar. De Silva la sintió estremecerse con su contacto.

—Sigue tocando. —A pesar de tratarse de una orden, no la asustó pues la voz de él sonó tensa y torturada.

Fiona retomó la melodía con menos bríos, ya que la mano de de Silva sobre su hombro la mantenía en suspenso. El corazón le palpitaba alocadamente, y respiraba de manera acelerada. Volvía a experimentar el molesto cosquilleo en el estómago que tanto la había atribulado aquella noche en la posada cuando de Silva se presentó en su pieza, una sensación extraña y desconocida, una ansiedad que se oponía al odio que aquel hombre le inspiraba.

De Silva se dio por vencido y sucumbió al deseo: rodeó con sus piernas las caderas de Fiona y quedó sentado a horcajadas detrás de ella. Los sonidos del piano se interrumpieron; el último acorde pareció flotar y propalarse en el silencio profundo que siguió a la osadía de Juan Cruz. Ese silencio denunciaba la agitación en la que ambos estaban sumidos. Con un movimiento rápido, Fiona se movió hacia adelante, hasta el borde del taburete, hasta que sus senos se volcaron en el teclado haciéndolo sonar de modo discordante.

Le palpitaban las sienes al ritmo del corazón, su mente comenzó a girar vertiginosamente, y enseguida la asaltó un mareo. Las teclas se desdibujaban delante de ella. Su pecho subía y bajaba, la garganta se le había resecado y ya no sentía las piernas. Lo que sí sentía sobre sus nalgas era la potente y erecta virilidad de de Silva, aunque no sabía de qué se trataba, ella sólo atinaba a preguntarse: "¿Qué es eso que se pone duro y late contra mí?".

Las teclas volvieron a resonar cuando, desde atrás, de Silva entrelazó sus dedos con los de ella, inertes sobre el piano, y la envolvió con sus musculosos brazos. Hundió la cara en el cabello de Fiona e inspiró profundamente hasta llenarse de esencias balsámicas que desataron en él un deseo irrefrenable. Tomó el cuello de su mujer con ambas manos y la obligó a voltear para besarla en el límite del escote, justo en esa depresión entre las clavículas. La garganta de Fiona se contrajo ante la desmesura de las manos ásperas de de Silva y ante la exigencia de sus labios gruesos, que no la besaban sino que se arrastraban por su cuello. El aliento de de Silva, que olía al coñac, le quemaba la piel. La aterraba su comportamiento. Jamás había experimentado esa intimidad con un hombre; en realidad, jamás imaginó que se podía experimentar esa intimidad con un hombre.

—Qué bien hueles. Tu piel…es… Fiona...

La voz de de Silva la asustó. Como pudo, se liberó de la presión que la mantenía atrapada contra el piano y abandonó el salón azul corriendo.

—Salga, Maria. —Tras una pausa, agregó—: Por favor.

De Silva ingresó por la puerta que se alzaba en la pared izquierda del cuarto de Fiona. Evidentemente, la habitación contigua era la de él.

Al escuchar su voz, Fiona emergió de los brazos de Maria que la consolaba desde hacía unos minutos. De Silva reparó en que su esposa se había puesto el camisón, que llevaba el pelo suelto y que tenía la nariz y los pómulos enrojecidos y las pestañas empapadas. La criada la separó de su regazo y la dejó sola al borde de la cama.

Una vez que la puerta se cerró, de Silva se acercó. Con los cabellos revueltos y el engominado perdido, mechones caprichosos le caían ahora libremente sobre el rostro. Se había quitado el chaleco rameado y llevaba la camisa fuera del pantalón, abierta hasta la mitad del pecho.

¿Qué estaba sucediéndole?, se preguntó, medio desconcertado, medio furioso. ¿Por qué no podía doblegarla? ¿De veras era inalcanzable? Estaba enloqueciendo de cólera y de frustración. Presentía que si no la hacía suya algo se quebraría dentro de él. Con todo, no quería lastimarla. ¡Por Dios! A fin de cuentas, sólo tenía que arrojarla sobre la cama, abrirle las piernas e introducirse dentro de ella. En verdad así era su naturaleza, implacable y déspota, aunque lo que parecía ser su propia esencia se volvía en su contra cuando de Fiona se trataba.

—Fiona. —Intentó que su voz sonase tranquila y conciliadora.

La joven levantó la mirada. Parecía un animal herido dispuesto a cualquier ardid para defenderse.

—Fiona, eres mi esposa.

No sabía qué decir. Le resultaba extraño quedarse sin argumentos cuando su elocuencia jamás fallaba. Con Fiona, en cambio, todo se había vuelto patas arriba.

Intentó tomarla por el brazo, pero ella se apartó como si su mano la hubiese quemado. Levantó las piernas y se escabulló por la cama hacia el otro sector de la habitación.

—¡No se atreva a tocarme!

Agazapada, Fiona mantenía la mirada atenta buscando la mejor oportunidad para escapar.

—¡Ya me cansé de tus caprichos! He soportado más de lo que mi mente puede comprender. ¡Has colmado mi paciencia!

De nuevo la furia esculpía en su rostro esos surcos profundos que lo convertían en otro ser: uno diabólico y feroz. Fiona temblaba, y se apretaba las manos para que él no lo notase. No sabía a qué recurrir para ahuyentarlo de su dormitorio.

—¡Para que sepa, de Silva, usted no es mi primer hombre!

Lo infantil de la confesión lo hizo reír a carcajadas.

—Eso ya lo veremos —dijo al cabo, con los ojos en el escote de Fiona.

—¡No hay nada que ver, señor! ¡Yo estoy diciéndoselo!

—Así que no hay nada que ver —repitió él, con sorna—. Eres más cándida de lo que imaginé, amor mío —concluyó, al tiempo que avanzaba hacia ella.

Fiona trató de escabullirse de la habitación, pero no fue suficientemente rápida. Con un salto ágil, de Silva le cerró el paso y en un instante la tuvo entre sus brazos. Fiona se debatió con furia entre aquellas tenazas. Su ímpetu empezó a desvanecerse cuando entendió que de Silva era infinitamente más fuerte y que sólo conseguía agotarse en vano. Los músculos de ese hombre parecían zunchos que la apretaban hasta sofocarla. La rabia hizo afluir los colores a sus mejillas. Estaba vencida, humillada, y no podía mirarlo a causa de la vergüenza. No quería perder esa batalla. Comenzó a forcejear de nuevo aunque al hacerlo se fatigase; a ese punto, sólo quería demostrarle cuánto aborrecía su contacto. De Silva la sujetó con crueldad.

—Relájate, Fiona. No voy a hacerte daño. Solamente quiero hacer el amor contigo. Soy tu esposo, es mi derecho.

—Derecho adquirido como todo un caballero, ¿verdad?

Su mordacidad dio en el blanco, y logró herir su amor propio, en vano, pues no consiguió que la soltara; al contrario, la arrastró sin el menor esfuerzo hasta la cama donde la depositó brutalmente, como quien arroja un costal de papas al suelo. Comenzó a desvestirse.

La cabeza de Fiona erguida y sus codos hundiéndose en el colchón, las puntas del cabello rozando la manta y el escote corrido del camisón que dejaba entrever la redondez de los senos, sus ojos que no cesaban de mirarlo y la boca entreabierta por donde escapaba un jadeo irregular, todo en aquel momento lo enardecía.

A Fiona le costaba creer que aquella escena estuviera sucediendo. Lo inverosímil de la situación la sumía en un aturdimiento del que no acertaba a salir. Paralizada, incapaz de articular palabra, vio cómo Juan Cruz se quitaba la camisa y se deshacía del pantalón; vio también su pecho desnudo, cubierto de una mata de pelo negro, y sus calzones blancos que se abultaban a la altura de la ingle. Apartó la vista, y descubrió en la pared la sombra de los músculos de su torso.

—Fiona, mírame.

Sus ojos encontraron los de él, enigmáticos y profundos, y Fiona descubrió que la observaba de una forma extraña, nueva; su mirada no era benévola, menos aún mansa, aunque sí carecía de los visos de enojo y de hartazgo de costumbre. Advirtió también que esa mirada despertaba en ella sentimientos desconocidos y que esos sentimientos, tuvo que admitirlo, no le resultaban desagradables.

Un cosquilleo la recorrió cuando de Silva comenzó a acercarse casi desnudo, con los calzones como única prenda. Esa proximidad arrancó un gemido ahogado a su garganta, y clavó los talones en el colchón para alejarse. De Silva lo escuchó, y en su boca se dibujó de nuevo esa sonrisa entre divertida y burlona. Fiona trató de escabullirse por el costado opuesto de la cama, pero Juan Cruz la sujetó por la pierna y la arrastró hacia él con facilidad.

—No, por favor. ¡Déjeme!

La voz se le quebró cuando de Silva la abrumó con su peso. Fiona apartaba la cara y lo contemplaba fijamente, aterrada, expectante, y le golpeaba la barbilla con su aliento. Con dulzura inesperada, de Silva le acarició las mejillas, mientras le dedicaba una de esas miradas que tanto la desconcertaban.

—Déjeme, se lo imploro. Por favor —insistió, sin esperanzas.

—No, Fiona, no. Esta vez soy yo el que te implora por favor —susurró él, muy próximo a sus labios entreabiertos.

La besó en el cuello, y otra vez el aroma de su piel le colmó los sentidos.

—Quiero ver tu cuerpo desnudo.

—¡No! —La negación surgió con un acento desesperado más que enojado.

Se rebulló con nuevos bríos y gritó hasta que las piernas de él atenazaron las de ella, inmovilizándola; cualquier intento posterior la agotó hasta la humillación. Al verla rendida, Juan Cruz le besó varias veces la frente y los ojos húmedos, y la punta de la nariz, y el mentón, y los pómulos, y acompañaba sus besos con palabras reconfortantes.

—Lo sé, mi amor, sé que estás asustada. Sé que tienes miedo.

—Entonces, por piedad, déjeme sola. Váyase.

—No puedo irme, no ahora, Fiona. Tú no entiendes lo que despiertas en mí. Por favor, amor mío. Por favor, Fiona —volvió a implorar, mientras sus labios le dibujaban surcos de saliva en los hombros—, permíteme quitarte el camisón. No quiero hacerte daño. Vamos, levanta los brazos así puedo deshacerme de tu camisón. No quiero romperlo, no quiero hacerte daño —repitió.

Fiona no podía luchar. Cierto ánimo se apoderaba de ella, un ánimo que no acertaba a definir y que la instaba a dar una oportunidad a de Silva; de pronto, sentía curiosidad. Su mente, sin embargo, se rebelaba e intentaba ordenar a sus brazos, a sus piernas, a sus dientes, que defendieran su dignidad; no obstante, esa fuerza desconocida se imponía y la sometía. No se resistió cuando de Silva la despojó del camisón con habilidad, y cerró los ojos al comprender que, junto con el camisón, ese hombre la había despojado de su último baluarte. Cayó en la cuenta de su vulnerabilidad al percibir el vello crespo de de Silva sobre sus pechos. Comenzó a llorar sin fuerzas.

—Déjeme —le pidió al oído, sin convicción—. No me haga esto.

—Fiona, eres tan hermosa. Te deseo tanto.

Resultaba claro que Juan Cruz de Silva no la escuchaba, se había extraviado en un mundo de sensaciones intensas. Muchas veces la aurora lo había encontrado fantaseando con ella, desnuda, inocente, temblorosa, como en ese momento. Ahora se daba cuenta de que la extrema exquisitez de ese cuerpo menudo superaba sus más osadas fantasías. Atesoraba cada centímetro de la piel de su mujer, era su mayor fortuna, su conquista más grande. Por eso la tocaba con suavidad, como si temiera dañarla o mancillar su perfección.

—Fiona, déjame mostrarte lo feliz que puedo hacerte.

Los labios de Juan Cruz buscaron deseosos los de ella, y por primera vez sintieron su carnosidad. Aunque la escuchó gemir y soltar el aliento como si se ahogase, siguió adelante, y su lengua se abrió paso entre los dientes apretados e intentó sin éxito juguetear con la de ella.

Para Fiona, aquella intromisión resultó tan sorpresiva e inesperada que la dejó quieta y tensa debajo de su esposo. Le pareció que el mundo comenzaba a girar alocadamente cuando las manos de él se cerraron con suavidad sobre sus pechos desnudos. "¿Esto está sucediéndome de verdad?". Su mente se negaba a aceptarlo. Lanzó un quejido sofocado por los labios de su esposo y se aferró a los hombros de él cuando el vértigo adquirió una intensidad insoportable al sentir los ásperos dedos de de Silva en sus pezones, endurecidos como cuando tenía frío.

La paciencia de Juan Cruz alcanzó su límite. Separó las piernas de Fiona, metió la mano para liberar su miembro y se dispuso a penetrarla. Sabía que para ella era la primera vez y sospechaba que su joven esposa desconocía lo que le esperaba: la irrupción, el dolor, la sangre. Maldijo a las mujeres de su familia por no haberla preparado. De igual modo, él no podía esperar, el deseo lo trastornaba y le consumía la débil intención de mesura. Las uñas de Fiona se clavaron en su espalda y un grito de dolor que se hizo vivo en ella, le desgarró el alma.

—¡Dios mío! ¿Qué me ha hecho? ¡Qué dolor!

—Ya está, amor mío, ya pasó —le susurró, mientras respiraba con dificultad sobre sus labios—. Así tiene que ser, no te asustes. Todo está bien, es normal. Relájate, Fiona. Relájate y verás.

—Me duele —gimoteó—. Me ha lastimado. Tengo miedo —admitió, en un impulso de sinceridad que su orgullo lamentó.

—Lo sé, mi amor. Sé que duele y que tienes miedo. Pasará, poco a poco, pasará.

Transida de dolor después de aquel desgarro, no se animaba a moverse y se mantenía quieta, con el respiro sujeto, bajo el abrumador peso de de Silva. No terminaba de comprender que ese hombre estuviese dentro de su cuerpo.

De Silva percibía la tensión de Fiona en el modo en que sus manos le apretaban los hombros. Como había esperado un ataque de histeria, admiró el esfuerzo de Fiona por conservar la compostura. Aquella vivencia debía de ser aterradora para una muchacha con la crianza de ella.

—No contengas el aliento. Vamos, trata de respirar normalmente. —Fiona obedeció—. El dolor irá remitiendo, te lo prometo. Confía en mí —le pidió, y sonrió con ternura, y, de alguna manera, esa sonrisa le quitó un poco de sordidez a la situación—. Eres tan hermosa —lo escuchó decir—. Te deseo tanto.

Con aquellas palabras, la besó de nuevo en la boca, apenas le rozó los labios, aunque casi de inmediato introdujo su lengua dentro ella para profundizar el beso, y el débil consentimiento de Fiona, que, por miedo, no se animó a quejarse, lo enardeció. Junto con la voracidad de sus labios, recomenzaron las embestidas. Buscaba penetrar en la carne de Fiona para alcanzar ese punto de éxtasis en el que le demostraría que él podía hacerla feliz.

Temió que, con el movimiento, el dolor regresase. No volvió; de igual modo, se sentía incómoda, a disgusto; le ardía, y pronto le pareció que se quemaba, en tanto de Silva aumentaba el ritmo de sus movimientos ondulantes. La cabeza de Fiona cayó de costado, exhausta de resistir, y pudo observar el abandono con el que se abrían sus piernas, vencidas ante la irrupción de aquel cuerpo pesado y duro que la aplastaba y se introducía dentro de ella porque, según decía, tenía derecho. Con la misma indiferencia, Fiona observó la mano oscura y enorme de de Silva cuando comenzó a apretarle la carne del muslo; cada apretón de sus dedos acompañaba a un nuevo embiste, a un nuevo rugido. Le pareció que él intentaba levantarle la pierna para colocarla en su cadera, pero no colaboró, había alcanzado una posición mental y física en la que se hallaba cómoda para soportar aquella afrenta y no tenía intenciones de cambiar. Se fijó en que había contrastes entre ellos: la suavidad de su piel y la callosidad de las manos de él; la blancura de ella, y el tono oscuro de él; su debilidad enfrentada a la fuerza de de Silva; su miedo, y la temeridad de él.

Supo por instinto que aquella extraña danza estaba a punto de terminar. Los embistes aumentaron para luego volverse cortos y violentos. Tuvo la impresión de que de Silva pretendía llegar a sus entrañas. Entornó los párpados, tratando de abstraerse de los ruidos de él, de sus gemidos y gruñidos, trató de pensar en sus abuelos, en su tía Tricia, en Maria, que la consolaría más tarde, y, aunque se esforzó, el rostro de de Silva, de ese hombre brutal, borró el de sus seres queridos e irrumpió con igual desparpajo e imperio con los que su carne lo había hecho en la de ella, y le sonreía, no con burla, no con pedantería, sino con ternura; se trataba de la misma sonrisa que le había regalado minutos atrás mientras le pedía: “Confía en mí”.

Un movimiento brusco de de Silva la devolvió a aquella cama, a aquel momento. Abrió los ojos con desmesura al verlo echarse hacia atrás y estirar el cuello hasta que sus músculos y tendones sobresalieron en la piel tirante y oscura. El hombre gimió como en trance hasta soltar un grito profundo, grave, desgarrador, que la estremeció de susto. Los brazos de de Silva se tensaron a los costados de su rostro, los músculos se le remarcaron bajo la piel velluda y sus rasgos se dejaron ver por un segundo cuando cayó exhausto sobre el cuerpo desnudo de ella.

El pecho de Juan Cruz se sacudía y chocaba contra los senos de Fiona. Instantes después, se retiró de ella, se tendió a su lado y se cubrió la cara con el antebrazo izquierdo, todavía agitado.

Fiona se quedó atónita, con la vista clavada en el techo del dosel. No sabía cómo proceder. ¿Qué se hacía después de eso? Se dio vuelta y encogió el cuerpo y, guiada por el instinto, pegó las rodillas al pecho, escondió el rostro y ocultó las manos bajo el mentón. Percibió una humedad fría entre las piernas, un líquido que, al chorrear, le hacía cosquillas. Al descubrir de qué se trataba, profirió un alarido que arrancó a de Silva del letargo.

—¡No debes preocuparte! ¡Es absolutamente normal! —le explicó, al descubrir la causa de su pánico.

El hombre se había incorporado y trataba de volver el rostro de Fiona hacia el suyo, pero ella insistía en mantenerlo oculto tras sus manos ensangrentadas. Lloraba.

—¿Cómo es posible que nadie te explicase? —se preguntó, incrédulo, furioso.

Ella parecía tan pagada de sí, tan inteligente y cultivada.

—Es normal la primera vez. Después, nunca vuelve a suceder.

Fiona no quería escucharlo.

—Váyase. Váyase, por favor. Déjeme sola. Necesito estar sola. Ya obtuvo lo que deseaba. Ahora déjeme en paz.

Juan Cruz de Silva recogió la ropa del suelo y abandonó la habitación. Antes de cerrar la puerta, dirigió una mirada a su esposa y la vio hecha un ovillo, acurrucada entre las sábanas, con el cabello esparcido detrás de ella. Él corazón se le contrajo al escuchar su llanto reprimido; no obstante, una sensación grata le calentó el pecho. "Ya eres mía", pensó.

Se tendió en su cama, con la mirada fija en el cielo raso, los brazos extendidos hacia atrás sirviéndole de almohada, un cigarro que se consumía en sus labios, y la imagen de ella en su mente de nuevo excitada.

Capítulo VI

Días más tarde, a la hora de la cena, cuando Juan Cruz de Silva se presentó en el comedor, sólo Candelaria lo esperaba sentada a la mesa.

—¿Dónde está? —quiso saber.

—Se disculpó con Maria. Dice que no cenará porque no tiene apetito. —La negra medía cada palabra; había advertido que Juan Cruz traía cara de pocos amigos—. No ha de ser nada. Debe de sentirse un poco cansada. Ya sabes, el aire de campo.

A de Silva lo fastidió que Candelaria intentase suavizar las cosas. Días atrás había habido otro altercado cuando descubrió que Maria le llevaba el desayuno a la cama.

—Nada de frivolidades en mi casa —le había dicho a Fiona en esa oportunidad—. Desde mañana, desayunas en el comedor, como todos, a las siete en punto. —Sin decir más, se había retirado, dejando a las dos mujeres boquiabiertas.

—Tal vez esté un poco... —comenzó a balbucear la negra, y se detuvo: de Silva ya no la escuchaba.

Subió los escalones de dos en dos y alcanzó la planta superior. Caminó a paso rápido por el pasillo, entró en su dormitorio y se plantó frente a la puerta que comunicaba las habitaciones; procuró abrirla. El único cerrojo estaba de su lado, totalmente descorrido; no entendía por qué la puerta no cedía. Volvió al corredor e intentó entrar por la puerta principal del cuarto de su esposa, sin éxito.

Fiona seguía con oídos atentos y los ojos muy abiertos cada movimiento de de Silva. No le sería tan fácil entrar en su dormitorio esta vez. Había trancado la puerta común con una de las sillas, colocándola reclinada en dos de sus patas bajo el pestillo; en la otra, la que daba al pasillo, había echado la llave que Maria había conseguido arrancarle a regañadientes a una de las sirvientas.

Desde su cama, escuchaba los inútiles esfuerzos de de Silva, y sus ojos parecían sonreír satisfechos. Se divertía con la situación, la vivía como una especie de venganza, aunque, al mismo tiempo, se sentía extraña e incómoda. En verdad, deseaba que su esposo sorteara cada escollo que le había tendido, quería verlo a la cara para reírse con sorna y desprecio.

—Fiona, abre esta puerta. Ahora, de inmediato. —Fiona guardó silencio—. ¡Abre, maldita sea! ¡Abre! ¡Ahora!

Los intentos cesaron, y Fiona se decepcionó. Un momento después, la estremeció el estampido que produjo el golpe de la puerta al batir contra la pared. Se quedó boquiabierta, mientras sentía cómo un temblor le erizaba la piel de los brazos y de las piernas. El espejo que recibió el impacto cayó hecho añicos, lo que agregó más escándalo a la escena. De Silva no cayó de bruces por milagro. Había descargado sobre la puerta todo el peso de su cuerpo, y el envión lo lanzó en medio del dormitorio.

Desde la cama y cubierta a medias por la sábana, Fiona observaba a su esposo que intentaba recuperar el aliento. Lo vio aproximarse con una mueca desquiciada. Sus ojos, cargados de odio, y sus cejas, unidas en una misma línea, le conferían ese aspecto satánico que lograba inmovilizarla y enmudecerla. Presintió que la golpearía.

De Silva se detuvo a los pies de la cama y, sin apartar su mirada de la de Fiona, sacudió en el aire las colchas y sábanas, y la dejó al descubierto. Sin darle tiempo a reaccionar, la tomó por los tobillos y la arrastró hacia él como si se tratase de una muñeca de trapo. Fiona soltó un alarido.

Las piernas le colgaban a ambos costados del cuerpo de de Silva que se erguía como un coloso frente a ella. Desde esa perspectiva, parecía un gigante. Se sintió desfallecer cuando le acercó el rostro y la tomó por el cuello. Fiona intentó bajar la vista.

—¡Ah, no, señora mía! Ahora me va a mirar directo aquí —exclamó Juan Cruz, y apartó la mano del cuello para señalarse el entrecejo.

Como ella insistió en no mirarlo, le levantó el rostro, presionando con los pulgares bajo el mentón.

—Si no deseas que te haga el amor —musitó—, no lo haré; pero dímelo de frente y no actúes como una chiquilla malcriada y torpe.

Juan Cruz de Silva sostuvo la mirada de su esposa por algunos instantes. Fiona sentía el calor y la agitación de su aliento golpearle la piel. Pensó, aterrada, que con un movimiento de manos podía quebrarle el cuello.

Pero no lo hizo. Se apartó de Fiona y, al dar media vuelta, sus ojos tropezaron con los sirvientes de la mansión, entre ellos Maria y Candelaria, que contemplaban la escena agolpados en la puerta desvencijada.

—¡Fuera! ¡Fuera de aquí, cuervos malditos! —gritó, desmadrado.

Todos desaparecieron. Avistó, entonces, la silla que impedía el acceso por la entrada común y se acercó lentamente, en la actitud de quien estudia el dispositivo. Giró la cabeza, clavó sus ojos en los de Fiona y le sonrió con sarcasmo.

—Muy ingeniosa —dijo, con expresión torva.

La madera de la silla crujió con el puntapié que le propinó de Silva, que la desencajó del picaporte y la envió a varios metros de distancia.

Fiona lanzó un grito desgarrador, y un momento después rompió en un llanto amargo y lastimero.

—¿Cree que le tengo miedo? —bramó en el momento en que su esposo trasponía el umbral—. ¿Cree que le temo porque puede matarme con una sola mano? ¡No, no! ¡No le tengo miedo, maldito demonio! —De Silva la escuchaba de espaldas, bajo el dintel—. ¡Lo odio, de Silva! ¡Lo odio con todas mis fuerzas! ¡Y usted sí es el mismo diablo, como dicen, porque esto se ha convertido para mí en el infierno!

Sin mirarla, Juan Cruz de Silva abandonó la habitación.

Con las palabras de Fiona repitiéndose en sus oídos, de Silva caminó por el corredor. Ya no había nadie allí; los sirvientes se habían esfumado. Bajó a paso rápido y dio un portazo al ingresar en su escritorio. Se dejó caer en el sofá y ocultó el rostro entre las manos.

Se incorporó con un salto y fue directo a la bandeja con el coñac. Se sirvió una copa y la vació de un trago. Sin inmutarse, apuró tres copas más. No había cenado, y no lo haría, el intercambio con su esposa le había quitado el apetito. La bebida cayó en su estómago vacío y de inmediato le adormeció los sentidos. Eso buscaba, no sentir. Volvió al sofá, se recostó y fijó la vista en el cielo raso.

Trataba de entenderla. Quería hacerlo. No conseguía ordenar sus pensamientos. Estaba demasiado humillado y herido para controlarse. Sabía que si regresaba a la habitación de Fiona, con esas copas de más y ese humor de perros, sería capaz de estrangularla. Golpeó con rudeza el piso de madera y la insultó. Abandonó el estudio medio mareado.

La puerta entornada del salón azul le permitió entrever la silueta del piano que había comprado para ella. Un escalofrío le atravesó el cuerpo al evocar aquella primera noche. Todo había comenzado allí, donde Fiona, hermosa y tentadora, reaparecía frente a él, sentada en ese taburete, mientras ejecutaba con maestría la pieza de Mozart. De nuevo recreó la expresión de su rostro concentrado, su boca entreabierta, y otra vez escuchó los acordes que acompañaron el despertar de su irrefrenable deseo.

Alcanzó de prisa la puerta principal y abandonó la mansión. El frío de la noche le golpeó el pecho, pero no le importó, al contrario, se trató de una sensación bienvenida. El sonido de la guitarra de los peones inundó sus oídos y decidió seguir la melodía hasta que el color rojizo del fogón apareció unos cuantos metros más allá. Sólo deseaba escuchar la música, de modo que se mantuvo alejado, medio escondido. Tampoco así pudo alejar a Fiona de su pensamiento. La escena volvía a su mente para torturarlo. ¿Por qué había trabado las puertas? ¿Por qué se había encerrado? ¿Por qué no lo deseaba? ¿Por qué no era amable y dulce con él? Las preguntas sin respuesta le provocaban una tristeza y un vacío que lo asolaba, al tiempo que lo desconcertaban pues él no permitía que nada lo perturbase. No comprendía qué diantre le impedía olvidar esa cuestión.

Desde aquella primera noche, cuando la desvirgó, conseguir el favor de su esposa se había convertido en una lucha cuerpo a cuerpo que, si bien en un principio lo excitaba y estimulaba, con los días, comenzaba a hastiarlo. La quería predispuesta, mansa, cariñosa. Quería que gozaran juntos. Deseaba enseñarle el arte de amar. Ella se mantenía tensa, a veces lucía indiferente, por momentos le parecía que reaccionaba a sus caricias, a sus palabras, a sus besos, él sabía dónde tocarla y qué frases susurrarle; existía un instante en que la excitación de Fiona barría con su orgullo y la oía gemir y jadear, aunque de inmediato ella se mordía el labio, apretaba los ojos e intentaba apartarlo como si aquello se tratase de un padecimiento.

Capítulo VII

Después de la noche en que de Silva rompió la silla y la puerta de la habitación de su esposa, no se supo de él por varias semanas.

A la mañana siguiente, Fiona despertó de mal talante. Había pasado una noche pésima, llorando, dando vueltas en la cama sin poder conciliar el sueño, pensando. En algún momento oyó ruidos en la habitación de de Silva, un portazo, unos pasos; después, nada.

A pesar de todo, a las seis y media estuvo en pie para no faltar a la cita del desayuno. No le desagradaba, en absoluto; es más, se trataba de un momento que ella disfrutaba; le gustaba observar a los capataces y a los peones que desfilaban ante Juan Cruz de Silva, con la cabeza gacha, la boina de felpa entre las manos y los pies indecisos al trasponer el vano de la puerta, mientras ellos se deleitaban con un aromático café con leche y panecillos calientes.

—¡Viva la Santa Federación! —proclamaba de Silva, sin darse vuelta.

Su voz profunda y viril, que llenaba la habitación, siempre le erizaba la piel.

—Celedonio, que ensillen mi caballo. Saldremos a preparar el rodeo, hay que separar el ganado para la yerra.

—Sí, don Juan Cruz —respondía, sumiso, el capataz.

—Miranda, ¿ya está listo el ganado para la feria?

—Estamos con Pi...

—¿Está o no está?

—No, don Juan Cruz.

—Mejor que esté todo listo antes que termine este desayuno y vaya a los corrales. Ahora, sal de aquí.

—Sí, don Juan Cruz.

El dominio que ostentaba sobre su gente la fastidiaba y la sorprendía. Con de Silva, sus sentimientos mostraban facetas contradictorias porque, por ejemplo, al tiempo que detestaba el temor que esos peones manifestaban por su esposo, se enorgullecía del respeto que le profesaban. Hacía días que no era ella misma, la joven segura y decidida.

A las siete, tal como su esposo lo había ordenado, bajó las escaleras rumbo al comedor. Vestía una bata de cotilla en gasa verde claro que, a su juicio, le sentaba de maravilla. Sabía que lo provocaría con aquel atuendo ya que el escote era escandaloso y permitía apreciar el nacimiento de sus pechos. Además, el tocado le realzaba las facciones; se trataba de un rodete en la coronilla, adornado con florcitas de seda. Los bucles, que le caían alrededor del cuello y sobre la espalda, se mecían al ritmo de sus pasos.

—Buenos días, Candelaria —saludó, con tono despreocupado, y enseguida reparó en que de Silva no había llegado todavía; no obstante, por mucho que deseara preguntar, estaba decidida a no hacerlo.

—Buenos días, señora de Silva —respondió la mujer, con evidente frialdad.

Fiona se sentó en el sitio de costumbre y advirtió que en el lugar de su esposo no había taza ni plato ni servilleta. ¿Habría desayunado ya? No preguntó.

Una sirvienta ingresó en el salón con una cafetera de plata y le llenó la taza. Desayunaron en silencio, ninguna pronunció palabra y mantuvieron sus miradas desviadas para no enfrentarse la una con la otra. Fiona, por orgullo. Candelaria, porque estaba enojada.

Ese día, y los siguientes, no resultaron desagradables para Fiona después de todo. Desde su llegada a la estancia, casi nunca había salido; prefería pasar el tiempo alternando entre su dormitorio y el salón azul donde tocaba el piano. Esa mañana, de clima benévolo y cielo límpido, decidió recorrer el predio, al que encontró magnífico, por eso, a partir de entonces, todas las tardes le pedía a Eliseo que le ensillara su caballo y, junto con él, salía a pasear. *La Candelaria* era fastuosa, más de lo que ella se imaginó, más que las estancias de su abuelo, que se reputaban de las más importantes de la Confederación.

Eliseo expresó que se encontraba muy a gusto. Había pasado la mayor parte de su vida en el campo, y ahora, por fin, estaba de vuelta en su querencia. Al nacer la niña Fiona y antes de que falleciera su madre, don Sean le pidió que se trasladara a la ciudad a vivir con ellos en la casa de la calle Larga. En aquel momento, con dos niñas pequeñas, hacía falta más servicio. Aunque no dudó en acudir al pedido de su patrón, lamentó tener que abandonar el puesto de capataz que ostentaba desde hacía años en una de las estancias más grandes de Malone. De todas formas, se encariñó con Fiona y con Maria, y jamás volvió a pensar en regresar al campo. Ahora todo parecía haberse acomodado; estaba trabajando en una hacienda importante, junto con la niña Fiona y con Maria, su amante de muchos años. Después de todo, de Silva no era tan mal patrón, nada fácil, desde luego; daba las indicaciones una vez y había que llevarlas a cabo tal y como él las había pedido; no se podía fallar; mejor, desaparecer. Lo había visto castigar con su fusta a un peón por haber extraviado dos terneros del rodeo que más tarde fueron encontrados muertos, destrozados por alguna alimaña. El hombre, humillado y lleno de odio, había sacado su facón con la intención de herir a de Silva, pero éste, con velocidad sorprendente, se lo arrebató sin que el peón se diera cuenta.

—Desaparece de mi vista antes de que te destripe con tu propio cuchillo. No vuelvas a presentarte por aquí en tu vida. Hoy te la perdono. La próxima vez preferirás no haber nacido.

El hombre se marchó doblado por la vergüenza, y el resto de la peonada no se atrevió a interceder.

A pesar de esa fama de maligno, a Eliseo, don Juan Cruz le agradaba. Y le agradaba que se hubiese casado con la niña Fiona; ella necesitaba un poco de mano dura. Tal vez su abuelo y la niña Tricia la habían malcriado y ella ahora tenía que pagar las consecuencias. Eliseo sabía que su nuevo patrón lograría domarla.

—¿En que piensas? —preguntó Fiona.

—En usted, mi niña —respondió Eliseo, con serenidad.

Fiona le sonrió. Después, se acomodó un poco sobre la montura y dirigió la mirada al paisaje. Pasaron unos segundos antes de que volviera a preguntarle.

—¿Y qué cosa piensas de mí?

—Pienso en usted y en el patrón.

—¿En mí y en de Silva? —Sonrió con desprecio.

—Su esposo no es un mal hombre, mi niña —aseguró Eliseo, ceñudo—. Es uno de los hombres más respetados de la Federación.

—Sí. Un hombre que necesita comprar a su esposa porque de otra forma no la conseguiría.

—Vamos, niña, usted jamás lo habría aceptado. Él hizo lo que le pareció conveniente para tenerla a su lado.

Fiona observó a su sirviente con expresión atónita.

—Te has puesto de su parte —susurró.

Eliseo sonrió antes de contestar.

—¿Qué me dice, niña? Si usted sabe que yo le soy más fiel que un perro, si usted sabe que yo la quiero como si fuera mi propia hija. Lo único que le digo es que el señor don Juan Cruz no es tan mal hombre. Tal vez debería darle una oportunidad.

Después de ese interludio, los dos volvieron a sumergirse en el verdor de *La Candelaria* y no cruzaron palabra.

Una tarde, Fiona decidió visitar a los peones que vivían cerca de la mansión. Sólo encontró en las casas a las esposas y a los niños, pues los hombres se hallaban desparramados a lo largo y ancho de *La Candelaria* haciendo su trabajo.

La recibieron orgullosos en sus hogares. Aunque humildes, Fiona comprobó que nada les faltaba. Resultaba evidente que no pasaban hambre ni frío.

No pudo dejar de preguntarse si habrían llegado a oídos de esa gente los rumores de sus escándalos con de Silva. Se sintió apenada. De todos modos, el cariño con que la acogieron la ayudó a apartar ese pensamiento.

Ninguno de los niños iba a la escuela y, como las madres eran analfabetas, los hijos también lo eran. Aquello le inspiró a Fiona la idea de abrir una escuela; ella sería la maestra. Ese proyecto le devolvió un poco la alegría.

Resultó muy estimulante organizar la apertura de la escuelita. Decidió que dictaría las clases en la capilla que de Silva había mandado construir no muy lejos de la mansión. Haría llevar bancos y sillas para los niños y, en el altar, colocaría su atril de pintura, y encima de él, una pizarra adquirida en la tienda de abarrotes de Caamaño.

Estos preparativos le traían reminiscencias de sus días de maestra junto con Camila en la iglesia del Socorro, donde, medio a hurtadillas, enseñaban a leer y a escribir. A Rosas, el asunto de la escuela y los libros parecía no caerle en gracia. Sin embargo, hasta Eugenia Castro, su barragana, tomaba clases con ellas; obviamente, a escondidas del gobernador.

El primer día de clases esperó más de una hora; ninguno de los niños se presentó. Salió de la capilla con decisión y partió en el coche a ver a las madres.

—Señora, no es que no quiera. Es el Braulio. Me

ha dicho que me va a matar a palos si dejo ir a la Crispina a su escuela.

La mujer estaba asustada. Por un lado, no deseaba contradecir a la esposa del patrón; por el otro, no quería desobedecer a su esposo; no le gustaba cuando la azotaba con el rebenque.

—¿Por qué Braulio no quiere que Crispina aprenda a leer y a escribir?

—Dice que el patrón, que don Juan Cruz, no sabe nada de la escuelita y que cuando vuelva se va a poner furioso.

La escena se repitió con las demás. La causa era siempre la misma: el miedo que le tenían al patrón. Al día siguiente, Fiona preparó dos coches, uno conducido por ella y otro por Eliseo, que a pesar de su reticencia inicial, finalmente accedió a secundarla. Visitaron casa por casa y en cada visita sumaron al coche uno o dos niños, los que hubiese en la familia en edad de aprender. Cuando hubieron recogido diez niños, Fiona ordenó a Eliseo marchar hacia la capilla para empezar la clase.

Resultó muy divertido, para ella y para los diez niños. Tenía espíritu docente, sabía enseñar y cómo ganarse la atención del auditorio, bastante abigarrado, niños y niñas de entre cinco y trece años, algunos negros, otros mestizos y mulatos, y hasta un indio pampa. Cada día, ella y Eliseo pasaban a buscar a los chicos por sus casas. El grupo aumentaba gracias a que los alumnos contaban a los otros niños lo divertido que resultaba pasar la tarde en la capilla con doña Fiona. Algunos, por curiosidad, se acercaban a las ventanas y asomaban las narices para espiar a la maestra. Fiona advertía esos ojitos curiosos, pero no les decía nada. Seguro que al día siguiente esos ojitos la observarían desde uno de los bancos, junto con el resto de los niños.

Tarde tras tarde, Fiona se preparaba para dar sus clases, que se habían convertido en el placer de sus días. Lo hacía con mucho desprendimiento y cariño. Los niños le habían tomado afecto, aunque se mostraban renuentes a demostrárselo porque les habían inculcado el miedo al patrón, y, después de todo, ella era su mujer. De todas formas, algunos no contenían las ansias y le llenaban el escritorio de flores silvestres. Fiona se sentía orgullosa cuando las recibía y se las ofrendaba a la imagen de la Virgen en el altar. En cuanto entraban en la capilla rezaban en voz alta el Ave María; después, comenzaban la clase.

Tampoco las mujeres tenían instrucción alguna y se limitaban a los quehaceres, a los hijos y al esposo. Unas pocas sabían coser y otras pocas, bordar. Fiona juzgó que resultaba tarde y poco oportuno enseñarles a leer y a escribir, y se lo pasaba pensando en alguna otra actividad útil que les llenara el espíritu. Nada se le ocurría.

—¿En qué piensa, señora de Silva? —preguntó Candelaria una mañana, mientras desayunaban.

Fiona levantó la vista. Si bien el hielo entre ellas no se había roto, al menos durante las comidas que compartían en soledad solían cruzar algunas palabras amables, tal vez porque los silencios se tornaban demasiado profundos e incómodos, a lo mejor, porque querían ser amigas. La cuestión era que estaba produciéndose un imperceptible acercamiento.

—Pienso en las mujeres de los peones. No saben hacer casi nada.

—Así han vivido toda su vida, señora. No debería preocuparse por ellas.

A Candelaria le molestaba la actitud de Fiona. Opinaba que, en lugar de preocuparse por los demás, debería cuidar más la mansión y a su esposo.

Fiona no prestó atención al comentario de Candelaria; lo encontró vacío. Tomó un trozo de pan con una feta de queso y se lo llevó a la boca.

—¡Qué queso tan exquisito! —comentó, relamiéndose con sinceridad.

—Lo hice yo —dijo Candelaria, orgullosa.

—¿De veras? ¡Es excelente!

Fiona se quedó un momento pensativa. Candelaria lo advirtió y guardó silencio.

—¡Eso es! —expresó al fin—. Les enseñaremos a fabricar queso. Abriremos nuestra propia quesería.

Miró a Candelaria y, por primera vez, le sonrió.

Hacía tres semanas que Juan Cruz había dejado *La Candelaria* y Fiona no sabía nada de él. Se decía que era lo mejor; que se mantuviera lejos de ella y que no la molestara ni volviera a tocarla con el descaro de las primeras noches. Sin embargo, una sensación de vacío la perturbaba sin que pudiera encontrarle una explicación lógica.

Sola en su cama, cuando la noche se extinguía como un leño en el fuego y el sol comenzaba a despuntar, ella se mantenía atenta a cualquier sonido que proviniese de la puerta contigua; tal vez, él llegase ese día.

La ansiedad y el estado de expectación terminaban por enfadarla. Hundía la cara en la almohada y dejaba escapar un grito para aliviar la culpa, la frustración y, sobre todo, la confusión. Ella odiaba a de Silva. No lo necesitaba.

—Maria, ¿sabes dónde está de Silva? —le preguntó una mañana, mientras fingía más interés por el estado de sus uñas que por el destino de su esposo.

Maria, que la conocía como si la hubiese parido, la miró de soslayo y le respondió que "no". Continuó arreglando la cama.

—¿No se comenta nada entre la servidumbre?

—¿Para qué te interesa saber dónde está? ¿No estás mejor sin él? Hasta que vuelva, disfrútalo. ¿No era lo que tanto querías?

—Justamente. Lo que quiero saber es cuándo vuelve; así sé hasta qué día exactamente podré disfrutar.

—Está bien. Averiguaré dónde está y cuándo vuelve, pero debes confesarme que lo extrañas. Vamos, Fiona, a mí con engaños, no, que te conozco del derecho y del revés.

—¿Qué dices, Maria? Ya estás como Eliseo, pensando sandeces.

—Está trabajando en las estancias del gobernador —le comentó Maria días después.

—Para eso debe de haber venido aquella vez el chasque de Rosas, el tal Cosme. ¿Te acuerdas, Maria? Esa noche, mientras cenábamos...

Guardó silencio cuando la asaltó una evocación repentina, la de esa noche en el salón azul.

—Debe de ser —musitó Maria, con apatía.

Estaba cosiendo el ruedo de un vestido y mantenía la vista fija en la labor.

—Y dime... —Con actitud cómplice, Fiona se sentó junto a Maria en el borde de la cama—. Dime, ¿qué más averiguaste?

—No se sabe cuándo vuelve. Puede llegar mañana como el año que viene. —Maria, sin mirarla, continuó revisando el vestido de blonda que Fiona vestiría al día siguiente en casa de su abuelo.

—¡El año que viene!

—¿Es decepción lo que escucho en tu voz, Fiona Malone? —La sirvienta clavó los ojos en los de su joven patrona—. ¿No deberías estar encantada de no volver a verlo hasta el año que viene? Me confundes, niña.

Fiona no contestó y optó por cambiar de tema.

—En uno de los establos, el que está cerca del bosque de tipas, ¿sabes de cuál te hablo? —Maria asintió—. Ahí hay una mesa que está olvidada, arruinándose. También están las sillas.

La criada, mientras la ayudaba a vestirse, le preguntó:

—¿Qué hay con eso?

—Podríamos traerla para la casa, limpiarla, repararla. Eliseo sabe de esas cosas, siempre lo hacía en casa de *Grandpa*. La acondicionaremos y se la daremos a María Isabel, la hija de ese peón, el tal Rudecindo. Acaba de casarse y no tiene nada la pobre. Es una niña muy...

—¡Fiona, por amor de Dios! ¡Deja en paz a la mesa, a María Isabel, al tal Rudecindo y a todo el mundo! Estás siendo tan insensata desde que de Silva se fue, que en cualquier momento se va armar una de Padre y Señor mío.

Fiona la miró con azoro y enseguida comenzó a sollozar. Maria nunca se dirigía a ella en ese tono. La criada, arrepentida, se apiadó, aunque siguió pensando que alguien debía ponerle un freno a la retahíla de imprudencias que Fiona estaba cometiendo en el señorío de de Silva; en caso contrario, cuando éste regresara, sobrevendría el desastre. Las sirvientas ya presagiaban la batahola que desencadenaría la escuelita.

—¡Ay, mi niña, no llores! —dijo Maria, y la abrazó.

Fiona se ovilló en su regazo y siguió llorando. Sabía que su llanto era exagerado, que, después de todo, no había sido para tanto; no obstante, las lágrimas brotaban, y ella no se molestaba en contenerlas. Se dejó dominar por la angustia.

Maria entendió que Fiona, por fin, estaba desahogándose. El matrimonio forzado había significado un verdadero tormento. La sensación de no tener salida y la certeza de que si no se casaba ponía en peligro la vida de su abuelo, habían resultado una carga demasiado pesada. Maria le permitió descargar su dolor y no volvió a insistir en los reproches; se limitó a acariciarla y a besarla en la coronilla.

—¿Dónde dices que están la mesa y las sillas?

Fiona se frotó el rostro enrojecido y las pestañas húmedas. Estaba adorable, como cuando niña.

—¿En serio quieres ayudarme con lo de la mesa? —Maria asintió—. ¿Y le pedirás a Eliseo que nos ayude, también? Él nunca te dice que no.

—Sabes muy bien que jamás te niego nada. Y Eliseo, menos.

Un rato después, entraban en el granero. Desde el umbral escucharon revolotear a unas aves en la parte alta. El lugar, atestado de cosas viejas, olía mal, a humedad. Además de la mesa, había varios objetos desechados. Fiona se entusiasmó al pensar en el destino que les daría a cada uno de ellos. ¡Qué bien les vendrían a los peones! Maria la miró por el rabillo del ojo, intuyendo lo que planeaba, y se mordió el labio para no reprocharle.

Un sonido extraño captó la atención de Fiona. Maria aseguró que se trataba de las aves. El sonido se repitió y ya no pudieron atribuírselo a ellas. Era un quejido.

Se acercaron con precaución, y detrás de unos tablones hallaron a un hombre recostado sobre el suelo, con la pierna herida. Maria se asustó y amagó con salir del establo en busca de Eliseo, segura de que acababan de dar con un maleante que, al escapar de una fechoría, se había ocultado en el granero. Fiona la detuvo.

Al verlas, el hombre intentó incorporarse, sin éxito.

—No se mueva —dijo Fiona, de buen modo—. Podría empeorar la herida. Quédese quieto y permítame ver el corte.

Maria armó un escándalo. ¿Su niña tocaría la herida de un asqueroso delincuente? ¡Qué locura! Fiona la mandó callar y le ordenó que trajera su botiquín.

—¿Qué le ocurrió, señor? —preguntó Fiona, mientras quitaba como podía pedazos de pantalón del tajo.

El hombre se mordía el labio para no gritar. Lo que más le pesaba, sin embargo, era que la esposa del patrón lo hubiese encontrado en esas condiciones.

—Hay que llevarlo con un médico —manifestó Fiona, tras examinar la herida.

—¡No, señora, se lo suplico! ¡Con un médico no! —habló por primera vez el herido.

—¿Por qué no? Su pierna se ve muy mal, podría infectarse.

—¡No, señora, si el patrón se entera me mata! Me mata y me deja sin trabajo.

Fiona lo miró a los ojos y descubrió el miedo que experimentaba. Se apiadó de él. Ella misma había sentido pánico cuando de Silva se acercaba; su presencia la intimidaba, le quitaba la fuerza, la sumía en una abrumadora confusión. Se instó a resolver el problema de modo rápido y discreto y sin consecuencias nefastas para nadie.

El hombre tenía aspecto de indio, de los del sur. Al igual que el gobernador Rosas, su esposo también los contrataba para determinadas tareas del campo.

—Está bien, no diremos nada. De igual modo, algo debemos hacer con respecto a esa herida. ¿Cómo se llama usted?

—Sanc Nieté, su servidor, señora de Silva.

—Veo que usted sabe quién soy yo.

—Todos por aquí sabemos quién es usía —agregó Sanc Nieté.

Maria regresó con la cajita, que contenía varios frascos, potes con ungüentos, esparadrapos y otros elementos para curaciones. Limpiaron la herida, la cubrieron con una mixtura maloliente y envolvieron la pierna con gasa. Sanc Nieté no se quejó aunque, por el sudor que le bañaba la frente y por el modo en que se mordía el labio, resultaba evidente que padecía. Al terminar la curación, Fiona levantó la vista y se encontró con el rostro demudado del hombre; le pareció que estaba a punto de desvanecerse. Lo ayudó a recostarse sobre un fardo de alfalfa, le enjugó el sudor y le dio a beber un cordial con una parte de láudano para el dolor.

El indio, desconcertado por el comportamiento de la esposa de de Silva, no sabía cómo actuar y obedecía con la sumisión de un niño. Jamás un patrón —menos aún, la esposa de un patrón— le había prodigado cuidado alguno.

Fiona, por su parte, decidió no preguntarle por el origen de la herida. El indio no había querido que lo atendiera un médico, y eso sólo podía significar una cosa: que se trataba del producto de alguna trifulca, y ella sabía tan bien como el indio que de Silva les tenía prohibido a sus hombres zanjar sus diferencias a cuchilladas.

Más repuesto, el hombre les contó que vivía lejos de allí, pero que desde hacía años trabajaba para de Silva en la temporada de la esquila. Hablaba de "don Juan Cruz" en un tono que descubría el respeto y la admiración que le inspiraba. Sí, lo respetaba, y también le temía, igual que todos. Fiona lo escuchaba y no conseguía entenderlo. Se preguntaba cómo lograba de Silva inspirar esa devoción en sus hombres.

A pesar de su evidente fortaleza, el indio no se mantenía en pie, no tanto por el dolor en la pierna como por la pérdida de sangre; estaba mareado y débil. Fiona comprendió que necesitaría reponerse en un lecho confortable y recibir buena alimentación. Además, el riesgo de una infección seguía latente, y las curaciones deberían practicarse al menos dos veces por día. Celedonio, el capataz, se presentaba como el primer escollo a sortear ya que echaría de menos al indio. "De él me encargaré más tarde", pensó.

—Vamos, Sanc Nieté, apóyese en Maria y en mí —ordenó Fiona.

El hombre comenzó a sudar de nuevo. La idea de rozar a la mujer del patrón le alteró las pulsaciones. Si de Silva se enteraba de que él la había tocado, le arrancaría las manos. Farfulló palabras incomprensibles y trató de levantarse por sus medios. Tenía el rostro encarnado y lucía muy trastornado.

—Vamos, no sea necio —insistió Fiona.

El hombre apoyó los brazos en los hombros de ambas mujeres y se dejó llevar, convencido de que no tenía alternativa.

Sanc Nieté paso varios días en la casa grande. Dormía en una habitación para la servidumbre y comía con el resto en la cocina. Fiona y Maria le curaban la herida, que sanó sin problemas; al poco tiempo pudo caminar solo, casi sin renguear. Eliseo, cómplice de las mujeres, ayudaba a vestirlo. No pasó mucho y se hicieron grandes amigos. Por Fiona, experimentaba una devoción incondicional, y, una tarde, durante una curación, le manifestó que él daría su vida por ella. La muchacha rió, como restándole importancia, quizá porque no había advertido hasta qué punto era sincera la adoración que el indio le profesaba.

Para justificar su presencia en la casa, Fiona le pidió que compusiese la mesa y las sillas del granero; se trataba de un trabajo liviano y podía realizarlo sentado en el patio trasero de la casa. Resultó hábil con la madera y terminó el arreglo con mucho esmero y prolijidad. María Isabel, la hija de Rudecindo, se mostró encantada con el regalo de bodas y nunca terminaba de agradecérselo a la patrona.

Celedonio, por su parte, no se privó de despotricar, algo pasmado por el comportamiento de la patrona, que disponía de los peones como si fuese el patrón don Juan Cruz. Sanc era de los mejores en su trabajo y su falta se notaría durante la temporada en que la patrona lo destinara a otras tareas.

—¡Pucha, che! —se quejaba en la ronda del mate—. ¡Esta mujer es más peligrosa que un gato montés! Te descuidas un momento y te pone todo patitas p'arriba. Ahí está el indio Sanc Nieté lijando mesas. ¡Habrase visto!

El alboroto no pasó de eso. Al poco tiempo, Sanc regresó a sus tareas, y todo volvió a la normalidad.

Por las mañanas, Fiona trabajaba en la *crémerie*, como llamaba a la fábrica de quesos que ella y Candelaria habían organizado. Aun varios días después, le costaba creer que la mujer hubiese aceptado su propuesta. Candelaria era excelente preparando quesos y otros productos lácteos. Todavía no habían probado ninguno porque, en el caso de los quesos, el estacionamiento se consideraba de primordial importancia, y Candelaria se mostraba muy estricta al respecto. Sí habían saboreado la crema y la manteca al estilo irlandés.

—¿Cómo se hizo de la receta de la manteca irlandesa? —se extrañó Fiona.

—No lo recuerdo —contestó la negra—. Alguna vez alguien me la dio.

La evasiva resultó evidente, por lo que Fiona prefirió no insistir.

Por la tarde se dedicaba a sus clases con los hijos de los peones. Algunos ya habían aprendido el abecedario; otros, un poco menos dotados, aún lo balbuceaban sin mucho éxito.

Los peones estaban enojados. Desde Celedonio hasta el más pinche de la estancia. Los niños ya casi no ayudaban en el campo; si no estaban en la escuela, tenían que estudiar. Sus mujeres perdían algunas horas del día en la *crémerie*, o cómo diantre fuera que se pronunciaba. Celedonio era de los más ofuscados con la patrona, que le había hecho acondicionar un granero con sótano no muy lejos de la casa para la famosa "fábrica de quesos". Además, lo había obligado a destinar varias vacas para el ordeñe y a algunos peones para que lo hicieran diariamente. Antes, con una vaca, como mucho dos, resultaba suficiente para el consumo de la casa grande.

Por otra parte, Celedonio temía la reacción del patrón cuando regresase y viera los cambios realizados sin su consentimiento. "Aquí arderá Troya", les decía a los demás peones en la ronda del mate; ni él ni los que lo escuchaban tenían la menor idea de lo que significaba aquella frase, pero sabían que se empleaba para indicar que algo malo iba a suceder.

Durante el exilio voluntario de de Silva, Fiona visitó dos veces a sus abuelos, ambas en domingo. Partía rumbo a la ciudad muy temprano, antes del amanecer, acompañada por Eliseo y Maria, para llegar a la misa de diez en el Socorro, donde encontraría a su abuela, a *aunt* Ana y a Imelda. Sean Malone, que desde hacía años no pisaba una iglesia, las recogía con la volanta.

Después de misa, como de costumbre, Imelda y sus amigas paseaban por la calle de la Florida. Fiona, que siempre había detestado ese hábito, se retiraba a su antiguo hogar con sus abuelos y su tía. Sean Malone esperaba con ansias la visita de Fiona para recrear viejas costumbres, como la de leer juntos el periódico. Ocupaban los mismos sillones de la sala y repasaban las páginas, comentando las noticias y riendo de las ocurrencias. Sean poseía un sentido sarcástico del humor que su nieta encontraba muy estimulante. *The British Packet*, el periódico en inglés que se distribuía con la venia del señor gobernador, era el preferido de Fiona; lo leía con avidez y recortaba los artículos que más le interesaban. Cada domingo, don Pedro de Angelis enviaba a casa de su amigo Malone un ejemplar gratuito del *Archivo Americano*, del cual era director. Ése, sin embargo, no les gustaba tanto. Leían, como siempre, la *Gaceta Mercantil*.

Fiona no sabía cómo, pero su abuelo se las ingeniaba para obtener algunas de las publicaciones prohibidas, como *El Comercio del Plata*, de Montevideo, o *El Mercurio* de Chile. Denostaban el régimen de Rosas, y

Fiona coincidía con la opinión de casi todos los columnistas, especialmente Alsina y Echeverría. Los "monitores" del gobernador castigaban con severidad a quien descubrían con alguno de estos periódicos. Sacudían con gusto la verga sobre el lomo de los "traidores", sin importar si era hombre o mujer, anciano o joven. De todas formas, estaba tranquila, sabía que ningún "monitor" se animaría a irrumpir en la casa Malone con la intención de realizar una pesquisa, menos en ese momento en que habían emparentado con el preferido de don Juan Manuel.

Durante la segunda visita a casa de sus abuelos, Fiona se llevó una desagradable sorpresa al encontrar a su padre, su esposa Úrsula y sus cinco hijos, que pasaban allí el día. A la esposa de William no le dirigía la palabra. A su padre, tampoco. En cuanto a sus medios hermanos, los separaba una barrera que William mismo, empujado por su mujer, había levantado al impedirles la convivencia. Eran extraños. Además, debía reconocerlo, estaba un poco celosa, y eso profundizaba el distanciamiento.

A pesar del antagonismo hacia su padre y la indiferencia hacia sus hijos, cuando los encontró ese domingo en casa de *Grandpa* no experimentó los negros sentimientos del pasado. Se sentó junto a Sean a leer el periódico, almorzó con todos en la mesa, conversó con *aunt* Ana, con Imelda y con *Grannie*, y en algún momento hasta intercambió algunas palabras con Brenda, la mayor de los hijos de William. Igualmente, más allá de que la presencia de esa familia no la llenara de ira, la indiferencia era fría y cortante.

Después del almuerzo, William y Fiona se toparon en el patio de la servidumbre. En realidad, Fiona había acudido a ver a Maria, y su padre aprovechó para ir tras ella.

—Quería decirte que de Silva ya pagó las deudas. Cumplió su parte del trato, Fiona.

La mirada de la joven habría turbado al hombre menos escrupuloso. William carraspeó.

—Es un hombre de honor. Además está ayudándonos en la administración de las estancias. Gracias a eso está yéndonos mejor.

—Creo haberte dicho tiempo atrás que no volvieras a dirigirme la palabra.

Sin más, Fiona dio media vuelta e ingresó en la cocina. Había tenido que esforzarse para no preguntarle acerca de de Silva; le interesaba saber si lo había visto últimamente, si sabía dónde se encontraba, qué habían conversado, si habían hablado de ella. Su orgullo le impidió hablar y se quedó con las ganas de saber.

Esas ganas de saber crecían, poniendo en peligro las más fuertes convicciones que Fiona Malone se había trazado.

La negra Candelaria iba sentada a su lado en el coche y se dirigían, como de costumbre, a la *crémerie*. Adrede, Fiona le había dicho a Eliseo que esa mañana no lo necesitaría: ella misma conduciría la berlina, audacia que Candelaria parecía no aprobar a juzgar por la cara que llevaba. Fiona no se decidía a hablar acerca de Juan Cruz de Silva. Al final, se armó de coraje y preguntó como quien habla por hablar:

—¿Desde cuándo conoce al señor de Silva, Candelaria?

Hasta para ella, la pregunta sonó extemporánea. Jamás hablaban de él; de algún modo, habían sellado un pacto sin palabras por el cual de Silva quedaba fuera del ámbito de su pobre conversación. De modo inopinado y sin razón, Fiona estaba violándolo.

—Desde el mismo día en que nació, señora —contestó la mujer, sin mirarla.

—Ah —replicó Fiona.

No acertaba a continuar con la conversación. La curiosidad, sin embargo, halló su camino.

—¿Qué día nació?

Candelaria giró la cabeza, desconcertada.

—El 5 de noviembre del 16.

—Y, ¿dónde?

—Con el respeto que usted se merece, señora de Silva, permítame que le haga yo una pregunta: ¿no considera más apropiado preguntárselo usted misma a su esposo?

"¡Sí! Eso quisiera. ¿Cuándo podré hacerlo? ¿Cuándo volverá?".

La negra esperó la respuesta sin apartar sus oscuros ojos de ella.

—Tiene razón, Candelaria —contestó Fiona, con la vista al frente.

En verdad Candelaria tenía razón, no obstante, la había humillado diciéndoselo de ese modo tan brusco y sincero. Quizás acababa de experimentar lo que los demás cada vez que ella lanzaba alguno de sus vehementes y duros comentarios. Se puso mal. Pensó en

Imelda, en *aunt* Ana, en su padre. No, con él era harina de otro costal, se convenció.

La mañana pasó rápidamente en la *crémerie*. Las mujeres de los peones y Candelaria lucían entusiasmadas con esa nueva actividad, y Fiona experimentó una oleada de orgullo y afecto por esas mujeres. Al terminar el trabajo, regresó a la casa, se cambió y le pidió al muchacho a cargo de las caballerizas que le ensillara su bayo. Salió a recorrer *La Candelaria*.

El caballo se detuvo, como si supiera que no debía internarse en esa parte. Sacudía la cabeza y piafaba, y sus cascos que arañaban el suelo removían la tierra. Fiona lo acarició para calmarlo.

Miró en dirección al bosque de tipas que se encontraba frente a ella, unos metros más allá. Sabía que no debía aventurarse por esos parajes; Candelaria le había dicho que de Silva no permitía que se visitara esa parte de la estancia. Tal vez los cuatreros, quizá los indios o algún gato montés, fuese lo que fuese, lo cierto era que esa zona de la estancia, que aún no habían explotado, se reputaba de peligrosa.

Claro que, si su esposo lo había prohibido, enseguida se convirtió en razón suficiente para que Fiona deseara transgredir la orden e investigar esa parte del campo.

Como el caballo seguía inquieto, se apeó y siguió a pie, conduciendo al animal por las bridas. El lugar le pareció hermoso, aunque algo sombrío por la espesa fronda de los árboles. Hasta olía distinto: un aroma húmedo, como cuando está por llover. No había mucha maleza, más bien una espesa hojarasca que crujía a medida que avanzaba.

Se dio vuelta y, entre los árboles, divisó la mansión, cada vez más lejana. Mejor sería volver, pensó, pero desistió sin mayores miramientos. ¿Para qué volver? No tenía nada que hacer, y ese lugar poseía un encanto especial que la atraía.

Continuó caminando, al tiempo que estudiaba el entorno. Se dijo que había sido una estupidez no haber visitado el bosque con anterioridad. Inspiró el aire fresco y se sintió bien, tranquila. A lo lejos, descubrió un claro lleno de maleza y apresuró el paso. En tanto el bayo pastaba, ella se recostaría en la hierba a contemplar el cielo tan límpido que la colmaba de gratas emociones.

¿Le pareció a ella, o realmente había visto a alguien detrás de ese tronco? Como una sombra que desaparece, creyó ver la coronilla de una persona, que se desvanecía entre los árboles. Después, concluyó que se trataba de una mala jugada de la luz del sol, que se esfumaba por aquí y reaparecía más allá.

Ahogó una exclamación. Esta vez sí había visto a alguien entre las tipas. Ató el caballo a una rama baja y corrió en dirección a la aparición. Metros más allá, divisó la silueta de una mujer que se dirigía rápidamente hacia el claro del bosque. Una elegante chalina colgaba en pico sobre su espalda y se arrastraba por el suelo.

"¡Una mujer!", se sorprendió. Estaba casi segura: ésa no era la esposa de ningún peón. Muy resuelta, levantó la falda de su vestido y corrió, sin analizar lo que hacía. El viento movía las hojas más altas de las tipas;

se escuchaba a las loras parlanchinas y, de vez en cuando, algún benteveo. De Silva le había dicho que había muchos por allí, recordó.

La momentánea distracción bastó para que perdiera de vista a la mujer. Sin aliento, se apoyó en un tronco a descansar. Elevó la vista al cielo, como olvidando su cacería. Los rayos del sol contorneaban las copas de los árboles, y daban de lleno sobre los ojos de Fiona, calentándole el rostro, que la corrida había enfriado.

De pronto, un ruido distinto, como a ramas secas que se parten, quebró la armonía del sitio.

—¿Hay alguien ahí? —Escudriñó el lugar, atemorizada, y dándose ánimos alzó la voz—: Por favor, salga, no deseo hacerle daño.

Esperó unos instantes, pero nada. Hasta que la figura femenina apareció nuevamente; corría a toda velocidad, alejándose de la densidad del bosque que hasta ese momento le había servido de escudo.

—¡Espere, señora! ¡Espere!

La mujer no se detuvo, y Fiona corrió tras ella. Por momentos, la silueta se desvanecía entre la maleza, por momentos volvía a divisarla, un poco más lejos. Repentinamente, advirtió que no la veía más.

—¡Oh, no! —gritó, decepcionada.

Agitada y exhausta, se detuvo para recobrar el aliento. Miró hacia el horizonte, pensó que ése era un lugar magnífico; pensó también que ya se había adentrado mucho, y que debía volver. Pero, demasiado intrigada para abandonar la aventura, se irguió y echó a andar otra vez, ahora sin prisa.

No supo cuánto tiempo estuvo deambulando por aquellos parajes, tampoco sabía si volvería ver a la mujer misteriosa y, peor aún, ni siquiera tenía la certeza de si podría recordar el camino de regreso a la mansión. Sin embargo, eso no pareció perturbarla. Seguía avanzando, guiada por su instinto.

Debió de caminar algo más de un cuarto de hora antes de toparse con una casita, a medias oculta tras la espesura del monte. Parecía deshabitada. Se acercó con actitud precavida y, al descubrir que no había ningún peligro, avanzó con audacia a la puerta. Subió los peldaños de la escalera de madera y se detuvo unos instantes para observar la galería que circundaba la vivienda. Todo lucía ordenado y limpio. Había tiestos por doquier con las plantas más variadas, hortensias, agapantos, margaritas, geranios.

Sin llamar, abrió la puerta. Allí se encontraba la mujer, sentada en una mecedora, mirando por la ventana. De seguro, habría estado viéndola mientras ella se aproximaba.

—Disculpe —comenzó a decir Fiona—. Pensé... No sabía...

—Está bien, querida —dijo la mujer, mientras se incorporaba para encaminarse hacia una mesa apostada en un rincón del comedor—. Estaba esperándote. Vamos, entra. Ven aquí, conmigo —y le extendió la mano.

Con paso indeciso, Fiona fue acercándose sin quitarle los ojos de encima. Se trataba de una mujer de mediana edad, tendría tal vez cuarenta o cuarenta y cinco años, era muy bonita, y sus movimientos poseían una cadencia aristocrática que le recordaron a los de misia Mercedes.

—*Do you want a cup of tea, dear?*

La pregunta en inglés la sorprendió tanto que no supo qué contestar; entonces, la mujer le explicó.

—Te he escuchado hablar en inglés con tu criada; tu pronunciación es excelente.

Fiona no salía de su asombro.

—¿Me ha escuchado hablar con Maria?

—Sí —replicó, en medio de una risa cándida, casi infantil—. A veces me da por espiar a los de la casa grande.

—Ah —fue lo que atinó a murmurar Fiona.

Le resultó extraño, pero no pudo sentirse molesta ni enojarse con la mujer; le pareció que habría sido como enojarse con una niñita de cinco años.

—*A cup of tea?* —insistió la mujer.

Con el chal que arrastraba y la cabeza erguida, tenía el porte de una reina.

—*Please* —respondió la joven.

La mujer tomó la tetera y vertió el brebaje en una taza. La mesa estaba tan bien arreglada como en casa de su abuela; no faltaba un solo detalle, hasta había un florero de cristal con unas rosas blancas.

—Ven, querida, siéntate. Tomemos juntas el té.

Se sentaron. Fiona le agradeció cuando le alcanzó la taza y cuando le sirvió un pedazo de tarta de moras que, según dijo, ella misma había cosechado.

—Los árboles están que se caen de moras.

Fiona se preguntó, intrigada: "¿Moras en invierno?". No preguntó.

—¡Mira! —La mujer levantó las manos y le mostró las palmas—. Me han quedado teñidas de tantas que he recogido.

—Está deliciosa. Perdón, ¿cómo se llama vuestra merced?

La mujer no respondió enseguida. Se quedó mirándola, como apreciándola en detalle.

—Eres tan hermosa —dijo, por fin—. Mi nombre es Catherine Emmet. Pero no me llames Catherine, nadie lo hace. Llámame Catusha, como todos.

"¿Todos?", pensó Fiona. "¿Quiénes, por Dios, en medio de la nada?"

—¿Catusha?

—Ese apodo me lo puso mi padre, cuando aún gateaba. —Rió otra vez, y aclaró—: Él siempre decía que yo era tan pequeñita y suavecita que me parecía más a una gatita que a una bebé.

Fiona se sentía cómoda, si bien no lograba salir de su asombro. ¿Quién era esa mujer? ¿Qué hacía allí, sola, en medio del monte?

—¿Vive usted sola, señora Catusha?

—No me llames señora, me haces sentir vieja —la reconvino—. ¿Qué me preguntaste, querida? ¡Ah, sí! Si vivo sola. Sí, aunque mi hijo viene a visitarme, de vez en cuando —agregó, con una mueca.

—¿Su hijo?

—Sí, él es un hombre ya. Es muy importante, ¿sabes? Casi tanto como lo era su padre.

En aquel instante su mirada se perdió, y dejó de mover las manos como había venido haciéndolo hasta ese momento.

—Señora... Digo, Catusha, ¿está usted bien? ¿Se siente bien? —Lo repitió porque la mujer se mantenía ensimismada y no contestaba.

—Oh, sí, querida Fiona, sí.

—¡Sabe mi nombre!

—Ya te he dicho que a veces espío tu casa. No te molesta, ¿verdad?

—No, por supuesto que no. —"¿Qué puedo decirle?", se preguntó—. Pero tal vez habría sido mejor que se presentara; de esa forma la habríamos invitado a cenar, Catusha. A mi esposo y a mí...

—¡Ah, no! ¡Tu esposo me da miedo, Fiona querida! No quiero cruzarme con él.

La extrema sinceridad de la dama no hacía más que desconcertarla.

—Sí, la comprendo —respondió, y miró hacia abajo.

—¡Perdóname, he sido una grosera! Después de todo, es tu esposo. Se trata... No lo sé... Esa mirada... ¿Tú no le temes?

—Sí, a veces. En realidad, siempre. Pero...

—Sí, ya sé; estás enamorada de él, ¿verdad? ¿Quieres más té?

—¡No!

—¿No deseas más té? —La miró incrédula.

—No... Sí, un poco más de té estaría bien. Me refería a que no estoy enamorada de él.

Después que lo dijo, se sintió mal.

—¿No estás enamorada de él?

La miró con una mueca de asombro, y Fiona se avergonzó.

—Yo amaba mucho a mi Manuel y él me amaba a mí también. Sí, señor.

Hizo un gesto divertido que a Fiona le causó hilaridad.

—Tienes una de las sonrisas más lindas que he visto, Fiona. Deberías sonreír a menudo. ¿Sonríes a menudo?

—No, no muy a menudo.

La muchacha giró en la silla y estudió el entorno para evitar el tema. La casita era pequeña, si bien muy acogedora, distinta a las casonas estilo morisco de Buenos Aires, por cierto, distinta a la mansión. Se respiraba tanta paz que se dio cuenta de que se sentía muy serena y a gusto. Suspiró.

—¿Esta casa es suya?

Se arrepintió de preguntarlo; no quería quedar como una entrometida.

—Sí, mi hijo la hizo construir. —Parecía orgullosa.

—¿Este terreno no se encuentra dentro de la propiedad *La Candelaria*?

—No lo sé, querida. Supongo que no —respondió, con evidente desinterés en el asunto—. ¿Más tarta?

—No, gracias.

Fiona echó otro vistazo.

—¿Toca el piano, Catusha? —preguntó, sin apartar la vista del instrumento apostado en un rincón de la sala.

—Sí. ¿Deseas que toque para ti? Puedo enseñarte nuevas melodías. —Se quedó aguardando la respuesta.

—Sí, claro, me gustaría escucharla tocar.

El momento junto a esa mujer tan extraña resultó

encantador. Aunque había aspectos de Catusha que no lograba explicarse, no se preocupó demasiado. Pensó que, en medio de su amargura, había encontrado a alguien con quien conversar. Maria no la entendía por esos días; hasta parecía estar de parte del imbécil de de Silva; lo mismo Eliseo. Y Candelaria... En fin, Candelaria ni hablar.

Catusha insistió en acompañarla de regreso y Fiona aceptó ya que no sabía si podría orientarse para volver a la mansión. Había deambulado por esos parajes sin reparar en nada, guiada sólo por el deseo de encontrar a la mujer misteriosa.

El caballo, atado a la rama de la tipa, se mostraba impaciente y recibió a su dueña con relinchos y sacudidas de cabeza, evidentemente enojado. Dado que el lugar no tenía hierba, no había podido comer. Como desde allí Fiona ya recordaba el camino, se despidió de su amiga Catusha con la promesa de regresar muy pronto.

Al llegar a la casa, Maria la regañó con dureza. Hacía horas que la buscaba y nadie conocía su paradero. Fiona escuchó sus retos y le prometió no volver a desaparecer.

—¿Se puede saber dónde has estado? ¡Por Dios Santo, Fiona! Candelaria está que brama con tu desaparición.

—¿Qué tiene que meterse ella en lo que yo hago? Ni que fuera mi dueña. ¡Lo único que me faltaba! ¡No está mi carcelero, pero dejó a una carcelera! —explotó.

—Bueno, mi niña, tranquilízate —la calmó Maria, arrepentida de haber nombrado a la negra.

Fiona, muy sensible por esos días, se alteraba por

cualquier nimiedad, en especial si tenía que ver con su esposo.

—¿Vas a decirme dónde estuviste? —insistió Maria, con una caricia.

Fiona la miró de soslayo y pensó en contárselo, aunque enseguida se arrepintió; Maria era muy miedosa, y si ella le confesaba que había encontrado a una mujer en medio del monte, luego de cruzar sola el bosque vedado, pondría el grito en el cielo y le prohibiría regresar con Catusha.

—Anduve por ahí, sin rumbo fijo —mintió.

—¡Camila!

En el mismo momento en que Fiona bajaba por las escalinatas de la entrada principal a gran velocidad, Camila descendía de la volanta de su padre auxiliada por el lacayo. Se encontraron en el camino de pedregullo que bordeaba la mansión y se abrazaron. No se veían desde el casamiento de Fiona, casi dos meses atrás, y se habían extrañado.

—Tengo tantas cosas que contarte, Fiona. Ya no tengo con quién hablar. Bueno, está Blanquita —Camila hablaba de su nodriza—, pero a veces no me comprende; no como tú.

—Entremos y empachémonos de relatos. Yo también necesito contarte cosas. A mí me pasa lo mismo con Maria.

La tomó por el hombro y la condujo escaleras arriba.

—Es bellísima —comentó Camila, boquiabierta, dando vueltas sobre sí para admirar el salón principal—. Cuando avisté la casa desde la volanta no podía creerlo. Jamás he visto una casa como ésta —agregó, mientras observaba atónita un gobelino que ocupaba toda una pared.

—Sí, es muy fastuosa —contestó Fiona, sin mayor interés y con algo de displicencia—. Ven, iremos a mi alcoba. Allí estaremos más cómodas.

Al llegar a la escalera, apareció de improviso Candelaria. Se detuvo ante las dos jóvenes, como cerrándoles el paso, y miró a Camila con cara de pocos amigos.

—Camila, te presento a Candelaria...

No sabía su apellido ni su posición dentro de la casa. No era la madre de de Silva, no era el ama de llaves, no era la tía ni una parienta lejana. ¿Qué era, entonces? ¿La que lo había criado? Sí, pero presentarla como "Candelaria, la que crió a de Silva" no le pareció correcto; por eso, prefirió dejar la frase inconclusa.

—Candelaria, ella es Camila O'Gorman, mi más íntima amiga.

Camila y Candelaria inclinaron las cabezas a modo de saludo.

—Si necesita algo, señora de Silva, llámeme —expresó la mujer antes de seguir su camino hacia la zona de la servidumbre.

Las jóvenes iniciaron el ascenso con menos entusiasmo.

—Tiene cara de bruja, Dios me libre y me guarde —susurró Camila.

—Parece una bruja, pero no está tan mal después de todo. Cierto que es muy parca y seria. —Una sonrisa de niña se dibujó en los labios de Fiona. Tomó a

Camila del brazo antes de agregar—: Vamos a olvidarnos de esa mujer; no quiero que nada empañe tu estadía, ¿sí?

—De acuerdo.

Camila sonrió. Corrieron escaleras arriba como niñas y no se detuvieron hasta que llegaron al dormitorio de Fiona.

—No puedo creer el dormitorio que tienes. Mira esta gasa. Qué suavecita es —se admiró Camila, al tiempo que frotaba contra su mejilla la tela del baldaquín—. Este hombre te da todos los gustos, Fiona —comentó, admirando los muebles y los pebeteros de plata.

Fiona guardaba silencio. Sólo observaba cómo su amiga se anonadaba por detalles que a ella no le causaban la más mínima emoción. No obstante, debía reconocerlo, el lujo que la rodeaba resultaba soberbio.

—Así me imagino las mansiones en París. ¿No crees, Fiona?

Camila se volvió. Su amiga, absorta, miraba a través de la contraventana.

—Fiona, ¿me escuchas?

—Ven aquí. La vista es grandiosa —dijo, sin voltear.

En el parque de la estancia la primavera se desplegaba en todo su esplendor. El verde destacaba como la tonalidad dominante, el del césped, prolijamente recortado, el de los cipreses, más allá el de las tipas; aunque no sólo el verde, sino una paleta magnífica de colores; en los copones de piedra, se mezclaban el violeta, el rojo y el blanco de los agapantos; al pie de la escalera que conducía a la puerta principal, en un parterre, las azaleas blancas, rosas y fucsias se habían convertido en gigantescos ramos de flores. La fuente en cuyo centro los retozones angelotes de bronce arrojaban incansablemente sus chorros de agua, aportaba equilibrio en ese marco de tanto colorido.

De pronto, Fiona comprendió que apreciaba aquel paisaje por primera vez, y la invadió el desasosiego. Enseguida se repuso ya que la alegría que le provocaba la presencia de Camila volvió a imponerse, y se entusiasmó con la idea de llevarla a conocer la escuelita y la *crémerie*. Se sentía orgullosa de sus emprendimientos y quería compartirlos con su amiga. También le contó acerca de Catusha, y fueron al monte para conocerla. Catusha no estaba en la casa ni en el jardín ni en los alrededores, y, aunque la esperaron un rato, no dieron con ella. Al fin decidieron regresar. "Tal vez", pensó Fiona, "Catusha se ha marchado unos días a la ciudad para visitar a su hijo".

—Por favor, Camila, no comentes con nadie acerca de mi amistad con Catusha. Es un secreto.

—De acuerdo —dijo Camila, extrañada, pero no preguntó el motivo de tanto misterio.

Almorzaron bajo un alcanforero que Fiona había descubierto en uno de sus paseos a caballo, no muy alejado de la mansión. Eliseo condujo el coche y durmió una larga siesta después de comer, mientras Camila y Fiona conversaban de modo incansable.

—Ya hice el amor con Ladislao —confesó Camila con la mirada sobre la hierba y las manos entrelazadas.

—¿Te sientes feliz?

La O'Gorman fijó los ojos en los de Fiona, un poco desconcertada, tal vez porque había esperado un sermón o una mirada de espanto. Nada de eso.

—Sí, inmensamente feliz —replicó, al cabo—. Y tú, Fiona, ¿eres feliz ahora?

—No —contestó, y le pareció que la respuesta había surgido demasiado aprisa, de modo irreflexivo—. En realidad, no lo sé. Yo...

No sabía qué contestar. ¿Cómo se sentía? No acertaba a definirlo. Había atiborrado sus días con todo tipo de actividades; tal vez, para no pensar. Pero por la noche era inevitable hacerlo, y los recuerdos volvían y la inquietaban.

—¿Estás bien, Fiona?

Camila la tomó de la mano con preocupación. Fiona había empalidecido.

—Hace semanas que de Silva se fue —dijo por fin, y Camila cayó en la cuenta de que era la primera vez que nombraba a su esposo—. La última noche que estuvo aquí, fue a mi habitación y, como yo había trabado las puertas para que él no entrara, la abrió a golpes. Fue horrible, estaba como loco.

Fiona contuvo la respiración al evocar la escena.

—Y, ¿qué pasó?

—Me dijo que yo era malcriada y torpe, y que...

No pudo seguir. La humillación, la conmoción y la vergüenza le quitaban el aliento.

—¿Qué paso luego, Fiona?

—Me dijo que... Que si no quería que me hiciera el amor, que se lo dijera de frente.

—¿Y luego de eso no lo viste más?

Fiona asintió.

—Yo lo vi en Buenos Aires hace poco —anunció Camila.

Fiona sintió que el corazón le daba un vuelco.

—¿Cuándo lo viste? ¿Dónde, Camila? ¿Dónde?

—Un momento, señorita, un momento... A ver, a ver... Bueno...

—¡Camila, por amor de Dios! —se exasperó Fiona.

—Bueno, tranquilízate. Lo vi en una tertulia en casa de misia Mariquita, hace unos cuantos días. No sé, unas dos semanas atrás, más o menos.

—¿Hablaste con él?

—Sí. Me saludó ahí, en lo de misia Mariquita. Además estuvo cenando en mi casa, unos días después. Cuando mamá le preguntó por qué tú no habías venido con él, dijo que sólo estaba de paso por la ciudad por asuntos de negocios; y que pronto regresaría al campo.

Camila tomó entre sus dedos un pedazo de compota y lo dejó caer en su boca para saborearlo lentamente. Fiona estaba a punto de perder los estribos.

—¡Vamos, Camila, dime qué más sabes!

—No mucho más. ¿Cómo es que tú no sabes nada? ¿No puedes averiguar?

—Aunque te parezca mentira, no. Dime, ¿bailó con alguien esa noche? En lo de misia Mariquita, digo.

—¿Que si bailó? Con todas, Fiona, con todas.

—¿Bailó con Clelia Coloma? —preguntó, aunque, en rigor, no quería saber.

—Sí, la mayor parte del tiempo.

Camila no podía saber hasta qué punto ese comentario la impresionaría. Fiona se quedó muda; separó los labios y abrió aún más los ojos.

—No entiendo, Fiona. ¿Qué te importa a ti lo

que de Silva hace o deja de hacer? ¿No es que lo odias y que nada te interesa de él?

—No, nada me interesa de él —se apresuró a decir—. Si pregunto, no es por mí, Camila. Me importa porque no quiero que comience el cotilleo. Ya sabes, por *Grandpa* —aclaró, y desvió la mirada de los ojos de su amiga.

—Claro, por *Grandpa* —repitió Camila.

—Claro, por él. ¿Por quién más, si no?

—Por ti, Fiona, por ti.

—¡Por mí! —Se señaló el pecho, con los ojos desorbitados—. ¿Qué dices, Camila? ¿Te volviste loca? Jamás me interesaría por mí —aseguró, con una mueca de enfado.

—No te pongas así. Además no grites o despertarás a Eliseo y no podremos continuar con la conversación.

Tomó el vaso de su amiga, lleno de *agrio*, y se lo ofreció. Fiona lo bebió de golpe.

—Debes tranquilizarte, te noto muy inquieta.

—Sí, puede ser, discúlpame, no quise gritarte —respondió Fiona, con la vista baja—. En realidad, no sé qué me sucede últimamente. Me siento muy extraña, no sé. Es como si, a veces, necesitara que de Silva estuviera en la casa aunque más no fuese para pelear con él. Suena estúpido, ¿no crees? Me da rabia. Muchas veces pienso en él y trato de recordarlo con odio por lo que me hizo, pero no puedo. A veces quiero que esté junto a mí, de noche.

—¿Crees que estás enamorándote de él?

—¡No!

Esta vez sí despertó al sirviente. De todos modos, ya era hora de volver.

Camila no deseaba irse. Lo había pasado de maravilla. Por otra parte, le costaba dejar a Fiona; no la encontraba bien, no era la misma de siempre. Sin embargo, su deseo de retornar a los brazos de su amante, el curita de Tucumán, Ladislao Gutiérrez, resultaba más poderoso. A la mañana siguiente, y a pesar de los ruegos de Fiona, partió rumbo a Buenos Aires.

Capítulo VIII

—Fiona... Fiona... —murmuró de Silva, con voz pastosa.

La mujer se estremeció bajo el cuerpo desnudo de su amante al escucharlo musitar ese nombre. No dijo nada, no hizo nada, se limitó a seguir sus movimientos, como de costumbre, aunque la humillara.

Cloé Despontin era la amante de de Silva desde hacía más de cinco años. Bastante mayor que él, todavía conservaba algo de la despampanante belleza de sus años mozos, y toda su maestría en la cama. En eso nadie la superaba.

Cloé había llegado a Buenos Aires dos décadas atrás, escapando de un amante parisino que había amenazado con matarla si volvía a verla. Y París no era tan grande, de modo que decidió embarcarse rumbo a lo desconocido, y así fue como llegó al Río de la Plata.

Pronto se convirtió en la *madama* de uno de los burdeles más famosos de la ciudad, a punto tal que su renombre llegó a las altas esferas del gobierno de Buenos Aires.

En 1832, cuando el ministro Tomás de Anchorena decretó el destierro de las mujeres públicas, ella se valió de sus contactos y pudo permanecer en la ciudad escondida en una casa que le alquiló su nuevo amante, un joven y apuesto militar.

Juan Cruz de Silva tenía dieciséis años en aquel entonces y solía frecuentar la casa de señoritas cada vez que Rosas lo enviaba a la ciudad con algún encargo. Las meretrices se peleaban por atenderlo, todas conocían la potencia y el tamaño de su miembro. Y, a pesar de que Juan Cruz ansiaba acostarse con la *madama*, la mujer le sonreía de modo condescendiente, le palmeaba el hombro y le decía:

—Ya hablaremos cuando dejes de ser niño.

Un día en que Cloé estaba en la casa que le alquilaba uno de sus nuevos amigos, Juan Cruz llamó a la puerta.

—Ya dejé de ser un niño. Hablemos.

La mujer quedó estupefacta y boquiabierta. De Silva tenía para entonces casi veinticinco años, y ciertamente había dejado de ser un chiquillo para convertirse en un hombre que destilaba virilidad por los poros. Su cara, aunque nada perfecta, era tan atractiva que deseó besarlo en ese mismo momento. Y así lo hizo.

Abandonó a su amante de turno y la casa donde vivía, y se instaló en la que le alquiló Juan Cruz, lejos de la ciudad, cerca de las barracas donde acababa de abrir su saladero.

La relación fue explosiva desde un primer momento, desde el día en que él se presentó en su casa para hablar. La arrojó al suelo del hall de entrada, pateó la puerta para cerrarla y le hizo el amor ahí mismo, con rabia, sin interesarle siquiera si había alguien dando vueltas. A Cloé nada pareció importarle; sintió que por primera vez tocaba el cielo con las manos.

—Me casaré con ella por su apellido —le explicó de Silva una noche, mientras encendía su acostumbrado cigarro después de haberle hecho el amor—. A pesar de mi dinero y la amistad con don Juan Manuel, para ellos sigo siendo un bastardo y un advenedizo. Necesito que mi descendencia se libere de esta carga.

Cloé sintió que la traspasaba con la mirada. Los ojos de su amante siempre la estremecían de pasión, de temor también. Con de Silva no se podía jugar. Ella conocía su historia, y era consciente de que no lidiaba con un santo, más bien todo lo contrario. Lo sabía capaz de echar mano a cualquier artimaña para alcanzar sus objetivos y defender lo suyo. Su talante y su naturaleza resultaban impredecibles.

A Cloé, el alquiler de la casa no le importaba, tampoco los vestidos que le compraba ni los alimentos que se llevaba a la boca ni los sirvientes que la atendían. Lo que contaba era que se había enamorado profundamente de Juan Cruz de Silva. Se lamentaba por haber permitido que ese sentimiento la dominara. Sólo le servía para sufrir. Hacía días que tenía a Juan Cruz para ella, y, sin embargo, lo notaba lejano, absorto, preocupado. La humillaba que se emborrachara antes de hacerle el amor, aunque nada la lastimaba tanto como lo que estaba ocurriendo en ese instante. Escucharlo pronunciar el nombre de esa maldita muchacha mientras era a ella a quien amaba le había abierto una herida que no cicatrizaría fácilmente.

—Fiona... —jadeó de Silva.

Cloé sintió que el corazón se le contraía, y, antes de que Juan Cruz alcanzara el orgasmo, una lágrima rodó por su mejilla.

De Silva entreabrió los ojos y volvió a cerrarlos con un gruñido cuando la luz que se filtraba por los postigos le hirió la vista. Después de hacer el amor con Cloé, se había quedado dormido debido a la borrachera. Horas más tarde, se despertó a causa de una pesadilla que no recordaba y permaneció en la cama, fumando y pensando. El sueño no había regresado sino al amanecer y ahora debían de ser cerca de las diez.

Se incorporó y se frotó los ojos. Giró la cabeza a uno y otro lado. Un agudo dolor en la nuca lo llevó a apretar los párpados y reprimir una maldición. Se sentía sucio, con el pelo grasiento y la piel transpirada, y tenía mal sabor en la boca, mezcla del tabaco y del exceso de alcohol de la noche anterior.

Miró a Cloé, desnuda y dormida a su lado. Le pasó los dedos por la cintura, pero no consiguió despertarla. La mujer se movió entre las sábanas, murmuró unas palabras ininteligibles y siguió durmiendo. Juan Cruz sonrió. No volvería a molestarla. Esperaría a que despertase para comunicarle la decisión que había tomado la noche anterior. Regresaría a *La Candelaria*.

Los hermosos rincones de *La Candelaria* no terminaban de sorprenderla. A diario descubría lugares maravillosos que le arrancaban una exclamación, como por ejemplo, “la fuente de las macetas”, como había bautizado Fiona a su último hallazgo: una alberca rectangular, de dos metros de ancho y varios de largo, poblada de nenúfares; largos chorros de agua rompían el espejo de la superficie acuática y movían las hojas que flotaban a su alrededor; en su orilla, revestida de mármol blanco, se encontraban las macetas, simples, de terracota, con plantas florecidas. A un costado, se erguían los cipreses, y, a sus pies, crecían los agapantos y otras plantas que Fiona no conocía.

Instaló su atril en uno de los extremos de la alberca y, desde allí, se dispuso a dibujarla en perspectiva. No era tan buena con la pintura como con el piano; no obstante, estaba empecinada en plasmar aquel paisaje en el papel y puso manos a la obra.

Era muy temprano, apenas las ocho. Candelaria había partido presurosa a la fábrica de quesos después de desayunar. Se la veía muy entusiasmada con la empresa, y hasta se le había ocurrido que podrían vender algunos de los productos en las almacenes de Buenos Aires. Fiona la juzgaba una buena idea. A pesar de todo, esa mañana no tenía ganas de trabajar en la *crémerie*. Tomó el atril, una gran hoja de papel duro, unos lápices de carbonilla y se dirigió en el coche hasta la fuente.

Se acomodó la pamela de paja en la cabeza ya que el sol pegaría duro ese día; así lo pregonaban las chicharras en los espinillos, con un sonido monótono, algo irritante, que al cabo de un rato se mimetizaba con la paz del lugar. Las aves trinaban y las mariposas revoloteaban sobre las flores en las macetas. Inspiró profundamente y sonrió. Hacía tiempo que no experimentaba esa dicha.

Empezó a mover la mano sobre el papel y el lápiz se

deslizó con suavidad, dejando un rastro negro en su camino. No sería fácil, pero lo conseguiría; había decidido que después lo colorearía con acuarelas y se lo regalaría a Catusha. Luciría hermoso en la sala de su cabaña.

Hacía más de dos horas que se empeñaba sobre el atril, y el esfuerzo daba sus frutos. Las primeras líneas, imprecisas y sin demasiada lógica, comenzaban a cobrar sentido y a transformarse en una alberca llena de macetas en su orilla y con altos cipreses a su alrededor. Se mantenía muy concentrada; ni la luminosidad del sol, que la obligaba a fruncir el entrecejo, la perturbaba. Dada su extrema concentración, no escuchó los cascos de un caballo que se acercaba. Sólo cuando la sombra del animal se proyectó sobre el papel, Fiona se volvió, asustada.

—¡Señor de Silva! —exclamó.

No supo qué decir, atontada por la sorpresa. Se quedó mirándolo, con el ceño pronunciado a causa del sol y una expresión de azoro. Con las riendas aún en alto, de Silva controlaba a su impetuoso padrillo, que se movía impaciente y soltaba fuertes soplidos.

Fiona seguía mirándolo. De Silva lucía irresistible esa mañana. Vestía pantalones de género azul oscuro y un chaleco a la *Cavour* en una tonalidad clara, que se ajustaba a su cuerpo y dejaba ver la blancura de las mangas de su camisa de batista. Aunque nada de eso la atrajo tanto como el pañuelo rojo que Juan Cruz llevaba atado en la cabeza "a la corsario", que le sujetaba el pelo y le despejaba el rostro. Se miraron, y la intensidad de sus ojos oscuros la perturbó. Bajó la vista y la fijó en el dibujo, de pronto desanimada.

El hombre no dijo palabra. La observó por algunos segundos antes de espolear su caballo y proseguir la marcha.

Fiona no consiguió retomar su tarea. Después de que de Silva se perdió en la llanura, trató de dibujar, sin éxito. La concentración de minutos atrás se había esfumado. Su mente daba vueltas en torno a una sola certeza: él había regresado.

Al fin, se dio por vencida; sacó el papel del atril, lo plegó y subió los enseres al coche. Volvió a la mansión para arreglarse un poco; tal vez de Silva almorzara con ellas. Al llegar, pasó corriendo al lado de don Pietro Fidelio, el jardinero italiano que de Silva había contratado para que se ocupara del parque de *La Candelaria*. El hombre la miró extrañado; estaba plantando unas hortensias al pie de la escalera y pensó que la dueña de casa se detendría a conversar con él sobre ello, como era su costumbre. Esta vez simplemente le dijo: "¡Buenos días, Pietro!", y comenzó el ascenso de los peldaños tan rápidamente como el vestido se lo permitía. El jardinero, luego de observarla, se encogió de hombros y continuó con su tarea.

—¡Maria, ya llegó! —exclamó Fiona, después de entrar precipitadamente en su habitación.

La sirvienta dio media vuelta y se quedó mirándola.

—¿Quién, pues?

—Pues de Silva. ¿Quién va a ser si no?

—Ah, de Silva. Sí, ya sé, llegó esta mañana, justo después de que tú te fuiste.

—¿Hablaste con él?

Fiona se acercaba con pasos tímidos.

—¿Para qué querría él hablar conmigo, Fiona?

—Bueno, Maria, no lo sé. Podría ser que... que quisiera saber dónde estaba yo.

—A mí no me preguntó nada. —Se volvió y la escrutó fijamente—. ¿Por qué tanta ansiedad?

—¿Ansiedad? ¿Ansiedad, yo? Estás loca —replicó, y fue a dejarse caer en uno de los confidentes.

—A mí me parece que sí.

"Bendito sea San Antonio", dijo la mujer para sus adentros.

—No. Sólo deseo hablar con él por lo de la escuela y lo de la *crémerie*.

—Ah, claro, la escuela y la *crémerie* —repitió, imitando de modo gracioso la pronunciación de Fiona—. Y, ¿qué deseas hablar con él sobre eso? Si es que puedo saberlo, por supuesto —se apresuró a agregar ante la dura mirada de la joven.

—Hay peones que no autorizan a sus hijos a ir a la escuela por miedo a de Silva, lo mismo pasa con las mujeres. Deseo legitimar la situación. Eso es, legitimar la escuela y la *crémerie*.

—Deberías haberlo pensado antes. Presiento una catástrofe. Ya conseguiste que arrancara una puerta de la pared y que hiciera añicos una silla más que pesada. ¿Qué más quieres? ¿Que te mate?

Al escuchar esas palabras, Fiona sintió un escalofrío en el cuerpo.

—No, cómo voy a desear eso, Maria. ¿Qué dices?

—Entonces, Fiona, prométeme que te portarás bien de ahora en más. Que harás lo que se supone que una buena esposa debe hacer.

La criada se agachó y quedó casi en cuclillas frente a ella.

—Prométemelo. No quiero que te suceda nada malo.

—Pero, Maria...

La criada tomó entre las suyas las manos sudorosas y frías de Fiona y se las apretó con fuerza.

—¡Prométemelo!

Maria estaba asustada. Durante esos días en *La Candelaria* había escuchado historias increíbles acerca de de Silva y había maldecido una y mil veces a William Malone por haber entregado a Fiona a ese demonio. El daño ya estaba hecho, ahora había que enfrentarlo.

—Está bien, Maria, está bien —aceptó, con impaciencia—. Me comportaré como una niña buena —replicó, con una sonrisa pícara en los labios, y Maria no supo si Fiona había logrado interpretar el terror en sus ojos.

De Silva no almorzó con ellas. Fiona y Candelaria comieron solas, como desde hacía varias semanas. Aunque Fiona quería preguntar acerca de la llegada de Juan Cruz, se mordió la lengua y no dijo nada.

Terminado el silencioso almuerzo, se aprestó para ir a la escuelita. No quiso que Eliseo la llevara porque ya había advertido que prefería quedarse entre los peones, ocupándose de las tareas del campo. En cierta forma, eso la alegraba.

Llegó a la capilla y se encontró con los niños que la esperaban fuera. Los más grandes se acercaron al coche y la ayudaron a descender, los más pequeños se peleaban por llevar sus cosas y las niñas se atropellaban por entregarle sus regalitos. Aquellas muestras de cariño la hacían sentirse bien.

Cada alumno conocía su lugar en los bancos y ya no hacía falta reconvenirlos para que ingresaran como seres humanos y no como tropel de vacas. Después de todo, ésa también era la casa del Señor.

Unos de los mayores armó el atril y le colocó la pizarra encima, todavía con restos de tiza del día anterior. Fiona pasó un trapo húmedo y los borró. Sin perder tiempo, comenzó la clase. Escribió once frases cortas y simples en el pizarrón, una para cada alumno, e hizo que las leyeran, uno por uno. Las niñas eran las que más deprisa aprendían; siempre dispuestas y muy minuciosas, resultaban las mejores de la clase. Fiona lamentaba que los hombres las consideraran inferiores.

La puerta de la capilla se abrió de golpe, y los alumnos giraron en los bancos para ver de quién se trataba. Las niñas profirieron un grito y corrieron a cobijarse detrás de Fiona que se había quedado rígida por lo inesperado de la irrupción. Los más pequeñitos imitaron a las niñas; los más grandes se apresuraron a ponerse de pie. Era el patrón.

De Silva comenzó a reír cuando divisó la cabecita negra de uno de los más chiquitos asomarse bajo la falda de Fiona, como si el pequeño se hubiera refugiado en una tienda. Todos lo miraron incrédulos. Cuando Fiona vio al niño, también echó a reír.

—Vamos, Chicha, sal de ahí, vamos —le ordenó—. ¿Por qué te escondes?

El pequeño salió de su escondite, no muy convencido. De Silva, de pie junto a la puerta, los miraba con esos ojos que ellos tanto temían. A una seña de Chicha, Fiona se inclinó. El niño le habló al oído.

—Es que está el patrón, señora —susurró.

Fiona le sonrió y, tras acariciarle la mejilla sucia, indicó a los demás que volvieran a sus lugares. Recorrió el trecho que la separaba de su esposo dispuesta a enfrentarlo.

—Señor de Silva —dijo, a modo de saludo.

—Está bien. Sólo quería confirmar con mis propios ojos algo que no podía creerle a Celedonio.

El tono de Juan Cruz era calmo. Luego, consciente de la ansiedad que embargaba a Fiona, agregó:

—He dicho que está bien. Hablaremos esta noche, en la cena.

Dio media vuelta y abandonó la capilla. Por segunda vez en el día, Fiona lo vio desaparecer sobre el lomo de su caballo y se sintió mal.

Después de tomar un baño con sales, Fiona se preparó con especial esmero. Le hizo ensayar a Maria varios peinados hasta que encontró el que, a su juicio, mejor le sentaba: el cabello suelto, sólo los mechones que enmarcaban su rostro sujetos en la coronilla; el resto caía pesadamente, lleno de bucles que Fiona desarmó pasándole los dedos.

—Así está mejor —dijo.

—Estás hermosísima —manifestó Maria.

—Sí —asintió Fiona, sin visos de vanidad, mientras se estudiaba en el espejo.

Al llegar al salón, se sintió segura; su belleza le daba seguridad. De Silva quedó atónito al verla, aunque lo disimuló.

Le separó la silla y permaneció unos instantes detrás de ella inspirando los aromas que emanaban de su cuerpo. Él rara vez se fijaba en el atuendo de las mujeres, le daba lo mismo. Esa noche, en cambio, echó vistazos furtivos para observar el de su esposa. Se admiró del buen gusto de Fiona y de lo bien que le sentaban el vestido de blonda color lavanda y el chal, de cachemira marfil, festoneado por guardas del mismo color. Un cinto de gro del mismo tono del traje, ancho, muy ancho, delineaba con gracia los contornos afinados de su cintura. Sobre la falda descansaba un relicario de oro que colgaba de la hebilla del cinturón. Y ese extravagante peinado, no como el de todas las porteñas, con su raya al medio y esos dos rodetes sobre el rostro en forma de banana, sino más libre, con el cabello suelto y enrulado. Juan Cruz odiaba los peinetones. Afortunadamente, Fiona no los usaba.

—¿Cómo te ha ido en tu viaje, Juan Cruz? —preguntó Candelaria, y el trato familiar que le dispensaba fastidió a Fiona.

—Excelentemente bien. Cumplí viejos compromisos y cerré negocios muy convenientes.

Candelaria se asombró de que se mostrase tan locuaz con el tema de sus negocios y advirtió que, mientras le respondía, observaba a Fiona. Decidió no seguir indagando.

—Dime, Fiona, ¿qué has hecho todos estos días?

Si bien el tono de de Silva era afable, a los oídos de la joven sonó hipócrita.

—¡Oh, Juan Cruz! Tú no sabes todo lo... —Candelaria se interrumpió.

La mirada furtiva y fría que de Silva le dedicó resultó elocuente.

—Le he preguntado a ella, Candelaria.

—No he hecho demasiado, señor —se apresuró a replicar Fiona, sin énfasis.

Toda su seguridad se había desmoronado con sólo escucharlo.

—Yo no lo creo así. ¿Qué hay con eso de la escuela y la fábrica de quesos?

Giró la cabeza y fijó la mirada en la negra.

—¡Oh, no señor! No le reproche a ella. Ha sido idea mía; ella aceptó colaborar de muy buen grado para darme con el gusto. Verá: hice una recorrida por las casas de los peones y, al darme cuenta de que los niños eran analfabetos y las mujeres poco sabían hacer, me tomé el atrevimiento...

—Ya lo creo que ha sido un atrevimiento —la cortó en seco de Silva.

En aquel momento ingresó en el salón una mestiza con la comida. Mientras servía el pavo, nadie abrió la boca. Fiona, que se llevó la copa nerviosamente a los labios, no conseguía detener el temblor de sus piernas. Candelaria, en cambio, lucía despreocupada.

—Has causado gran revuelo entre la peonada con esas ideas, Fiona —dijo por fin de Silva, cuando la sirvienta se retiró.

Lo que inquietaba a Fiona era el tono, lo juzgaba demasiado cordial, y se preguntaba si aquella no sería la calma que precedía a la tormenta.

—Yo...

—Los has puesto muy nerviosos con todas esas ideas... —Se detuvo a buscar la palabra adecuada— ...escandalosas, diría yo.

—¿Escandalosas?

Fiona lo miró a los ojos con impertinencia; en ese momento, la promesa que le había hecho a Maria de comportarse como una buena esposa quedó en el olvido.

—Ellos no están acostumbrados a esas cosas y...

—Señor de Silva, con todo respeto —interrumpió Fiona—, ¿qué tiene de escandaloso enseñar a leer y a escribir a un puñado de niños? ¿Qué tiene de escandaloso enseñar a fabricar quesos a un puñado de mujeres? ¡Escandaloso es que vivan en la ignorancia en que viven!

Fiona había alzado la voz, y hablaba con las manos apoyadas sobre el borde de la mesa. "Muy bien", pensó, "ya he dicho lo que tenía que decir; si quiere estallar, que estalle". En lugar de la tormenta esperada, sobrevino un profundo silencio durante el cual Juan Cruz de Silva le sostuvo la mirada. Él pensaba que, sin duda, su esposa era una mujer valiente. Nadie se habría atrevido a desafiarlo de ese modo.

—Ay, Fiona Malone —dijo, por fin, con un suspiro—. Eres una niña para comprender algunas cosas. Pero... —Fiona intentó replicarle, pero él le apoyó un dedo sobre los labios—. Déjame hablar, querida. Creo que eres muy inteligente, y no pasará mucho antes de que comprendas cómo se maneja el mundo realmente.

—Ya sé cómo funciona. Lo que sucede es que no me gusta —musitó apenas.

De Silva, por supuesto, la escuchó. Se limitó a sonreírle y a cambiar el tema de conversación.

Fiona pensaba que, terminada la cena, él le pediría que tocara el piano. La suposición se desbarató cuando de Silva le ordenó a Candelaria que le cebase mate en su estudio. Se puso de pie, se inclinó ante ella y desapareció tras la puerta.

Fiona se quedó mirando en la dirección que había tomado de Silva, con una mueca de palmaria sorpresa. No podía creerlo. La había humillado. ¿Cómo se atrevía a marcharse y dejarla sola? ¿Cómo se atrevía a semejante desplante? La furia bullía en su interior. Imaginó excusas para acudir a su escritorio y pelearlo, y todas le parecieron infantiles. Pensó en llevarle ella misma el mate para tener oportunidad de conversar con él; de la escuela y de la *crémerie*, por supuesto. Después de todo, a la hora de la cena no habían quedado en nada claro. Esa idea tampoco la convenció. Abatida, decidió marcharse a descansar. Tal vez al día siguiente hablarían en mejores términos y a solas.

Ya en su dormitorio, empezó a dar vueltas en la cama, sin poder conciliar el sueño. No quería apagar el quinqué; le temía a la sensación de absoluta oscuridad; la ahogaba. Tampoco deseaba leer; lo había intentado y su vista se demoraba largos minutos en el mismo renglón. Tampoco quería levantarse. Simplemente, no hallaba paz.

Después de horas, de Silva no había vuelto aún a su dormitorio. Fiona se mantenía atenta a cualquier sonido que proviniese de la habitación contigua. Durante mucho tiempo ese dormitorio había permanecido en silencio; ahora, ansiaba escuchar nuevamente sus sonidos: el taconeo de de Silva cuando ingresaba, el suspiro que siempre exhalaba, el ruido de la hebilla de su cinto al golpear el respaldo de la silla, el repiqueteo del agua en la jofaina cuando se enjuagaba el sudor y el polvo del rostro, los tacos de las botas cuando, al quitárselas, daban de lleno contra los tablones del piso, y los pasos hasta la habitación de ella. Fiona esperó, pero no oyó nada. Todo permanecía en absoluta quietud.

Dejó la cama y, antes de abandonar su dormitorio, se envolvió en una bata de muselina con la liviandad justa para aquellas noches calurosas. Decidida, se encaminó por el pasillo hacia la planta baja donde se encontraba el estudio de su esposo; hablaría con él sobre la escuelita y la *crémerie* o no conciliaría el sueño en toda la noche. Bajó las escaleras tanteando los peldaños. No había bujías encendidas, la oscuridad la oprimía, lo mismo que el silencio, no se escuchaba ninguna voz.

El estudio también permanecía a oscuras; de Silva no estaba allí. Tampoco lo halló en el salón azul ni en la biblioteca ni en el salón de baile ni en la cocina. Se cansó de buscar a ciegas; ya se había golpeado varias veces y casi había tirado al suelo un jarrón de porcelana que sus reflejos le permitieron atrapar en el aire. No seguiría buscándolo. Lo esperaría en su dormitorio; tarde o temprano tendría que regresar. ¿O habría partido de nuevo? Se desanimó. Con todo, caminó en dirección a la habitación de su esposo.

—No deberías mortificarla tanto con el tema de

la escuela. ¡Está tan entusiasmada, la pobrecita! —comentó Candelaria.

De Silva tomó el mate que le entregó la negra y se sentó frente a su escritorio con el entrecejo fruncido y la mirada pensativa.

—Tendrías que haber visto cómo se empeñó con todo. Con la fábrica de quesos, con la *crémerie*, como ella la llama —añadió, con histrionismo, y logró arrancar una sonrisa a de Silva—. Con la escuela también trabajó mucho. ¡Tiene un carácter! Maneja a los peones mejor que tú.

Taciturno, de Silva le devolvió el mate sin levantar la vista. La mujer lo miró por el rabillo del ojo antes de volver a cebar. Sabía que lo molestaba con esa perorata, pero quería contarle todo.

—Los niños están muy contentos porque...

—¡Ya no digas más, Candelaria! —se quejó de Silva.

La negra no se inmutó, más aún, ya le resultaba extraño que no hubiera reaccionado antes. En tanto sorbía su mate, lo contempló con cariño. Lo conocía tanto que sabía exactamente lo que Juan Cruz pensaba en ese momento. No se trataba del asunto de la escuelita lo que lo mantenía serio, claro que no. Pero no expresaría sus sospechas. Se pondría furioso si ella desnudaba el verdadero motivo de su malhumor.

Siguieron tomando mate sin cruzar palabra. Después de un rato, Candelaria se levantó dispuesta a abandonar el estudio y se acercó al escritorio para despedirse de de Silva.

—¿Desde cuándo la defiendes tanto? —preguntó

él, de repente—. Me pareció que no te caía nada bien la mocosa.

—No te creas que la adoro; pero no es tan mala. El tonto fuiste tú por elegírtela tan arisca y cocorita. Aunque tengo que admitir que es tan, pero tan bonita, que sus defectos se disimulan bien.

De Silva la miró con una sonrisa que equivalía a un asentimiento. Se puso de pie y caminó sin rumbo por la habitación. Candelaria comprendió que era la única que podía ayudarlo. Para eso, tenía que hablar. Y sabía perfectamente qué era lo que debía decir.

—El otro día me cocinó a preguntas acerca de ti. Que desde cuándo te conocía, que qué día habías nacido, que esto, que lo otro —comentó, como al paso.

Al escucharla, de Silva se acercó a su criada con la expresión cambiada, como la de un chico ansioso. Se dio cuenta enseguida de su arrebato e intentó recuperar su habitual falsedad.

—¿Y?

—¿Y qué?

Candelaria puso cara de inocente; sabía que lo exasperaba y que ésa era la única manera de lograr que sus sentimientos afloraran.

—¿Qué más te preguntó, mujer?

—¡Ah! Nada más. Le dije que si quería saber, que te preguntara a ti. Se enojó conmigo, pero no me importa. Además, ya se le pasó. No le duran mucho los berrinches —dijo, a propósito.

Con la excusa de que estaba muy cansada, Candelaria se despidió y lo dejó solo. De Silva la siguió con la mirada hasta que la negra cerró la puerta; después, se repantigó en el sofá con un suspiro. De pronto, sintió el agotamiento de un día muy duro. Había salido de Buenos Aires antes del amanecer, con la intención de llegar a *La Candelaria* para el desayuno, a las siete. Una demora echó por tierra sus planes. Uno de los caballos perdió una herradura y debieron desviar el camino en busca de un herrero. De Silva se enfureció con el peón que jineteaba el caballo en cuestión; se suponía que debían alistarlos en la ciudad antes de emprender el regreso.

El paisaje hermoso de la aurora y el clima benigno le devolvieron el buen talante y la ansiedad con los que había abandonado Buenos Aires. Llegó pasadas las nueve. Se decepcionó cuando, al preguntar por Fiona, Candelaria le informó que había salido muy temprano en el coche y que no tenía idea de qué rumbo había tomado.

—Te dije que la vigilaras —la reconvino de Silva.

—Sí, me lo pediste; pero es imposible. Esa niña es pólvora y no se deja manejar tan fácilmente. ¿Crees que puedo estar preguntándole día y noche qué cosa hace? Varias veces lo intenté y me frenó en seco. "Candelaria, soy una mujer, no una chiquilla, no lo olvide", me decía; daba media vuelta y me dejaba con la palabra en la boca. ¿Que querías que hiciera, que la atara a la pata de su cama? No creas...

—¡Bueno, está bien! Ya deja de quejarte.

De Silva la abrazó con cariño y la besó en ambas mejillas.

—¡Ay, mi negra linda! ¿Qué voy a hacer con esa chinita?

Mientras Candelaria le contaba las últimas novedades, de Silva desayunó en la cocina. No tenía hambre. Habían comido algo en el camino, así que al cabo de unos minutos salió con su padrillo a recorrer la hacienda.

La encontró en la fuente, pintando. No le dijo nada. Fascinado, se limitó a contemplarla. Después, en la capilla, rodeada de niños medrosos, le resultó encantadora. Y en ese momento sabía que su esposa se encontraba en la alcoba, aprestándose para ir a la cama. De seguro Maria estaría peinándola. Siempre olía tan bien. Su piel naturalmente tenía ese aroma. Se irguió de súbito y abandonó el sofá.

Estaba de mal humor y sabía que no se debía al alboroto que Fiona había armado durante esas semanas en su ausencia, ni a la quesería ni a la escuelita; nada de eso. Por fin, se sinceró consigo mismo. Tenía miedo de que su esposa volviera a rechazarlo. No lo soportaría; la mataría, lleno de rabia y despecho, cerraría sus manos en torno al delicado cuello de su mujer y apretaría hasta quebrarlo.

Relajó las manos. Le pareció sensato salir un rato a despabilarse. Los peones lo habían invitado al fogón esa noche, una buena oportunidad para quitarse el mal humor de encima.

Lo recibieron con afecto. Uno de ellos escondió una botella de aguardiente; tenían prohibido beber. De Silva se dio cuenta, pero lo dejó pasar. No tenía ganas de reprenderlos. Se había acercado en busca de un poco de distracción. Quizás hasta le sentarían bien unos tragos de algo fuerte; sin embargo, se contuvo: no se desautorizaría frente a sus hombres.

Las horas que pasó con sus peones le vinieron bien. Se divirtió y logró alejar los malos pensamientos. No obstante, al otro día había que trabajar, y muy duro; comenzaba la época de la esquila, una tarea que, aunque ardua, resultaba estimulante para los peones. Organizaban concursos para ver quién esquilaba más ovejas en un tiempo determinado, y, aunque las recompensas no tenían demasiado valor, sí la sensación de ser el más rápido en la tarea. A ninguno se le ocurría competir con de Silva; a él, nadie lo igualaba.

Un peón apagó el fogón echándole tierra, otro se hizo cargo del mate y sus enseres, y así terminó la juerga de los gauchos. Se despidieron y partieron hacia sus ranchos.

La despertó el chasquido de un yesquero. Miró a su alrededor, entre somnolienta y sobresaltada, y trató de recordar dónde se hallaba. Le dolía el cuello y se le había dormido un brazo, en el que comenzaba a sentir el molesto cosquilleo. Restregó sus ojos y los aguzó para ver a través de la luz de una lámpara encendida, unos pasos más allá.

De Silva estaba sentado a horcajadas en una silla, con el respaldo hacia adelante. Estaba guardando en el bolsillo del pantalón su yesquero de cola de mulita y se llevaba el cigarro a los labios sin apartar la vista de ella. Apoyó tranquilamente el mentón sobre el espaldar de madera y continuó observándola con seriedad. Tenía el torso desnudo y sólo vestía los pantalones azules que llevaba para la cena.

—¿Qué hace usted aquí? —preguntó Fiona, con voz soñolienta.

—¡Dios mío, Fiona! —Sus labios sonrieron divertidos—. Llego a *mi* dormitorio y te encuentro dormida en *mi* sillón. ¿No crees que debería ser yo el que pregunte?

Fiona recordó. Había decidido esperarlo en su dormitorio, una resolución osada e insensata, en ese momento lo veía con claridad. Había aguardado hasta que el sueño la venció y se quedó dormida. La vergüenza le tiñó las mejillas y le aceleró las palpitaciones. Quería escapar deprisa, ya no le importaba hablar con él, sólo quería huir. Se levantó, corrió los mechones ensortijados de su frente y trató de acomodarse la bata, que se abría ante la mirada intensa de de Silva.

—Disculpe, señor. Necesitaba hablar con usted. Será mejor dejarlo para mañana. Ahora debe de estar muy cansado. —En tanto lo decía, se encaminaba hacia la puerta común.

—Un momento. —Juan Cruz se había puesto de pie y apagaba el cigarro en un cenicero—. No creerás que te observé dormir por más de media hora para dejarme ahora con la intriga de qué cosa tan importante tenías para decirme que no podía esperar hasta mañana. No, señora. Usted va a decírmelo ahora.

Se había aproximado lentamente para interponerse entre ella y la puerta común.

—Pero... —balbuceó Fiona, con el rostro encarnado y la mirada desviada—. No, no, ahora no. De ninguna manera. Su merced debe de...

Se interrumpió cuando de Silva extendió la mano

y le tocó apenas la mejilla con el dorso de los dedos. Fiona ya se había dado cuenta de que un leve contacto con ese hombre bastaba para debilitarla. Soltó un suspiro al tiempo que sus párpados caían de modo instintivo para agudizar el sentido del tacto. La mano de de Silva subió hasta rozarle el lóbulo de la oreja; lo tomó entre el pulgar y el índice y lo masajeó con delicadeza. Fiona se estremeció e intentó en vano reprimir un sollozo ahogado, que se mezcló con su respiración irregular. ¿Por qué se acumulaban esos sonidos en su garganta? ¿Por qué respiraba como si hubiese corrido con el corsé muy apretado? ¿Por qué se le erizaba la piel? ¿Por qué sentía el impulso de extender el brazo y tocar el torso desnudo de de Silva?

Juan Cruz dirigió su mano por el cuello de Fiona, tan pequeño, tan blanco, tan delicado. Quería decirle: "Fiona, tu piel es lo más suave que he tocado. Nunca había acariciado una piel como la tuya", y, sin embargo, permanecía callado, ensordecido por la aspereza de su propia respiración, ahogado por la falta de aliento. Se sentía torpe y tonto, como la primera noche en el burdel de Cloé. Seguía tocándola, descendiendo, apreciándola, sin mover los ojos, siempre atentos a ella, que mantenía los suyos cerrados. Le apartó la bata, abrió la mano y la apoyó en el escote, abarcándolo por completo, y percibió el vuelco en el corazón de su joven esposa y también la manera alocada en que su pecho subía y bajaba. Temía experimentar la dicha que pugnaba por explotar en su corazón. Temía que de pronto Fiona abriese los ojos, lo mirase con desprecio y abandonara su habitación a la carrera. Temía volver a descubrir el rechazo en su mirada, ese rechazo que lo había mantenido lejos de *La Candelaria*.

Como si se aproximase a un animalito temeroso, de Silva dio un paso adelante, su mirada en los labios entreabiertos de Fiona. Quería oler su aliento, sentirlo en su barbilla, en su pecho, en todo su cuerpo. Quería que lo mojara con su saliva y que le gimiera en la boca, que lo tocara con manos impacientes de deseo y que lo llamara por su nombre, que le quitara la ropa, que se sentara a horcajadas sobre su pene, que se inclinara sobre su torso y le ofreciera los pechos. Quería escucharla pronunciar su nombre, sobre todo eso, quería que ella dijera: "Juan Cruz".

Advirtió que Fiona perdía el equilibrio, que se balanceaba, y la sujetó pasándole un brazo por la cintura. Ya había notado cuán menuda era; lo hacía sentir un gigante que, al menor descuido, podía lastimarla.

Fiona percibió el brazo que se ajustaba en la base de su espalda y levantó las manos para asirse a algo firme. Dio con los pectorales de de Silva, tensos y velludos. Levantó los párpados con lentitud, como si emergiera de un estado soporífero, y lo descubrió a centímetros de ella. Su mirada le confirió la idea de angustia y deseo, de tristeza y alegría, de ansiedad y de inseguridad, todo al mismo tiempo. No era necesario que hablase, la elocuencia de sus ojos bastaba. No conseguía apartarse de esa mirada, la mantenía quieta como por obra de un hechizo, hasta que lo vio inclinarse sobre sus labios y dio vuelta la cara, por miedo, no por repulsión.

De Silva ajustó el brazo derecho en la cintura de Fiona y hundió el rostro en su cabello suelto.

—No me rechaces —le suplicó, con acento torturado—. Por amor de Dios, no lo hagas.

"Ambos hemos cambiado", pensó de Silva, pues si bien ella acababa de volverle la cara, no mostraba la actitud combativa de semanas atrás, incluso se había dejado acariciar. En tanto que él se sorprendía de su paciencia. Quizá, si actuase de modo coherente con su temperamento, habría debido echarla sobre la cama, abrirle las piernas y tomarla, sin tantas contemplaciones. No obstante, ahí estaba, embargado de una paciencia y de una ternura nuevas para él. En verdad, quería que ella lo deseara.

—¿Te doy asco?

—¡No! —Su vehemente sinceridad la dejó aturdida, demasiado expuesta.

De Silva sonrió, y por primera vez Fiona acertó a definir el carácter de su sonrisa: ni burlona ni divertida sino feliz, satisfecha. Esa sonrisa le robó el aliento.

Juan Cruz volvió a inclinarse y, como Fiona echaba la cabeza hacia atrás, usó su mano izquierda para sujetarle la nuca y atraerla hacia él. La besó; en un primer momento apenas le rozó los labios, y ambos experimentaron la sensación eléctrica que les surcó los miembros y les erizó la piel. De Silva se quedó quieto, inspirando el aliento cálido y acelerado de Fiona. Su erección se había vuelto punzante, tanto que le parecía que sus piernas se habían adormecido.

Movió apenas los labios y tragó el gemido acallado de Fiona. Ella le apretó los hombros, y, aunque no supo si lo hacía para alejarlo o para atraerlo, aquel contacto, el de las pequeñas manos de su esposa sobre sus músculos estremecidos y sensibles, desataron los nudos que lo habían mantenido a raya.

La besó de un modo tan febril que a Fiona le dolieron los labios. Estaba ahogándose; pero lo cierto era que no quería detenerlo. El roce de las manos de él sobre su cintura, sus caderas, sus nalgas, ese roce descarado que debería escandalizarla, pues todo lo contrario, la hacía feliz. Esas manos, enormes, oscuras y toscas, abandonaron su cintura y, con impaciencia, le contuvieron los pechos. Gritó en la boca de de Silva al percibir que con los pulgares le masajeaba los pezones endurecidos.

—No. No lo haga. Permítame que me vaya. —Hablaba su orgullo, que todavía pugnaba por vencer la tentación, por apartarlo de su cuerpo. Le resultó imposible; trató de sentirse ultrajada y humillada, y no lo consiguió.

—¿Por qué no, Fiona? ¿Qué pasa? —Él le hablaba mientras arrastraba la boca por su cuello y con las manos seguía recorriéndola sin honor, sin respeto—. Ya me has dicho que no te inspiro asco. ¿Es eso verdad?

—Sí —ratificó, en un hilo de voz—, es verdad.

—¿Me deseas? Yo te deseo tanto que me quema por dentro. ¿No entiendes que me consumo por esta pasión que siento por ti? Tócame, por favor, tócame.

De Silva le tomó la mano y la guió hasta posarla sobre su corazón.

—¿Sientes cómo late, enloquecido? —Ella asintió—. Late por ti. Por ti. Por ti —repetía, en tanto sus labios caían sobre el rostro de ella como lluvia de besos.

Aquel gesto, que él le tomara la mano para mostrarle con sinceridad lo que su cercanía le provocaba, terminó por derribar la muralla del orgullo, aunque una nueva se erigía, la del miedo.

—Fiona… Dios mío, Fiona… —Otra vez esa voz torturada en sus oídos, en su boca, en sus pechos, en todo su cuerpo.

La intensidad de de Silva la apabullaba y, al mismo tiempo, la tentaba, la volvía blanda y curiosa, porque sabía en qué terminaba ese ritual, él ya se lo había dado a conocer en aquellas pocas noches antes de marcharse de *La Candelaria* cuando resistirlo se había convertido en una empresa más difícil de lo que había imaginado. Sabía que de Silva entraría en ella; nunca había visto la parte del cuerpo que su esposo usaba para invadirla. La quemaba, la colmaba. Quería verla.

—Dime qué sientes, mi amor. Háblame.

—Tengo miedo.

—¿A qué?

"Le tengo miedo a su merced, a esto que me hace sentir, al modo en que me hace temblar. ¿Por qué se me adormecieron las piernas? ¿Es por causa de ese dolor punzante que tortura mi parte pudenda? ¡Dígame! ¡Me siento morir! ¿Qué está pasándome? ¿Por qué su meced me hace sentir de este modo? Esto no puede estar bien. Esto debe de ser pecado."

—Por favor, señor de Silva. Déjeme ir. —Su voz languidecía en un susurro entrecortado.

—Llámame Juan Cruz. Anda, di mi nombre.

Esperó en vano. Fiona nunca lo pronunció. En cambio, se echó a llorar y ocultó su rostro en el pecho de él. De Silva percibió el pánico de su joven esposa y experimentó la dicha como una sensación extraña en el estómago, como si de pronto hubiese comido un manjar. También sentía cosquillas y ganas de gritar y de reír. No lo alegraba que ella tuviese miedo sino haberse dado cuenta de que ella había disfrazado con desprecio sus verdaderas emociones. Estaba habituado a lidiar con el miedo que provocaba en los demás; en cambio, no toleraba que lo repudiaran.

La amaba. Nunca había amado a una mujer. Las había deseado con fervor y les había proporcionado placer, pero jamás había albergado por ninguna lo que en ese momento le inspiraba Fiona Malone, por cierto, algo difícil de definir, porque se trataba de sensaciones distintas que se volvían complejas, lo embrollaban debido a sus naturalezas tan variadas, ya que, al mismo tiempo que deseaba protegerla y ahuyentar el miedo de la mente y del cuerpo de Fiona, al mismo tiempo que la sentía débil y vulnerable, la respetaba, le temía y la admiraba. Ella era fuerte, valiente, orgullosa y contaba con un arma poderosa que lo destruiría si se decidía a empuñarla: su desprecio, su rechazo, porque, si bien acababa de caer en la cuenta de que ella, en rigor, tenía miedo, él no se olvidaba de que su esposa mostraba una herida en el corazón, haber sido comprada y no conquistada, y de Silva sospechaba que algún día pagaría cara su afrenta.

La separó de sí, y Fiona pensó que todo acabaría en ese momento. Se pasó el dorso de la mano por los ojos para distinguirlo en la penumbra de la habitación. Él estaba mirándola de un modo que la dejó quieta, la mano a mitad del rostro. Su debilidad debió de resultar manifiesta puesto que de Silva extendió la mano y la tomó por el codo para estabilizarla, aunque no hizo ademán de atraerla hacia su cuerpo. Siguieron así, un poco apartados, la mano de él en el brazo de ella, un contacto simple y, de igual modo, intenso. Se miraban, nunca apartaron los ojos durante esos largos segundos. Él quería preguntarle: "¿Me amas? ¿Te gusto? ¿Me odias? ¿Me perdonas?", y, sin embargo, callaba, un poco por orgullo, más que nada por cobardía; le temía a sus respuestas. ¡Le temía a sus respuestas! Él, Juan Cruz de Silva, al que apodaban "el diablo", le temía a una muchachita de dieciocho años, consentida y caprichosa. Ya se había planteado esa paradoja tiempo atrás y aún no encontraba una explicación lógica. Usó la expresión desprovista de sentimientos a la que solía echar mano cuando negociaba con socios poco honorables.

—¿Todavía quieres irte? ¿Aún deseas que te deje marchar?

Fiona seguía mirándolo fijamente, con los ojos muy abiertos, incapaz de hablar por lo irregular de su respiración, por la tirantez en la garganta, porque no se atrevía a decirle que deseaba quedarse para que él la recostara sobre la cama y la acariciara. También quería pedirle que le mostrara su cuerpo desnudo, ella quería explicarle que nunca había visto qué parte de su cuerpo entraba en el de ella, esa parte dura y caliente. Los colores tiñeron sus mejillas. Jamás formularía ese pedido.

Como no tenía aliento ni redaños para hablar, Fiona movió con timidez la mano del brazo que de

Silva le aferraba y, con la punta de los dedos, le tocó los músculos del torso, los que cubrían sus costillas por debajo de los pectorales.

La caricia produjo en de Silva el impacto de un golpe sorpresivo, sin la consecuencia dolorosa. La impresión lo sacudió, no había esperado esa respuesta más elocuente que mil palabras. Apretó los párpados y se mordió el labio para reprimir un gemido que la habría asustado. El contacto acabó, y abrió los ojos, lentamente, para encontrar el gesto demudado de Fiona, las mejillas de pronto pálidas, los labios entreabiertos y el mentón tembloroso.

—Tócame de nuevo, así, como lo has hecho. Tócame, por favor.

Fiona levantó la mano, extendió los dedos y lo tocó una vez más, en el mismo sitio y un poco más arriba también, hasta alcanzar la tetilla, que se había puesto dura, como duros estaban sus pezones. Levantó deprisa la cabeza, asustada, porque lo escuchó resollar y gemir como si le hubiese hecho daño.

—¡No te asustes! No me has hecho daño. Al contrario, me has hecho vibrar de este modo... Que sólo tú...

La tiró hacia él y la cobijó entre sus brazos con actitud feroz. Su boca cayó sobre la de ella y no tuvo piedad al penetrarla con la lengua. Sin apartarse de sus labios, le quitó la bata, que cayó al costado del cuerpo de Fiona; lo mismo hizo con el camisón. La cargó en brazos y la llevó a la cama. Esta vez, Fiona no pataleó, no gritó, no lo mordió. Se tomó de su cuello y lo dejó hacer; y lo dejó hacer porque así lo quería. No iba a negarlo: ese hombre la llenaba de un deseo físico que ella no podía controlar. La arrastraba con la fuerza de una sudestada, la doblegaba como un junco frente al viento para después hacerla sentir etérea como una pluma. Gozaba, sobre todo eso, gozaba con un placer que a ella nadie le había confesado que existiese. ¿O sólo ella lo experimentaba dada su naturaleza indómita y perversa?

De Silva la recostó sobre la cama y, como no debió echarse sobre ella para evitar que escapase, se sentó en el borde y se quitó las botas. Se puso de pie, enfrentado a Fiona, que, de rodillas en la cama, usaba el calicó del dosel para tapar su desnudez. De Silva comenzó a quitarse los pantalones, y, mientras lo hacía, la contemplaba y sonreía, en parte por cómo se cubría, y sobre todo por la curiosidad de ella, que no apartaba la vista de sus abultados calzones. "¿Qué sabrás acerca de la anatomía de un hombre?", se preguntó, y la certeza de que su esposa nada sabía renovó su alegría.

—Ven —le ordenó, y ella caminó sobre sus rodillas arrastrando el género con ella para cubrirse, inconsciente de lo que aquel meneo provocaba en él.

Fiona se detuvo frente a de Silva, que apartó la tela con cuidado, como si retirara la gasa de una herida, y la dejó desnuda frente a él. Fiona levantó la cabeza para mirarlo a los ojos. Ya no reparaba en el estado caótico de su cuerpo: en su desnudez, en el sudor frío de sus manos, en los vuelcos que daba su estómago, los acelerados latidos del corazón, las preguntas y pensamientos que se disparaban en su mente. Simplemente, lo miró. De pronto, sentía que podía hacer lo que quisiera, que la asistía una libertad infinita; nadie se presentaría para señalarle lo que estaba bien y lo que estaba mal. La mirada de de Silva la invitaba a ser libre. Por eso se quedó mirándolo como jamás pensó que se animaría a hacerlo. Aprovechó para estudiarlo en esa mansedumbre tan inusual que de nuevo había caído sobre él. Le vio las líneas en la frente y en el entrecejo, esas que se pronunciaban cuando se enojaba, y también a los costados de la boca y que nacían en la nariz, una nariz muy peculiar, más bien larga, con la punta algo deprimida, grandes fosas nasales; esa nariz le confería mucha autoridad a su rostro. Movió los ojos hacia las cejas, de un masculino diseño, gruesas y muy negras, como el cabello; enmarcaban un par de ojos grandes, oscuros, de pobladas pestañas. Se dio cuenta de que él le permitía que lo estudiase; debía de agradarle, conjeturó. Detuvo su mirada en los labios; los había entreabierto, y su aliento a coñac y a tabaco la envolvía y la excitaba; quería que volviera a besarla, que la penetrara de nuevo con la lengua y que sus labios gruesos devorasen los de ella. Notó el corte aristocrático de su mandíbula de huesos fuertes, aunque nada tosca, como lo era, por ejemplo, la de Palmiro Soler, demasiado cuadrada y rotunda. La de de Silva terminaba en un mentón amplio, de fuerte presencia, que acompañaba el carácter de la nariz y el de los labios. Nada en él pasaba inadvertido. Observó incluso sus orejas, proporcionadas y pegadas a la cabeza.

—¿Te gusto? —por fin se animó a preguntar, y se maldijo por idiota, por temerle a la respuesta. "¿Qué carajo me importa la opinión de una niñita bien?", se rebelaba su índole. Con todo, al verla asentir, se permitió una sonrisa franca, de pura dicha. Le pasó el índice por el puente de la nariz, y de nuevo lo maravilló la delicadeza de su perfil, con fosas tan pequeñas que se preguntó si lograba inspirar el aire necesario. Sonrió.

—Tú también me gustas, Fiona. —Ella le acarició la oreja—. Me gustas mucho. —Le pasó la punta del índice por la hendidura de la barbilla—. A veces, cuando te observo, tu belleza me deja sin aliento. —Los dedos de Fiona vagaron por el cuello de de Silva—. En realidad —admitió él—, me fascinas. —Fiona apoyó ambas manos en los hombros de su esposo y le apretó la carne antes de pasarlas por su torso desnudo—. ¡Oh, Dios Santo! ¡Estás volviéndome loco!

La aferró de la muñeca y le guió la mano hasta su erección, todavía confinada bajo el algodón de la prenda íntima. Fiona dio un respingo e intentó apartarse. De Silva la sujetó y, moviéndole la mano sobre su bulto, la obligó a palpar su dureza y a percibir cómo latía. Ya no estaba tan segura de querer verlo desnudo.

—No quiero —dijo, sin sentido.

—Mírame, Fiona. Mírame. —Ella obedeció—. No hacemos nada malo. Quiero que entiendas eso, mi amor. Nada malo —insistió, sin detener el movimiento—. Sé que has recibido una educación estricta y pacata, y que esta intimidad te asusta, pero lo que tú y yo hagamos en nuestra alcoba no es competencia de nadie, sólo tuya y mía. ¿Estás de acuerdo?

Fiona asintió, aunque sin convencimiento; las palabras de su esposo sonaban a herejía.

—No quiero hipocresías entre tú y yo. Si nos gusta tocarnos y amarnos, ¿por qué fingir lo contrario? No hacemos mal a nadie.

Ella tampoco soportaba la hipocresía, en ese punto coincidía con de Silva. Y también coincidía en que aquel ritual nocturno le gustaba y la hacía experimentar sensaciones mágicas que la colmaban de dicha.

—Quítame los calzones —le ordenó con suave acento, sin el tono autoritario que empleaba usualmente.

Fiona obedeció, y de Silva terminó de deshacerse de ellos y los pateó lejos. El apéndice de él emergía de una mata de pelo negrísimo y le rozaba el vientre. "Con razón me dolía tanto. ¡Es enorme!", se desanimó. El entusiasmo se había esfumado. El miedo regresaba.

—No quiero —dijo, y su timbre aniñado lo enterneció—. Es demasiado grande y me hace doler. Me hace doler mucho. Siento que me quema.

—Porque no te relajas —le explicó él, mientras le acariciaba la mejilla—, porque me resistes.

Como si despertase de un sueño, Fiona tomó conciencia del momento que vivía, de la conversación tan peculiar y escandalosa que sostenía con ese hombre, su enemigo; también cayó en la cuenta de la intimidad que estaban compartiendo. La embargó un extraño sentimiento, como de irrealidad, como si ella no fuese la que, de rodillas en el borde de la cama, fijaba la mirada en esa cosa grande, larga e hinchada; como si ella no fuese la que estuviese desnuda frente a un hombre, como si esos pezones que rozaban la superficie áspera del torso de de Silva no le pertenecieran.

—No quiero —dijo, e intentó apartarse.

Las manos de de Silva se cerraron con vigor en torno a su cintura y la acercaron de nuevo a él. Bajó la vista, le huyó a sus ojos, y se topó con su apéndice, así que terminó por levantarla y clavarla en la nuez de Adán.

—¿Confías en mí, Fiona? —Ella no le respondió. Su silencio lo lastimaba, pero admitió que era lógico—. ¿Me darías una oportunidad? Quiero demostrarte que puedo hacerte feliz. Todo comenzó mal entre nosotros. —Se sorprendía de la paciencia que estaba teniéndole—. Sé que me repudias porque soy un bastardo…

—¡No! —se apresuró a aclarar; levantó deprisa la mirada y volvió a bajarla—. No me importa que su merced sea bastardo.

—Amor mío —susurró él, y la besó en el cuello—. Amor mío. Dulce Fiona, hermosa Fiona. Fiona mía —repetía, al tiempo que la obligaba a acostarse, indiferente a la negativa que ella le había dado, indiferente a que temblaba bajo su cuerpo pesado de hombre rudo—. Quiero que pienses en algo muy bonito, en algo que te guste. Vamos, dime qué te gusta hacer. ¿Cuál es tu actividad favorita?

A Fiona le costaba concentrarse, pero él insistía entre besos y caricias, y ella se esforzó.

—Me gusta montar a Sombra —Fiona se refería a su bayo— y cabalgar por la zona norte de su estancia.

—*Nuestra* estancia —la corrigió de Silva—. ¿De veras? ¿Te gusta *La Candelaria*? —Percibió el movimiento de la cabeza cuando asentía contra su pecho—. Cierra los ojos y piensa en una mañana de sol, sin nubes, una mañana de verano, límpida, fresca, reluciente. Imagínate en el lomo de Sombra, cabalgando a gran velocidad, el viento haciendo volar tu cabello magnífico. El viento huele bien, a rocío.

En tanto la convencía con palabras, sus manos se ocupaban de hacerlo con caricias, recatadas en un principio, osadas a medida que notaba que el cuerpo de Fiona cedía y se relajaba. Ella se quejó y abrió los ojos cuando sus dedos le hurgaron la entrepierna.

—Está bien, todo está bien. Recuerda que lo que hagamos en esta cama sólo nos compete a ti y a mí.

—¿Y a Dios?

—Dios quiere que seamos felices.

No la convenció; de acuerdo con las enseñanzas de los sacerdotes, Dios se lo pasaba enojado, dispuesto a arrojarla al fuego eterno por cualquier nimiedad.

A de Silva le tomó unos minutos destruir la sarta de escrúpulos que la angustiaban. La besó en los labios, le susurró palabras de amor y de aliento y la tocó entre las piernas hasta adivinar su entrega en la humedad que le pringaba los dedos, en el modo en que Fiona curvaba el cuerpo, en la manera en que respiraba y en aquellos dulces gemidos. Comenzó a penetrarla con las consideraciones que no había mostrado en el pasado. Fiona levantó los párpados y lo miró fijamente. Él vio que el miedo caía sobre ella y que le opacaba el brillo de los ojos; no obstante, avanzó en silencio, demasiado excitado para seguir con la paciente perorata. A pesar de todo, jamás apartó la mirada de ella, no quería dejarla sola en aquel descubrimiento, pues, si bien la había tomado antes, ésa era la primera vez que compartían el momento y sabía que Fiona estaba desconcertada y temerosa.

Su mente se quejaba del esfuerzo que significaba aquella penetración; contenerse resultaba una empresa titánica en ese recinto pequeño, estrecho y cálido. Se había llenado de miramientos, no se movía con libertad, no quería asustarla. Contrapuso la destreza de Cloé, que a la sazón habría llegado varias veces al orgasmo y que lo habría rodeado con sus piernas para facilitarle la penetración. Sonrió para sus adentros. ¡Qué poco contaba la pericia de una mujer experimentada esa noche! Él sólo deseaba a Fiona. Lo había descubierto durante esos días en la casa de Cloé, la que le había alquilado cerca de las barracas. Debió apelar al alcohol y a los escasos recuerdos de Fiona para lograr una erección. En verdad, sólo deseaba a Fiona.

—Mi amor, levanta las piernas y rodéame la cintura con ellas.

Ella obedeció, y de Silva se sintió dichoso al percibir la dócil entrega de su esposa.

—De este modo —le explicó, sobre sus labios—, llegaré muy dentro de ti para hacerte sentir lo que deseo que sientas.

Su cuerpo se suspendía sobre el de Fiona. Con los brazos extendidos a los costados, había separado el torso de ella. Sus movimientos se volvieron bruscos. "Quiero sentir. Sí, quiero sentir lo que él quiere que sienta", se dijo Fiona, y un calor confortable se apoderó de sus extremidades, mientras de Silva aumentaba sus intrusiones, entraba y salía, una y otra vez; la respiración del hombre se tornaba pesada, ruidosa, anormal. Se concentró en cada sensación. Al día siguiente querría recordar y se lamentaría de no haber prestado atención. Se preguntó con inquietud si evocaría el apéndice de de Silva. La había pasmado su diseño. Él se había salido con la suya y había vuelto a introducirlo, grande y todo, a pesar de que le había pedido que se abstuviera, que la aterraba. Aunque ya debería saber que de Silva siempre conseguía lo que quería. Esa certeza en lugar de fastidiarla se convirtió en una sensación misteriosa nada desagradable que se mezcló con otra que nació entre sus piernas, que creció y explotó. Fiona echó la cabeza hacia atrás y gimió, y, en medio de ese agónico placer, le pareció que de Silva reía de un modo franco, reía de contento, y la besaba. En seguida, la risa cesó, le siguió un silencio acentuado por la respiración agitada de ellos y el roce de sus cuerpos. Fiona notó la ferocidad de los embates, la necesidad de él de alcanzar algo como si la vida le fuera en ello.

Juan Cruz se estremeció con violencia, los brazos le temblaron y su torso se arqueó en un movimiento súbito y fuerte. Siguió empujándola y rugiendo, y Fiona se preguntó cuánto tardaría en acabar. No separaba su mirada de él. Le pareció que las veces anteriores no había sido tan intenso, y observarlo en aquel momento brutal, tan despojado de caretas y corazas, la llevó a pensar en cosas raras, por ejemplo, se acordó de la noche en que lo pilló con Clelia y se dijo que le arrancaría los ojos si osaba aproximarse de nuevo a él. Esa intimidad le confería un derecho sobre ese hombre que jamás creyó que desearía reclamar.

Con un suspiro, todo acabó, los embistes, los gritos, el temblor. De Silva se desmoronó sobre Fiona, agitado y muy consciente de lo que acababa de experimentar.

—Estoy aplastándote —admitió, de manera entrecortada; le faltaba el aliento.

—No —contestó ella, con timidez.

—Ay, Fiona... Dios mío, Fiona. No deseo salir de ti.

Esa noche, se amaron una y otra vez. Hacía años que de Silva no se mostraba así de incansable; él mismo estaba desconcertado. Se dio cuenta de que la deseaba con destemplanza, que la había echado de menos y que no toleraría separarse de ella.

Por momentos, Fiona sentía que debía detenerlo y detenerse. No podía. Lo que de Silva despertaba en ella la dominaba como una potente fuerza y le doblegaba la voluntad de la que siempre se había jactado. "Ha esto se refería *Grannie* cuando hablaba de la debilidad de la carne", concluyó. Ese hombre destruía sus baluartes, uno a uno, sus principios, sus certezas, sus sueños de niña; nada le quedaba, aun con el miedo también había acabado. Resultaba imposible luchar contra él. Los gemidos escapaban de su garganta cada vez que Juan Cruz le acariciaba el vientre, cada vez que le rozaba los pezones con la lengua húmeda y anhelante, cada vez que susurraba: "Fiona... ¿Qué me haces, Fiona?".

Cerca del amanecer, Fiona dormía confiada en su abrazo, mientras de Silva la observaba, embelezado. Parecía tranquila; su respiración apenas se oía. El flamígero cabello, que se esparcía sobre la almohada en torno a su rostro, hacía de marco perfecto para realzar la blancura de su piel. Recostó la cabeza; el cansancio comenzaba a vencerlo. Antes de quedarse dormido, necesitó susurrar:

—Fiona. Hermosa y dulce Fiona.

Capítulo IX

Muchos pensaban que el grupo de paisanos que asesinó al general Juan Lavalle la mañana del 9 de septiembre de 1841 estaba, en realidad, tras la pista de Bedoya, el gobernador cordobés que días atrás había pasado la noche en Jujuy, en casa de la familia Zenarruya. Había algo de cierto en esa suposición. Aquellos paisanos sí buscaban a Bedoya, pero unos días antes se les había sumado un muchacho de unos veinticinco años que decía estar buscando a Lavalle. Fue ese joven quien, en medio de la confusión del resto de la partida, abatió a Lavalle de un balazo en la garganta en el momento en que el general se encontraba en el zaguán de la residencia Zenarruya, presto para huir. Antes de abandonar el lugar, el muchacho cortó con su facón las medallas que, ahora ensangrentadas, habían engalanado el uniforme del militar unitario.

—Por el coronel Dorrego, mi padre —dijo Juan Cruz de Silva, mientras Lavalle se retorcía sobre su sangre. No supo si lo había escuchado, no le importaba; había vengado la muerte de su padre y eso era suficiente.

Semanas después, de Silva reapareció en el estudio de la casa de Moreno y Perú, propiedad de la familia de la esposa de Rosas, los Ezcurra. Nadie sabía dónde había estado, ni siquiera el gobernador. Mucho menos Candelaria, que permanecía angustiada en la estancia.

En el momento en que de Silva traspuso la puerta, Rosas le dictaba una carta a uno de sus edecanes. Sus miradas se cruzaron, y el gobernador entendió que su protegido necesitaba estar a solas con él. Despidió a los asistentes y se sentó en su sillón de cuero, sin pronunciar palabra. Aquel día se enteró de que Juan Cruz de Silva era el hijo bastardo de Dorrego.

—Primero por mi padre, el coronel Dorrego; luego, por usted —expresó de Silva, y arrojó las medallas sobre la mesa y se retiró del lugar.

Rosas reconoció al instante las medallas de Lavalle, su amigo de la niñez y su enemigo de la madurez. Entonces, la incertidumbre que rodeaba la historia del muchacho se despejó y todo salió a la luz.

Desde muy pequeño, Juan Cruz había llamado la atención del, por entonces, próspero estanciero don Juan Manuel de Rosas. Era un niño muy inteligente y vivaracho que siempre estaba entre los peones escuchándolo todo, aprendiéndolo todo. Tanto, que a los doce años ya esquilaba ovejas, montaba a la perfección y sabía manejar un trabuco mejor que muchos gauchos. Y Rosas le enseñó las artes del facón.

Se encariñó con el mocoso. Había algo en su mirada, cierta gallardía mezclada con soberbia e inteligencia, que le recordaba a otra persona, aunque no sabía a quién. Además, era un niño educado; leía y escribía, y Rosas le había pedido muchas veces su colaboración para redactar cartas y misivas.

Pero la consagración de su cariño hacia el niño de Silva vino cuando, estando exiliado en Santa Fe, en época de la anarquía, Crucito, como él lo llamaba, tomó uno de los ca-

ballos de Los Cerrillos y partió rumbo a esa provincia al encuentro de su patrón. Al verlo aparecer, Rosas no daba crédito a sus ojos. Que ese niño hubiese sorteado los peligros de semejante viaje que a más de un grandullón le había costado la vida lo dejó impávido. Los saqueos y desmanes de los ejércitos, las alimañas, el hambre y el frío eran sólo algunos de los escollos. No obstante, Crucito había llegado a Santa Fe con vida, muerto de hambre y con un ojo hinchado por la picadura de una avispa.

—Para lo que usted mande, mi patrón —contestó con vanidad cuando Rosas quiso averiguar el motivo de su presencia.

Y resultó muy útil. Sirvió como falso mensajero de Lavalle, llevando una misiva al general Paz, en la que su compañero de lucha le aseguraba que tenía todo bajo control y que la presencia de sus ejércitos no sería necesaria. Crucito se adentró en el campamento de Paz y le entregó la carta falsa en propia mano. Después, volvió a la estancia.

Rosas evocó aquellos episodios de años atrás al ver a de Silva cruzar la puerta de su estudio en San Benito de Palermo.

—¡Ah, Crucito! Ya casi no vienes por acá —dijo el gobernador a modo de saludo.

—Buenos días, don Juan Manuel.

—Parece que el matrimonio te ha atrapado entre sus garras y no te deja escapar.

Lo tomó por el hombro y le palmeó la espalda.

—No tanto, no tanto —dijo de Silva—. Últimamente he viajado de estancia en estancia, tal como usted me mandó a decir con Cosme. Para eso he venido, para contarle las últimas novedades.

—Muy bien, siéntate y desembucha.

Rosas miró a su alrededor, buscando entre sus empleados al Padre Viguá, como llamaba a su bufón personal.

—Padre Viguá, dígale a Manuelita que nos prepare mate fresco para mí y para Crucito.

—Sí, su excelencia, enseguida —replicó el bufón.

Y como se quedó allí inmóvil, Rosas le sacudió un manotazo en la espalda, al tiempo que vociferaba:

—¡He dicho ya, Padre Viguá! ¿O tiene usted barro en los oídos?

Aturdido, el sirviente salió a escape del salón temiendo una golpiza más fuerte. Juan Cruz rió a carcajadas. Nunca había podido comprender a ese idiota de Viguá; Rosas le dispensaba el trato que habría destinado a un perro sarnoso, lo humillaba, lo insultaba, le pegaba, lo sometía a tormentos espantosos, y él seguía ahí, tal vez por un plato de comida y un techo donde cobijarse.

La actitud de Rosas con de Silva era diametralmente distinta. Juan Cruz contaba entre las pocas personas a las que el dictador en verdad respetaba. En realidad, lo admiraba. Admiraba su inteligencia, su sagacidad y, por sobre todo, su frialdad.

—Manuelita se muere por charlar con tu mujer, pero ella nunca acepta las invitaciones que le hace para las tertulias de los miércoles.

De Silva captó el reproche velado en ese simple comentario. Nadie se hubiese animado a rechazar una invitación a la casa del gobernador. "Nadie, excepto Fiona, por supuesto", concluyó.

—Es que ha estado un poco ocupada. Le cuesta adaptarse a su nuevo hogar y...

—¿O será tal vez a causa de esa escuelita que armó para los hijos de los peones?

El gobernador clavó sus ojos en los de de Silva, que pareció no inmutarse.

—No, no creo que sea eso —respondió, sin mayor énfasis.

Resultaba asombroso, no había suceso dentro de la Confederación que se le escapase al dictador; siempre sabía todo. Su red de información era eficaz, nunca fallaba.

—¿No crees que es peligroso andar educando a los hijos de los peones? Ya sabes lo que pienso acerca de eso, Crucito.

—Sí; sé bien lo que usted opina.

—No quiero al populacho alborotado, Crucito.

—Todo está bajo control, don Juan Manuel. —Con eso, de Silva puso punto final al asunto.

—Si tú lo dices...

Rosas se acercó al escritorio repleto de papeles y expedientes; tomó uno y se lo extendió.

—Y ahora, Crucito, tú que eres más rápido que yo para cifrar, quiero que controles estas cuentas. A mí no me dan.

—¿Dormiste bien anoche, Fiona?

De Silva se sentó a la mesa. Había llegado tarde de lo de Rosas, y Fiona y Candelaria estaban esperándolo para cenar.

—Sí, señor, gracias —susurró Fiona, con la mirada baja.

No quería que se notase el arrebol en sus mejillas. La situación la avergonzaba; esa mañana había amanecido en la cama de su esposo y, aunque él ya no estaba allí, se había escandalizado. El descaro desplegado la noche anterior y la sensación de libertad que la había llevado a dejarse tocar por su esposo y a tocarlo con desenfado, se esfumaron con la noche; a la luz del sol, se sintió en evidencia, como si debiera rendir cuentas a sus mayores.

Candelaria observaba al matrimonio y, por momentos, sus actitudes la desconcertaban. Juan Cruz parecía contento, y Fiona, menos aguerrida.

—Nos invitaron a una tertulia en Palermo, el miércoles por la noche —comentó de Silva.

—¿Ah, sí? Y, ¿cuál es el motivo de la tertulia? Si puedo saberlo, señor —preguntó, siempre evadiendo su mirada.

—El mismo de todos los miércoles: divertir un poco a Manuelita y conversar de política. Habrá el ambigú de siempre, se cantará un poco, se bailará. No sé, Fiona, lo que suele hacerse en esas ocasiones, tú sabes.

De Silva levantó la vista del plato y la descubrió mirándolo fijo. Estaba hermosísima. De pronto, lo alborotaron la excitación y el regocijo de tenerla junto a él.

—A ti no te gustan las fiestas y esas cosas, ¿verdad? —preguntó, por fin.

—No demasiado, señor.

Aún le sostenía la mirada, sin un atisbo de la timidez de minutos atrás.

—¡Qué extraño que a una jovencita como tú no le

agraden las tertulias! —comentó Candelaria, que, desde hacía días, había comenzado a tutearla a pedido de Fiona.

—Lo que no me gusta, Candelaria, es lo que la gente hace en esas reuniones.

—¿Y qué es lo que la gente hace en esas reuniones, Fiona? —preguntó la negra, como si no lo supiera.

—Verá usted, Candelaria. Las jóvenes solteras no comprometidas se ofrecen a los caballeros solteros o viudos como si fuesen fruta en el mercado. Las madres o las abuelas pasan horas enteras organizando los encuentros de sus hijas o de sus nietas con los hombres más adinerados; es humillante, créame. Los hombres, por su parte, no pierden la oportunidad de cazar alguna presa más o menos atractiva y, si es adinerada, pues mejor. Y si es de alcurnia, ¡bueno!, eso es el elixir, Candelaria.

Ambos la observaban, divertidos. Fiona se había olvidado del habitual recato que empleaba en la mesa de de Silva en tanto despotricaba contra la alta sociedad porteña.

—Y no va a creerme Candelaria, pero también están las planchadoras.

—¿Las *planchadoras*?

—Sí, las planchadoras. Las más feas, las más flacas, las más gordas o las más pobres, cualquiera que presente algún defecto que la haga desechable. ¿Puede creerlo, Candelaria? ¡Se pasan toda la noche en los pasillos o en los patios de la casa porque ningún invitado las pidió para ninguna pieza! Y a pesar de semejante humillación, continúan yendo a cada uno de los bailes a los que se las invita. ¡Pues yo, rechazaría todas las invitaciones a los bailes de Buenos Aires!

Hizo una pausa al caer en la cuenta de que estaba pronunciando de una vez más palabras de las que había dicho desde su llegada a *La Candelaria*. Tomó un sorbo de agua y continuó, animada; después de todo, ese discurso, en parte, estaba dirigido a su esposo.

—A mí me encanta ir con las planchadoras. —Fiona advirtió la expresión de sorpresa en el rostro de Candelaria—. Sí, Candelaria. Suelen ser personas agradables, amansadas por el sufrimiento de considerarse menos que el resto. Además, es el mejor lugar para ocultarse si uno no desea bailar con algún caballero a quien ya se le prometió una pieza.

De Silva ya no pudo contenerse y soltó una carcajada. Fiona lo miró disgustada; no era ése el efecto que deseaba causarle.

—¡Por eso nadie te encontraba en lo de Sáenz aquella noche! —coligió de Silva, y advirtió que la furia se apoderaba del ánimo de su esposa—. ¡Dios mío, Candelaria! Tendrías que haber visto al pobre Soler. La buscó toda la noche, desesperado. El desdichado parecía como perro al que se le perdió el dueño —retomó Juan Cruz, con inocultable desprecio.

Después, apartó la vista de Fiona y permaneció callado, con las manos juntas sobre los labios.

Palmiro Soler, tipejo mal parido. Desde el día en que Rosas los presentó, en la quinta de San Benito de Palermo, le resultó insoportable. El gobernador acababa de nombrarlo secretario general de la Sociedad Popular, un puesto bastante codiciado; el imbécil se daba aires por eso, y porque se consideraba apuesto.

De Silva despreciaba la sonrisa hipócrita de Soler y sus modos de niñito bien. Bajo ese oropel se escondía un hombre bajo, sin principios, con deseos enfermizos por ascender en el entorno que rodeaba al gobernador. De Silva era consciente de que Soler lo envidiaba, sobre todo por su amistad con Rosas, que lo consideraba como un hijo, de su entera confianza. Para peor, él rico y con influencias, y eso acentuaba los malos sentimientos que le inspiraba a Soler.

Fue misia Mercedes Sáenz la que lo puso al tanto de que Soler cortejaba a Fiona, o, más exactamente, que estaba medio loquito tras ella. La joven, por su parte, ni lo miraba. Se le heló la sangre al pensar que ese maldito pusiera una mano sobre su mujer, aunque sólo fuese para bailar el minué. Pero no había de qué preocuparse. Soler estaba lejos, en la ciudad, rumiando su derrota; él, en cambio, disfrutaba la victoria.

Volvió la vista. Fiona seguía mirándolo fijo, con ansias, como si intentara leer sus pensamientos. Se dio cuenta de que iba a decirle algo para desahogarse de la rabia que él le había provocado con sus sarcasmos.

—Sepa usted, señor de Silva, que yo no bailo con mazorqueros. Es algo que, por principios, me tengo prohibido.

—¿De veras, Fiona? Entonces, dime. —Enarcó las cejas y ensayó una mueca inocente—. ¿Por qué no quisiste bailar conmigo esa noche? Que yo sepa, no soy mazorquero, ni pienso serlo.

No se esperaba esa pregunta. La sorprendió como un balde de agua fría. ¿Cómo se atrevía a preguntárselo? Respiró profundamente y bebió un sorbo de agrio. Se instó a mantener la calma. No permitiría que de Silva siguiera enredándola con su inescrupulosa habilidad.

—Vuestra merced me pidió para una pieza en el momento en que yo me retiraba de la fiesta. Estaba cansada y tenía una terrible jaqueca —mintió.

—Por supuesto —agregó de Silva en tono irónico, y decidió poner punto final a la conversación.

—¿Deseas más pastel de choclo, Juan Cruz? —intervino Candelaria.

—No, gracias. —Y agregó—: Coman el postre solas, yo estaré en mi escritorio arreglando unos papeles. —Luego, desvió la mirada hacia Fiona—. Cuando termines, necesito hablar contigo. Ven a mi estudio, por favor.

Fiona no contestó; se limitó a observarlo hasta que desapareció detrás de la puerta.

—Deberás dejar de dar clases a los hijos de los peones, Fiona. —La voz de su esposo sonó imperativa.

Fiona no llegó a sentarse en el sofá de cuero; dio un respingo y estuvo otra vez en pie. Trató de tranquilizarse; sabía que si perdía la calma perdería también la batalla.

—Señor de Silva —comenzó casi con dulzura—, yo comprendo que ésta es su estancia y que ningún derecho tengo a...

Se detuvo bruscamente y con el dedo índice le indicó a de Silva que no la interrumpiese. Él levantó las cejas, con aire divertido, e hizo un movimiento aquiescente.

—Por favor, déjeme terminar. Es cierto que no tengo ningún derecho sobre su propiedad o sobre el personal de *La Candelaria*, pero, como creo que su merced es un hombre inteligente, sé que comprenderá cuán beneficiosa es la educación para los niños. Porque tiene que saber, señor, que la ignorancia es un enemigo encubierto al que se debe combatir sin cuartel. Contra ella nada se puede, sólo queda eliminarla.

De Silva, que había permanecido de pie detrás de su escritorio, comenzó a caminar por la habitación, cabizbajo, las manos tomadas en la espalda y el cigarro entre los labios.

—Ciertamente, Fiona, has leído a muchos revolucionarios europeos —afirmó, en tono severo.

—¿Cómo dice su merced?

—Lo digo por esas ideas sobre la educación de los niños y la ignorancia. Has leído mucho sobre eso, ¿verdad?

—Sí, es cierto, señor. Yo leo mucho. Me parece que, al menos en eso, su merced y yo coincidimos. —Fiona miró las paredes a su alrededor, altas bibliotecas, repletas desde el suelo al cielo raso.

—¡No puedo creerlo! Fiona Malone admitiendo que coincide en algo con su esposo.

La joven se ruborizó. Sin embargo, tomó la palabra de nuevo con admirable ecuanimidad.

—Es más sencillo pensar que mis ideas corresponden a otros, ¿verdad? ¿Ni siquiera por un instante puede creer que esto que le digo es algo en lo que yo creo firmemente y que nada tiene que ver con mis lecturas?

—Sí, me cuesta pensar que sea algo que surge de ti como por arte de magia.

—¡Arte de magia! ¡Arte de magia ha dicho su merced! Señor de Silva, nada es por arte de magia. Usted debería saberlo ya. Todo lo que yo sé y conozco, todo lo que pienso y creo, es mi mayor tesoro. Es algo mío; me lo gané, y nada ni nadie me lo va a quitar. A pesar de vestir faldas y llevar el cabello recogido en un rodete, yo también soy capaz de crear mis propias ideas, señor.

Su postura era desafiante: la cabeza hacia adelante, los brazos cruzados sobre su adorable pecho, la mirada en el rostro de él.

—Fiona, Fiona... Sí que eres una mujer especial —murmuró de Silva.

Si bien lo divertía la conversación, no deseaba enojarla; tenía otros planes para esa noche. Se dejó caer en el sillón.

—Es lamentable que se considere "especial" a una mujer sólo por querer superarse y aprender un poco más que las nimiedades que nos enseñan. —Una sonrisa irónica se dibujó en sus labios—. Aunque es mi obligación reconocer que la culpa no es de ustedes, los hombres. No, señor. La culpa es nuestra, de las propias mujeres.

De Silva enarcó las cejas con asombro, pero no dijo palabra.

—Sí, de las mujeres —volvió a afirmar—. Porque son ellas las que se someten a las normas que otros les imponen sin siquiera preguntarse si les convienen o no. Y no dicen ni mu; al contrario, se humillan para lograr la atención de un *caballero* que las pueda pedir en matrimonio. Echan mano a cualquier ardid para ello; y una vez que lo han atrapado, las atrapadas son ellas. Pero parece que no se dan cuenta. Y así viven, como si ellas no pudieran pensar ni decidir. Como dice Eliseo: "La culpa no es del chancho, sino de quien le da de comer".

—No creo que todas las mujeres sean como tú dices —apuntó de Silva—. No creo que misia Mercedes Sáenz lo sea.

—¡Por supuesto que no! —aseguró Fiona, con vehemencia.

Su apasionamiento le había impreso color a sus carrillos, y de Silva la encontraba muy tentadora.

—Misia Mercedes ha tenido y tiene aún que soportar las lenguas viperinas de muchas de las mujeres más encumbradas de nuestra sociedad. Ser así, tan libre y abierta, le ha causado siempre problemas; ella misma me lo ha dicho.

—A mí me ha dicho que se siente feliz de ser así —retrucó Juan Cruz.

—Por supuesto —replicó Fiona, envalentonada—. Nadie puede sentirse infeliz si hace lo que desea con toda el alma.

—Y tú, Fiona, ¿eres feliz?

La pregunta, que hacía tiempo eludía, se la formulaba la persona menos indicada. Su mente comenzó a girar en círculos; nada lógico se le ocurría como respuesta. Las manos le sudaban, las piernas le temblaban.

Juan Cruz de Silva vio cómo Fiona se transformaba, y de ser una mujer segura y decidida, se convertía en una temerosa y vulnerable. Se incorporó y fue hacia su escritorio, en parte para ocultar el gesto lastimero de su rostro. Tal vez, él tampoco quería escuchar la respuesta. Abrió un cajón y sacó un libro forrado en cuero. Se acercó a Fiona y se lo tendió.

—Toma.

Fiona lo recibió con manos trémulas y lo apretó contra su pecho; después, lo separó para leer el título. Pudo ver las dos manchas húmedas que el sudor frío de sus manos había impreso en el cuero de la cubierta.

—Te sugiero que leas la página ciento treinta y tres; luego, si lo deseas, me das tu parecer.

Fiona levantó la mirada del libro y se encontró con los ojos oscuros de de Silva. Por un momento, sintió un fuerte deseo de abrazarlo, tal vez a causa de su expresión, mansa y tierna, en realidad, abatida; tal vez el tono de su voz, más dulce y comprensivo. De todos modos, no lo hizo. Buscó la página indicada. El color de las hojas denotaba su antigüedad; las volvió con cuidado.

—*El mito de la caverna* —leyó Fiona.

Al levantar la vista, sintió la respiración de de Silva a un palmo de distancia. Se había aproximado sin que ella lo percibiese. La contemplaba de esa forma que tanto la impresionaba. Sin apartar sus ojos de los de ella, de Silva le quitó el libro y lo dejó en una mesita próxima a ellos. Rozó con los dedos los pómulos de Fiona.

—Siempre he querido decirte que tienes la piel suave como la seda. Me fascina tocarte.

Ella, hipnotizada, contuvo la respiración. Sus manos permanecían inertes a los costados del cuerpo. Entreabrió los labios y soltó el aliento agitado cuando de

Silva la atrajo hacia él pasándole un brazo por la cintura, en tanto con la mano le sujetaba la nuca. La besó a medias arrepentido por comportarse como un bruto, como un desaforado. Quizás ella necesitase besos lánguidos y caricias suaves. ¿Acaso no la sentía temblar de miedo? Su pasión la asustaba. Se deshizo de sus miramientos y contemplaciones que nada tenían que ver con su índole. Después de todo, era ella la que lo ponía en aquel estado. Era ella la que tenía que saciarlo.

Colocó las manos sobre las nalgas de Fiona y la empujó contra su virilidad endurecida. Jadeó y gimió mientras masajeaba la erección con el cuerpo de su mujer. De Silva se sentía enloquecer de excitación.

—Abrázame, Fiona —le ordenó, sin aliento.

Fiona pasó los brazos por detrás del cuello de de Silva y se maravilló de la hermosa sensación que le provocaba el contacto con ese hombre. Le resultaba difícil definir lo que experimentaba, pues no sólo se trataba del placer físico sino que la experiencia iba más allá. De pronto tomaba consciencia de su propio género, nunca se había sentido tan mujer. Quería agradarle, quería que él la deseara. La ansiedad que él despertaba en ella la sorprendía porque había terminado por imponerse a su voluntad, y ella siempre se había jactado de su voluntad de hierro. De Silva ponía su mundo de cabeza. No poder dominarse la enojaba, aunque en un acto de honestidad debió admitir que nunca había sentido tanta dicha como entre los brazos del hombre que odiaba.

Con la mirada extraviada, de Silva buscó un lugar donde hacerle el amor. Fiona, aún asida a su cuello, lo observaba, confundida, y no se atrevía a decir palabra.

Los ojos de él dieron con el escritorio. La arrastró hasta allí y la sentó en el borde. Las piernas de Fiona colgaban, mientras sus brazos seguían en torno al cuello de de Silva en una actitud inconsciente. No acertaba a apartar la mirada de él, y a de Silva le pareció que Fiona lo observaba con la expectación que se emplea para observar a una bestia salvaje que se prepara a atacarnos.

Le sonrió y le pasó la mano por la frente para apartarle unos mechones que se habían soltado de su tocado. Sonrió de nuevo, una sonrisa expansiva, de dientes parejos y muy blancos en contraste con su piel tostada. Fiona ahogó una exclamación. Las sonrisas de de Silva, las auténticas, resultaban tan escasas que siempre la tomaban por sorpresa y le robaban el aliento. Echó la cabeza hacia atrás cuando él comenzó a besarla en el cuello. Se dio cuenta de que le subía la falda y que buscaba aflojar la cinta de sus calzones. Dos voces surgieron en su interior, la que la compelía a mostrarse ofendida —ése no era el sitio para tomar a una mujer decente—; la otra, en cambio, le susurraba: "¡Déjalo hacer! A ti te encanta. Por otra parte, ¿quién se enterará de esto?".

—Te escandalizo, ¿verdad? —Fiona asintió—. Al mismo tiempo te gusta, ¿no es cierto? —De Silva no recibió contestación—. Dime si te gusta.

—Usted se ríe de mí, usted se burla de mí.

—¡No! —se ofuscó él—. No, mi amor, no. Necesito que me digas que te gusto. Necesito saber que te complazco. Entre tú y yo, las cosas no se dieron... Nada en ti es para mí motivo de burla, Fiona. Por el contrario, te admiro, te admiro —repitió, sin apartar sus labios del escote ni sus manos de los pechos de la joven—. Dime si te gusta que te toque. ¿Te gusta? ¡Dímelo! —Ella asintió, más bien de modo lacónico, aunque a de Silva pareció bastarle puesto que susurró—: Fiona —y le bajó los calzones y echó hacia atrás una nube de muselina, puntillas y combinaciones.

Apurado, liberó su miembro y la penetró, tomándola por las nalgas y arrimándola al borde del escritorio. De modo instintivo, Fiona levantó las piernas y las cerró en torno a la cintura de de Silva para amoldarse a ese vaivén de pelvis. Se sujetaba a su espalda, que le parecía ancha y recia, y abría la boca en respuesta a la demanda de los labios de él. Había un tinte de desesperación en la actitud de de Silva, ella lo notaba, e intuía que el empeño de él, ese modo salvaje en que se movía, en que la besaba y la tocaba, en realidad, no buscaba tanto alcanzar el punto en que se tensaba y gritaba sino que ella lo hiciera. Esa revelación le provocó una impresión intensa, que agudizó la sensibilidad de su piel y la de sus partes ocultas. Gimió en la boca de de Silva y le acarició con ternura las sienes.

Juan Cruz la hizo suya también en el sofá del estudio y en la alfombra de la sala, donde la llevó en andas con la intención de dirigirse a la planta superior, pero terminó por depositarla sobre la mullida superficie acometido por la impaciencia de un deseo que lo sorprendía y lo descontrolaba.

Mientras la llevaba en andas, el aliento entrecortado de de Silva la estremecía y no pudo evitar besarlo; en la mandíbula, en la mejilla, algo áspera a causa de la barba incipiente, y, por fin, en el cuello. De Silva se contorsionaba cada vez que los labios húmedos de Fiona rozaban su carne. Era la primera vez que lo besaba de forma voluntaria, y aquello terminó por desquiciarlo. Sabía que, en tanto le quitaba la ropa a Fiona, confería la impresión de ser un enajenado, ya que lo hacía respirando ruidosamente por la boca y con manos bruscas. Cada tanto se oían los rasgones de la tela, y él maldecía entre dientes antes de levantar la vista con una expresión que pedía disculpas por el daño. El semblante que animaba el rostro de su mujer lo enardecía aún más, ya que caía en la cuenta de que, en ese momento, a ella le importaba el vestido tanto como a él.

Fiona quedó desnuda, tendida sobre la alfombra, y rió, entre nerviosa y descreída, al percibir su propio descaro. No sentía pudor. De Silva, que se despojaba de su vestimenta con gran celeridad, soltó una carcajada. Sus ojos negros chispearon.

La sonrisa que aún se suspendía en los labios de Fiona fue diluyéndose a medida que reparaba en el juego y la tensión de los músculos de de Silva, que luchaba de pie para quitarse las botas de montar y el pantalón. Se dedicó a estudiar la perfecta armonía de su cuerpo, el modo en que se inflamaban sus brazos y sus pectorales a causa del esfuerzo. Curvó la espalda, echó la cabeza hacia atrás, y un gemido quedó atrapado en su garganta cuando de Silva, a gatas sobre ella, inclinó la cabeza para succionarle los pechos. Un torbellino de sensaciones la envolvió al percibir que la penetraba.

—Señor de Silva.

Fiona le susurró al oído para despertarlo. Aún se hallaban tendidos sobre la alfombra de la sala, casi desnudos. Parecía dormido; un brazo la envolvía por la espalda y el otro descansaba en su vientre; paradójicamente, aunque atrapada, no deseaba salir de allí.

—Señor de Silva —insistió, levantando un poco más el tono.

La casa se hallaba sumida en un silencio profundo. Los sirvientes dormían, a excepción del guardia que pasaba la noche vigilando posibles malones desde la torrecilla, apostada en los confines del casco de la estancia; no había riesgos con él. Fiona se inquietó al imaginar que alguno de los sirvientes, con cara soñolienta, los pillaba en esa situación.

—¡Señor de Silva, por favor, despierte! —Lo sacudió.

Juan Cruz dormía, hasta que comenzó a moverse con lentitud y a hacer sonidos extraños con la boca. Eso la hizo reír.

—Señor de Silva, despierte de una vez, por favor. Debemos irnos antes de que alguien nos descubra.

Se incorporó con una risotada; le dolía la espalda y tenía una pierna y un brazo medio entumecidos. No importaba, se sentía bien de igual modo.

—¿Por qué se ríe, señor? —preguntó Fiona, ofendida, al tiempo que echaba mano a su bata de cotilla y se cubría con expresión de recato. Desvió la mirada al advertir que de Silva se ponía de pie y su cuerpo desnudo se proyectaba ante ella.

—Fiona, ésta es mi casa, y tú eres mi esposa. —Levantó los calzones del suelo y comenzó a ponérselos—. Nadie puede decirnos nada.

—Sí, pero mejor nos vamos —dijo ella, y trató de levantarse.

De Silva la tomó de las manos, la atrajo hacia él y la besó en los labios.

—Déjame ayudarte con tu bata. Quedó medio maltrecha, ¿verdad? Mañana mismo irás a Buenos Aires y encargarás los vestidos que desees. ¿Está bien?

—No es necesario, señor. Tengo...

—Nada de eso, Fiona. Mi esposa tiene que ser una reina.

Recogió la camisa y el pantalón del piso y se los cargó al hombro. A Fiona le hizo gracia verlo así.

—Además, en mi último viaje a Buenos Aires acepté algunas invitaciones a tertulias y fiestas. —La miró de soslayo y pudo advertir un gesto de hastío. La atrajo hacia él por la cintura antes de decirle—: Ya sé que no te gustan; pero, ¿lo harías por mí? —Cruzó con ella una mirada fugaz—. Mejor no me contestes.

Juntos comenzaron el ascenso silencioso por la escalera.

—Señor de Silva, ¿podré continuar con mi escuelita? —preguntó Fiona, cuando alcanzaron la puerta de su habitación.

—Mañana hablaremos de eso.

Como sabía que la respuesta disgustaría a su esposa, Juan Cruz la postergó para el día siguiente ya que no estaba dispuesto a romper la magia de ese momento. Con inocencia, Fiona unió las manos como en una plegaria y se las llevó al pecho.

—Por favor, señor, se lo suplico —dijo, con vos de niña, y de Silva pensó que podría volver a hacerle el amor allí mismo, contra la puerta.

—No, Fiona. —Le acarició la mejilla—. Ahora no. Mañana veremos; ahora estoy muy cansado. —Volvió a besarla.

—Es Rosas, ¿verdad? Él no quiere mi escuelita, ¿no es cierto?

"Es sagaz", caviló de Silva, y pensó que tal vez debió haber elegido a una más tonta y menos impetuosa. Como Clelia Coloma. No, se dijo, era a Fiona a quien deseaba en su vida.

—Ve a dormir, mañana hablaremos.

Fiona entró en su habitación. Sabía que no debía insistir.

—¿Cuál es su apellido, Candelaria? —preguntó Fiona como al pasar, y la mujer tosió con nerviosismo—. Hace días quiero preguntárselo y siempre me olvido. ¿Un poco de agua? Se atoró con una miga —concluyó, con fingida ingenuidad, y volvió a insistir—: ¿Cuál es su apellido?

—¿Para qué necesitas saber su apellido?

La voz profunda y viril de de Silva se dejó escuchar en el momento en que ingresaba en el comedor. Se acercó a la negra y la besó en la frente, como cada mañana, antes de tomar asiento en la cabecera.

—Por nada en especial, señor —se apresuró a responder Fiona—. Simple curiosidad.

De Silva no la miraba en tanto desplegaba la servilleta sobre sus rodillas. Mientras, una sirvienta le servía café y Candelaria le elegía unos panecillos.

—Su apellido es de Silva, Fiona —dijo al cabo.

Fiona frunció el entrecejo y miró a la mujer, que había bajado la vista, avergonzada.

—¿Eso significa que ustedes son parientes, señor?

—No, no lo somos. Candelaria me dio su apellido porque nadie más estaba dispuesto a hacerlo.

Fiona se irguió en la silla. Jamás habría imaginado que él le daría una respuesta tan directa.

—Eso fue muy noble de su parte, Candelaria.

—Gracias —musitó la negra.

—¡Qué exquisita manteca! —comentó de Silva, poniendo punto final al tema—. ¿Ésta es la que hacen en la famosa *crémerie*? —acotó, con mala pronunciación, y Fiona se cubrió la boca con la servilleta para ocultar la risa.

—Sí —habló Candelaria, más repuesta—. Y eso que todavía no te he dado a probar los quesos.

—Casi no puedo esperar para comer uno —dijo él, y le tomó la mano.

Fiona los miró y comprendió que se trataba de otro de esos momentos en los que ella no existía. Sintió celos.

—También podremos continuar con la escuelita, ¿verdad, señor? —dijo, aprovechando el momento de euforia.

—No, no podrás seguir con la escuelita.

Fiona experimentó rabia, tristeza, impotencia, y no pudo evitar unas lágrimas.

—Por favor —pareció suplicar de Silva con acento de hartazgo.

Candelaria se levantó y abandonó la habitación, y esa actitud prudente y sensata de la negra aumentó su fastidio; era la mujer perfecta, sabía cómo proceder en cada ocasión, siempre hacía lo que a él le agradaba, jamás lo enojaba. Ella, en cambio, siempre cometía alguna equivocación que terminaba por sacarlo de las casillas.

—Ya he hablado con el maestro Pellegrini para que venga a darte clases de pintura. El otro día te vi en la fuente con...

—¡No quiero clases de pintura! ¡Quiero mi escuelita!

Hasta para ella, la contestación sonó como la de una caprichosa.

—No puedes seguir con eso. Los niños tienen que trabajar para ayudar a sus padres, y ellos se quejan porque están todo el día metidos entre libros.

De Silva siguió dando explicaciones, esforzándose por mantener su mal genio a raya; no estaba acostumbrado a que sus órdenes se cuestionaran.

—¡Es Rosas! ¡Es él quien no quiere! —Fiona dejó la silla—. ¡Maldito tirano y dictador!

De Silva se puso de pie con un movimiento rápido y brusco. Fiona se echó hacia atrás y se cubrió el rostro cuando su esposo levantó la mano. Antes de tocarla, de Silva se contuvo. La aferró por los hombros y la apoyó contra la pared. Los pies de Fiona bailoteaban sin apoyo.

—¡Bájeme, bájeme!

—No vuelvas a llamarlo tirano —la amenazó Juan Cruz, con los dientes apretados—. No vuelvas a llamarlo dictador. ¿Has entendido? —le susurró cerca de la cara.

Fiona movió la cabeza en señal de asentimiento. "Otra vez no", se lamentó, angustiada al recordar la ocasión en que de Silva abrió la puerta de un golpe y destrozó la silla.

Se dio cuenta de que descomprimía la fuerza que ejercía sobre sus hombros y de que, poco a poco, la devolvía a tierra firme. Igualmente, no le permitió escapar; colocó ambas manos a la altura de su cuello, tan cerca que le clavaba los pulgares en la carne. Le hacía doler. Las mangas de la camisa de de Silva se movieron hacia arriba, y Fiona pudo ver cómo sus músculos se tensaban bajo la piel bronceada y sudorosa del antebrazo.

—Soy un bastardo, Fiona. —Lo expresó en un susurro—. Un bastardo —repitió—. No tienes idea de lo que eso significa, ni la más remota idea. ¿Qué vas a saber tú, mocosa malcriada, si jamás te faltó nada? —Sonrió de modo macabro.

Ella se rebulló un poco, tratando de zafar de los pulgares que la mantenían aprisionada: fue imposible. Peor aún: apenas se movió, de Silva la tomó por el cuello.

—¿Te da asco haberte casado con un bastardo? Por eso me rechazaste desde un principio, porque soy un bastardo, ¿verdad? Un bastardo advenedizo, ¿no es así? Uno sin alcurnia ni apellido.

Los ojos de de Silva la quemaban. Fiona trataba

de negar con la cabeza, a pesar de que, con cada movimiento, los dedos de él se le clavaban en la carne y el dolor se volvía intenso.

—Ya le dije que no —aseguró, con voz enronquecida.

—¡Mentirosa! ¡Eres una maldita mentirosa! —bramó de Silva.

Fiona sintió el aliento caliente del hombre en su nariz y comenzó a temblar.

—Pero no me importa. Ya te tengo, eres mía —dijo él, con desdén.

—Suélteme, por favor.

—No antes de que escuches lo que tengo que decirte.

Retiró su mano del cuello de Fiona y volvió a apoyarla contra la pared.

—Cuando Candelaria llegó conmigo a la estancia de Rosas, yo tenía apenas días de nacido. Estaba muerta de hambre y sin fuerzas porque todo lo que tenía lo cambiaba por leche para mí. —Hizo una pausa en la que bajó la vista; después, continuó con la misma vehemencia—. Rosas la acogió en su campo, le dio un rancho donde vivir y le ofreció trabajo. Nunca nos regaló nada; sí nos brindó la oportunidad de subsistir cuando todos nos despreciaban. A mí me trató como a un hijo, y yo a él lo quiero como a un padre.

Bajó los brazos y volvió a su silla. La confesión parecía haberlo afectado.

—Siéntate, Fiona.

Estaba cansado de pelear con ella. La prefería mansa y dispuesta como cuando hacían el amor. No quería reñir más. En verdad, no lo había molestado tanto que insultara a Rosas como que la servidumbre hubiese escuchado. No deseaba que Fiona se convirtiera en el objeto de odio del gobernador de Buenos Aires. La ira y la venganza de don Juan Manuel eran de temer.

Fiona se sentó a la mesa, con las manos sobre la falda y la vista en el mantel; no se atrevía a mirarlo a los ojos. Se sentía triste y miserable. Pensó: "Don Juan Manuel es para de Silva lo que *Grandpa* es para mí". Levantó la cara y lo observó fugazmente. Tendría que odiarlo, se dijo, y enseguida admitió que no podía.

—Señor...

—Fiona...

Habían hablado al unísono.

—¿Qué ibas a decirme?

—Quería pedirle perdón por llamar así a don Juan Manuel. Yo no sabía nada.

—Está bien, Fiona. Tal vez la culpa haya sido mía por no habértelo contado, pero es tan difícil hablar contigo. Siempre estás a la defensiva, siempre tan mordaz.

—Su merced tampoco se queda atrás —arguyó Fiona, con nuevas ínfulas.

Juan Cruz se limitó a sonreírle.

—Fiona, ¿qué voy a hacer contigo? ¿Por qué insistes en desafiarme? —se preguntó, mientras acercaba una mano al cuello de su esposa y lo acariciaba; sabía que le había causado dolor. Tenía una piel tan suave, tan delicada.

—Yo no busco desafiarlo. Sólo deseo continuar

con mis clases. —Lo vio sobresaltarse y se apresuró a agregar—: Es que no comprendo qué mal hago enseñando a leer y a escribir a los niños.

—Hay tantas cosas que no comprendes. ¡Y no porque no seas inteligente! —agregó deprisa al ver el ceño que opacaba su belleza—. Ya lo creo que lo eres; pero no has vivido lo suficiente para entenderlo todo. El mundo es más complicado de lo que tú crees.

Se puso de pie, dispuesto a abandonar el comedor.

—Señor —lo llamó Fiona antes de que cruzara la puerta—. ¿Y su madre, señor? ¿Qué ocurrió con ella?

—Mi madre está muerta.

Capítulo X

La negra Paolina se acercó al mostrador de la recepción. El hombre que atendía estaba concentrado en su tarea: anotaba algo, con letra menuda y clara, en un libro enorme.

Paolina apoyó el lío de ropa que cargaba bajo el brazo en un espacio libre y carraspeó para delatar su presencia. El hombre levantó la vista por sobre sus gafas.

—Buenos días, señor Keen —saludó la criada al irlandés, dueño del mejor hotel de Buenos Aires.

—Buenos días, Paolina. Ha preguntado por ti tres veces en lo que va de la mañana. ¿Por qué tardaste tanto, niña?

—¿Está enojado? —se asustó Paolina.

El hombre se encogió de hombros y ensayó un gesto con la boca.

—Con de Silva nunca se sabe, niña. Lo mejor es no fastidiarlo. Ve, sube; está en la habitación de siempre.

La criada subió con rapidez las escaleras, aunque tardó en llamar a la puerta. La verdad era que había tenido intención de llegar más temprano, tal y como había quedado con de Silva; sólo que, con la señorita Cloé merodeando por ahí, le había resultado imposible.

—Adelante —invitó de Silva, cuando Paolina se atrevió a llamar—. Llegas tarde. Hace rato que tendría que haber salido para la estancia —la reprendió.

La jovencita empezó a temblar; las palabras no le salían.

—Patrón, disculpe, pero... Perdón, patrón, lo que sucede... Bueno, no pude antes porque... Es que...

—¡Paolina, por Dios, explícate de una vez!

—La señorita Cloé no me dejó en paz ni un minuto, patrón. Recién ahora pude escaparme de la casa porque ella salió a hacer unas compras —explicó la negra, al tiempo que estrujaba el lío de ropa, con la mirada en el suelo.

—Está bien. —De Silva cambió el tono de voz para continuar—: De ahora en más, lo mandas a Mateo; con él será más fácil.

—Sí, patrón.

—¿Me trajiste lo que te pedí?

La negra extendió los brazos y le entregó el lío de ropa. De Silva lo arrojó sobre la cama.

—Estas son todas las cosas suyas que quedaban en la casa, patrón. Ya no hay nada más —aseguró la joven.

Sin hablar, de Silva se acercó a un mueble, tomó de una de las gavetas un talego con monedas y se lo entregó a Paolina.

—Vete ahora. No olvides mandar a Mateo el mes que viene.

La joven estaba a punto de abandonar la habitación cuando de Silva la detuvo.

—¿Cómo está ella? —preguntó.

La joven soltó un resuello de hartazgo antes de responder.

—Como loca, patrón. Desde que vuesa merced no va a la casa, la señorita Cloé está como loca. No hace más que preguntarme por usía. Quiere que le diga dónde nos encontramos. Ella sabe que vuesa merced me entrega el dinero todos los meses a mí, por eso me pregunta, patrón. Pero yo no le digo nada, ni una palabra.

Esperó unos segundos antes de irse; tal vez el patrón deseaba preguntarle algo más. Pero de Silva, sin volver a hablar, dio media vuelta y se dirigió a la ventana. Desde allí observó el movimiento en la Plaza de la Victoria y en la Recova Nueva, un hervidero de gente, algunos comprando, otros vendiendo; había perros, gallinas, mulas y caballos por todas partes. Un desquicio. Ansiaba regresar a *La Candelaria* para encontrar paz. Se volvió. Paolina ya no estaba.

Decidió tomar un baño. Siempre regresaba a su casa con olor a caballo y a sudor; no le gustaba que Fiona lo viera así; menos aún, que lo abrazara y lo besara. Cerró los ojos, inspiró profundamente y se entregó a pensar en ella, lleno de gozo. A pesar de lo de la escuelita, ella no había cambiado con él. Aunque no dejaba de dar rienda suelta a su carácter irlandés en cada oportunidad que se le presentaba, seguía bien dispuesta y cariñosa. Por otra parte, pensó, ¿qué sería de su vida sin su Fiona aguerrida y mordaz? "Un aburrimiento", concluyó.

Se deslizó dentro de la tina y aguardó a relajarse por completo en el agua tibia. Deseó que Fiona estuviera allí en ese instante, bañándose con él. Nunca habían tomado un baño juntos. La piel se le erizó al imaginarla jabonándole la espalda, las piernas, los testículos, y él, los senos, el vientre, entre las piernas. Recordó los pezones rosados y traslúcidos endurecidos y oscurecidos por la excitación. Sintió la erección y se estremeció.

El chirrido de la puerta de la habitación lo obligó a regresar de sus fantasías. Levantó los párpados y se encontró con Cloé, bajo el dintel. En un acto reflejo, se puso de pie. La mujer cerró la puerta y avanzó hacia él.

—¿Pensando en mí, tal vez? —quiso saber, sarcástica, con la vista puesta en el miembro erecto.

De Silva manoteó una toalla y se cubrió. Cloé enarcó las cejas, asombrada por el recato de él. Le costaba creer que estuviese avergonzado. Rompió en una carcajada.

—¿Qué haces aquí? —la increpó de Silva de mal modo, ya fuera de la tina.

Trató de recomponerse. No le gustaba que lo tomaran por sorpresa ni que lo vieran alterado. No le gustaba que supieran lo que sentía ni lo que pensaba.

—¿Cómo que qué hago aquí? —exclamó la mujer—. Vengo a verte. Hace tiempo que no visitas la casa. Te extraño, mi amor. —Había abandonado el gesto pícaro para cambiarlo por otro, cargado de deseo. Se acercó a él y le apoyó las manos sobre el torso mojado—. Estás irresistible —le dijo al oído, y le mordisqueó el cuello.

De Silva permanecía de pie, con los brazos al costado del cuerpo. El contacto íntimo lo molestó. De hecho, lo fastidió. ¿Qué hacía Cloé allí? ¿Cómo había llegado? Por supuesto, había seguido a Paolina. "¡Negra estúpida!", masculló para sí. Le había advertido que tuviera cuidado.

—Suéltame, Cloé —ordenó, y la apartó de sí.

—Antes te enloquecía que te tocara. ¿Lo recuerdas?

Otra vez se abalanzó sobre él, lo rodeó con los brazos y le besó el pecho. Le quitó la toalla que lo envolvía, y le acarició el trasero con una mano y el pene con la otra. Un súbito calor envolvió el cuerpo de Juan Cruz, llenándolo de deseo, y, sin embargo, cuando el rostro de su esposa se dibujó en su mente, se deshizo de Cloé con rudeza. Tomó la toalla del suelo y volvió a cubrirse.

—¿Qué te pasa? —vociferó la mujer.

—Te dije hace tiempo que lo nuestro no puede ser. Por lo visto no me entendiste. ¡Ahora te lo repito! Lo nuestro se acabó, y basta.

Cloé le propinó una bofetada, con el gesto alterado por la rabia. De Silva apretó los dientes para contenerse. Con lentitud, volvió la cara hasta encontrarse con los ojos de la mujer.

—Perdóname, mi amor, perdóname —farfulló Cloé, con las manos sobre el pecho y la mirada llorosa.

De Silva no dijo nada. La esquivó para dirigirse hacia la silla donde descansaba su ropa. Comenzó a vestirse.

—No puedes dejarme, Juan Cruz, yo te amo.

De Silva pensó que la habría admirado si se hubiera ahorrado la súplica y abandonado para siempre su vida. Esa mujer estaba convirtiéndose en un problema. La conocía, Cloé tenía un costado cruel y ladino;

herida en su orgullo, podía ser peligrosa. No debía subestimarla, se trataba de un enemigo a respetar.

—Cloé, yo jamás te prometí nada. Tú sabías que lo nuestro podía terminar tal como había comenzado, de un día para otro.

—Pero yo me enamoré de ti, ¿no entiendes? No puedo vivir si no te siento a mi lado, Juan Cruz.

Ojalá Fiona pronunciara esas frases apasionadas. No, ella nunca las diría. En cambio se las decía una mujer de la cual ya no sabía como deshacerse sin armar un escándalo. Un escándalo con una puta, pensó, sería el fin de su matrimonio. Fiona jamás se lo perdonaría; la sociedad de Buenos Aires, tampoco. ¡Al diablo con la sociedad! Lo único que contaba era su esposa. Ella jamás debía enterarse de la existencia de Cloé.

—No entiendo, Juan Cruz, ¿por qué no podemos vernos?

—Ya te lo dije; ésta es una ciudad muy pequeña, aquí todo se sabe. Y a mí no me conviene un escándalo en este momento. Sería como echar mis planes por la borda —respondió de Silva, sin mirarla, mientras se acomodaba el cuello frente al espejo.

—¡Mentira! ¡Eso es una mentira! —gritó Cloé.

De Silva la atisbó por el espejo; lo que vio no le gustó; le parecieron la mirada y el gesto de una persona desequilibrada.

—¡Lo que pasa es que te enamoraste de la bienuda esa! ¡Maldita chiquilla del demonio!

—¡Baja el tono de voz!

De Silva se le acercó con rapidez, la tomó por el codo y la sacudió con fuerza.

—Sí —afirmó Cloé—. Te enamoraste de ella como un jovenzuelo inexperto. Yo te conozco, Juan Cruz. El escándalo y la sociedad te importan un bledo. ¡Te cagas en ellos! Pero la imbécil ésa, la Fiona maldita, ésa te trae como loco. Estás completamente enamorado de ella.

Cloé se echó a reír con los ojos muy abiertos y una expresión de locura que no se le borraba de la cara.

—¡Qué estupideces dices, mujer! —exclamó de Silva, y la soltó con torpeza.

—¿Estupideces? ¿Qué estupideces? Es la pura verdad.

Se hizo un silencio incómodo. Cloé no le quitaba la vista de encima. Él, en cambio, miraba para otro lado.

—¿Sabes? —empezó a decir Cloé con voz más calma—. Estuve averiguando acerca de tu Fionita adorada. —De Silva giró hacia ella—. Sí. Me dijeron que es una preciosura, pero que no le gusta que la lleves a la cama. Algunos de los altercados que tuviste con ella por ese motivo llegaron hasta aquí, queridito. ¡Ay, la servidumbre! ¡Un mal necesario! —exclamó, con un movimiento histriónico—. No es tan linda como dicen, en realidad. Unos domingos atrás tuve que aguantarme una misa completa en el Socorro para conocerla.

De Silva se aproximó a la mujer y la miró fijo, sin pestañear. Si bien Cloé retrocedió, temerosa, continuó con su relato insidioso.

—Ahí estaba, con su abuelita y sus parientes, rezando como una monja ¡Bah! Las seguí hasta la casa. Linda casa.

De Silva la tomó por el cuello y la empujó contra la puerta. Le acercó el rostro hasta casi rozarle la nariz. Cloé tenía la cara morada y no podía respirar.

—Si vuelves a acercarte a ella, te mato.

La soltó. La mujer cayó al suelo, aún mareada. Se sobaba el cuello y respiraba con dificultad. Le dolían el pecho y la garganta, pero no le importaba. Lo que sí contaba era que ella tenía razón: Juan Cruz se había enamorado como un loco de la maldita Malone.

—Ahora vete, Cloé, y no vuelvas más. Seguiré enviándote dinero todos los meses, como hasta ahora, por el tiempo que tú quieras; pero no vuelvas a buscarme. Entiéndelo, no deseo verte más.

Cloé se puso de pie, con el rostro lleno de lágrimas. No se trataba de lágrimas de tristeza: estaba furiosa, el odio la ahogaba.

—¡Métete el dinero en el culo! ¡No lo quiero! Yo soy una puta respetable. Cobro si presto el servicio —gritó, exaltada.

De Silva se estremeció ante la expresión perturbada de su amante.

—Entiéndelo bien, querido mío. ¡No podrás librarte de mí tan fácilmente! ¡Nunca podrás! ¡Esto me lo pagarás bien caro!

Se fue dando un portazo.

Capítulo XI

Hacía más de una hora que Fiona posaba para un retrato y para una miniatura, y ya comenzaba a inquietarse y sentirse incómoda. Su esposo había convencido a uno de los artistas más afamados de la época, Enrique Pellegrini, para que la pintara e hiciera para él su miniatura en marfil; habían decidido que la enmarcarían con un joya en oro y brillantes engastados. Si bien Pellegrini había abandonado la pintura para radicarse en un campo de Cañuelas, nadie podía negarse a un pedido de de Silva, que, por otra parte, cuando él le pidió una fortuna por los retratos aceptó el precio sin chistar.

—Es usted más bella de lo que se comenta, señora de Silva. —Fiona se limitó a sonreír—. El señor de Silva me pidió que le diera clases de dibujo y pintura —comentó Pellegrini—. Lamentablemente, será imposible. Yo ya me he retirado. Sin embargo, si usted me lo permite, puedo recomendarle un discípulo mío que vendría a darle clases encantado.

—Está bien —respondió Fiona, sin entusiasmo.

En realidad, ella no deseaba clases de dibujo; ésa era una idea de de Silva para que ella ocupase su tiempo.

—Unos minutos más, señora, y la dejaré en libertad. Mi plan es llevarme estos trazos a mi *atelier* y terminar las pinturas allí.

—Muy bien —dijo Fiona.

—Calculo que más o menos en un mes estarán terminadas. Yo mismo las traeré hasta aquí.

—Muy amable de su parte, señor Pellegrini.

Fiona se sentía vacía sin sus clases, sin sus alumnos, y, aunque en ocasiones había ido a la casa de algunos de ellos a enseñarles algo, finalmente tuvo que resignarse; no por ella, sino por las súplicas de las madres que, aterrorizadas, temían ser descubiertas. La orden del patrón había sido: "No hay escuela", y ella, poco a poco, estaba acostumbrándose a la idea.

Pasaba las tardes leyendo en la biblioteca, que era completísima; había libros prohibidos, no sólo por la Iglesia sino por el gobierno; así y todo, de Silva los conservaba. Leyó las obras completas de Shakespeare, *Graziella* de Lamartine y tantos otros. La complacía como nada tomar el té con Catusha y pasar horas en su cabaña. A veces su amiga parecía olvidarse de ella y se internaba en el jardín para dedicarse a sus plantas y flores. Fiona la contemplaba largo rato y hasta eso le resultaba placentero. En ocasiones, Catusha cantaba viejas tonadas en inglés, con una voz muy dulce y afinada. Le gustaba escucharlas; eran las mismas que entonaba su abuela en las fiestas familiares o en Navidad.

El salón azul se había convertido en uno de sus favoritos. Guardaba excitantes recuerdos, además se llenaba de luz por la tarde, y el sol reflejado en las paredes azules ejercía una extraña influencia sobre ella;

de pronto, se sentía llena de bríos. Desde la ventana del salón azul, el paisaje del parque se apreciaba en toda su extensión; mientras tocaba el piano, no apartaba la vista del verdor; se pasaba horas practicando los *scherzi* que conocía y las melodías que más le gustaban. A veces visitaba la *crémerie*, que marchaba viento en popa. A pesar de que había sido su iniciativa, el establecimiento ya no le pertenecía; Candelaria ejercía su imperio allí, pero no le molestaba; no pretendía pasar el día entero entre leche y quesos.

De pronto, su vida social adquirió un ritmo y una intensidad vertiginosos. Casi todas las semanas concurría a Buenos Aires junto con de Silva a alguna tertulia. No pudo evitar asistir algunos miércoles al tradicional té de Manuelita, y aunque odiaba esas reuniones, la hija del gobernador le resultaba encantadora, dueña de una sincera candidez que contrastaba con lo tosco y ladino de su padre. Manuelita le brindaba atención especial cuando la recibía y siempre le expresaba que la sentía como una hermana muy querida. En las pocas ocasiones en que se cruzó con Rosas en la quinta de Palermo se limitó a intercambiar con él un saludo formal y frío. Apenas lo veía, sentía el fuerte impulso de cantarle unas cuantas verdades. Se contenía porque no deseaba incomodar a Manuelita, menos aún a de Silva, que lo quería como a un padre.

Esa noche asistirían a una fiesta importante en lo de Domingo Riglos, una de las personalidades más destacadas de Buenos Aires, y de Silva se mostraba interesado en concurrir. Le había ordenado a Fiona que se hiciera confeccionar un deslumbrante vestido, y para él había encargado un fraque.

Fiona suspiró con hastío: era hora de ir a arreglarse. Pronto llegaría de Silva, y como era escrupulosamente puntual, querría salir con tiempo por si se les presentaba algún inconveniente en el camino.

Comenzó a subir las escaleras y, antes de llegar al descanso, escuchó la voz de su esposo que impartía indicaciones, de seguro, a Celedonio. Permaneció unos instantes escuchándolo, como hechizada; estaba profundamente cautivada por él, ya no tenía sentido ocultarlo. De Silva había conseguido metérsele en la mente y en el corazón, hasta convertirse para ella en el centro de todo. Había comenzado odiándolo y había terminado deseándolo. Eso que sentía, ¿era amor, aquello de lo que le había hablado *aunt* Tricia? ¿Aquello que ella nunca había experimentado con ningún otro? Todos le habían parecido unos lechuguinos sin cerebro. En cambio, Juan Cruz de Silva, con su cuerpo hermoso moldeado con el esfuerzo del trabajo, sus masculinas facciones, sus maneras algo torpes, su sonrisa, su furia devastadora, su cabello lacio y negro, era la virilidad hecha carne. Reprimió un gemido al recordarlo sobre ella, haciéndole el amor.

Cuando escuchó sus pasos firmes sobre el mármol de los primeros peldaños, subió deprisa los últimos escalones. Parecía una chiquilina escapando así de él, pero prefería ocultarse de su mirada en ese momento. Su mirada. Pensó que nunca se acostumbraría a la intensidad de sus ojos negros. A veces, iracundos, parecían quemarla; otras veces, excitados, parecían querer devorarla; y cuando la contemplaban con indiferencia la llenaban de desasosiego, y ella sentía que algo muy importante le faltaba. ¿Qué había hecho de ella ese hombre? ¿En qué la había convertido? Ya casi no dormía si no era entre sus brazos. Le daba vergüenza recordar las ocasiones en que, turbada por el deseo, se escabullía por la puerta común y se metía furtivamente entre las sábanas de él. Sonrió con picardía al evocar aquellas ocasiones, en las que una loca pasión se apoderaba de él. Siempre la hacía gritar de placer. Sólo así Fiona lograba dormir en paz.

Entró en su dormitorio, agitada y con las mejillas llenas de color. Maria ya tenía todo dispuesto, el vestido sobre la cama, las joyas sobre el tocador y los escarpines de satén prolijamente acomodados en el suelo.

—Vamos, apresúrate, todavía debes tomar tu baño —la apremió la criada.

El agua estaba demasiado caliente para una tarde de verano; no obstante, al cabo de unos minutos, su cuerpo se habituó hasta tal punto a la temperatura que, mientras Maria la enjabonaba, comenzó a adormecerse. El ruido de la puerta al abrirse la despabiló. Era Juan Cruz de Silva.

—Maria, déjeme a solas con mi esposa.

La sirvienta se escabulló con mansa disposición. De Silva cerró la puerta, se aproximó a la tina y se acuclilló junto a ella. Fiona se irguió y se quedó mirándolo, expectante.

—¿Qué desea, señor? —preguntó, con cierta turbación.

Él nunca la había visto tomando un baño. La situación la incomodó, aún más cuando siguió con sus ojos los de de Silva y descubrió que se detenían en el modo escandaloso en el que la túnica de liencillo se ajustaba a sus pechos y los ponía en evidencia.

—Te he visto con menos ropa que esta, Fiona —manifestó Juan Cruz, al descubrir su rubor, y con el índice le acarició el pezón erecto a través de la tela mojada.

—Señor, por favor —suplicó ella, y le alejó la mano tomándola por la muñeca.

—No me pidas que me controle cuando lo único que tengo en mente es llevarte a la cama, querida.

—Llegaremos tarde a la fiesta —susurró, y bajó la vista para que de Silva no descubriera la turbación que su cercanía y sus palabras le provocaban. El latido entre las piernas la avergonzaba. Nunca se saciaba de las caricias de ese hombre.

—Muchas veces no se puede hacer lo que se desea, ¿no crees?

—No para su merced, señor. Su merced siempre hace lo que quiere.

De Silva rió. Le acarició la mejilla húmeda y la contempló con ternura.

—Tienes razón —admitió, y se puso de pie para quitarse las botas—. Yo siempre hago lo que me viene en gana. Y ahora, tengo ganas de darme un baño contigo y de hacerte el amor.

—¡Oh! ¿Eso está bien? —se escandalizó Fiona, y enseguida pensó que había preguntado una tontería. Nada de lo que hacía con de Silva, nada de lo que experimentaba mientras él la tomaba estaba bien. Su esposo le había dicho varias veces que la intimidad que compartían sólo les competía a ellos y que se olvidara de las "sandeces" —ésa era la palabra que empleaba— que le habían enseñado los curas y su abuela.

De Silva terminó de desnudarse, y Fiona comprobó que estaba muy excitado. Se había quedado de pie, junto a la tina, y la contemplaba con fijeza. Ella pasó la mirada de los enigmáticos ojos de su esposo al miembro largo que se erguía a la altura de su rostro. Se instó a apartar la mirada; ese apéndice, que se introducía en su cuerpo y se agitaba dentro de ella, la atraía, le resultaba misterioso, le otorgaba un placer que a ella le costaba describir. Estiró la mano y lo acarició, y la retiró de súbito al percibir el temblor en él y al escuchar el soplido que exhaló.

—¡Perdón! —suplicó, con expresión desconsolada, convencida de que le había hecho daño.

—No, no —se apresuró a decir Juan Cruz—. Tu contacto me ha fascinado. He sentido como una fuerte descarga que me ha debilitado. Vamos, mi amor, tócalo de nuevo. —Volvió a gemir y a echar la cabeza hacia atrás cuando las manos de Fiona lo acariciaron.

A pesar de su inexperiencia, de su timidez y de la delicadeza con que lo tocaba, Fiona lo hacía vibrar como ninguna otra. Pensó en pedirle que lo introdujera en su boca, y de inmediato cambió de parecer; no la escandalizaría; sabía que, para su mujer, esa intimidad compartida era fuente de dudas y recelos. De igual modo, Fiona se le entregaba cada noche con pasión, haciendo a un lado las enseñanzas de sus mayores para complacerlo. "¿De veras quiere complacerme?". Observó la mano, pequeña y blanca, moverse sobre su pene, y se llenó de esperanza y de gozo.

La obligó a ponerse de pie y la atrajo para besarla mientras él entraba en la tina. El agua de la bata de Fiona escurría, y ese sonido se mezclaba con los tímidos gemidos de ella y la respiración fatigosa de él, que parecía no tener suficiente de los labios y del cuerpo de su esposa. Lo conmovió el fervor con el que ella le aferraba la espalda para pegarse a su torso. Le levantó la túnica, que se adhería a sus piernas mojadas, hasta la cintura, y le acarició las nalgas y la apretó contra su miembro. Fiona se convulsionó y arqueó la espalda, exponiendo su cuello surcado de venas azules. De Silva se inclinó y lo besó y lo mordió. Enloquecido de deseo, se sentó en la tina y la arrastró con él, obligándola a ubicarse a horcajadas en su pelvis. Colocó sus manos en la parte más fina de la cintura de Fiona, la levantó sobre su pene y la penetró de una vez, con un movimiento rápido y certero. Fiona, tomada a sus hombros, echó la cabeza hacia atrás como respuesta ante la brusca intromisión, y gimió. Sus pechos cubiertos por el liencillo mojado fueron presa de los labios y los dientes de de Silva. Fiona enredó sus dedos en el cabello de él para evitar que aquella sensación indescriptible acabase. Tanto placer la embriagaba, la convertía en otra persona. Le gustaba que la lengua de él jugara con sus pezones, o que sus dientes los torturaran o que sus labios los succionaran; le gustaba que de Silva tuviese las manos en sus nalgas y la obligara a moverse hacia atrás y hacia delante, a veces la tomaba por la cintura para subirla y bajarla.

Después de recobrar la cordura, una vez que ambos hubieron alcanzado el placer que ella describía para sí como "un líquido caliente y rápido entre sus piernas", después de que de Silva hubo recuperado el aliento y erguido la cabeza para mirarla, Fiona se preocupó.

—Hemos gritado mucho —dijo, con la frente apoyada en el hombro de él, pues no se atrevía a mirarlo mientras pronunciaba esas palabras.

—Sí —acordó de Silva—. Es que ha estado maravilloso.

—¿Y si Maria aún sigue en mi recámara aguardando a que su merced salga del tocador?

—Pues habrá escuchado nuestros gritos y gemidos, sin duda.

—¡Qué vergüenza! —se lamentó, y se cubrió la cara con las manos.

Juan Cruz presionó para que las apartara y lo mirara.

—Fiona, Maria es una mujer de gran sabiduría. Y si ha escuchado nuestro desahogo, te aseguro, debe de estar feliz por nosotros. —La tomó por la barbilla y le besó la punta de la nariz—. Eres tan apasionada. Me complaces tanto. Me haces tan feliz —dijo, y la besó en los labios.

Fiona se llenó de una inexplicable satisfacción ante aquellas palabras de de Silva. ¿Por qué olvidaba con tanta facilidad que él la había comprado y humillado? ¿Acaso no contaban las lágrimas derramadas? Sólo bastaba que él la tocara de ese modo pecaminoso y que la besara como si se dispusiera a comerla para que ella cayera a sus pies. Su carne era más débil de lo que había imaginado, aunque, en honor a la verdad, no sólo se sentía atraída por su esposo cuando éste la tocaba o la besaba sino en cualquier ocasión, cuando lo veía montar, por ejemplo, o cuando lo descubría leyendo en su sillón del estudio, o cuando, por la mañana, durante el desayuno, se dirigía a su capataz para organizar las tareas del día con aquel imperio que la enervaba. ¿Qué estaba ocurriéndole para olvidar con tanta facilidad?

Levantó el rostro y lo contempló con un ceño. De Silva se extasió en su belleza, en su candor, en sus mejillas arreboladas y en sus labios hinchados a causa de la desmesura con que la había besado.

—Dios —jadeó—, eres la visión más hermosa que he contemplado en mi vida.

De nuevo, sus palabras le provocaron un nudo en el estómago y le aumentaron las palpitaciones. La había hechizado, no le quedaban dudas; de Silva la tenía en un puño.

—¿Me jabonarías? —le pidió él, mientras cargaba la esponja con jabón.

El gesto incrédulo de Fiona le causó gracia.

—Si estás cansada, le pediré a Maria que me enjabone la espalda.

—¡No!

—¿Por qué no?

—No sería correcto.

—¿Te molestaría que otra mujer me jabonase? —Rió al descubrir que las mejillas de Fiona adquirían un intenso color carmesí—. ¿Te molestaría? —insistió, y comenzó a pasarle la esponja por los brazos—. A mí me molestaría que otro hiciera esto contigo. En realidad, ¡me pondría furioso, violento! —Fiona lo contemplaba con expresión entre turbada y admirada, aunque no le tuvo miedo porque él había hablado con acento juguetón—. Me encanta cómo adivino lo que piensas a través de tus gestos y de tus ojos. Eres muy transparente, amor mío. ¿Te molestaría?

—¿Qué? —preguntó, y de Silva apenas la escuchó, fue más como una exhalación.

—Si te molestaría que otra mujer pasase la esponja por mi cuerpo desnudo. —Fiona bajó la vista y asintió—. ¿De veras? Admito que me sorprende tu respuesta. —Después de un silencio, retomó—: Así que te molestaría, ¿eh? ¿Por qué? —De Silva seguía jabonándola, y ella levantaba los brazos, estiraba las piernas y le ofrecía los pies con la actitud de una niña obediente—. ¿Te pondrías celosa?

Ella no contestó. De Silva sonrió con desánimo y, sin mirarla, siguió lavándola.

—Pues yo me pondría rabioso de celos. —De pronto detuvo el masaje y cambió su tono y su gesto jocoso por uno serio—. Mataría a quien osara tocarte siquiera. No lo olvides.

Fiona percibió la amenaza bajo aquellas palabras, y sintió un escalofrío. "Por algo lo llaman 'el diablo'", se recordó.

Tomó la esponja que de Silva le extendía y la cargó con jabón, mientras él se acomodaba para darle la espalda. Se formaron olas, y el agua regó el piso. Ninguno se preocupó. Fiona se puso de rodillas, se inclinó sobre su esposo y le pasó la esponja por la espalda y por los brazos estirados sobre el borde de la tina. Se dio cuenta de que a de Silva se le erizaba la piel y que le cambiaba la respiración, sus exhalaciones se volvían prolongadas y ruidosas. Se dejó llevar por su naturaleza perversa y débil, y hundió la esponja para pasarla por los muslos de él y luego por su apéndice, que respondió en el acto; se paró y se puso duro. Experimentó una gran satisfacción ante la respuesta de él, como si le hubiese ganado una batalla.

—¡Dios mío, Fiona! —lo escuchó resollar, y prestó atención al modo en que sus manos se ajustaban en el borde de la tina; los nudillos se habían vuelto blancos—. ¡Sigue, por favor! No te detengas.

Fiona sonrió con malicia y caminó sobre sus rodillas hasta pegar los pechos a la espalda de él. Lo masajeó con ambas manos; una le acarició el pene, la otra, el tórax; le tomó las tetillas entre los dedos del modo en que él lo hacía con sus pezones, y de Silva se convulsionó como si hubiese sido tocado por un rayo. Cerró la mano derecha sobre la de ella y, con movimientos enérgicos, le enseñó cómo quería que le tocase el miembro, que crecía y palpitaba en su puño. Sonrió, complacida y orgullosa del poder que sus manos ejercían sobre él. Jamás habría imaginado que de Silva se entregaría con esa confianza a sus caricias. "Podría lastimarlo", pensó, y enseguida desechó la idea por absurda; no se engañaría, sólo deseaba escucharlo gemir a causa del placer que ella le proporcionaba.

Juan Cruz se dio vuelta y otra vez levantó a Fiona por la cintura para penetrarla. Se abandonaron de nuevo a esa danza donde sus pelvis y sus vientres entrechocaban, hasta provocarse un arrebato de gritos y gemidos, un completo abandono, un instante sin máscaras ni poses, sólo Fiona, pensó de Silva, su exquisita y apasionada Fiona gozando entre sus brazos. Rió de dicha.

Al recuperar la cordura, Fiona abrió las puños con lentitud y los quitó de las sienes de de Silva al tiempo que se daba cuenta de que había estado aferrándose a su cabello al sentir que caía.

—Perdón —mascullό.

—No me pidas perdón cuando me has hecho gozar como jamás en mi vida.

Fiona le pasó las manos por las sienes y le alisó los mechones que ella había ensortijado. Se acurrucó sobre de Silva y le agradó cuando él la rodeó con sus brazos. Tenía frío en la espalda.

—¿Sabes cómo se llama ese placer tan puro y exquisito que sentimos cada vez que nos amamos? —Fiona negó con la cabeza pegada a su pecho—. Se llama orgasmo. Tú me haces experimentar orgasmos inolvidables.

Fiona se preguntó con quién más los habría experimentado. ¿Con Clelia Coloma? Sintió celos, los mismos que experimentaría si encontrase a otra mujer jabonando el cuerpo desnudo de su esposo. Celos. Celos negros.

—Salgamos —propuso de Silva, y Fiona se decepcionó—. Vamos, amor, tenemos que ir a la fiesta de Riglos.

—Quisiera quedarme aquí, aquí mismo, en la tina, todo el tiempo.

—Yo también —admitió de Silva, y la besó en la

coronilla—. Pero debemos presentarnos esta noche. Ya confirmé nuestra asistencia.

De Silva la secó con enérgicas pasadas y la envolvió en la bata, y, cuando iba a comenzar a secarse él mismo, Fiona le pidió con la mirada que le permitiera hacerlo. Como él no tenía con qué cubrirse, se ató la toalla a la cintura, y Fiona lo encontró muy atractivo con ese atuendo.

—Deja —ordenó de Silva al ver que Fiona recogía sus botas, sus pantalones y la camisa—. Pídele a alguna doméstica que se encargue. Vamos a cambiarnos.

—De seguro llegaremos tarde a lo de don Riglos —se preocupó ella.

—Bien valió la pena, mi amor —contestó él, y la atrajo para besarla.

Salieron al dormitorio, y, antes de marcharse a su habitación por la puerta común, de Silva se acordó.

—Sólo vine a avisarte que esta noche nos quedaremos en Buenos Aires.

—¿En casa de mi abuelo?

—No. He comprado una casa en la ciudad. Allí haremos noche.

Pudo adivinar el desencanto en la mirada de Fiona, aunque esta vez no hizo un escándalo ni se encaprichó. Desde hacía un tiempo estaba más serena, menos a la defensiva, había cambiado.

—Está bien —aceptó, por fin.

Al entrar en la casa de Riglos del brazo de su esposo, Fiona no supo que fueron muchos los que suspiraron y no pocas las que la estudiaron con envidia.

—Está usted hermosísima, mi querida —dijo el anfitrión al recibirla.

Don Riglos era un buen hombre, muy amigo de su abuelo. La había visto crecer y siempre había sido cariñoso con ella y con su hermana, por lo que Fiona recibió su cumplido como una zalamería. Sin embargo, don Domingo Riglos expresó su parecer con sinceridad. En verdad, estaba deslumbrante. El vestido de seda blanca, como dibujado sobre sus curvas, le sentaba de maravilla. Los senos, que asomaban tras el escote, daban un toque de voluptuosidad a su figura menuda. Las mujeres repararon en su peinado: sujeto en la coronilla, su pelo caía como una cascada sobre su espalda en cientos de tirabuzones, y, entrelazadas en el tocado, miríadas de perlas pequeñas descendían desde la parte más alta hasta perderse en los confines de los bucles, dándole un toque exótico a la cabeza más hermosa de la fiesta, de acuerdo con la apreciación de Palmiro Soler.

Juan Cruz de Silva la mostraba con orgullo. La actitud de Fiona, que bastante insegura y algo trémula se aferraba a su brazo, lo colmaba de felicidad. Ella era su mayor tesoro, su joya más preciada.

Mientras se internaban en el salón atestado de gente, Fiona miró a su esposo con disimulo, elegante en el fraque nuevo. Llevaba el pelo hacia atrás, peinado con fijador, tal como a ella le gustaba. Fiona atisbó hacia un costado y se encontró con los ojos de Clelia posados en de Silva. "Te mataré si te atreves siquiera a bailar el minué con él", pensó, y de Silva se preguntó por qué los dedos de Fiona le apretaban el antebrazo.

Fiona pronto conoció el interés especial que llevaba a su esposo a esa tertulia. Al llegar Rosas acompañado por su hija —una gran sorpresa pues hacía tiempo que el gobernador no asistía a ningún acontecimiento social—, de Silva salió a su encuentro para escoltarlo hasta un grupo de comerciantes ingleses que acababan de arribar de Londres. Fiona se preguntó cómo harían para entenderse con los londinenses si ninguno de los dos hablaba inglés. Pensó en ofrecerse como traductora y enseguida se arrepintió: se trataba de una idea demasiado osada. Al poco rato vio que aparecía George Thomas, el director del periódico *The British Packet*, que de seguro oficiaría de intérprete.

Entre la concurrencia no descubrió a nadie que no hubiese visto en las otras tertulias. Los Arana, los Coloma, los Anchorena, los Martínez de Hoz, los Mansilla. Siempre la misma gente. También estaban Imelda y su prometido. Fiona se alegró de ver a su hermana. Resultaba extraño, pero ahora sentía que algo muy distinto las unía. Pensó que, paradójicamente, la distancia había logrado acercarlas. Habían pasado más de siete meses desde su partida del hogar de su abuelo, y la lejanía y las cosas vividas en *La Candelaria* habían obrado un cambio muy profundo en ella. No era la Fiona de antes.

Suspiró. Todos estaban allí; sin embargo, faltaba la persona que más deseos tenía de encontrar: su amiga, Camila O'Gorman. Más de tres meses atrás, se había fugado con su curita tucumano, Ladislao Gutiérrez, y nada sabían de ella. Los O'Gorman, avergonzados por el comportamiento de su hija, se hallaban recluidos en la estancia de la Matanza. Sus hermanas no asistían a las tertulias, y el prometido de Clara, una de las más chicas, la había plantado al pie del altar. Aunque Fiona juzgaba absurdo el comportamiento de los O'Gorman, conocía la realidad anquilosada de la sociedad en la que vivía, y sabía que nunca les perdonarían la hazaña de su hija Camila.

Ella misma se sentía desplazada esa noche. En cada oportunidad en que se acercó a un grupo de mujeres, éstas detenían la conversación y la miraban con frialdad y de reojo. Fiona conjeturaba que, dada su estrecha amistad con Camila, sospechaban que ella había participado de la decisión de fuga de su amiga y que conocía el paradero de los enamorados.

Fiona no sabía nada. Lo único que sabía, en realidad, era que estaba muy contenta por su amiga; Camila amaba a Ladislao y sería feliz junto a él. Eso le parecía lo único importante.

—¡Fiona! —La voz de misia Mercedes la devolvió a la realidad—. ¡Tanto tiempo, querida!

La mujer le tomó las manos y la alejó del bullicio para conversar, y Fiona experimentó un gran alivio. Comenzaba a molestarle la soledad. Además, siempre resultaba un placer conversar con misia Mercedes.

La tertulia se desarrollaba con normalidad. De Silva, Rosas y otros estancieros porteños no se apartaban del grupo de comerciantes londinenses. De igual manera, eso no le impidió a Juan Cruz mantener un ojo vigilante sobre su mujer, a la cual sabía una presa apetitosa para más de uno, en especial para Palmiro Soler, que no le había quitado la vista de encima desde que la vio trasponer la puerta principal. El mazorquero no se daba por vencido con facilidad.

Interrumpió su conversación con los ingleses cuando sorprendió a Fiona bailando el minué con Soler. La garganta comenzaba a latirle de furia contenida. "Maldito Soler", masculló cuando, en tanto se aproximaba a las parejas que bailaban, advirtió que la rozaba innecesariamente y, peor aún, que escudriñaba con avidez el escote de su esposa. En el primer cambio de paso, se la arrebató de las manos.

—Si me permite, estimado Soler. No he podido disfrutar de mi esposa en toda la noche.

La tomó por la cintura, la hizo girar y se la llevó hacia el extremo opuesto.

—Gracias por salvarme, señor —dijo Fiona, divertida.

—¿Por qué aceptaste bailar con él, entonces? Conmigo no tuviste demasiados reparos en lo de Mercedes Sáenz aquella vez.

El tono de su voz la desconcertó.

—Su merced no tiene mucho que reprocharme. No hay tertulia en la que no baile con esa estúpida de Clelia.

—¿Estás celosa, Fiona?

—Ni lo sueñe, de Silva. Sólo digo que su merced no tiene autoridad moral para recriminarme con quién bailo cuando no elige demasiado bien a su compañía.

Estaba celosa, y eso lo fascinaba.

—¡No puedo creerlo! Tú me dices "gracias" por salvarte de Soler y ahora resulto ser yo el que elige mal sus compañeras de baile.

—Mire, señor, que yo no haya podido negarme a Soler, porque desde que llegué ha estado asediándome, no es mi culpa. En todo caso es *su* culpa. Sí, *su* culpa —repitió, ante la expresión de cejas levantadas de de Silva—, por haberme dejado sola. De todas formas, eso no significa que Clelia Coloma no sea la mujer más melindrosa, afectada, vacua, estúpida... ¡Uyy!

Dio media vuelta y se dispuso a abandonar la pista de baile.

—¡Ey, detente! —De Silva alzó la voz y, aferrándola por el brazo, la hizo volver sobre sus pasos—. No volveré a dejarte sola esta noche. Eres demasiado hermosa para andar por ahí sin mí —musitó cerca de su rostro, y la besó en la mejilla.

Tal como había prometido, no volvió a separarse de ella en lo que duró la fiesta. Soler tuvo que conformarse con contemplarla como si se tratase de una obra de arte en un museo.

Al día siguiente, cuando de Silva entró en su casa nueva de la ciudad se encontró con que Soler, sentado en el sillón de la sala, conversaba con Fiona. Hablaba en un tono bajo y meloso, y sonreía todo el tiempo.

Fiona advirtió enseguida la expresión de enfado que ensombrecía el gesto de su esposo.

—Buenas tardes, señor —lo saludó—. El señor Soler lo está esperando.

Se interrumpió, incómoda, al darse cuenta de que no le prestaba atención. De Silva estiró la mano hacia el visitante

—¿Qué lo trae por aquí, Soler? —preguntó, en un tono deliberadamente neutro.

—¿Cómo está usted, de Silva? Antes que nada, lo felicito por su nueva casa; es muy confortable.

De Silva se limitó a un movimiento casi imperceptible con la cabeza.

—Lo que me trae por aquí es algo que desde hace tiempo le vengo comentando —explicó Soler.

En ese momento, de Silva clavó los ojos umbríos en los de su mujer y el mensaje fue claro.

—Si me permiten, caballeros, les haré preparar algo fresco.

Los tres se pusieron de pie al mismo tiempo. Fiona abandonó el lugar angustiada, con la certeza de que su esposo estaba furioso con ella, y no comprendía por qué.

De Silva y Soler esperaron a que Fiona desapareciese de la vista para retomar la conversación. Juan Cruz advirtió con disgusto que la mirada del mazorquero se demoraba en el meneo de las caderas de Fiona; no sólo lo enfurecía que la desease sino el descaro con que lo hacía frente a él.

—Tome asiento, Soler. —Las palabras de de Silva sonaron más a orden que a invitación.

—Gracias. Como estaba diciéndole, de Silva, he venido por algo que usted ya conoce de sobra. He sostenido una conversación con el coronel Salomón donde hemos pensado que contar con usted en la Sociedad Popular sería de gran beneficio para la causa federal.

"El coronel Salomón", pensó Juan Cruz, un gordo bastante desagradable, de rostro redondo y chato como un plato, con abultada papada, ojos pequeños y demasiado juntos, nariz violácea y deformada por el exceso de bebida, y labios color hígado, dueño de una pulpería y, también, presidente de la Mazorca, o Sociedad Popular, como se la conocía oficialmente. Cientos de cabezas estaqueadas en la Plaza de la Victoria habían sido colocadas allí por su propia mano; varios cuerpos embadurnados con brea habían ardido lentamente gracias a su yesquero; personaje siniestro, de esos que las autoridades saben aprovechar muy bien para sus fines. De Silva no quería que la lengua repugnante de ese cristiano tuviera la oportunidad de mencionar su nombre. Él no era un santo, pero tampoco una bestia.

—Usted sabe, de Silva, el honor que sería para nosotros que usted integrara nuestro comité directivo. Porque eso sí, usted ingresaría en la Sociedad como secretario general, con toda la autoridad que emana de ese cargo, y gozando de las prerrogativas de los socios populares más antiguos.

Para la Mazorca, contar con Juan Cruz de Silva entre sus huestes se presentaba como un asunto beneficioso desde dos puntos de vista. Primero, por su destreza con el facón y con el trabuco; se decía que por sus venas corría agua helada y que no titubearía si había que derramar sangre por el bien de la causa. Era una leyenda entre la gente del campo y de la ciudad. Se le conocían grandes hazañas y se murmuraba que la vida de Lavalle había terminado siete años atrás en Jujuy a manos de él. Segundo, era el hombre de confianza de Rosas. Pocos estaban tan cerca del gobernador como él; esta cualidad de de Silva era, quizá, más valiosa aún que la anterior.

Salomón lo quería en la Mazorca como fuera. Soler también, ya que, en alguna revuelta con los unitarios, ¿quién podría afirmar que la bala que lo matara no provenía de un salvaje unitario? En esos disturbios, uno nunca sabía de qué lado vendría la muerte.

—Señor Soler, creo que hemos hablado en otra ocasión acerca de este tema.

—Lo sé. De todos modos, nosotros no perdemos las esperanzas de contar con usted, señor. Como le dije, Salomón en persona me pidió que viniera a verlo. Su ayuda sería muy valiosa para la Confederación —insistió Soler, y agregó a propósito—: El gobernador Rosas se sentiría complacido de saber que usted se une a nosotros para luchar por la causa federal en contra de los impíos anhelos de esos inmundos unitarios.

—El brigadier Rosas conoce mejor que nadie mi devoción a la causa. Mi apoyo a las decisiones del gobernador es total y no hay cosa más importante para mí que defender a la Confederación de esos asquerosos unitarios. De igual modo...

Se detuvo cuando vio a la sirvienta cruzar el umbral con una bandeja.

—Disculpe, señor Soler, que no tenga nada más que ofrecerle que una limonada. Recién nos mudamos y todavía hay un poco de desorden. ¿A su merced le gusta la limonada?

De Silva apretó los puños al notar el servilismo con que Fiona se dirigía a ese mazorquero.

—Sí, señora, me gusta mucho. Gracias. Este calor que no afloja —comentó Soler, al tiempo que se enjugaba la frente con un pañuelo. Tomó el vaso que le ofrecía la mulata.

Fiona vertió limonada en otro vaso y se lo pasó a su esposo.

—Puedes retirarte —habló de Silva en un murmullo, sin levantar la vista hacia Fiona, que, luego de hacer una seña a la doméstica, volvió a dejarlos a solas.

De Silva observaba a Soler a través del cristal de su copa, con ojos serios y taimados.

—Como le decía, Soler, mi devoción a la causa se expresa en otras acciones, que el gobernador conoce y aprecia tanto como las de ustedes. Mis negocios hacen cada vez más próspera la economía de la provincia y enriquecen los lazos con grandes naciones del mundo. Además, la administración de las estancias del gobernador me lleva mucho tiempo. No, Soler, le agradezco enormemente a usted por la molestia, y al coronel Salomón por considerarme tanto, pero no creo poder hacerme cargo de una función tan importante sin descuidar otras que no lo son menos.

—Parece muy convencido, de Silva. —Juan Cruz asintió—. Anoche, en lo de Riglos, lo vi muy animado conversando con esos gringos —mencionó Soler, al pasar.

"Mientras tratabas de conquistar a mi mujer, maldito imbécil."

—Bueno, ahí tiene usted. Esos son negocios muy importantes, y el gobernador quiere que se concreten rápidamente. De esa manera les daríamos a las autoridades inglesas una pauta de que este bloqueo sin sentido debe terminar. La Confederación y la Inglaterra deben ser amigas, no enemigas.

De Silva sabía que con esa parrafada vacía no había saciado la curiosidad de Soler.

En ese momento reapareció Fiona, y Soler pareció olvidarse de todo.

—Señor —dijo, en voz baja y contenida—, Celedonio acaba de llegar. Viene por un asunto que requiere de cierta urgencia. Por eso me atreví a interrumpirlo.

A de Silva lo fastidió que Soler advirtiera que lo llamaba "señor", que no lo tuteaba y que le temía.

—¿Desea más limonada? —preguntó Fiona al visitante.

—Señora… —empezó a decir el mazorquero.

—No, está bien —lo detuvo de Silva—. El señor Soler ya se retiraba.

Soler, extasiado en la contemplación del rostro de Fiona, parecía no haber escuchado. De pronto, tomó conciencia de su comportamiento imprudente y afirmó:

—Sí, sí, ya me iba, señora. Gracias por la limonada, estaba exquisita.

Los ojos de Soler, cargados de deseo, se posaban con insolencia en los labios de Fiona.

—Buenas tardes —lo despidió Fiona, mientras el visitante le besaba la mano.

La joven se sobresaltó cuando sintió la humedad de la lengua de Soler sobre su piel, pero trató de componerse: no deseaba ningún escándalo. Retiró rápidamente la mano y bajó la vista. Aunque su esfuerzo había sido en vano; de Silva se había dado cuenta.

—Lo acompaño, Soler —dijo Juan Cruz.

Lo tomó por el hombro, guiándolo hasta la puerta.

—Fiona, dile a Eliseo que aliste el caballo del señor Soler.

Al llegar al zaguán, de Silva cerró la puerta tras de sí. La mirada que dispensó al mazorquero fue inequívocamente amenazante.

—Soler, ¿le parece que mi esposa es una mujer hermosa?

Soler, sorprendido, frunció el entrecejo y comenzó a levantar las comisuras de los labios en espasmos que no acertaban a acabar en una sonrisa.

—Señor de Silva... Bueno... Me sorprende, pues, la pregunta.

—¿Le parece o no, Soler?

Se había aproximado y le hablaba sin quitarle los ojos de encima. Soler, más bajo, levantó la cabeza para mirarlo.

—Bueno, señor de Silva, nadie puede negar que la señora de usted es muy hermosa...

No pudo continuar; de Silva lo tomó por el cuello con una mano, mientras con la otra le quitaba el facón de la cintura y lo arrojaba lejos. Lo arrastró como a un niño hasta apoyarlo contra una de las columnas de la entrada. Colocó una rodilla sobre la entrepierna del mazorquero.

—Por favor... Por fa...

Soler no pudo pronunciar; la enorme mano de de Silva se ciñó como tenaza a su garganta.

—Si vuelvo a descubrir que toca a mi esposa, o que, simplemente, detiene su mirada sobre ella aunque sea por un segundo, le aseguro que no podrá volver a hacerlo. Yo mismo me encargaré de arrancarle los ojos y de cortarle las manos. ¿He sido suficientemente claro, Soler?

Sólo después de que Soler asintiera, de Silva lo soltó. Tosió, se ahogó y se frotó el cuello, en el que habían quedado marcados los dedos de de Silva.

—Aquí está su caballo —le indicó, con estudiada cortesía.

Soler le lanzó una mirada de soslayo cargada de odio antes de montar y alejarse al galope.

Capítulo XII

De Silva regresaría esa noche de Buenos Aires y Fiona, ansiosa, no podía quedarse quieta.

—Maria, por favor, prepárame el vestido amarillo pálido, ése con el encaje blanco en las mangas. ¿Sabes qué habrá para la cena?

—No, de eso se encarga Candelaria.

Fiona caminaba nerviosa por la habitación.

—¿Por qué quieres saberlo, Fiona? —preguntó Maria, extrañada.

—Había pensado en carne de cordero asada con pastel de zapallo. Tal vez de entrada, humita. ¡No, humita no! Mejor algo más liviano. ¿Se te ocurre algo?

—No sé, estaría bien una ensalada. ¿Qué se te ha dado por organizar la cena?

—¡Ah, ensaladas, claro! Pero no sé qué ensaladas prefiere de Silva. No importa, Candelaria sabrá.

—¡No puedo creer tanto alboroto por una cena para de Silva! ¡Quién te ha visto y quién te ve, Fiona Malone! —La criada sonrió con picardía.

—¡Ay, Maria! A veces eres insufrible. —Dio media vuelta para abandonar la habitación—. Indícale a

Candelaria cómo he dispuesto la cena antes de que haga preparar otra comida —ordenó.

—Como usted diga, señora de Silva —contestó Maria.

—¡Uy! Hoy no te aguanto.

Cerró la puerta y se marchó. Saldría un rato a despabilarse. Hacía días que no visitaba a su amiga del monte. Siempre era bueno conversar con Catusha mientras tomaban té. Fiona encontraba mucha paz en su cabañita. De igual modo, no podía quejarse: la relación con de Silva iba muy bien, después de todo.

Llegó y la encontró en el jardín, atendiendo unos malvones. Catusha poseía una afinidad especial con las plantas. A su alrededor, las plantas crecían sin dificultad, y Fiona tenía la impresión de que las flores eran más bonitas, de colores más brillantes. Catusha hablaba con los rosales y los geranios como si fueran niños, les dirigía palabras cariñosas y les decía cuánto los quería. En un principio, Fiona se sintió incómoda y llegó a pensar que su amiga del monte estaba loca de remate; con el tiempo, se acostumbró.

Catusha se puso tan contenta al verla que Fiona se imaginó la persona más importante para ella. La colmaba de atenciones y la mimaba. Charlaban de todo durante horas, y Fiona siempre aprendía algo. Comían las exquisiteces que Catusha preparaba, tocaban el piano y leían juntas. Aunque había ocasiones en que Catusha perdía la mirada y por largos minutos no pronunciaba palabra; en especial cuando mencionaba a Manuel, su dichoso Manuel.

Al llegar a la estancia, de Silva olfateó que algo estaba sucediendo, y no parecía ser nada bueno. Candelaria daba órdenes a un grupo de peones en la puerta del establo principal. Se extrañó al no ver a Celedonio. Maria lloraba con desconsuelo. Eliseo tampoco se encontraba a la vista.

Candelaria se calló al ver a de Silva entrar en el establo montado en su padrillo. Maria ahogó un grito de terror, y sus sollozos recrudecieron.

—¿Qué pasa? —preguntó alarmado, aunque ya estaba imaginándoselo.

—Juan Cruz...

—¡Vamos, Candelaria, qué pasa!

—Fiona. Salió muy temprano esta tarde y aún no ha vuelto.

—¡Dios mío, señor de Silva! ¡Que no le haya pasado nada! —exclamó Maria, con la voz quebrada.

—¡Cipriano, pásame ese fanal! —ordenó de Silva a uno de los muchachos, que lo miraba boquiabierto—. ¡Pedro, cámbiame la montura! Este caballo está agotado. ¿Saben siquiera qué rumbo tomó?

—No —replicaron la negra y la criada al unísono.

Candelaria se sentía responsable; Juan Cruz siempre le pedía que cuidara de Fiona cuando él se ausentaba.

—Celedonio organizó dos grupos de búsqueda, uno a cargo de él y otro a cargo de Eli... —La negra se interrumpió; ya no había quién la escuchara.

De Silva había azuzado al caballo fresco y se perdía en la oscuridad de la noche a gran velocidad. Sólo vieron por unos segundos más la luz de la lámpara, que luego, de a poco, también se sumió en la noche. Maria suspiró, abrumada, y volvió a echarse a llorar.

—Está bien, Catusha, vuelva a su casa. —Fiona no lograba convencerla—. Ya está muy oscuro, algo malo puede ocurrirle.

—A ti puede ocurrirte algo malo. Yo ya soy un carcamal, ¿qué podría pasarme? Pero tú, querida, eres tan hermosa y joven. Cualquier zopenco querría hacerte daño.

La mujer no aflojaba el paso, a pesar de que su voz sonaba agitada.

—Catusha, hasta aquí está bien. Mire, ahí está mi casa. —Señaló más allá del bosque de tipas—. Pensándolo bien, creo que lo mejor será que esta noche se quede en mi casa...

—¡No! ¡Ni lo pienses, querida! Puedo regresar sola; conozco este camino como la palma de mi mano. Vamos, corre hasta la casa grande. Así yo puedo verte.

Fiona se lanzó a la carrera. De pronto se detuvo, dio media vuelta y trató de distinguir la figura de la mujer entre los árboles, pero Catusha ya no estaba allí.

Un rato después, al entrar en la casa, encontró a Maria despatarrada en el confidente del vestíbulo, llorando; Candelaria trataba de calmarla, aunque ella también tenía la voz congestionada; el resto de la servidumbre se apiñaba a la entrada del salón y observaban la escena con semblantes preocupados.

Maria profirió un grito angustioso al ver a Fiona. Se arrojó de rodillas al suelo mientras con la mano en alto mostraba la estampa de San Patricio.

—¡Gracias, santísimo San Patricio, gracias! ¡Bendito seas, bendito seas!

—¡Fiona! —exclamó Candelaria.

Ayudada por la negra, Maria se puso de pie, y, con los brazos extendidos, se encaminó donde Fiona. La joven la contemplaba, azorada; sabía que ya era de noche, pero no había caído en la cuenta del escándalo que provocaría. La tarde se le había pasado como un relámpago y, cuando se dio cuenta, el sol se había puesto. Lo único que la preocupaba era que de Silva ya hubiese llegado.

Maria la abrazó fuerte.

—¡Mi niña, mi niñita!

Al cabo de unos momentos, se separó de ella y la miró con ojos hinchados y enrojecidos. Fiona le pasó la mano por la mejilla.

—¿Dónde has estado? —le preguntó Maria—. Casi nos matas de la angustia.

Durante la desaparición de Fiona, a Maria se le cruzaron muchas ideas por la cabeza, pero había una en especial que la torturaba. "*Una vez que tenga la certeza de que ese hombre ha pagado todas las deudas de mi abuelo, me escaparé, huiré lejos, donde nadie pueda encontrarme.*"

—Bueno, ya, Maria, tranquilízate.

Fiona abrazó a la criada. Su mirada se cruzó con la de Candelaria. La llamó y le tendió la mano. La negra caminó hasta ella y entreveró sus dedos con los de Fiona.

—Perdónenme, lo siento tanto. Miren cómo las he hecho sufrir. Salí a dar un paseo, caminando. De repente, me di cuenta de que se había hecho de noche. Eso fue todo.

—Nunca más, ¿entiendes?, nunca más vuelvas a hacerlo —la reprendió Maria.

—Fiona, Juan Cruz ha salido a buscarte —balbuceó Candelaria.

—¿El señor de Silva ya llegó de Buenos Aires?

No se lo esperaba. Ahora sí, "Troya", como decía Celedonio.

—Llegó hace más o menos una hora y salió a buscarte, de inmediato. Todos están buscándote.

"Sí, definitivamente, Troya", se dijo Fiona, con resignación.

Fiona se sentía enjaulada. Se movía de un sector a otro de su habitación, con la vista al suelo, mordiéndose las uñas. Ya eran más de las diez de la noche y ninguno de los que la buscaban, había regresado.

Se acercó a la puertaventana y, a pesar de que había refrescado, salió al balcón. La piel se le erizó, y se embozó en su salto de cama. Escudriñó la inmensidad del campo y apenas alcanzó a ver la fuente de los angelotes.

El ruido de cascos de caballos la sobresaltó, y el corazón se le desbocó. Eran Celedonio y su grupo.

—¡Ya está aquí! —gritó Candelaria.

Fiona la oyó, aunque no logró verla. También escuchó las exclamaciones que lanzó el grupo de peones y la maldición de Celedonio.

—¿El señor de Silva ya lo sabe? —quiso saber el capataz, aún montado.

—No, todavía está fuera, buscándola —informó la negra.

—Y Eliseo tampoco regresó. —Ésa era la voz torturada de Maria.

Un nudo cerró la garganta de Fiona. "Dios mío, de Silva va a matarme."

—Eliseo y su grupo se unieron al patrón hace más o menos una hora —comentó Celedonio. Luego, se dirigió al resto de los hombres—: Guarden los caballos y vayan a sus casas. Yo iré a buscar al patrón.

—¿No quiere que lo acompañe, don Celedonio? —se ofreció uno de los peones.

—No, está bien. Iré solo. Ya sé dónde encontrarlos. —Y sin más, salió a todo galope.

Pasó más de media hora. Celedonio no aparecía. La angustia de Fiona alcanzaba niveles insoportables.

Había vuelto al dormitorio y corrido las cortinas. No tenía sentido quedarse en el balcón, muriéndose de frío, mirando la nada. No pudo quedarse quieta, y retomó la caminata de un extremo a otro del dormitorio. La bandeja con la cena seguía sobre la mesita; no la había probado.

Escuchó el familiar sonido de los tacones de de Silva en el corredor. El corazón le dio un vuelco antes de iniciar una desenfrenada palpitación. De pie junto al borde de la cama, con las manos sobre el pecho y los ojos muy abiertos, no atinaba si quiera a pestañear. La puerta se abrió de golpe.

De Silva la miró con una fijeza que aterrorizó a Fiona. Aunque luchó para evitarlo, comenzó a sollozar convulsivamente. Temblaba como una hoja, se le había nublado la vista y no conseguía frenar esa patética escena que la mostraba vulnerable frente a su esposo. Advirtió que de Silva se aproximaba a ella, y el ruido de sus pasos sobre los tablones de madera le pareció una marcha fúnebre.

Juan Cruz estaba muy agitado. A pesar del frío nocturno, llevaba la camisa abierta hasta la mitad del torso y su pecho velludo subía y bajaba en un intento por normalizar la respiración. A un paso de Fiona, de Silva extendió los brazos y la apretó contra su pecho con una pasión que hablaba de las aterradoras ideas que lo habían asaltado durante el tiempo de desaparición de su esposa. Había pensado en endilgarle una reprimenda de esas que no se olvidan, incluso había decidido ponerla sobre sus rodillas y propinarle la paliza que nadie le había dado. Sin embargo, al encontrarla en aquel estado, al descubrir ese gesto de desolación en su hermoso rostro, se compadeció y no tuvo corazón para nada excepto para abrazarla y consolarla. Fiona le mostraba una parte de sí mismo que él no conocía.

Apretó la cara contra el cabello de Fiona y, después, comenzó a besarla, primero en la coronilla, luego en los ojos, en la nariz, en la frente, en las mejillas, en la boca, con desesperación. Fiona comenzó a gemir de excitación.

—¿Qué haces de mí, Fiona? ¿Qué haces de mí que si no te tengo siento que me muero?

Aquellas palabras la sorprendieron. Pocas veces se había mostrado tan dulce y franco.

—Perdóneme, perdóneme.

Fiona también se aferraba a él, y le acariciaba el

cabello, se lo quitaba de los ojos y le rozaba las mejillas, algo ásperas por la barba.

—¡Dios mío! —gimió Juan Cruz—. Si algo te pasara...

Fiona lo besó en el pecho.

—¿Dónde has estado? —preguntó, mientras la separaba apenas.

—Perdóneme, señor. Salí a caminar, por ahí, como siempre y, sin darme cuenta, se hizo de noche —explicó Fiona, apenada por mentirle.

Su voz de niña lo enterneció, y la estrujó nuevamente contra él.

—Tonta, ¿no te das cuenta de que ya casi estamos en invierno y que oscurece muy temprano? ¡Si algo malo te ocurriera!

Fiona no podía creer el modo en que se habían desarrollado los hechos. Se sintió mal por haber pensado que de Silva la mataría, se sintió mal por no contarle acerca de su amiga del monte y se sintió mal porque había dejado de abrazarla y parecía que pensaba marcharse.

—¿Se va, señor?

—Ahora, que ya sé que estás a salvo, voy a comer algo. Estoy famélico. Candelaria está preparándomelo.

"Candelaria, siempre Candelaria", pensó Fiona. ¿Nunca dejaría de sentir celos de esa mujer?

—Ah. De acuerdo. —Miró hacia abajo y dio media vuelta—. Está bien, hasta mañana —lo despidió, sin mirarlo.

De Silva la tomó por la cintura, la levantó en el aire y le pasó un brazo bajo las rodillas.

—Aunque pensándolo bien, ¿para qué cenar si aquí tengo lo único que me sacia por completo?

Se rió al ver que ella todavía se sonrojaba cuando él decía esas cosas. La depositó en la cama con suavidad para quitarse la camisa.

—La puerta, señor.

De Silva la contempló con ansiedad antes de ir a cerrarla. Fiona lo observaba, a medias incorporada, con los codos hundidos en el colchón. Él regresó y se sentó en el borde de la cama para deshacerse del resto de la ropa. Fiona siguió con atención el juego de sus músculos en los brazos y la espalda cuando jalaba para quitarse las botas. Lo vio ponerse de pie para bajarse los pantalones. Entonces, gateó hasta el borde, se irguió sobre sus rodillas y lo envolvió con sus brazos desde atrás. Lo sintió reaccionar ante el sorpresivo contacto y lo escuchó jadear cuando le deslizó las manos por el torso y le acarició el miembro que se inflamaba bajo los calzones. A de Silva, su osadía lo volvía loco de pasión; a ella, la escandalizaba; no obstante, nunca había sentido esa libertad y plenitud como cuando se animaba a expresarle a su esposo el deseo que su cuerpo le provocaba. Una sensación embriagadora, un calor que la hacía sonreír y respirar de modo acelerado, la llevó a introducir la mano bajo la prenda y aferrar el pene y tocarlo como él le había enseñado. De Silva se convulsionó y gritó.

Le quitó el salto de cama y el camisón con manos poco corteses, y, sin decir palabra, se inclinó sobre ella y la cubrió con su cuerpo.

Candelaria se había marchado temprano a la *crémerie*. Maria se encontraba en su dormitorio, bordando. Las sirvientas se ocupaban de sus quehaceres. Lo juzgó el momento ideal, tal como lo había planeado. Pero Catusha no llegaba.

Le había costado convencerla de que visitara la mansión. Fiona deseaba invitarla con una taza de té, con algún sabroso bizcocho de Maria, aunque lo que más la entusiasmaba era que tocara en su piano. Además, quería mostrarle la biblioteca de de Silva. No había tardado en descubrir que a Catusha le fascinaba leer. Se trataba de una mujer culta y refinada; resultaba increíble que viviese aislada en aquel paraje.

Comenzó a reír al vislumbrar un par de ojitos celestes que la observaban desde la ventana del salón azul. Era Catusha. Con una seña, le indicó la puerta principal; ella misma le abriría.

—¡Pase, Catusha! ¡Bienvenida a mi casa!

La mujer permaneció unos instantes bajo el dintel, mirando de reojo y con desconfianza. Después, entró.

—Es tan hermosa por dentro como lo es por fuera, Fiona —sentenció, con la mirada clavada en la araña del vestíbulo.

El salón azul la dejó boquiabierta. Lo había espiado de cuando en cuando desde la ventana, pero, resultaba obvio, no había logrado descubrir el esplendor de la habitación.

—¡Qué hermoso piano!

Se acercó presurosa y, sin pedir permiso, levantó la tapa y jugueteó con las teclas.

—Es mucho mejor que el mío. El pobrecito ya está viejo y desafinado.

—Por eso quería que viniese a mi casa, para que tocara en mi piano. ¡Toca tan bien, Catusha! Además, quiero que vea esto.

La joven la tomó de la mano y la llevó a la sala de la biblioteca.

—Esto es lo que yo llamo una magnífica biblioteca.

—Sí —afirmó Fiona, orgullosa.

Acercó con dificultad la escalera y la apoyó en el estante más alto; trepó para tomar el libro que había pensado prestarle. Total, de Silva no lo notaría.

—Aquí está —dijo Fiona.

Lo tomó por el lomo y lo observó un momento. Después, descendió con cuidado los peldaños.

—Tome, Catusha, se lo presto para que lo lea —le dijo, alcanzándole el libro.

—¿Para mí? —De nuevo esa actitud aniñada—. ¡Oh, gracias! Pero veamos de qué se trata.

Catusha leyó el título con atención.

—¿Qué haces aquí, mamá? —La voz gruesa de de Silva resonó en la biblioteca.

Fiona levantó la vista y se dio cuenta de que empalidecía; se trató de una extraña experiencia, como si pudiera sentir que la sangre le abandonaba el rostro. "¿Cómo, qué haces aquí, *mamá*?" De Silva parecía tranquilo; su mirada, en cambio, la acobardó.

—Mamá, estoy hablándote.

Catusha mantenía la vista en el libro. Fiona no se movía, no hablaba; sólo observaba. La vista se le estaba nublando y comenzaba a sentirse mareada.

—¡Ah, Manuelito! Eres tú. —La voz de Catusha había adquirido un matiz extraño—. ¿Qué haces aquí? Debes tener mucho cuidado, en esta casa vive un hombre muy malo.

La mujer se acercó a de Silva. Junto a él, Catusha lucía como una pieza de miniatura. Fiona los miraba alternadamente con la impresión de que había descubierto un secreto que no sabía si deseaba conocer. Lo que hasta ese día había sido la realidad para ella en ese momento se desvanecía, como cuando caían los decorados en el teatro y cambiaban la escena. Las expresiones de esas dos personas habían cambiado y le mostraban semblanzas que ella no sospechó que existieran. No quería saber, no quería escuchar, se instó a correr, no obstante, ahí se quedó.

—Mira, mi amiga Fiona me lo va a prestar. —Estiró el brazo para mostrarle el libro.

Catusha se dio vuelta y fijó sus ojos en la joven, a quien ya le costaba mantenerse en pie.

—¿Cómo "mamá", señor de Silva? —Por fin, y como pudo, preguntó.

En ese momento, de Silva dirigió un vistazo a Fiona, y la vio tan pálida que se asustó. Con paso firme, se acercó a ella, la tomó por los hombros y la guió hasta el sofá.

—Fiona, ¿te sientes mal? —Le tomó las manos. Estaban heladas—. ¡Candelaria! —vociferó.

Los labios de Fiona empalidecían, la boca le pesaba; se esforzó por modular las palabras sin conseguir explicarle que la negra se encontraba en la fábrica de quesos. La lengua le pesaba, y tenía la garganta seca y rasposa.

—¡Mamá! —Juan Cruz se dio vuelta y vio que Catusha aún estudiaba el libro—. ¡Mamá! Busca a alguna de las sirvientas y tráela aquí. ¿Has entendido? —La vio asentir con la cabeza—. ¡Vamos, ve ahora!

—¿Cómo mamá, señor? Usted me dijo que estaba muerta. Muerta, dijo usted.

—Fiona, tranquilízate, no es nada. Puedo explicártelo todo. Pero ahora, debes ponerte mejor —dijo, y le besó los dedos fríos, de uñas azuladas.

Un momento después regresó Catusha con una criada. Fiona olió las sales que le acercó la mujer y comenzó a sentirse mejor, aunque la acometía una debilidad que le impedía incorporarse. De Silva la cargó en brazos y la llevó al dormitorio. Ella apoyó la cabeza en su pecho y no le sacó los ojos de encima lo que duró el ascenso. Catusha era la madre de su esposo. ¿Por qué no vivía con ellos? ¿Por qué lo llamaba Manuel?

—Ahora, trata de descansar —dijo de Silva, con dulzura, mientras la criada corría las cortinas.

—¡No! —Se aferró a su brazo y lo atrajo hacia ella—. No, señor, por favor. Cuénteme todo, no puedo esperar. No se vaya.

La desesperación de su esposa lo acongojó.

—Mamá, vuelve a la sala y quédate allí. ¿Me has comprendido?

Catusha, de pie junto a la puerta del dormitorio, observaba impávida la escena. Al cabo, desapareció.

—Encienda unas velas, Blanca —ordenó de Silva a la sirvienta—. Asegúrese de que la señora permanezca en la sala y mande a buscar a Candelaria a la fábrica de quesos, ya mismo. Que ella se haga cargo.

Volvió los ojos a Fiona. Vio, con alivio, que lentamente los colores le cubrían las mejillas.

—Cuántos misterios, señor de Silva. Cuántos secretos.

—Fiona, mi dulce Fiona. ¡Cuánto te he hecho sufrir! ¿Podrás perdonarme algún día? —No quiso esperar la respuesta—. No importa eso ahora, tal vez ni siquiera merezca tu respeto. He sido tan duro contigo.

Fiona apoyó su mano en los labios de él.

—Eso no importa ya. —Bajó el brazo y retornó al tema que la preocupaba—. ¿Ella es su madre, entonces?

—¿Te interesa saber de mí? ¿Te interesa conocer acerca de mi pasado?

—Sí —musitó ella, avergonzada.

—¿Por qué?

—Pues... Porque su merced es mi esposo.

—¿De veras me consideras tu esposo? A pesar de todo, ¿soy tu esposo, Fiona? ¿Soy tu hombre?

Así como había sabido que los colores la abandonaban en la biblioteca, en ese instante supo tenía la cara de color rojo.

—Sí. Mi esposo —dijo, en un hilo de voz.

—¿Tu hombre?

—Mi hombre.

Fiona levantó la vista y contuvo la respiración, intimidada por la mirada de de Silva, entre desconfiada, apasionada y resentida. Le pasó la mano por la frente e insistió:

—Cuénteme acerca de Catusha, por favor. ¿Ella es su madre?

—Sí. —Apartó la vista de la mirada de Fiona—. Está loca, completamente loca.

Cerró los ojos y se sintió protegido cuando su mujer lo abrazó.

—¿Por qué nunca me contó?

—Además de todo, una madre loca. ¡No, Fiona, ya me aborrecías demasiado para agregar una madre desquiciada! Ya me odiabas por haber acordado el matrimonio con tu padre, por haber pagado las deudas de tu abuelo, por ser el protegido de Rosas. Por ser bastardo.

—¡Nunca lo desprecié por ser bastardo! —Fiona se apartó de él para mirarlo, pero de Silva seguía evitándola.

—Pero sí me despreciabas por otras razones. Igual da. A veces creo que todavía me detestas. Y no puedo soportarlo. Me mata por dentro.

Fiona le tomó el rostro con las manos.

—Señor —dijo, con una dulzura que lo hizo levantar la vista—. Señor, no me importa que su madre sea… Que su madre no esté bien. Yo la quiero mucho porque es una gran mujer, así y todo como está.

De Silva sonrió con desgano.

—Temí que enfurecieras al saber la verdad. Temí que me dejaras.

—Me sorprende, señor. No imaginé que su merced le temiera a mis enojos. Siempre aparentó lo contrario, que mis enojos le importaban muy poco.

De Silva volvió a sonreír con expresión afligida.

—¿Loca por qué?

—Desde que quedó embarazada de mí, según me cuenta Candelaria, ya empezó a comportarse de un modo extraño. Desvariaba y se perdía durante horas en cavilaciones que parecían atormentarla. Yo recuerdo (era un niño aún) que ella parecía estar bien, y de pronto se callaba, se sentaba en su silla mecedora y por largo rato no decía nada. Podía uno gritarle al oído y nada. Eso fue agravándose con los años.

—¿Por qué no vive aquí, con nosotros?

—Ésa es otra historia. En parte, porque yo no quise. No deseaba que llegaras y te encontraras con ella aquí, diciendo disparates. —Fiona le dispensó un gesto con aire admonitorio—. No me juzgues, Fiona, por favor. Ella tampoco deseaba vivir aquí, esta casa le da miedo. No sé, le resultaba demasiado grande; está acostumbrada a vivir en espacios pequeños y simples; aquí se pone inquieta. Además, siempre he tenido la sensación de que prefiere estar sola; sabe manejarse tan bien como si estuviera en sus cabales. Por eso mandé construir una casa, no lejos de aquí; supongo que ya la conoces.

—Sí, la conozco. Catusha dice que mi esposo es un hombre malo. Más de una vez me ha preguntado si no le temo.

—Y tú, ¿qué le contestas?

—Le contesto que, a veces sí, le temo.

De Silva la miró de modo solemne, con una expresión de profundo abatimiento. Fiona no tuvo miedo esta vez.

—¿Su madre no tiene familia?

—En realidad, en Buenos Aires, no tiene a nadie. Ella llegó de la Irlanda.

—¡De la Irlanda!

—Sí, del norte. Tu familia viene del sur.

—Su merced está bien informado —dijo ella, con acento divertido en un intento por restarle gravedad al incidente; en verdad, ya no le importaba que Catusha fuera la madre de de Silva ni que estuviera desequilibrada.

—Mi madre llegó de la Irlanda en 1803; tenía apenas cinco años. Ella y su madre escaparon de los ingleses de milagro; acababan de colgar a su padre, mi abuelo.

—¡Oh, no, Dios mío! ¡Pobrecita!

—Robert Emmet era un conocido agitador irlandés; por eso lo mataron. Una vez me contó que ella y su madre presenciaron la ejecución de mi abuelo. ¡Dios, cómo pudo su madre llevarla a semejante espectáculo!

De Silva golpeó los nudillos contra el respaldo de la cama, y Fiona sintió necesidad de frotárselos. Él la dejó hacer; después, tomó la mano de su esposa y la besó.

—Mi abuela murió a poco de llegar. No sé mucho acerca de ella. A mi madre la criaron unos irlandeses muy buenos, los Farrell.

—¡Los Farrell! —exclamó Fiona, ya que se trataba de una de las familias más tradicionales de Buenos Aires, de gran fortuna y muy cultivados. Fiona comprendió el origen de la delicadeza y la educación de Catusha.

—Según pude saber, la quisieron como a una hija. En esa casa conoció a Candelaria. —De Silva se calló, y por unos instantes jugueteó con los dedos de Fiona—. Bueno, puedes imaginarte el resto.

—No, no puedo.

—Cuando tenía dieciocho años quedó embarazada de mí. Por vergüenza, se escapó de su hogar. Por supuesto, con Candelaria detrás. Ya eran carne y uña. En realidad, mi madre y yo le debemos la vida a Candelaria. Ella fue la que me dio su apellido: mi madre no quería hacerlo. Ella fue la que le pidió trabajo a Rosas en la estancia "Los Cerrillos" porque no teníamos a dónde ir ni qué comer. Mi madre jamás trabajó. Siempre fue Candelaria la que trajo el pan a casa y, bueno, cuando pude, comencé a trabajar yo. Mi madre, siempre como una reina. —No lo expresó con rencor, más bien, con orgullo.

—¿Y cuándo empezó a trabajar usted?

—A los siete años.

—¡Dios mío! ¡Tan pequeño!

—Mi madre me enseñó a leer y a escribir, en castellano y en inglés.

—¿Sabe hablar en inglés?

Fiona pensó en las muchas veces en que le había hecho a Maria, en inglés, comentarios impropios acerca de de Silva, estando justamente él en la misma habitación, y se mordió los labios. De Silva torció la boca: él también recordaba esas ocasiones. Curiosamente, pensó, nada de eso le importaba ya.

—¿La ama, señor de Silva? Digo, a su madre.

—No lo sé, Fiona. En realidad, a la que quiero es a mi negra Candelaria.

Era la primera vez que la llamaba así frente a ella; fue tan dulce al decirlo que Fiona sintió una comezón en todo el cuerpo. Nunca habían conversado con tanta franqueza, en aquella paz.

—Bueno, basta de charla. Quiero que te recuestes y trates de dormir. Sufriste una fuerte impresión hoy, ¿verdad? —dijo él, ayudándola a taparse con la colcha.

—Desde el día en que lo conocí, señor, no hago más que recibir fuertes impresiones.

De Silva la miró con una mezcla de ternura y perplejidad. En ese momento, allí recostada, con ese rostro de niña indefensa, parecía en extremo vulnerable, una imagen que contrastaba con la elocuencia y rapidez de sus réplicas. Fiona lo desconcertaba. Se acuclilló a su lado, sin quitarle los ojos de encima. Ella también le sostenía la mirada.

—Desde el día en que te conocí, Fiona, no hago más que amarte con locura.

La besó con entrega y pasión, y ella le respondió con el mismo ardor.

Juan Cruz se sentía muy bien. Recostado sobre el respaldo de su cama, fumaba un cigarro con calma impasible. Fiona, profundamente dormida, hacía ruiditos con la nariz y la boca, ahora apenas entreabierta. Sonrió, colmado de una extraña admiración, aunque le pareció que devoción era la palabra adecuada, mientras observaba a la mujer más hermosa que había conocido. Además, le pertenecía. Fiona era suya. Su querida y adorada Fiona.

¿Cuándo había comenzado esa locura, esa carrera desenfrenada por ganarla, esa ansiedad por tomarla entre sus brazos para sentirse pleno? Supuso que aquel día, en el Socorro, cuando la voz señorial de misia Mercedes Sáenz vertió veneno en sus oídos: "Ni lo piense, señor de Silva. Es inalcanzable". Sin embargo, ahí estaba ella, medio desnuda, tendida a su lado.

Después de que él le reveló algunos de sus secretos más temibles, pasaban todas las noches juntos, en su cama o en la de ella. Resultaba extraño que todavía no se animase a pedirle que acabaran con esa absurda idea de los dormitorios separados. Él, Juan Cruz de Silva, "el diablo", no se atrevía; aún le temía al rechazo. Se quitó el cigarro apagado de la boca y lo arrojó al suelo.

Fiona se restregó los ojos tratando de disipar la somnolencia. De Silva pasó los dedos por la curva afinada de su cintura.

—¿Qué hora es, señor?

—Sigue durmiendo, ya casi amanece. —Le apartó los mechones que, desordenados, le caían sobre el rostro.

—Y su merced, ¿no duerme?

De Silva se encogió de hombros.

—¿Aún insistes en llamarme señor, en tratarme de "su merced"?

Fiona se incorporó hasta quedar apoyada en el respaldo, junto a él.

—Nunca me pidió que lo llamara de otra forma.

—¿Podrías llamarme Juan Cruz? Por favor.

—No.

La carcajada de de Silva retumbó en la habitación; ella también comenzó a reír.

—Eres increíble —dijo él, entre risas.

—Señor, ¿puedo hacerle una pregunta?

De Silva asintió. Metió la mano bajo la manta y comenzó a acariciarle el muslo.

—Esa noche, cuando me salvó de ser atropellada por la volanta, ¿qué hacía por allí? Recuerdo que llovía a cántaros; era una noche horrible para caminar.

Juan Cruz curvó los labios y los ojos le chispearon. Fiona lo seguía con la mirada, ansiosa por saber.

—Esa noche llegué tarde a la tertulia de misia Mercedes; me había demorado en una pulpería con tu padre arreglando... Cerrando el trato. Tú sabes.

Fiona se rió al ver hasta qué punto aquel recuerdo lo perturbaba, y se sorprendió al comprobar que a ella ya no la afectaba.

—Sí —completó la joven—. Arreglando el matrimonio entre usted y yo.

De Silva se limitó a asentir, todavía incómodo.

—Tu padre me dijo que te anunciaría nuestro compromiso esa misma noche. Yo sabía que eso sería después de la tertulia, porque misia Mercedes te había invitado especialmente a pedido mío, y me había confirmado que irías.

—¿Misia Mercedes? ¿Misia Mercedes complotada con usted?

—Sí, misia Mercedes Sáenz.

—¡Qué sorpresa! —admitió Fiona.

—Se podría decir que fue mi celestina. Gracias a ella llegué a conocerte sin cruzar palabra contigo. Te vi una vez en el atrio de la Iglesia del Socorro, pero resultaste ser alguien imposible de encontrar en otros sitios. Nunca ibas a ningún lado. ¿Qué otra cosa me quedaba por hacer? Misia Mercedes organizó la tertulia para celebrar el Día de la Independencia a pedido mío, para que tú asistieras. Me aseguró que si la reunión era en su casa, tú irías.

—¡No puedo creerlo!

—También me contó que eras muy impulsiva y que no albergabas buenos sentimientos hacia tu padre. Por eso, después que dejaste lo de Sáenz te seguí, temiendo algún problema. Además, tengo que confesarte, estaba ansioso. Esperé sentado en mi volanta frente a la casa de tu abuelo. No pasó mucho y saliste como loca. Recuerdo que se me erizó la piel en ese momento. Jamás imaginé que reaccionarías de ese modo, escapando. Te confieso que se me fue el alma al piso.

De Silva le tomó las manos; las tenía heladas. Se las frotó un rato antes de continuar.

—Le dije al cochero que me escoltara de lejos y te seguí a pie. La lluvia era intensa, pero podía escucharte llorar. No comprendía qué intentabas hacer, hasta que de pronto te vi, quieta en medio del fango, esperando a la volanta que se precipitaba sobre ti. Te empujé, y con el golpe y la impresión te desvaneciste. Los dos éramos barro e inmundicia, pero no me importó, te tenía entre mis brazos, por primera vez.

De Silva se incorporó y se acercó a su esposa. La miró fijamente y no encontró rencor en sus ojos azules; sólo paz, y algo de picardía. La atrajo hacia él, y comenzó a besarla, con dulzura primero, con ardor después cuando la respuesta de Fiona lo alentó a seguir explorándola con su lengua. Al separarla, Fiona, con la boca entreabierta y los ojos cerrados, parecía hallarse en otro mundo. Ella movió la cabeza y besó la mano de de Silva, que le acariciaba el hombro desnudo. De igual modo, aunque la caricia fuera lánguida, Fiona advertía la firmeza y la virilidad que transmitían sus dedos.

El frío del inminente amanecer los obligó a cubrirse otra vez con la manta. Fiona, acurrucada sobre él, jugueteó con el vello de su pecho.

—Estuve ayer con mi madre. Insiste en que debes escapar, el tal de Silva es un energúmeno, según ella —sonrió, con amargura.

—También insiste en llamarlo Manuel, señor. —Fiona calló, a la espera una explicación.

—Juan Cruz Manuel de Silva, ése es mi nombre. Lo de Manuel va por mi padre.

—¿Por su padre? ¿Acaso su padre es Rosas? —preguntó, dejando entrever el miedo que le provocaba la respuesta.

—No lo quieres demasiado, ¿verdad? —Rozó con los dedos los labios de su mujer—. No, Fiona. Dorrego era mi padre.

—¿Dorrego? ¿Qué Dorrego? ¿El coronel? ¿El que hace años fue gobernador? ¿El que mandó fusilar Lavalle? —Lo vio asentir y se preguntó qué otro secreto estaría ocultándole de Silva—. Era muy amigo de *Grandpa* —dijo, como para sí Fiona. De pronto, se había puesto triste.

—Ya lo sé.

Una sombra nubló los ojos de de Silva. Fiona vio, con la contundencia y la claridad de un relámpago, la vulnerabilidad y el dolor que se reflejaban en el semblante de su esposo. Lo acarició y lo besó en la mejilla.

—Señor... —le musitó Fiona.

Los brazos de Juan Cruz se cerraron alrededor de ella. Deseaba hacerla parte de su carne. Tenía miedo de separarla de su cuerpo, como si alguien fuese a arrebatársela.

—Está bien, Fiona. Ya todo pasó. Él murió y jamás se enteró de que había tenido un hijo con mi madre. Ya está. De veras. Ya nada de lo malo que ha ocurrido en mi vida parece atormentarme. No como antes. —Tomó el rostro de ella entre sus manos; el contraste entre el blanco de la piel de Fiona y el tostado de sus dedos lo enardeció—. Ahora estás tú; mi vida eres tú; mi paz, mi felicidad, todo. Nunca me abandones, Fiona, amor mío, nunca me dejes; eso sí no podría soportarlo. Ya no me odies tanto, por favor. Por favor. No me odies más. —Su boca rozó los labios de la joven y sus manos recorrieron las curvas de su cuerpo.

—No lo odio, señor. Yo no lo odio, no lo odio —repitió Fiona, entre suspiros entrecortados.

Pronto amaneció. No se dieron cuenta. Seguían haciendo el amor.

Capítulo XIII

Fiona entró en la cocina y encontró a Maria sentada cerca del fogón. Lloraba de manera desconsolada, con su ajada estampa de San Patricio en una mano y un pañuelo en la otra. Algunas de las sirvientas trataban de tranquilizarla. Fiona la miró con expresión desconcertada; no tenía idea de qué podía sucederle. Tal vez se había peleado con Eliseo. Hacía tiempo que sabía que eran amantes.

—Maria, ¿qué te pasa? Vamos, deja de llorar. Blanca, por favor, tráeme un poco de agua —ordenó la joven.

—Fiona, Dios mío. ¿Cómo haré para decírtelo?

Blanca dejó el vaso de agua sobre la mesa, cerca de Maria, y se retiró. Fiona sintió una aguda opresión en el pecho.

—¿Qué pasa, Maria?

—Fiona, no se cómo decírtelo.

—¿Le pasó algo a de Silva?

—No, mi niña, él está bien. Se trata de Camila. Los soldados de Rosas la atraparon, a ella y al curita. Los traen para Santos Lugares.

—¡No! ¡Por Dios, no!

Fiona, abrumada, se sentó en una banqueta, con la cabeza entre las manos. La cárcel de Santos Lugares. Pocos salían con vida de allí.

—¿Cómo lo sabes? —atinó a preguntar.

—Eliseo llevó hoy al patrón a Buenos Aires y trajo la noticia. Dice que Rosas está que trina. La familia de ella también. Nadie se anima a hablar en su favor. Ni su madre ni su padre.

—¡Malditos sean! ¡Malditos cobardes! —Fiona dio un puñetazo sobre la mesa y se puso súbitamente de pie.

—Vamos, Fiona, no te pongas así. Ya verás que todo va a solucionarse y...

—¿Con Rosas de por medio? ¡Ni lo sueñes, Maria! Ese... Ese... Jamás los perdonará, ni a Camila ni a Ladislao. —Volvió a sentarse—. ¿Quién es él para perdonar o no a alguien que no ha causado ningún daño? ¡Dios mío! ¡Se cree el dueño de nuestras vidas!

—Fiona, por favor, cállate —rogó Maria, mientras se aseguraba de que la servidumbre se hubiese marchado. Se sabía que los sirvientes y esclavos eran los espías más eficaces del gobernador. Por ese motivo, siempre se enteraba de todo.

—¿Sabes algo más?

—No, mi niña.

—¿Dices que de Silva está en Buenos Aires?

—Sí. ¿Él no te dijo que hoy se marcharía a la ciudad? —le preguntó incrédula.

—No. Jamás me dice lo que va a hacer.

Fiona se levantó con presteza, decidida a emprender alguna acción a favor de su amiga.

—Vamos, Maria, iremos a Buenos Aires. Necesito hablar con el gobernador. Si nadie intercede por Camila, yo lo haré.

—¡No, Fiona! ¡Por lo que más quieras, no lo hagas! Lo pondrás furioso, y quién sabe con qué cosas te salga. —La criada la sujetaba del brazo, con pánico en la mirada.

Fiona la observó unos instantes, tiempo suficiente para comprender que debía reflexionar acerca de sus arrebatos. Muchas veces se había arrepentido de ellos; esta vez, el asunto era demasiado delicado para cometer errores. Si actuaba por impulso, Rosas sabría rebatirla hábilmente. No, esperaría y pensaría.

—Está bien; vamos a ver qué sucede.

Transcurrieron varios días en los que Fiona estuvo sumida en la ansiedad y la desesperación. Hacía una semana que de Silva había partido a la ciudad y no regresaba aún. Necesitaba hablar con él. ¿Qué esperaba para regresar? Deseaba consultarlo, preguntarle acerca de la situación de Camila y Ladislao, qué podían hacer; quería pedirle ayuda. Estaba inquieta, afligida, nada la calmaba. Trataba de pasar las horas leyendo, pero no podía concentrarse. Los paseos tampoco surtían efecto. Visitó a Catusha, como siempre, y se abstuvo de contarle; temió perturbarla más de lo que estaba; después de todo, la historia de su amiga con el cura era tan clandestina como lo había sido la de ella, treinta años atrás. Igualmente, Catusha consiguió hacerla reír con sus ocurrencias y comentarios, entre inteligentes e infantiles.

Cuando expresó que iría a Santos Lugares, donde aún los mantenían presos, Eliseo le advirtió que no lo hiciera: no dejaban entrar a nadie. Entonces, con la ayuda de Maria y Candelaria, armó varios paquetes con ropas limpias y comida. Su imaginación la torturaba con lamentables escenas en las que su querida amiga padecía hambre y frío en una celda inmunda. Eliseo llevó los paquetes, que volvieron intactos. La O'Gorman y el cura Gutiérrez tenían prohibido recibir obsequios.

Finalmente se decidió: iría a Buenos Aires para hablar con de Silva. No perdería un minuto más; además, la espera terminaría con su cordura. Un poco a regañadientes, Maria aceptó acompañarla. Eliseo ofició de cochero, también a la fuerza. Sabía que don Juan Cruz no lo aprobaría. Con todo, no pudo negarse al pedido de Fiona, la encontraba demasiado angustiada. Además, sería mejor que la llevara él; de lo contrario, Fiona llegaría a la ciudad caminando.

Entraron en Buenos Aires de noche. La neblina que reptaba por las calles le daba a la ciudad un aspecto fantasmagórico, reflejo del estado de ánimo de Fiona. Resultaba difícil distinguir la luz mortecina de los fanales en la espesura de la bruma. Asomó la cabeza por la ventanilla de la volanta. El aire húmedo y frío, que dio de lleno sobre su rostro, la obligó a cerrar los ojos. Volvió a arrellanarse en el asiento.

Eliseo detuvo los caballos, y Fiona se sobresaltó. Su estado de ansiedad y desasosiego le causaba sobresaltos y sustos por tonteras. Volvió a asomarse y distinguió la casa que de Silva había comprado tiempo atrás, oscura y silenciosa. Parecía abandonada.

—Señora de Silva —murmuró la sirvienta que les abrió la puerta, con expresión de sorpresa.

—¿Qué pasa, Lucía? —preguntó, enojada.

No esperaba que la recibiera haciéndole fiestas, pero tampoco que se quedara mirándola como si se tratase de una desconocida.

—Nada, señora. Pase, pase, por favor.

La mujer reaccionó apartándose de la entrada. Sucedía que la noticia de la O'Gorman había corrido por la ciudad y todos conocían la amistad entre ella y Fiona.

—¿Por qué está todo tan oscuro afuera? Haga encender los faroles ahora mismo.

Antes de que la sirvienta se dispusiera a cumplir la orden, la detuvo.

—Lucía, ¿está mi esposo en casa?

—El señor ha dicho que esta noche no regresará, señora.

La respuesta fue un golpe muy duro. ¿Cómo que no pasaría la noche en casa? ¿Dónde lo haría, entonces?

—¿No ha dicho dónde estará? —preguntó, a pesar de la humillación que significaba que una doméstica le informara dónde dormiría su esposo.

—Supongo que pasará la noche en la casa del saladero, en las barracas. Entiendo que hubo un problema allí.

—Está bien, Lucía. Vaya nomás.

Se sintió más tranquila; después de todo, cuestiones de negocios obligaban a Juan Cruz a pernoctar en otro sitio. De seguro, lo vería a primera hora del día siguiente.

No durmió bien, y se levantó al alba. Tomó mate con Maria en la cocina cerca del fogón para ahuyentar el frío. Ninguna hablaba, y las sirvientas se movían en silencio y con solicitud. Un ánimo caído invadía a la casa y a su gente. Fiona se dijo que podría ir a visitar a sus abuelos, y desistió enseguida; quería encontrarse en la casa cuando de Silva regresara del saladero. No quiso almorzar, no tenía hambre; la espera y las noticias poco halagüeñas que trajo Eliseo de la calle acerca del destino de Camila y de Ladislao le pronunciaron la inapetencia. Se dijo que había sido una mala decisión leer los periódicos, ya que sólo consiguió amargarse; todos hablaban de su amiga y del cura; ninguno los defendía.

Oscurecía temprano en invierno. La noche se apoderó de la ciudad cerca de las seis y media. De Silva aún no regresaba. Fiona se impacientó; las preguntas que se había formulado a lo largo del día se repetían una y otra vez: dónde estaría, dónde habría pasado la noche, por qué no había vuelto para asearse y cambiarse; de seguro no contaba con comodidades en el saladero. A las ocho, cuando le pareció que de Silva pasaría otra noche fuera de la casa, mandó preparar la volanta.

—Me llevarás al saladero —le indicó a Eliseo, y como vio que la miraba con mala cara, le advirtió—: Ni pienses que podrás convencerme de lo contrario. Ve y haz lo que te digo.

El olor a carne podrida le escoció la nariz. Sacó un pañuelo perfumado y lo colocó sobre su rostro. Maria ya había hecho lo mismo un momento antes.

Fiona se lamentó por el pobre Eliseo; de seguro, estaría descomponiéndose a causa del olor hediondo.

Los tablones del puente de Márquez crujieron al cruzar la volanta. Por debajo, corría el Riachuelo, y, en la otra margen, se encontraba el saladero más grande de la Confederación, el *Esmeralda*. Después de que *Las Higueritas*, que había pertenecido a Rosas, cerró, el *Esmeralda* pasó a ocupar el lugar de preeminencia. Cada día se sacrificaban allí alrededor de cuatrocientas cabezas de ganado; muchos kilos de charqui se secaban en otros tantos kilos de sal; cientos de lonjas de carnes se cecinaban al sol; cientos de cueros se curtían en sus noques; más de doscientos empleados trabajaban en sus instalaciones. Se trataba de una industria próspera, y de Silva era su dueño, caviló Fiona, con orgullo.

En parte, se lo debía a Rosas, que en su momento le había prestado el dinero para adquirirlo. Por aquel entonces estaba prácticamente abandonado; parecía desolado, y no había más de quince o veinte cabezas de ganado dando vueltas por el rodeo. Al cabo de dos años era lo que en ese momento. De Silva se empeñó en devolver el dinero a Rosas en corto plazo; más aún, le ofreció una participación en el negocio. Aunque no aceptó, el Restaurador se sintió halagado por la invitación de su protegido. Le dijo que ya se encontraba demasiado comprometido con la causa federal y no quería meterse en un problema más. "El que mucho abarca, poco aprieta, Crucito", le había dicho en esa oportunidad, palmeándole la espalda.

Si bien Fiona no había visitado el *Esmeralda*, había escuchado mucho sobre él. Lo juzgó un sitio imponente, limitado en el extremo más lejano por la barraca, una construcción más larga que ancha, con techo de paja y paredes encaladas, con varias puertas y ventanas. Otras construcciones similares aunque más pequeñas salpicaban el paisaje, como un caserío en medio de la pampa.

La sorprendió que el saladero se hallase bien iluminado. Las enormes farolas permitían vigilar cada recoveco del lugar, una precaución necesaria para evitar el saqueo nocturno y el robo de animales, muy común por esos días. Varios gauchos armados con facón y trabuco montaban guardia apostados en distintos puntos de la propiedad.

Fiona aguzó la vista y distinguió a lo lejos, cerca de la barraca principal, a un grupo de peones en torno al fogón, tres de ellos sentados sobre el espinazo de una vaca, como si se tratase de una banqueta, y otro, sobre un cráneo que conservaba los cuernos. La alcanzaron los acordes de una guitarra y una voz melodiosa. Los sonidos y las voces de aquellos gauchos se fueron haciendo cada vez más audibles a medida que la volanta ganaba camino en dirección al cobertizo. El ruido cesó como por ensalmo cuando los hombres se percataron del coche.

Fiona se quedó en la cabina mientras Eliseo conversaba con uno de los empleados del saladero que se había apartado del fogón para recibirlos. Por el modo caluroso en que se saludaron resultaba obvio que se conocían. Al rato, Eliseo se asomó al interior de la volanta.

—Niña Fiona, el patrón está dentro de la barraca, reunido con unos hombres.

—Está bien, entremos.

Maria prefirió quedarse en el coche, con el pañuelo en la cara. Fiona decidió no usarlo ya que lo juzgó una muestra de desprecio y melindre, así que marchó a cara descubierta, tomando cortas inspiraciones. Quería acostumbrarse al olor.

Los empleados la miraban, algunos extrañados, otros con el deseo pintado en el rostro, aunque ninguno se animó a dirigirse a ella; era la mujer del diablo. Fiona pasó junto a ellos como si no existieran; sólo quería llegar donde su esposo, estaba ansiosa por verlo. Eliseo llamó a una de las puertas de la barraca.

—Hola, Fulvio. Busco al señor de Silva —explicó.

—Señor, lo busca Eliseo.

—Hazlo pasar. —A Fiona, la voz de de Silva le resultó poco familiar; una nota más oscura y grave le provocó un estremecimiento, y de pronto, reparó en la posibilidad de que se enojase con ella por su hazaña.

—¿Qué haces aquí? —preguntó él, al tiempo que la traspasaba con la mirada—. ¿Por qué la trajiste? —le preguntó a Eliseo, que bajó la cabeza sin saber qué contestar.

El criado sabía tan bien como él que era riesgoso llegar al saladero; más aún de noche.

—No le diga nada a él, señor de Silva. Yo le exigí que me trajera.

Fiona miró a su alrededor, y le pareció que el lugar era bastante confortable. Si bien por fuera la barraca confería la idea de ser un único edificio, por dentro se hallaba compartimentado. Ésa debía de ser la oficina de de Silva. Había un catre, un lavabo, dos mesas enormes en el centro y varias sillas; en una de ellas descansaba el largo abrigo de cuero de su esposo. Su mirada se desvió hacia la mesa junto a la cual se encontraban de Silva y dos hombres; trabajaban sobre unos papeles grandes; parecían planos. El calor de la salamandra la reanimó. Se acercó, se quitó los mitones y extendió las manos cerca del hierro caliente.

De Silva, confundido, no le quitaba los ojos de encima, al igual que los dos hombres que lo acompañaban.

—Espérenme afuera —ordenó, en un tono acerado—. Tú también, Eliseo.

Se quedaron solos, y esa soledad provocó en Fiona un escozor de placer que le recorrió el cuerpo. Ciertamente la mirada de de Silva revelaba su enojo, aunque también su deseo por ella. Esos oscuros ojos que brillaban a la luz de las bujías la hicieron estremecer.

De Silva se aproximó, la tomó por los brazos y la besó con pasión. Fiona se relajó y se entregó a él sin ofrecer la menor resistencia.

—Dios mío, Fiona —musitaba de Silva—. No sabes cuánto te he echado de menos. Mi amor...

En tanto la acariciaba por todas partes, desbordado por la excitación, su boca arremetía contra la de ella. Hundió el rostro en su cabellera, buscando embriagarse con el perfume de su piel. El perfume de su piel. Se excitó al imaginársela desnuda en ese catre, el contraste del cuerpo perfecto y blanco de su esposa en aquel recinto basto y lúgubre fue lo que encendió su pasión. Ella era su solaz, el recreo más deseado después de la faena, el mejor premio después de la lucha.

—Por favor, señor. Yo...

No debía olvidar el motivo que la conducía hasta ese sitio. Se imponía un esfuerzo de voluntad, sin éxito; no lograba deshacerse de la atracción de de Silva; para ella también habían sido muy largos esos días sin él.

Unos minutos más y de Silva le habría hecho el amor en el catre del cobertizo. "Imposible", se dijo; sus hombres estaban afuera, junto con Eliseo. Debía controlarse.

—¿Qué haces aquí? —susurró, sin apartar los labios de los de ella.

—Necesitaba hablar con usted.

Mantenía las manos alrededor del cuello de de Silva y sentía las de él que le apretaban la cintura. Poco a poco, Juan Cruz se fue apartando.

—¿Qué sucedió?

—¿Cómo, señor? ¿No sabe usted lo que pasó? Camila. Camila O'Gorman, mi amiga.

—Sí, ya me enteré —afirmó él, con aire fatalista.

—Tenemos que hacer algo. He venido hasta aquí para pedirle que hable con el gobernador. Ya hemos perdido mucho tiempo. Llegué anoche y fui a nuestra casa de la ciudad, pero usted no se presentó a dormir —le explicó, y él captó el reproche, aunque le gustó que dijera "nuestra casa".

—Estoy lleno de problemas aquí, Fiona. Ahorro tiempo si duermo en ese catre. —Le pasó los dedos por la frente como buscando suavizar el efecto que producirían las palabras que diría a continuación—: Debes saber una cosa, Fiona. Camila está embarazada.

Fiona ahogó un gemido de terror y de sorpresa, y de Silva se asustó con su repentina palidez.

—Vamos, Fiona —dijo, con pesadumbre—. Mejor será que te lleve a casa.

Más tarde, esa misma noche, de Silva entró en el dormitorio de Fiona y la encontró llorando sentada en el taburete de su tocador, donde apoyaba la cabeza que se movía al ritmo de sus sollozos. La llamó desde la puerta; no quería sobresaltarla. La vio girar sobre sí y mirarlo. Entre suspiros, le indicó que pasara. De Silva caminó hacia ella y se acuclilló junto al taburete.

—Vamos, Fiona, no llores. Algo haremos por ella.

Le corrió los mechones y le secó las mejillas con su pañuelo. Fiona habló, hipando:

—Es que temo que algo malo le suceda. Ella es mi mejor amiga, señor. Y yo la quiero con todo el corazón.

De Silva envidió a Camila O'Gorman. Presa y sola como estaba, la envidió. Envidió que contase con el cariño incondicional de Fiona. Él lo deseaba como a nada, y dudaba de tenerlo, y lo que le pareció más desalentador aún, dudaba de que algún día lo consiguiese.

Sus caricias y palabras susurradas hicieron efecto, y Fiona comenzó a calmarse. De Silva la tomó por los hombros y la atrajo hacia él.

—Vamos, pequeña. Ven; recuéstate e intenta descansar.

No soportaba esa visión de Fiona. Le rompía el corazón. La recostó sobre la cama, y le quitó la bata y los escarpines. La tapó con la colcha y la arropó.

Fiona, más tranquila, lo contemplaba, absorta. Le agradaba el roce de las manos ásperas de de Silva sobre su cuerpo. Le gustaba observarlo. Le gustaba su expresión cuando le sacaba la bata o la cubría con el rebozo. Le gustaban sus ojos de espesas pestañas, perdidos en alguna cavilación. Le gustaba su esposo como jamás pensó que le gustaría.

—Mañana hablaré con el gobernador e intercederé por Camila —manifestó él, mientras se sentaba en el borde de la cama—. Ahora, trata de dormir.

La besó en la frente, y Fiona dejó caer los párpados al sentir el roce de los labios de de Silva sobre su piel.

—Señor —habló, con la voz congestionada.

—¿Qué, Fiona?

—Gracias.

—¡Estás loco! —exclamó Rosas.

El puñetazo que descargó sobre la mesa hizo temblar a sus edecanes.

—¡Desaparezcan todos de mi vista! —ordenó—. ¡Ahora!

Los edecanes y el Padre Viguá se esfumaron, aterrados. Rosas seguía agitado y, con ojos encendidos, contemplaba a su hombre de confianza. Juan Cruz de Silva, el promotor de esa furia, permanecía sentado, con gesto indolente y despreocupado. Rosas podía actuar así con todos, menos con él. Lo conocía demasiado y sabía que al dictador le gustaba echar mano de la técnica del terror. A él no iba a intimidarlo.

—Empecemos de nuevo —dijo Rosas, enojado—. Deseas que libere a la O'Gorman, ¿verdad? —De Silva asintió—. Y, ¿se puede saber por qué? —continuó Rosas, cada vez más alterado— No, no. No me digas nada, yo te lo diré. Es por tu mujercita, ¿verdad? Te hizo una escenita de llanto y te conmovió.

De Silva pareció no inmutarse, y eso fastidió aún más al Restaurador. Debía aceptarlo, era el único que no se mosqueaba cuando él gritaba.

—Fue ella, ¿verdad? Ella te pidió que vinieras a verme, ¿no es cierto? —insistió Rosas.

Juan Cruz no habló; en cambio, se dedicó a mirarlo con gesto inextricable.

—Sí que se te ha metido esa china en la sangre, ¿eh? Realmente, tengo que reconocerlo, es una de las mujeres más lindas que he visto en mi vida. Puede volver loco a cualquiera, de eso no tengo duda. A cualquiera, pero no a ti, Crucito. Tú eres demasiado inteligente para permitirle a un par de ojos lindos que te engatusen.

—No fue Fiona la que me pidió que venga a verlo, don Juan Manuel —mintió de Silva, y abandonó el sofá—. He venido por mi propia voluntad —continuó—. No voy a negarle que mi esposa está deshecha con todo esto de la O'Gorman. Como usted sabe, son amigas de la infancia. A pesar de todo, he venido aquí por usted.

—¡Por mí! ¿Por mí, dices? —repitió Rosas, y rió con sarcasmo—. ¡Mira lo que otros están haciendo por mí! —Le arrojó a la cara unos periódicos que tomó de la mesa—. Los que están remarcados con tinta —indicó Rosas, fríamente, agitando el dedo en el aire.

De Silva leyó en voz alta.

—"Ayer un sobrino de Rosas que al principio se dijo ser..." —pasó de largo los nombres y prosiguió—: "... intentó también robarse otra joven, hija de familia; pero se pudo impedir a tiempo el crimen. Cualquiera de los dos, es de la escuela de Palermo, donde en esa línea, se ven y se oyen ejemplos y conversaciones que no pueden dar otro fruto. No pueden, ¡mi Dios!, pues aquello, amigos míos... dejémosle sin más decir". —Terminó de leer y levantó la vista.

—Ése es el maldito de Alsina, en el *Comercio del Plata*. Ese no me importa tanto, pero, vamos, lee el otro, el del *Mercurio* —ordenó Rosas.

—"Ha llegado a tal extremo la horrible corrupción de las costumbres bajo la tiranía espantosa del 'Calígula del Plata', que los impíos y sacrílegos sacerdotes de Buenos Aires huyen con las niñas de la mejor sociedad sin que el infame sátrapa..." —De Silva hizo una pausa en este punto y lo miró de soslayo; Rosas tenía la cara encarnada. Siguió leyendo—: "... adopte medida alguna contra esas monstruosas inmoralidades".

—¿Ahora entiendes por qué tengo que mandarla fusilar, Crucito? —Parecía que se había calmado un poco.

—No, aún no comprendo.

Rosas pensó que de Silva disfrutaba provocándolo.

—¡Pero m'hijo! ¡Sí que estás lento hoy!

—Cálmese, don Juan Manuel, cálmese y escúcheme.

De Silva caminó con los pulgares enganchados en los bolsillos del chaleco y la mirada fija en el suelo.

—Aunque usted crea que estoy aquí por mi esposa, mi imparcialidad en el asunto está garantizada. No vengo aquí por pedido de ella, sino para aconsejarle que, por su propio bien, no fusile a Camila O'Gorman.

—¿Por mi propio bien?

—En todo esto hay gato encerrado, don Juan Manuel. Algo que aprendí de usted es que las cosas no son lo que aparentan ser. Siempre he tomado esto como un dogma y no me ha ido tan mal creyéndolo así. Verá, en todo este asunto hay algo que no entiendo.

—No tienes que entender mucho, Crucito. La O'Gorman y el curita estaban más calientes que pava al fuego y se fugaron. Eso es todo.

—Eso lo entiendo. En realidad, lo que no comprendo es esto —replicó, y blandió los periódicos.

—Ahora el que no entiende soy yo. —Rosas lo miró ceñudo.

—Es evidente. A usted lo están azuzando para que la fusile, para luego volverse en su contra, argumentando que es un monstruo sin piedad que ni siquiera se compadece de una pobre niña.

—Pero, ¿no has leído esos artículos?

—Sí, pero ninguno de ellos se pronuncia sobre cuál debería ser el castigo a impartir. Se limitan a hablar de una reprimenda sin decir cuál ha de ser. Eso lo dejan, taimadamente, en sus manos.

Rosas se había llevado la mano al mentón. No había pensado en esa posibilidad.

—Además, don Juan Manuel, la O'Gorman está encinta; eso lo complica todo aún más —concluyó de Silva.

—No sé, Crucito, no sé. Lo que hizo esa estúpida es demasiado. Me parece que la única salida que queda es fusilarla. Toda la Confederación está furibunda con el comportamiento de esos dos idiotas. ¿Qué puedo hacer yo?

—No la fusile, don Juan Manuel. No lo haga.

Fiona había tomado una decisión: iría a ver al gobernador. De Silva se había reunido con él días atrás y resultaba palmario que no había logrado nada puesto que el tiempo pasaba y Camila seguía presa en Santos Lugares. No se quedaría de brazos cruzados; algo debía hacer, alguien debía hablar.

Llegó a Palermo y se encontró con decenas de personas que hacían cola en las galerías a la espera de que se les concediera una audiencia con Rosas. Algunos hacía días que aguardaban por pocos minutos de atención; dormían sobre jergones de paja y comían las provisiones que habían llevado. Fiona sintió pena por ellos, pero su causa era más importante.

Una negra, sirvienta de Rosas, la condujo con Manuelita, que atendía a unos invitados en el salón principal. Sin importarle sus huéspedes, se levantó del canapé y se encaminó al encuentro de Fiona.

—¡Fiona, querida! ¡Qué alegría que hayas venido! —dijo, mientras le tomaba las manos.

—Para mí también es una alegría volver a verte, Manuela, aunque el motivo que me trae a esta casa es más que triste.

—¿Qué sucede, Fiona?

A Fiona, la ingenuidad de Manuelita le resultó fingida.

—Como sabrás, Camila está presa. Por ese asunto de...

—¡Oh, sí, claro! —se apresuró a exclamar la hija de Rosas—. En realidad, pensé que venías a buscar a Crucito.

—¡Ah! Mi esposo está aquí.

Fiona, sorprendida, trató de disimular lo mejor que pudo. Obviamente, había viajado hasta la quinta de Palermo sin hacérselo saber a de Silva, que jamás le habría permitido enfrentarse a Rosas. De todos modos, ya estaba a pocos metros de quien podía decidir sobre la vida o la muerte de su mejor amiga, y no se echaría atrás a causa de de Silva. En todo caso, después soportaría su ira en *La Candelaria*.

—Llegó esta mañana, muy temprano. Está en el estudio, con tatita, discutiendo unos asuntos de las estancias, o algo así.

—Manuela, ¿podré ver a tu padre? ¿Ahora? —se animó a preguntar, a pesar del miedo que la embargaba. Sabía que no resultaba fácil acceder al gobernador.

—Por supuesto, Fiona.

Manuelita la guió a través de la inmensa casona construida según el típico diseño de la arquitectura española con reminiscencias árabes, en las que las habitaciones daban a varios patios centrales. Fiona, subyugada por el estilo francés de *La Candelaria*, pensó que ya no encontraba encantadoras a las antiguas construcciones coloniales.

Después de cruzar varios salones y dejar atrás a más de quince personas, las dos mujeres llegaron a la puerta del estudio del gobernador. Desde afuera, se podía escuchar la voz de Rosas. Fiona sintió una flojedad en las piernas y una tirantez en la garganta, y, aunque, por un instante, dudó de entrar, no podía permitirse miedos. Respiró profundamente e ingresó detrás de Manuelita.

—¡Fiona! —exclamó Juan Cruz, sorprendido.

Era la primera vez que ella percibía miedo en la voz de su esposo.

—¡Fiona! ¡Qué grata sorpresa! —Rosas se aproximó a ella, la tomó por los hombros y la besó en la mejilla—. ¡Qué bella estás esta tarde! Ahora, yo me pregunto, ¿cómo tú, una joven tan hermosa, has podido enamorarte de un fulero como mi Crucito?

El comentario la hizo reír. Miró de reojo a de Silva y pensó que, sin ser perfecto, tampoco era feo. Por lo menos, no para ella.

—Yo lo encuentro muy apuesto, excelencia.

—¡Ah, Crucito! ¡Mira qué suerte tienes!

A pesar de sonreír, de Silva la miraba con dureza y ansiedad. La visión de las manos enormes de Rosas sobre los hombros de su mujer le provocó un estremecimiento. "No, Fiona, por amor de Dios, no lo hagas", pensó.

—Gracias por recibirme, señor gobernador. Lo aprecio mucho; sé lo ocupado que está su señoría —dijo, evitando sus penetrantes ojos azules.

Rosas le quitó sus manos de encima y eso la tranquilizó.

—Aquí me tienes, querida. Tu esposo siempre me trae problemas. En realidad, prefiero verte a ti y no a él.

De Silva, mudo, expectante, sentía deseos de golpear a Fiona.

—He venido señor...

—Todavía no te he preguntado a qué has venido, niña. —Rosas la paró en seco.

—Tatita —musitó Manuelita, avergonzada.

—Fiona, mejor me esperas en el carruaje —intervino de Silva—. Yo ya termino...

—De ninguna manera —lo interrumpió Rosas—. Evidentemente, ella ha venido a hablar conmigo, no a buscarte a ti, Crucito. No se irá sin explicarme a qué debo el honor de su visita.

—He venido a pedirle que libere a Camila O'Gorman —dijo Fiona, sin vacilar.

—¡Ah, con que el asunto de la O'Gorman! —comentó Rosas, como si no hubiese sabido desde el primer momento que ella había ido a Palermo con esa intención—. ¡Pero, hija, pensé que era algo más grave!

—¡Más grave! ¡Más grave, dice! —Fiona sabía que estaba gritando y que era inútil lamentarse: la indignación le había hecho perder el control.

De Silva no soportó más y decidió tomar el asunto en sus manos. Se acercó a su esposa y la aferró por el codo dispuesto a sacarla de allí.

—Vamos, Fiona.

—No, Crucito —lo desautorizó Rosas—. Voy a escuchar lo que tu mujercita tiene para decirme, hasta el final.

Fiona no entendía, de Silva sí, que Rosas se había propuesto sacarla de las casillas para humillarla; era demasiado malicioso para una mente cándida como la de ella. Al percibir que de Silva, resignado, le soltaba el codo, tomó coraje otra vez.

—Señor gobernador —intentó en un tono menos displicente—, como ya le dije, vine a pedirle, a rogarle si es necesario, que libere a Camila. Ella no ha hecho nada malo, no ha perjudicado a nadie, señor. Es una joven de gran corazón y buenas intenciones. Su hija Manuelita puede decírselo, son amigas. —Giró la cabeza, pero Manuelita ya no estaba allí—. Como le decía, Camila es una buena persona, muy federal, siempre ha defendido la causa. Su divisa punzó era de las más grandes que yo haya visto, y siempre la llevaba puesta en un lugar muy visible. Además, ayudaba en la Iglesia del Socorro...

—Lo sé —la interrumpió Rosas—. Justamente allí fue donde comenzaron los amores con el sacrílego Gutiérrez.

—Se lo suplico, señor, por lo que más quiera en el mundo, déjela vivir.

El llanto ahogó sus últimas palabras. Demudada, se acercó a Rosas y lo tomó de las manos.

—Déjela vivir, por favor. A ella y a su hijo —repitió, entre sollozos.

El dictador la miró fijamente. En ese momento comprendió el hechizo que había cautivado a su protegido. A él mismo le habría gustado llevársela a la cama.

—No, Fiona. No lo haré.

Rosas dio media vuelta, y la dejó pasmada, con las manos aún en alto. Se apenó por soltárselo así, de ese modo crudo y frontal. Fiona levantó la vista, y Rosas advirtió que sus ojos no sólo tenían lágrimas sino que transmitían un profundo desprecio.

—¡Ella no ha hecho nada malo! ¡Se ha enamorado! ¡Esto es todo! ¡Por amor de Dios! ¡Quién es usted para decir quién debe morir o quién debe vivir!

De Silva se estremeció; ahora sí, todo estaba perdido.

—¿Tienes idea de lo que tu amiguita ha estado haciendo con ese cura todo este tiempo? ¿Tienes la menor idea, Fiona? —Rosas se había vuelto y le vociferaba en la cara.

—Eso a usted no le importa —dijo ella, en voz baja, pero firme.

—Don Juan Manuel, mejor será... —intervino Juan Cruz.

—¡Cómo que eso no me importa! ¡Todo lo que suceda en la Confederación me importa! —bramó Rosas sobre el rostro de Fiona. La audacia de la joven lo atizaba y sacaba de quicio.

—Ése es un tema privado entre ella y el señor Gutiérrez —insistió Fiona— y corresponderá a Dios juzgarlos.

—Estás muy equivocada, niña. Ellos han atentado contra las buenas costumbres, contra el honor y contra Dios. Yo tengo que...

—¿Usted es capaz de hablarme de buenas costumbres, de honor, de Dios? ¿Usted? ¿Usted, que hace más de diez años mantiene a su barragana Eugenia dentro de esta casa como si fuese sólo una sirvienta, una recogida, una parienta pobre?

De Silva cerró los ojos. Nadie se había atrevido a tanto. Rosas no dudó un instante.

—¡Sácala de mi vista, Juan Cruz! ¡Sácala antes de que me olvide que es tu mujer!

De Silva tomó a Fiona por el brazo y la sacó a la rastra de la habitación. El gobernador los siguió con la mirada. Cuando hubieron desaparecido, se acercó a la puerta y la cerró de un puntapié. Ya de nuevo junto a su escritorio, tomó un tintero de bronce y lo arrojó contra el bargueño. Estaba fuera de sí. Herido en su orgullo, humillado en su propia casa, y nada menos que por una Malone. Maldita casta. Ahora sí, el momento había llegado. Los Malone se enterarían de quién mandaba en la Confederación.

Casi corriendo, de Silva condujo a Fiona a través de los patios de la casona de Rosas y en un momento estuvieron afuera. La obligó a subir a su coche y, con un ademán brusco, la depositó en el asiento.

Le hizo una seña al cochero que había traído a Fiona para que los siguiera. El hombre lo miró confundido, pero no se atrevió a preguntar. Por fin, de Silva trepó a la volanta y cerró la portezuela de un golpe. Fiona dio un respingo y se acurrucó en el otro extremo, lo más alejada posible de su marido.

Se escuchó el sonido del látigo, y los caballos se pusieron en marcha hacia *La Candelaria*. De Silva, sentado frente a su esposa, miraba por la ventana sin pestañear, con el gesto tenso. Estaba agitado y tenía la frente perlada por el sudor.

—¿En qué mierda estabas pensando cuando se te ocurrió venir a ver a Rosas? —bramó, de pronto.

Fiona sintió que el aire se rasgaba con la violencia reprimida de la voz de su esposo. Tembló; se movió hacia atrás para hundirse en el cojín del asiento. Tenía deseos de llorar y le costaba mucho contenerse, aunque no era la furia de de Silva lo que más la atemorizaba; temía que su ataque al gobernador empeorase la situación de Camila.

—¡Contéstame! —vociferó Juan Cruz.

—¡En salvarle la vida a mi amiga! ¡En eso estaba pensando! —gritó Fiona.

Su voz sonó con firmeza, y eso la llenó de valor. Se incorporó y lo enfrentó. Se sostuvieron la mirada, con semblantes desencajados, enrojecidos de cólera. De Silva lanzó un resuello de hartazgo y se tiró para atrás, desviando la vista de su mujer.

—Con la escenita que te mandaste recién terminaste de enterrar a tu amiga —manifestó al cabo, en un tono más calmo, displicente y lleno de sarcasmo.

Ante esas palabras, Fiona sintió como si le asestaran un golpe en el pecho. Por un instante, le faltó el aire; se formó un vacío a su alrededor y no escuchaba ni veía nada. Todo se había vuelto oscuro en torno a ella.

De Silva notó que su esposa empalidecía y que respiraba con dificultad. Lo asustaron sus labios morados y la mirada vidriosa y perdida. Se sentó a su lado y le tomó las manos heladas.

—¡Fiona! ¿Qué te pasa? —La asió por los hombros y la sacudió.

La joven no reaccionaba; sus ojos, excesivamente abiertos, habían perdido su brillo natural. Él continuaba llamándola, pero Fiona no respondía. Abrió una pequeña puerta bajo la ventanilla y sacó una botella. Le quitó el corcho con los dientes y la acercó a la nariz de su esposa. El olor fuerte de la bebida la inundó, y comenzó a respirar ruidosamente.

—Toma un trago de esto, vamos.

De Silva le acercó la botella a los labios y vertió

un poco del líquido en su boca. Fiona pensó que se quemaba por dentro. De igual modo, la bebida la ayudó; al rato había superado la crisis, aunque estaba muy mareada.

De Silva la atrajo hacia su pecho y la envolvió con sus brazos. Ella aún temblaba y sus manos seguían frías. Al sentir la ternura de su esposo, se largó a llorar con amargura. De Silva la apretujó más aún y comenzó a susurrarle palabras de consuelo, al tiempo que se maldecía por haberla angustiado; deseó poder volver el tiempo atrás. La visión de Fiona sumida en ese sufrimiento resultaba insoportable; quería que el llanto y la tristeza de su pequeña Fiona acabasen rápidamente, que se esfumaran; que ella volviera a sonreír, eso quería. No lo conseguía, no sabía cómo hacerlo; pocas veces había experimentado la impotencia que lo abrumaba en ese momento. Fiona siempre le hacía vivir cosas nuevas.

—Por mi culpa la va a matar —se lamentó, entre palabras ahogadas.

—No, pequeña. Tú no tienes nada que ver en este asunto.

Fiona permaneció callada un momento. Quería calmarse para hablar con de Silva. Necesitaba conocer las consecuencias de su exabrupto.

—Usted me dijo recién que yo había terminado de ente...

—Lo dije en un momento de rabia —la interrumpió de Silva—. No es cierto; olvídalo ya —le pidió.

De Silva pensó que, en realidad, tendría que reprenderla por el modo en que se había comportado en casa de don Juan Manuel. La temeridad que había empleado para enfrentarse al gobernador podía juzgarse como un acto suicida. Presentarse así, en el estudio de Rosas, mediar por la O'Gorman, echarle en cara al Restaurador de las Leyes que él no tenía autoridad moral para juzgar a Camila. ¡Dios Santo! Le pasó frío al recordar lo que su esposa acababa de hacer. Sin embargo, debía aceptarlo, se sentía orgulloso de ella; se trataba de la persona más valiente que había conocido. Finalmente, de Silva decidió dejar la reprimenda para otro momento.

Sin bien Fiona ya se había calmado, continuaba apoyada sobre el pecho de su esposo, entre sus brazos. No quería que Juan Cruz dejara de abrazarla; así se sentía segura y tranquila, sensaciones que desde hacía semanas no experimentaba, desde que los soldados tomaron prisioneros a Camila y a Ladislao.

Fiona suspiró, y de Silva le besó la coronilla. En ese momento, mientras escuchaba los latidos del corazón de su esposo y sus fuertes brazos le rodeaban la cintura, le pareció que todo estaba bien.

Pasaron unos días antes de que de Silva volviera a Palermo para hablar con Rosas y disculparse. Aunque sabía que Fiona tenía razón, también era consciente de que su genio impulsivo la había llevado a obrar de la peor manera. Debía componer la relación. Conocía demasiado al Restaurador para dejar su ira librada al azar. Por nada del mundo mencionaría el tema de Camila O'Gorman y Gutiérrez.

—¡Crucito! —exclamó Rosas al verlo cruzar la puerta de su estudio.

—¡Viva la Santa Federación! —proclamó de Silva a los edecanes, que le contestaron al unísono: "Y mueran los asquerosos unitarios".

—Don Juan Manuel —le extendió la mano—. Necesito a hablar con usted, en privado.

—¡Reyes! Despacha a los escribientes; que continúen con el trabajo en la otra sala.

—Sí, señor —susurró el hombre, al tiempo que, con una seña, indicaba a los jovencitos sentados en torno al escritorio que salieran.

Todos abandonaron la habitación con presteza. Rosas se acercó al canapé donde dormía el Padre Viguá y le propinó un puntapié en las asentaderas.

—¡Fuera de aquí, perro pulgoso! —gritó.

El idiota salió despedido del sillón.

—¡Vamos! ¡Fuera de aquí he dicho!

Cuando quedaron solos, el gobernador lo invitó a hablar.

—Ahora sí, Crucito, dime qué te trae por Palermo.

—En nombre de mi esposa, don Juan Manuel, he venido a pedirle disculpas por la escena del otro día.

Rosas lo miró fijamente unos instantes, y de Silva le sostuvo la mirada. El gobernador bajó el rostro y caminó por la habitación.

—¿Por qué no ha venido ella misma?

—Está indispuesta; pero me ha pedido que venga personalmente a entregarle esta carta y a rogarle su perdón. Sabe que se comportó como una caprichosa y una maleducada.

De Silva sacó de su levita un sobre lacrado y se lo entregó a Rosas. Había resultado imposible arrastrar a

Fiona a casa del gobernador. Se había puesto como loca cuando Juan Cruz le ordenó que lo hiciera, y por más que la amenazó de mil maneras, no consiguió nada. Tan sólo le arrancó unas palabras escritas, lacónicas y falsas, en las que le pedía perdón.

—Está bien —dijo Rosas, después de leer en silencio la nota—. Pero déjame decirte, Juan Cruz, que tienes una mujer muy peligrosa a tu lado. Una mujer que puede llevarte a la perdición si no la controlas. Es más: si no le enseñas a comportarse, conseguirá arruinarte. Se parece a la O'Gorman, con todas esas estupideces románticas. —Rosas se había puesto muy serio—. No sólo es una malcriada. Además, está llena de las ideas unitarias del abuelo.

—¿Ideas unitarias? ¿De qué habla, don Juan Manuel? No, Fiona es fiel a la causa federal. ¿Usted cree que me habría casado con ella si hubiese dudado de su lealtad a la Confederación? No, mi esposa es tan federal como yo. Reconozco que es una joven díscola e impulsiva y, en ocasiones, no sabe lo que dice; pero de ahí a ser unitaria... No, don Juan Manuel. Lo que sucede es que Fiona adora a Camila. Son como hermanas, se criaron juntas, usted lo sabe; y todo esto la tiene muy mal. Pero nada más que eso. Nada más.

Rosas percibió el miedo de su protegido, y lo desconcertó puesto que se trataba de la primera vez que lo notaba inseguro y tenso. ¿Tanto amaba a esa muchacha?

—Sé que su abuelo es lector asiduo de los diarios de Montevideo y de Santiago. Tiene algún contacto en el exterior y así los consigue. Su familia jamás participa de las tertulias federales; en cambio, siempre andan de amigos con todos los que tengo tildados de asquerosos unitarios. Mi cuñada dice que llevan las divisas federales más pequeñas de toda la Confederación, que hay que revisarlos con lupa para descubrírselas.

Aunque no lo mencionó, Rosas mantenía muy fresca en su memoria la rebelión del cuarenta, y no olvidaba que Malone había ayudado a varios unitarios a cruzar a Montevideo o a llegar a Chile; una espina clavada en el costado que desde hacía años deseaba arrancar.

—Entonces, Crucito, ¿qué puedo pensar de todo eso? A más, su nieta irrumpe en mi escritorio y me insulta y me agravia como nadie jamás se atrevió a hacerlo. Es demasiado, ¿no crees? —Tomó por los hombros a de Silva y se los apretó hasta hacerle doler—. Entiende que por mucho menos la habría mandado fusilar. Pero estás tú en medio y por eso no haré nada.

La afirmación de Rosas sonó a mentira en los oídos de de Silva.

Capítulo XIV

Había pasado más de un mes desde el fusilamiento de Camila y Ladislao, y Fiona no lograba sobreponerse al dolor y a la tristeza de lo que para ella no había sido otra cosa que un crimen. Callada y taciturna, resultaba difícil arrancarle una sonrisa.

De Silva no podía borrar de su mente la mañana del viernes 18 de agosto de 1848. Eliseo había sido enviado a Santos Lugares para traer noticias y, cuando llegó con el anuncio de que Camila y su curita habían muerto, Fiona empezó a temblar. No lloraba, sólo temblaba. De Silva la abrazaba con fiereza, mientras el cuerpo de Fiona continuaba estremeciéndose.

Con dificultad, le hicieron beber un poco de láudano. Una hora más tarde descansaba en cama, con un sueño intranquilo, desasosegado, murmurando incongruencias.

"¡Dios mío, no permitas que a ella le suceda lo mismo!", suplicaba Juan Cruz, mientras pensaba en Catusha, su madre.

Fiona jamás lloró. Después de ese día, se abismó en un largo y profundo silencio. De Silva habría preferido que gritara y pataleara, que lo culpara a él de esa desgracia si era necesario. Su deseo no se cumplió.

Estaba abatido; no soportaba ver a Fiona en aquel estado. Llegó a odiar a Camila; estaba celoso de ella. No podía dejar de preguntarse si Fiona sufriría por él tanto como por la O'Gorman. Y la idea de que él no era motivo suficiente para que Fiona recuperase la alegría de vivir lo lastimaba como nada.

Catusha visitaba la casa grande a diario. Se había convertido en una excelente compañía para Fiona; solía hablarle de tonteras y, por momentos, la hacía olvidar su pena. Además, leían juntas y, a veces, hasta tocaban el piano.

Una de las tantas mañanas en que Fiona, sin ánimos para salir de la cama, había pedido que le llevaran el desayuno a su dormitorio, Catusha se apareció por allí con la bandeja. En un principio, Fiona se sintió incómoda; no era ése el lugar ni eran ésas las circunstancias en que solían encontrarse. Sin embargo, la naturalidad con que Catusha arrimó una silla al borde de la cama y se sentó frente a ella, con las manos cruzadas sobre el regazo, bastaron para que su malestar se disipara.

—Nadie mejor que yo puede comprenderte en este momento —habló Catusha, con sencillez.

Fiona supo que se referiría a la muerte de Camila; sería la primera vez. Hasta ese día había actuado como si no estuviera enterada de la tragedia. Miró a su suegra, expectante.

—Yo conozco tanto tu dolor, querida, tanto... Es como si te hubiesen clavado un puñal aquí, en el corazón, y lo revolviesen dentro, una y otra vez. Duele tanto que sientes que enloquecerás del sufrimiento. Tal vez por eso no estoy del todo cuerda. —Sonrió, con amargura—. Cuando fusilaron a mi Manuel, yo... —Por un momento, la voz de Catusha se quebró, aunque no tardó en sobreponerse—. Yo sé, Fiona, por qué mi hijo no me quiere. Él piensa que enloquecí cuando quedé embarazada de él. No. Yo estaba feliz llevándolo en mi vientre. Era tan feliz. ¡Pobre ángel mío! ¡Cuánto lo he hecho sufrir! Hijita, no cometas el mismo error que yo. No pierdas lo mejor de tu vida por alguien que ya nunca más estará a tu lado. No lo hagas, Fiona. Debes reponerte y volver a ser la misma joven llena de vitalidad que siempre has sido. Hazlo por él, no le hagas más daño del que yo le hice. Te lo imploro.

—¡Mamá!

Las mujeres se sobresaltaron. La figura imponente de de Silva en la puerta las sobrecogió.

—Vamos, mamá. Fiona no se siente bien. Debe descansar —ordenó él, con auténtica preocupación.

Catusha y Fiona cruzaron una mirada cómplice.

Desde el día en que Catusha se mostró tan sensata, Fiona comenzó a experimentar una mejoría y, poco a poco, recuperó sus ganas de vivir. Volvió a sus paseos por la estancia, a visitar las casas de los peones, a remojar los pies en la fuente de las macetas, a pintar. En fin, se sentía otra vez ella misma.

Unos de esos días, justamente, se dio cuenta de que algo nuevo, desconocido, estaba ocurriendo en su cuerpo. Lo sintió, así, de repente: estaba embarazada.

Y, aunque tenía la certeza de que no se equivocaba, decidió esperar unos días antes de darle la noticia a su esposo. No serían muchos de todos modos: el retraso de su regla le daría la confirmación antes de una semana.

La mañana que tuvo la certidumbre definitiva de su embarazo, se arregló con un delicado vestido de organdí rosa pálido que antes se había negado a usar, segura de que no combinaba con su cabello rojo. Ese día se vio distinta y le pareció que le sentaría bien. La bata de cotilla, ajustada a su cuerpo, era de muselina transparente del color del vestido, y le confería un aspecto etéreo cuando caminaba porque flotaba en torno a ella. Se dejó el pelo suelto, lacio. Desarmó una hortensia y colocó sus florcitas sin orden entre los cabellos. Coloreó un poco más sus pómulos y se remarcó los labios.

—Eliseo, ¿has visto a de Silva esta mañana?

Temía que se hubiese marchado a la ciudad. Últimamente, viajaba muy a menudo y de improviso.

—Sí, niña. Está en el granero chico, con unos peones.

El granero chico se hallaba bastante alejado de la mansión, por el camino de la alameda. Fiona se detuvo unos instantes al comienzo del recorrido. La espesa bruma matinal se disipaba entre las copas de los álamos. Inspiró profundamente la brisa fresca, llena de olor a campo, y se sintió muy bien.

Dejó atrás la arboleda y comenzó a aproximarse a la zona de más movimiento de la estancia. A de Silva no le gustaba que frecuentara ese sitio, de modo que ella prácticamente nunca iba. Allí estaban los potreros donde juntaban el rodeo de vacas, los graneros donde almacenaban la alfalfa, los abrevaderos, los corrales con las ovejas. No entendía por qué Juan Cruz le prohibía acercarse a ese sitio.

Los peones, asombrados, la veían como una aparición. Algunos, más atrevidos, no le quitaban la vista del escote. Se acercó a un grupo de hombres empeñados en una tarea.

—¡Sanc Nieté! —llamó Fiona.

Se interrumpió el trabajo y varios pares de ojos la miraron, intrigados. El indio Sanc se apartó del grupo y se encaminó hacia Fiona. Al llegar cerca de la patrona, se quitó el sombrero de paja.

—¡Señora de Silva! ¡Qué gusto, patrona!

—¿Cómo anda esa pierna? —preguntó Fiona, señalándole el lugar de la herida.

—¿Y cómo quiere que ande si tuve la mejor de las doctoras?

Ambos rieron. Fiona le preguntó por su familia. El indio se mostró preocupado: días atrás, su hija Ayelén se había escapado con un muchacho y aún no conocían su paradero. Fiona preguntó si podía hacer algo por él; Sanc respondió que no.

—¿Busca al patrón, señora? —Fiona asintió—. Está en el cobertizo. Ahí, mire. —Le indicó un granero a unos palmos.

Fiona se despidió del indio y caminó en la dirección señalada. Se asomó al portón del cobertizo, casi con miedo, y se quedó prendada de la escena que encontró. Juan Cruz estaba con el torso desnudo, llevaba puestos unos pantalones blancos que le llegaban a las rodillas, y tenía el cabello tomado en una coleta a la altura de la nuca. Luchaba con un ternero que parecía tener la fuerza de diez hombres. Los músculos de sus brazos y sus pantorrillas se tensaban sensualmente a medida que la faena se tornaba más dura. La transpiración empapaba su cuerpo y le hacía brillar la piel. Finalmente, lo doblegó. El animal chillaba, atrapado entre las manos de de Silva, que le presionaba el cogote con una de sus rodillas y, de ese modo, le impedía mover la cabeza.

—¡Quédate quieto! —le ordenó—. ¡Zoilo, pásame el linimento!

Fiona descubrió una serie de heridas embichadas en el lomo del ternero. De Silva hundió la mano dentro del balde que contenía el mejunje y untó las lesiones con cuidado.

—Un minuto más, quédate quieto sólo un momento más —murmuraba Juan Cruz.

Ni de Silva ni los tres peones que lo rodeaban habían reparado en ella, medio oculta tras el portón. Hipnotizada por la escena, Fiona no conseguía apartar la mirada. Nunca lo había visto trabajar. Le dio la impresión de que descubría a otra persona, con ese atuendo rústico, las manos embadurnadas con el linimento y el rostro encarnado. A Fiona le pareció irresistible.

—Juan Cruz —llamó, con suavidad.

Los tres peones y de Silva se dieron vuelta al mismo tiempo. En otras circunstancias, de Silva se habría sorprendido de verla aparecer por allí. En ese momento, casi no tuvo tiempo de reparar en eso. Sólo podía pensar en que era la primera vez que Fiona lo llamaba por su nombre.

Los ayudantes se dieron cuenta de que estaban de más y abandonaron el granero con sigilo. Ya solos, Fiona avanzó unos pasos hacia su esposo, que todavía enmudecido por lo que acababa de escuchar, se limpiaba las manos con estopa.

—Vamos a tener un bebé —le anunció.

De Silva enarcó las cejas. La estopa se le resbaló de las manos. No se movía, y el gesto, entre incrédulo y emocionado, causó gracia a Fiona. Lo había deseado tanto. Ya comenzaba a temer que no pudieran tener niños, y él anhelaba ver la casa llena de ellos.

—Fiona —atinó a decir.

Se acercó a ella y la contempló largamente. "En su estado, debería dejarla tranquila", pensó. Pero no pudo. Con una mano, le aferró la parte más fina de la cintura, en tanto la otra recorría amorosamente el escote que se agitaba. Cayó en la cuenta de que los pechos de su mujer lucían más voluptuosos, y su erección se pronunció.

Después, mientras la sostenía con un brazo, estiró el otro para cerrar la puerta del granero. Una vez echado el cerrojo, la apoyó contra la pared de madera y la besó con una pasión que equiparaba a su sorpresa y a su alegría. Las manos de Fiona le recorrían la espalda desnuda y húmeda, y escuchaba sus suspiros entrecortados y los pequeños gemidos que escapaban de su boca entreabierta.

La encaramó en sus brazos, la llevó hasta un montón de heno sobre el cual se desplegaba una manta; allí la depositó con delicadeza.

Fiona se incorporó para ver a de Silva quitarse los pantalones. Gimió cuando él se dejó caer lentamente sobre ella hasta quedar con las rodillas clavadas en la manta, a los costados de su cuerpo. Cerró los ojos para percibir la aspereza de sus dedos sobre la piel mientras la despojaba de la bata de cotilla y del vestido. Anhelaba sentir sus pechos desnudos entre las manos de él; quería que chupara y mordiera sus pezones. Se animó a pedírselo.

—Fiona... Fiona... —lo escuchó susurrar, mientras la complacía en aquello que le había suplicado entre gemidos; le lamía los pechos, jugaba con sus pezones duros, los succionaba, los mordía.

La excitación se tornaba febril, y Fiona no encontraba alivio. Deseaba sentir a de Silva penetrar su carne, deseaba verlo mecerse sobre ella enloquecido de deseo. En esos momentos, de Silva le pertenecía.

—Juan Cruz —jadeó—, tómame, por favor, ahora. Hazme tuya.

Esas palabras tuvieron en de Silva el efecto de una descarga eléctrica. Se contorsionó con un movimiento convulso.

—Tócame —le suplicó—, tómame con tus manos.

Fiona obedeció, y de Silva se arqueó con un quejido al percibir los dedos de su mujer cerrarse en torno a su miembro.

—¿Qué haces de mí? —preguntó él, con voz enronquecida por la excitación.

—Quiero hacerte feliz.

—Y me haces feliz, Fiona. Me haces el hombre más feliz. Tú no sabes cuánto.

—Te amo. Te amo, Juan Cruz —musitó ella, sin mirarlo.

Por un momento, el delirio de de Silva se interrumpió al escucharla. Entonces, sonrió de dicha, y esa sonrisa hechizó a Fiona.

—Pensé que nunca lo dirías. Pensé que jamás me ganaría tu amor. Yo también te amo, amor mío. Te he amado desde el primer momento en que te vi, cuando me hechizaste y me robaste la cordura. Tan hermosa, tan virginal.

Llevó los labios al rostro de Fiona y la besó en todas partes, de modo lento y con actitud reverente. Por primera vez, Fiona había sido libre con él, y se había permitido expresar los sentimientos que hacía tiempo la confundían. Una plenitud maravillosa los colmaba mientras hacían el amor allí, en el granero; de Silva, sucio y transpirado; ella, desnuda sobre una manta de lana áspera.

Capítulo XV

Como de Silva debía recorrer las estancias del sur de la provincia, Fiona dispuso pasar una temporada en casa de sus abuelos. A Juan Cruz, la idea de dejarla no lo convencía. No obstante, debía cumplir con lo que Rosas le había pedido; los últimos malones habían destruido varias construcciones y robado cientos de vacas; su presencia resultaba imperiosa; él era el único que podía evaluar los daños y disponer medidas de vigilancia.

Fiona estaba bien; las descomposturas matinales que la habían aquejado durante los primeros días ya habían desaparecido. Juan Cruz la veía más hermosa que antes, y no perdía ocasión de decírselo. Con frecuencia, después de la cena, Fiona tocaba el piano, y él, sentado a horcajadas detrás de ella, comenzaba a acariciarla, a besarla en el cuello, a frotarle los pechos, hasta llevarla a un estado de excitación en el que la muchacha dejaba de tocar y le pedía que le hiciera el amor allí mismo.

Fiona rió sin ningún recato cuando Maria, bajando el rostro y farfullando las palabras, le preguntó acerca del comportamiento de de Silva en los primeros meses de embarazo.

—¿A qué te refieres? —la acicateó Fiona.

—Bueno... Tú sabes... No es bueno en estos primeros meses de preñez...

—¿Qué no es bueno? —Fiona la instó a seguir, sabiendo lo que le costaba a la mestiza.

—¡Niña, tú sabes!

En ese momento, Fiona soltó la carcajada.

—¿Y quién lo detiene a de Silva, Maria? No pude hacerlo cuando me horrorizaba la idea de que me tocara, menos ahora que me deleita.

—¡Fiona! ¡Dios y Ave María Purísima! —Maria se santiguó varias veces.

Finalmente, al día siguiente de que de Silva partió hacia el sur, Fiona viajó a Buenos Aires acompañada por Eliseo y Maria. Ya había empezado a extrañarlo. La noche antes de que él se marchara, la despedida había sido larga y fogosa. A Fiona le costaba creer lo que estaba viviendo junto a ese hombre, el hombre al que creyó odiar. Ahora se entregaba a él, en cuerpo y alma, y eso la hacía sentir dichosa; y no eran sólo sus besos, sus palabras, sus manos que le habían conquistado cada rincón del cuerpo. De Silva era tal y como ella había imaginado al hombre de sus sueños. Inteligente, sagaz, apasionado; a veces la desconcertaba, era frío y calculador, malo, y después le demostraba que poseía un gran corazón. Todo la colmaba de deseo. Sus arrebatos de furia y de pasión, cuando la tomaba de la cintura por sorpresa, en el momento menos esperado. Sus arrebatos de bondad, cuando le acariciaba la mejilla y le contaba una anécdota de su infancia. Fiona lo amaba. Siempre.

Llegó a la ciudad y visitó la Iglesia del Socorro; deseaba rezar por Camila y el curita tucumano. No lloró, sólo recordó lo que de Silva le había dicho días atrás.

—Camila y el cura sabían a lo que se exponían cuando se escaparon, Fiona. Pero ése era su deseo, eso era lo que más anhelaban en la vida: estar juntos. Lo arriesgaron todo y murieron luchando por algo en lo que creían, y que los hacía felices.

En verdad, Camila había muerto luchando por lo que más amaba. Suspiró mientras cavilaba que, seguramente, en el cielo, Dios había reservado un lugar para ellos. Se persignó y salió a la calle. Experimentó un gran alivio. Era hora de ir a casa de su abuelo.

En lo de Malone la esperaban con ansiedad. Unos días antes, Eliseo había llevado la noticia del embarazo de Fiona y, desde ese momento, el abuelo Sean y los demás anhelaban verla.

—Se va a llamar Sean —aseguraba el futuro bisabuelo.

—¡Cállate, irlandés vanidoso! —lo reconvenía su esposa—. Ni siquiera sabes si será varón.

—¡Por supuesto que lo será! —afirmaba él.

La bienvenida resultó muy emotiva. *Aunt* Ana y Bridgit lloriqueaban; Imelda, que ya se había casado con Senillosa, la abrazó con sincero afecto; y Sean no pudo hablar, sólo se limitó a estrecharla entre sus brazos. Seguía siendo tan menuda como cuando niña y parecía que se le perdía en el pecho.

Todo aquello era extraño. En general, las familias ocultaban la llegada de los niños. Las mujeres encintas disimulaban el vientre con ropas apropiadas y, en los últimos meses, ni se asomaban a la puerta. Pero no ocurría lo mismo en lo de Malone. Ellos estaban felices con el embarazo de Fiona y les importaban un comino las costumbres.

Aunque pasó unos días magníficos en casa de *Grandpa*, echaba de menos a de Silva. A veces, se angustiaba pensando en los peligros que lo acecharían cerca de la última frontera. La consolaba la certeza de que su esposo era un hombre hábil y conocía la zona como el mejor de los baquianos.

Durante su estancia en Buenos Aires, ella y Maria se aprovisionaron de lo necesario para preparar el ajuar del pequeño de Silva: lana, telas, agujas, hilos de colores, puntillas y encajes. Pasaban tardes enteras confeccionando las ropitas del bebé, cosiendo las sábanas para la cuna, haciendo los pañales, cortando el tul del moisés.

Coquita llamó a la puerta del dormitorio de Fiona.

—Adelante.

—¿Niña Fiona?

—Sí, Coquita, aquí estoy.

—Hay una señorita que la busca.

—¿A mí? —preguntó, sorprendida—. ¿A esta hora?

Era la siesta y, como hacía mucho calor, la familia dormía.

—No me acuerdo del nombre, niña. Es más difícil que hacer gárgaras boca abajo. Es algo así como... —Pensó un rato—. No sé, no me acuerdo —se rindió.

—Está bien, Coquita, ya voy.

Al entrar en la sala principal, se encontró con una señora de mediana edad, hermosamente ataviada, de figura atractiva. Su rostro, algo envejecido, conservaba, no obstante, su belleza.

—Buenas tardes —saludó Fiona.

La mujer se apresuró a levantarse del canapé. Se aproximó lentamente, con un andar sensual y estudiado. Se miraron a los ojos.

—Buenas tardes, señora de Silva —respondió la mujer—. Mi nombre es Cloé Despontin.

Cloé Despontin estaba desnuda, tendida en la cama. Contemplaba sin entusiasmo a Palmiro Soler, que se vestía a pocos pasos. Un joven lleno de bríos, pensó. Tenía que reconocerlo, no lo había pasado nada mal con él; sin embargo, haber saboreado lo mejor en otra época la había convertido en una mujer exigente.

Soler se abrochó los pantalones y comenzó a ponerse la camisa. Por un momento, le lanzó una mirada silenciosa. Hacía un tiempo que eran amantes y nunca podía ser tierno con ella después de hacerle el amor. "¡Bah! El amor", masculló para sí. "El amor", se dijo, "sólo se lo haría a Fiona, no a ella, una vieja prostituta venida a menos".

—Mañana, la Malone estará en casa de su abuelo —comentó, mientras se calzaba los zapatos.

Cloé no se inmutó.

—El imbécil de de Silva está en el sur, trabajando en las estancias de Rosas. Es el momento indicado para que lo hagas. ¿Me escuchas?

—Sí —respondió la mujer, cortante.

—¿Tienes todo claro o debo repetírtelo?

—No.

—¿No qué?

—Que no hace falta que lo repitas —aclaró ella, sin importarle el repentino enojo de su amante.

Soler se aproximó al espejo del tocador y se pasó un peine por el cabello alborotado. Se miró de cerca los ojos: los tenía llenos de derrames; mejor sería dormir un poco. Últimamente, no lograba conciliar el sueño ni media hora seguida. El tema de la Malone lo mantenía en vilo, algunas piezas no lograban encajar. De todos modos, ya era demasiado tarde para echarse atrás, había demasiado en juego. Recogió el saco, aún tirado en el suelo, y se dispuso a salir.

—¡Soler! —La mujer saltó de la cama y se acercó a él—. ¿No vas a despedirte?

—No es necesario que finjas conmigo, Cloé. —La miró con cierta compasión—. Te dejé el sobre con el dinero en el mueble de la sala. Hazlo mañana, a la hora de la siesta, cuando todos duermen. —Cerró la puerta y se marchó.

Ya en la calle, Mateo, el cochero de Cloé, le alcanzó el caballo. Soler galopó de prisa hasta su casa, cerca de la Plaza de la Victoria. Entró como loco, llamando a gritos a su sirviente.

El hombre se apersonó temblando. Conocía los momentos de desquicio de su amo y le temía. Soler le ordenó preparar un baúl con ropa para diez días. Irían al campo. Había decidido desaparecer de Buenos Aires hasta que el plan se hubiese llevado a cabo.

Cuando entró en su dormitorio, el sirviente ya

preparaba las mudas. Soler se encaminó al ropero dispuesto a encargarse del resto. Entre las cosas del cajón, tomó un pañuelo de encaje blanco. Era de Fiona. Se lo había escamoteado en una tertulia tiempo atrás, mientras bailaban el vals. Recordó con una sonrisa el desconcierto de la joven mientras lo buscaba por todas partes. Él mismo había ayudado en la búsqueda.

Se lo llevó a la nariz y lo olió. A pesar del tiempo, aún conservaba ese perfume propio de ella. Cerró los ojos y la recordó. La más hermosa de las hembras, pensó; ninguna se le comparaba. Tuvo una erección, y la excitación encendió aún más su resentimiento. También recordó cómo la Malone lo había rechazado, siempre. Él sabía que ella no lo soportaba.

Menos agradable resultó pensar en el maldito de Silva. "¡Bastardo, hijo de puta!", masculló entre dientes, estrujando el pañuelito en el puño. La había comprado como a un objeto. Soler se sintió un imbécil; no había hecho nada mientras el bastardo se la arrebataba. De todas formas, debía admitirlo, él no habría podido con el tendal de deudas de los Malone, no era lo suficientemente rico.

Apartó del paso un escabel de un puntapié. El sirviente se sobresaltó y abandonó la habitación ya que juzgó que su patrón necesitaba estar solo; volvería más tarde.

Soler depositó el pañuelo sobre su almohada y se sentó en la cama. Se tomó la cara entre las manos y sintió deseos de llorar. No lo hizo, estaba demasiado encolerizado para llorar.

Evocó el día no tan lejano en que Rosas lo había mandado llamar. Él se presentó de inmediato en Palermo. La propuesta le sonó desquiciada en un principio. Por supuesto, Soler sabía del resentimiento del gobernador hacia el viejo Malone. La Mazorca lo había seguido de cerca en los años de la anarquía, conocían su espíritu unitario y la ayuda que había prestado a los exiliados. Sin embargo, nunca pudieron atraparlo en nada raro, siempre se les escabullía. Se trataba de una presa escurridiza, un hombre muy hábil.

Sí, Soler conocía el odio que Rosas sentía por los Malone. A pesar de sus escrúpulos iniciales, terminó por reconocer que, si el plan se llevaba a cabo de acuerdo con las instrucciones del gobernador, se le asestaría al viejo irlandés un golpe del que difícilmente podría reponerse.

—Salomón es historia —le había dicho Rosas para endulzarlo—. Si haces bien esta misión que te encomiendo, la presidencia de la Mazorca es tuya, Soler.

Se le hizo agua la boca. Él, Palmiro Soler, convertido de buenas a primeras en el socio popular más respetado, el presidente de la Mazorca. "Tanto poder", se relamió. A Fiona ya la había perdido. Además, no le perdonaba los continuos desprecios. No la quería, toda manoseada por otro, un bastardo advenedizo. Entonces, ¿por qué no? Rosas le sugirió el nombre de Cloé. Soler y ella ya eran amantes. Sabía que la mujer lo ayudaría gustosa. Profesaba tanto resentimiento por de Silva como él. Desde un principio supo que contaría con la antigua *madama*.

—¡Si no es mía, Fiona Malone no será de nadie! —exclamó el mazorquero, y arrojó el pañuelo de encaje al suelo.

Recién en aquel momento, Fiona cayó en la cuenta de que la mujer sostenía un paquete, no muy grande, envuelto en papel de seda.

—Tome asiento, por favor, señorita Despontin.

Entró Coquita con una bandeja. Traía limonada y algo para comer.

—¡Qué agradable! —comentó Cloé, al sorber la bebida—. Está haciendo tanto calor que no hay con qué combatirlo. —Se abanicó con gracia.

Había cierta cadencia singular en su voz. Por cierto, no era porteña, pensó Fiona.

—Siento molestarla, señora de Silva, pero me han hablado tanto de usted amigos en común que no pude evitar la curiosidad y quise conocerla.

—Es usted muy amable, pero, ¿qué amigos tenemos en común?

Fiona le dirigió una mirada que no ocultó su intriga. Era la primera vez que esa mujer y ella se encontraban, ¿qué amistades podían compartir? Jamás la había visto en ninguna de las tertulias ni en la Alameda ni en lo de Manuelita Rosas; es más, nunca la había escuchado mencionar.

—Soler, por ejemplo. Palmiro Soler. Ése es un amigo en común que tenemos.

Cloé advirtió que Fiona se acomodaba en el sillón y que su expresión se tensaba. Desde aquella vez en que Soler le rozó la mano con la lengua, no había vuelto a cruzárselo. Lo vio en una que otra ocasión, pero el hombre parecía desconocerla; no la saludaba, no la invitaba para el minué, ni siquiera la miraba.

"Mejor así", había resuelto Fiona. Prefería evitar altercados entre su esposo y Soler. Después de todo, el hombre era un conocido mazorquero, con bastante poder dentro de la Sociedad Popular.

—Sí, el señor Soler. Lo conozco.

—Él la tiene en gran estima, señora de Silva.

—Bueno... —musitó, incómoda.

La inquietaba el giro que tomaba la conversación. Decidió pasar a la ofensiva.

—Dígame, señorita Despontin, ¿usted vive aquí, en Buenos Aires? Jamás la había visto antes.

—Sí, vivo aquí desde hace años. Lo que sucede es que mi casa está algo retirada, cerca de las barracas, en la boca del Riachuelo, y vengo poco a la ciudad. Soy, casi, una ermitaña —dijo, con una sonrisa burlona.

—Ah. Y, ¿vive sola? Perdóneme, no quiero parecerle entrometida —se disculpó Fiona.

—No, señora de Silva, no se preocupe. Sí, vivo sola con mis criados, Paolina y Mateo.

¿Paolina? ¿Dónde había escuchado ese nombre? La pregunta quedó sin respuesta.

—Disculpe, señorita Despontin, no quiero parecer mal educada. Pero, sinceramente, no comprendo el motivo de su visita.

—Sí, tiene usted razón. Discúlpeme. No quiero quitarle un minuto más de su tiempo. En realidad, he venido hoy hasta aquí para devolverle esto.

Extendió los brazos y le entregó el paquete.

—¿Devolverme? ¿A mí? —le preguntó Fiona, mientras recibía el envoltorio.

Se deshizo del papel de seda y, al principio, no lo

reconoció. Había pasado tanto tiempo que lo había olvidado. Era el vestido de la fiesta en casa de misia Mercedes, el que había usado la noche en que conoció a de Silva, la misma noche en que su padre le dijo que se casaría con él.

—¿Cómo llegó esto a sus manos? —Fijó su mirada en la de Cloé, con una fea sensación en la boca del estómago.

—Juan Cruz lo dejó en mi casa, luego de llevarla a usted allí, hace más de un año. A Paolina le costó mucho ponerlo en condiciones. Estaba prácticamente arruinado por el barro y, sinceramente, es una pic...

—¿Juan Cruz? ¿Juan Cruz de Silva?

Fiona se puso de pie, con el vestido entre las manos.

—Sí, Juan Cruz, su esposo.

¿Quién era esa mujer que llamaba "Juan Cruz" a su marido?

—¿Lo conoce? —preguntó Fiona, abiertamente perturbada.

—¿Que si lo conozco? ¡Válgame Dios, hace muchos años que lo conozco! —Hizo una pausa—. Él y yo somos amantes, señora de Silva.

Fiona tuvo la impresión de que el suelo se movía bajo sus pies. Palideció y, al mismo tiempo, empezó a temblar y a sudar. El vestido se le resbaló de las manos. Pasados unos segundos, se dio cuenta de que había estado conteniendo la respiración. Soltó un gemido, y se derrumbó en la silla.

De pie, Cloé la observaba con expresión indolente. "Ahí tienes, siente lo mismo que yo, maldita estirada." Se agachó para recoger el vestido.

—¡Déjelo! —reaccionó Fiona—. ¡No se atreva a tocarlo! ¡Y fuera de mi casa, maldita mentirosa! ¡Fuera de aquí!

Fiona volvió a erguirse. Con un enorme esfuerzo, se sobrepuso al mareo que amenazaba con hacerla perder el equilibrio. Deseaba arrancarle los cabellos, morderla, hacerle daño, el mismo daño que ella acababa de causarle. "¡No, Dios mío, no puede ser verdad!", se dijo, desesperada. No obstante, las circunstancias se confabulaban de tal manera que la llevaban a pensar que era cierto. Cada vez que de Silva viajaba a la ciudad, y eran muchas, ella insistía en acompañarlo y él se negaba. Siempre se negaba. "¡No, no, Dios Santo!" Y aquella oportunidad, en que llegó a Buenos Aires sin avisar, angustiada por la suerte de Camila O'Gorman, él pasó la noche fuera, en el saladero. ¡No, en el saladero no! ¡En casa de esa maldita mujer! ¿Dónde le había dicho que vivía? "Lo que sucede es que mi casa está algo retirada, cerca de las barracas, en la boca del Riachuelo." Fiona experimentó un fuerte dolor en el estómago y una arcada.

—Yo no soy una mentirosa, señora de Silva. Juan Cruz y yo hemos sido amantes por mucho tiempo y es justo que usted lo sepa.

Cloé hizo una pausa para estudiar a su rival. Aunque llenos de lágrimas, los ojos de Fiona no la miraban con tristeza ni angustia sino con odio. Mantenía los puños cerrados a los costados del cuerpo y los labios, apretados, le temblaban de furia contenida.

—Es excelente en la cama, ¿verdad? ¡Ah, querida! Le aseguro que es el mejor. —Cloé rió en forma afectada—. ¿A usted la sienta desnuda en sus rodillas y le hace el amor ahí mismo, sobre la silla, como a mí? ¡Dios! ¡Nuestro hombre es un semental!

Fiona se echó a llorar. Humillada y lastimada, se dejó ahogar por el abatimiento y, sin esperar a que la mujer se marchara e impulsada por uno de sus consabidos arrebatos, salió corriendo a la calle.

Cloé permaneció de pie frente a la puerta, mirando hacia el exterior, desconcertada. Parecía congelada, no pestañeaba. No era así como debían desarrollarse los hechos; no lo habían planeado de esa forma. Soler le había asegurado que la Malone, de temperamento impulsivo e irascible, reaccionaría lanzándosele encima como una gata rabiosa. Ése sería el momento preciso para que ella actuara.

Bajó la vista y la fijó en el puñal que había mantenido oculto entre los pliegues de su vestido.

—¿Alguien ha visto a Fiona? —preguntó Sean Malone al asomarse por la puerta de la cocina.

Maria levantó el rostro, alarmada.

—La última vez que la vi estaba en su habitación, patrón —respondió.

—De allí vengo y no está. ¿Tenía pensado salir esta tarde?

—No, patrón. Justamente, hoy decidimos no salir a ninguna parte. Por el calor.

El grupo de sirvientas vio marcharse a Malone con el semblante preocupado. Un momento después, Coquita, que parecía muy concentrada en su tarea de pelar arvejas, interrumpió lo que estaba haciendo, se puso de pie, caminó hacia Maria y se plantó frente a ella. La criada, que meditaba adónde podría encontrarse Fiona, no prestó atención al despliegue de muchacha.

—Yo sé qué le pasó a la niña. Yo escuché todo.

Fiona había salido corriendo, aún no regresaba y pronto caería la noche. Se sintió comprometida a contarle la verdad a Maria.

—¿Qué dices, Coquita?

Todas la miraron.

—Que yo sé qué le sucedió a la niña Fiona.

—¿Cómo que tú sabes qué le sucedió a Fiona? ¡Vamos! ¡Habla de una vez! —Maria se puso de pie y apoyó las manos sobre la mesa, con actitud amenazante.

—Hoy, a la siesta, vino una mujer muy rara a ver a la niña. Se llamaba Solé, Tolé o algo así. No puedo acordarme.

—¿Cómo era?

—Era más o menos de cincuenta años, bastante linda y bien vestida. Tenía un traje así, lleno de puntilla y encaje, como los de la niña Imelda. Nunca antes la había visto. Además, hablaba raro.

—¿Raro, cómo?

—No sé, Maria, como si fuera gangosa o estuviera resfriada.

—Vamos, Coquita, no te detengas. Dime qué más sabes.

—Fue terrible, Maria.

—¿Qué fue terrible? ¡No me tengas sobre ascuas, Coquita!

—Esa señora le dijo a la niña Fiona que era la amante de don de Silva.

—¿Que era qué? ¡Dios mío! —Maria se echó en la silla y resopló.

—La niña Fiona comenzó a llorar como una magdalena y salió corriendo a la calle. Hará más o menos cuatro horas de eso.

—¿Cómo no me lo contaste en ese momento, zopenca? Ahora, vaya a saber qué ha sido de Fiona. —A Maria se le formó un nudo en la garganta.

—Yo pensé que ella regresaría sola, una vez que la rabia se le hubiese pasado. No quería que doña Bridgit volviera a regañarme por estar espiando en los...

Maria ya no la escuchaba. Se incorporó de un salto y corrió a la sala a contárselo al patrón.

Después de escuchar a Maria, Sean Malone trató de ordenar los hechos en su mente. Eran más de las siete de la tarde, y Fiona no regresaba. Saldría a buscarla por los alrededores junto con Eliseo.

Regresaron cerca de las diez con los semblantes sombríos. Al entrar en la sala, Sean se encontró con su esposa, su hija y las sirvientas, que rezaban el rosario de rodillas en torno a una imagen de San Patricio. Las mujeres lo interrogaron con la mirada. Ni un atisbo de Fiona, dijo. Habían buscado en un gran perímetro, incluso fueron a casa de misia Mercedes en la esperanza de que la muchacha se hubiese refugiado allí. Preguntaron en lo de O'Gorman también, pero nadie la había visto. Entraron en la iglesia del Socorro, tal vez estuviera rezando. Nada.

Bridgit se aproximó a su esposo con gesto suplicante.

—La encontrarás, ¿verdad, Sean?

—No lo sé, Bridgit.

La mujer se cubrió los ojos y se echó a llorar, y el llanto se entremezclaba con algunas palabras balbuceadas en inglés. Sin reparar en su esposa, Sean tomó por el codo a Eliseo, que permanecía mudo detrás de él.

—Alguien debe avisarle a de Silva.

—Yo iré, patrón, sé dónde encontrarlo. Pero me tomará varios días llegar, tal vez tres o cuatro. Está cerca de Tandil.

—Está bien. Mientras tanto, yo organizaré grupos de búsqueda y daré parte a la policía. El comisario Cuitiño no podrá negarme su colaboración.

—Sí, patrón.

—Vamos, Eliseo. Será mejor que emprendas el viaje esta misma noche.

Capítulo XVI

Fiona se dio cuenta de que, una vez más y por culpa de de Silva, abandonaba la casa de su abuelo, en fuga hacia ninguna parte.

Corrió hasta que se detuvo porque el corazón le ardía en el pecho y se sacudía, enloquecido. Intentó calmarse; pensó que no debía permitir que otro de sus arrebatos la dominara. Buscó normalizar la respiración y fue consiguiéndolo. Sus pensamientos, en cambio, bullían en su mente y no le daban tregua.

¿Por qué la había engañado? ¿Por qué le había dicho que la amaba cuando tenía a esa mujer por amante? ¿Ella no era suficiente? Desde hacía un tiempo siempre estaba dispuesta a complacerlo, y le demostraba su anhelo por hacer el amor con él. Y Juan Cruz parecía disfrutarlo tanto como ella. ¿Por qué, entonces? Ella no necesitaba a ningún otro; jamás había acariciado la idea de un amante, ni en los peores momentos de su matrimonio. ¿Por qué Juan Cruz lo había hecho? ¿Por qué la lastimaba de ese modo tan cruel? Pocas acciones se reputaban tan bajas como la traición. Los dos hombres más importantes de su vida, William Malone y Juan Cruz de Silva, la habían traicionado. Le dolía el alma y el cuerpo. Se rodeó el vientre con los brazos, echó el cuerpo hacia delante y se puso a llorar como una niña asustada.

"Tal vez sea mentira", dijo de pronto, y trató de convencerse, aunque, al repasar la conversación con Cloé, supo que estaba engañándose. Los hechos y detalles condenaban a de Silva. Las palabras de la Despontin regresaron para golpearla como un azote: "Es excelente en la cama, ¿verdad? ¡Ah, querida! Le aseguro que es el mejor. ¿A usted la sienta desnuda en sus rodillas y le hace el amor ahí mismo, sobre la silla, como a mí? ¡Dios! ¡Nuestro hombre es un semental!". Fiona ahogó un gemido y se cubrió el rostro con las manos al imaginarlos juntos, amándose, gozando. Las escenas se tornaron vívidas en su mente y sacudió la cabeza para borrarlas. Gritó hasta caer exhausta.

Estaba anocheciendo antes de lo usual debido a la tormenta que avanzaba desde el río. La calle, sumida en la oscuridad, la atemorizó. Las farolas de las esquinas estaban apagadas y no se veía al sereno encendiéndolas.

A cierta distancia, avizoró un grupo de personas que marchaban rumbo al río. Dado que había comenzado la época estival, los porteños acostumbraban tomar baños a la caída del sol, cuando la noche les servía de aliada para no revelar su semidesnudez.

Fiona los siguió a cierta distancia; de pronto, la soledad le pesaba, y las voces y risas de esas personas la consolaban. No sabía qué hacer ni adónde ir. Sólo tenía en claro que no deseaba regresar a su casa y que no volvería a ver a de Silva en su vida. De igual modo, era consciente de que tanto de Silva como su familia, para evitar un escándalo, echarían un manto sobre el asunto y la obligarían a regresar a *La Candelaria*. Su abuela le diría que los hombres, a veces, cometían ese desliz y que había que hacer la vista gorda; su tía Ana le recordaría los deberes de una esposa; en tanto William, su padre, la amenazaría de algún modo para que recompusiera su matrimonio dado que de Silva seguía ayudándolo financieramente y en la administración de las estancias. Con su abuelo enfermo, no tenía a quién recurrir. Aquella pena podía destruir al viejo Sean Malone.

Por un instante, la rabia y el desconcierto dieron paso a la tristeza, y una gran melancolía la invadió al darse cuenta de que su vida maravillosa y feliz en *La Candelaria* desaparecería para siempre. Había caído bajo el hechizo de de Silva como una mosca cae en un frasco con miel; la había seducido como a una quinceañera enamoradiza; la había usado para conseguir posición social y respetabilidad, mientras se reía de ella y de lo que sentía por él. De seguro, la tal Despontin y él se mofarían de su inocencia y estolidez después de haber hecho el amor. Otra vez, sacudió la cabeza para borrar esa imagen.

Se sentía avergonzada y humillada. Tan dispuesta con él en la cama, y no había sido más que un engaño, una farsa. Hasta le había confesado que lo amaba. ¡Maldito el momento en que le había abierto su corazón! Él también le había dicho que la amaba, que nunca había sentido por una mujer lo que ella le inspiraba. ¿Con qué objeto le había mentido? Habría sido más fácil si ninguno se hubiese dejado llevar por la excitación. Pero lo habían hecho.

Se detuvo al ver que el grupo se acomodaba en la playa, a palmos del río. Desplegaron unas sábanas sobre la superficie barrosa de la orilla. Fiona nunca había comprendido qué tenía de atractivo el Río de la Plata, de color oscuro y fondo fangoso. Observó a los bañistas que se alistaban para arrojarse al río. *Arrojarse al río*. Ella no sabía nadar. No era mala idea. Tal vez así, terminaría con ese sufrimiento sordo que le impedía respirar con normalidad.

—¡No! —exclamó en voz alta, pero nadie la escuchó.

Jamás haría algo así, no era lo que realmente deseaba. Apoyó la mano en su vientre y lo acarició. Su hijo era el único que contaba. No lo dañaría.

—¿Qué haces aquí, sola?

Fiona se dio vuelta, sobresaltada. Una mujer, de edad indefinida, la contemplaba con curiosidad. La atrajeron sus ojos hermosos de mirada triste. Vestía un atuendo burdo, de confección barata, atiborrado de colores vistosos, e iba descalza, los pies embarrados. El cabello le caía en desorden sobre el rostro. En una mano llevaba un balde con agua turbia y, bajo el brazo, un atado de heno.

—¿Qué hace una jovencita tan hermosa como tú, aquí, sola? —insistió la mujer.

—Paseaba —mintió Fiona.

—Será mejor que des por finalizado tu paseo y vuelvas a casa. La tormenta pinta feroz esta noche.

La mujer comenzó a alejarse.

—¡Espere, señora! —Fiona se acercó a la carrera—. Permítame ayudarla —dijo, e intentó quitarle el atado de heno.

—No, jovencita. Ya te dije, mejor será que vuelvas a casa.

—No tengo adónde ir. —Fiona bajó la vista al percibir que el llanto regresaba.

La mujer se quedó mirándola. Aquella muchacha no presentaba la traza de una vagabunda. Le pareció bellísima y elegante; estaba limpia y olía bien, a colonia. Le resultó muy extraño.

—Está bien, acompáñame, siempre hay lugar para uno más en el *Sarquis* —expresó la mujer, y le pasó el atado de heno.

Fiona se quedó observándola. Correteó unos pasos hasta alcanzarla.

—¿Qué es el *Sarquis*?

—¿El *Sarquis*? ¡Ja! El mejor circo de la Confederación. ¿Cómo te llamas?

—Fiona.

—Lindo nombre. ¿Y tu apellido?

Fiona no quería contestar. Cualquiera de sus dos apellidos era conocido en Buenos Aires. Los Malone formaban parte de las familias ricas y prestigiosas, y de Silva era el protegido de Juan Manuel de Rosas, su mano derecha.

—Sólo Fiona —replicó, por fin.

—Está bien. Si así lo deseas, sólo Fiona.

—Y usted, señora, ¿cómo se llama?

—Clementina, pero nadie me llama así. Todos me dicen Tina.

El resto del trayecto lo hicieron en silencio. Resultaba evidente que Clementina no estaba en buen estado físico. Caminar y hablar, acarreando además el peso del balde, se le hacía difícil. Agitada, respiraba por la boca. Por su parte, Fiona no deseaba seguir hablando.

Cerca del río había un grupo de cuatro carretas dispuestas en semicírculo, pegadas unas con otras, formando una herradura. Los toldos que las cubrían eran llamativos, a rayas gruesas, bicolores, rojo y blanco o amarillo y negro. Los bueyes que las tiraban, en ese momento pastaban a un costado, desembarazados del yugo. Fiona sólo vio dos caballos.

A medida que se acercaban a la caravana, se levantaba un murmullo. Alguien vociferaba órdenes; los bueyes mugían; uno de los caballos relinchaba y un hombre, bastante robusto, martillaba algo sobre una piedra.

—¡Sixto, deja de hacer ese ruido! —se quejó Clementina.

El hombre, más bien joven, de piel oscura, con rasgos mestizos, se detuvo, dio media vuelta, y se quedó mirando a Fiona con actitud reconcentrada. Con la misma flema, volvió a su trabajo y continuó martillando.

—Coloca el heno ahí, delante de Merina —indicó Tina a Fiona, y la muchacha dejó el atado frente a la yegua—. ¡Vamos, sígueme, no te quedes ahí papando moscas! —la reconvino, con una sonrisa amistosa.

Fiona obedeció de buena gana.

—¡Julio! —gritó Tina a un jovencito que colocaba leña en un hoyo—. ¿Has visto a don Tadeo?

—Está en su carreta —contestó el muchacho.

Las dos mujeres se encaminaron hacia allí. A medida que se aproximaban, las alcanzaba una melodía divertida.

—¿Adónde vamos, Tina?

—Tengo que presentarte al dueño del circo. —La mujer se detuvo y se volvió sobre los pasos que la separaban de Fiona—. No creo que haya problemas para que te quedes. Eres justito lo que está buscando. —Reanudó la marcha.

—¿Lo que está buscando? Y, ¿qué está buscando, Tina?

—Una belleza así, como tú.

—¿Para qué? —preguntó, no sin inquietarse.

—Necesita una ayudante para su número de magia.

Llegaron a la carreta y no pudo seguir preguntando, aunque estaba muy intrigada. Magia. La idea le agradó.

Tina abrió la puerta y, desde adentro de la carreta, saltó una cosa oscura que lanzó un chillido extraño. Fiona se echó para atrás y profirió un grito.

—¡Sisí! ¡Sisí! ¡Maldita Sisí, ven aquí! —tronó la voz de un hombre—. ¡Tina, sabes que debes tocar antes de entrar!

Fiona siguió con la mirada a Sisí. Evidentemente, era un animal, no muy grande, tal vez del tamaño de un gato gordo.

—Entra, Fiona. —Tina la instó a subir el escalón de la carreta—. No le hagas caso, es un viejo gruñón. La mona ya volverá sola, cuando tenga hambre.

—¿La mona? ¿Qué es eso?

—Un animalito de Dios, como cualquier otro.

—¿Qué pasa? Sabes que a estas horas ensayo con Sisí y... —El hombre se calló cuando Fiona apareció en el interno de la carreta—. ¿Quién es ésta?

—No le hagas caso, Fiona. No siempre tiene este

humor de perros. —Se dirigió al hombre—: Anda buscando trabajo. Me pareció indicada para que te ayude en el número de magia.

Don Tadeo Sarquis, un hombre más bien bajo, regordete, con bigotes poblados, nariz grande y enrojecida y ojos saltones y legañosos, escrutó a Fiona, que se mantenía cerca de la puerta.

—Se llama Fiona —se apresuró a decir Tina.

—Ajá. ¿Qué te trae por acá, Fiona?

—Estoy buscando trabajo y un lugar donde vivir.

—Por lo que veo, tú no pareces ser una jovencita muy necesitada de trabajo —comentó con sorna, al tiempo que le pasaba la mano por el encaje del puño.

Fiona apartó el brazo.

—¡Epa! ¡Si no voy a hacerte nada! —continuó, sin quitarle los ojos de encima.

—Bueno, ya, dinos, ¿se queda o no? —preguntó Tina, molesta.

—Está bien. Al principio, sólo comida y un lugar donde dormir. Más adelante, y si eres buena, hablaremos de paga. Si lo quieres así, tómalo; si no, vete.

Sarquis le dio la espalda y simuló ocuparse de la jaula de Sisí. Fiona percibió el apretón que Tina le daba en el antebrazo.

—Está bien, acepto.

"No tengo nada qué perder", pensó.

Después, las dos abandonaron la carreta de don Tadeo.

El lugar donde dormir del que había hablado el dueño del circo resultó ser el carro en el que vivían Tina y su hija Sacramento. Esa noche, recostada sobre su camastro, por fin a solas con sus pensamientos, se entregó a reflexionar acerca de la extraña situación en la que se encontraba.

Estaba allí, en medio de un circo, dispuesta a abandonar todo lo que hasta ese momento había amado. Se incorporó súbitamente. "¿Qué estoy haciendo? ¿Acaso me he vuelto loca?". Recordó a su abuelo, a su abuela, a *aunt* Ana, a Imelda. Pensó en Catusha, en Candelaria, en Maria y en Eliseo. Los rostros de las personas queridas asomaban a su mente cada vez más embrollada y, por momentos, la exhortaban a desistir de la huida. Después, la imagen de de Silva ocupaba el lugar de las otras y de nuevo la furia y la desazón la ahogaban.

Se desató una fuerte tormenta. Pensó en las famosas sudestadas, que arrasaban con todo. Un trueno sobrecogedor la obligó a acostarse y a cubrirse con la manta. El sonido persistente de una gotera comenzó a adormecerla. Estaba confundida, angustiada, cansada. Sobre todo, cansada.

Capítulo XVII

Eliseo dio con de Silva después de cuatro días, en una de las estancias de Rosas, cerca de Tandil.

—¡Patrón! ¡Lo buscan! —le avisó un peón que había interceptado a Eliseo un trecho antes.

Al divisar al sirviente, Juan Cruz intuyó que algo malo sucedía.

—Patrón —dijo Eliseo, al tiempo que se quitaba la boina roja.

—Buenas tardes, Eliseo. ¿Qué ocurre que andas por estos lares? —De Silva aparentó calma.

—Traigo malas noticias, patrón. Es la niña Fiona...

—¡Qué pasa! —De Silva se aproximó en dos zancadas.

—Hace cuatro días que lo busco, patrón. Para avisarle, ¿sabe?

—¡Para avisarme, qué, Eliseo! ¡Por Dios, habla!

—La niña Fiona ha desaparecido, patrón.

—¡Cómo que Fiona ha desaparecido!

Los peones escuchaban, atentos, los gritos del administrador de Rosas.

—Hace cuatro días, patrón. Estaba en casa de don Malone y después, no la vimos más.

—¡Cómo que no la vieron más, Eliseo! —De Silva pensó que enloquecería de angustia—. ¡Alguien tiene que haber visto u oído algo!

—Sí, Coquita lo vio todo.

—¿Coquita?

—Una de las mulatas que trabaja en lo de don Malone. Ella dice que la niña Fiona recibió a una mujer esa tarde; la mujer le dijo algo que a la niña le molestó mucho, y más luego salió como loca a la calle. La mujer salió también, después de unos minutos.

—¿Una mujer? —"¡No, Dios mío, que no sea ella!", suplicó de Silva.

—Sí. Coquita no se acordaba bien el nombre. Algo así como Tolé, Solé. Bueno, algo por el estilo.

No le quedaron dudas. Era ella. Maldita Cloé. ¿Qué le había dicho a Fiona? ¿Qué mentira había inventado para lastimarla? De Silva golpeó con el puño el borde de la estacada del corral.

—Y, ¿sabes qué le dijo esa mujer? —preguntó, casi con miedo.

—Sí, patrón. —Eliseo bajó la vista, avergonzado.

Entonces, de Silva entendió.

—Le dijo... Pues... Le dijo que... usted y ella eran...amantes, patrón.

De Silva no pudo mantener la calma. Golpeó de nuevo la estacada, pelándose los nudillos. Eliseo miró hacia abajo y estrujó la boina entre las manos.

Juan Cruz se maldijo por estúpido. Todo ese tiempo había estado papando moscas. Tendría que haberse asegurado de que Cloé no volviera a molestar. Después de que abandonó la habitación del hotel aquel día, él pensó que, por fin, se la había sacado de encima. No había reparado en sus amenazas. "¡Estúpido!", se maldijo. Le había permitido marcharse, loca de rabia y despecho, y no había tomado precauciones para evitar su venganza. En ese momento, su felicidad y la de Fiona pendían de un hilo a causa de su propia ineptitud.

—Patrón, yo salí de Buenos Aires hace cuatro días. Tal vez la niña Fiona ya esté de regreso, sana y salva.

—Saldremos ahora mismo para la ciudad. ¡Joaquín!

Un muchachito se aproximó al trote.

—Mande usted, patroncito.

—Acompaña a Eliseo a la cocina. Dile a Martina que le dé todo lo que le pida. Mientras tanto, tú prepara un caballo nuevo y provisiones para un viaje de cuatro días.

Se hallaban en las proximidades de *La Candelaria*. Juan Cruz había decidido pasar por allí con la esperanza de que Fiona estuviese en la casa grande. No le importaba encontrarla enfurecida; no le importaba si le gritaba, lo insultaba y lo golpeaba; sólo deseaba volver a verla.

Ya amanecía. Estaban agotados; habían cabalgado toda la noche y tenían las piernas y los brazos entumecidos.

Con el sol, de Silva columbró los techos de la mansión. Estaba ansioso por llegar y encontrarse con su esposa. Cada día había anhelado verla en el comedor, ataviada con sus trajes insinuantes y arreglada para la cena, perfumada con su loción floral, atractiva para agradarle. El corazón se le encogió al pensar que algo malo hubiera podido sucederle.

La casa ya estaba en pleno movimiento. Algunas sirvientas pulían la platería del salón principal, otras sacudían las cortinas. Todo parecía tan normal que de Silva se sintió bien. Hasta que su mirada se cruzó con la de Candelaria.

—¡Juan Cruz! —exclamó la negra, y a de Silva le pareció que el tono de su voz encerraba un mal augurio.

Se abrazaron.

—No estuvo por acá, ¿verdad? —preguntó, sin apartar a la mujer de su pecho.

—No, querido. Don Malone mandó a un grupo de hombres para ver si ella estaba aquí. Eso fue hace más de una semana, Juan Cruz. No sé nada. ¿Qué sucedió, pues? Nadie lo sabe, realmente.

—Todo es por mi culpa, Candelaria.

—¡Tu culpa! Si tú estabas lejos, en las estancias de don Juan Manuel.

—Después te contaré. Lo importante ahora es hallarla. Debo partir hacia Buenos Aires cuanto antes, no puedo perder tiempo.

Se encaminó hacia la escalera principal. Se detuvo antes de comenzar el ascenso.

—¿Alguien ha ido a lo de mi madre? Tal vez esté allí —dijo de pronto, esperanzado.

—Yo misma he ido, casi todos los días. He revisado cada rincón de la casa de tu madre y cada recoveco del jardín. Lo siento, hijo, no está allí.

A la mañana siguiente de su huida, Fiona despertó sobresaltada. Alguien la sacudía.

—¡Vamos, Fiona, arriba! Hay mucho trabajo que hacer. —Era la voz de Tina.

Fiona se incorporó en el catre tan de golpe que tuvo deseos de vomitar. Inspiró profundamente, y, poco a poco, dominó las arcadas.

Miró a su alrededor. La carreta se veía distinta a la luz del sol. Los colores de las cortinas se reflejaban como un arco iris en las paredes de madera y le daban un aspecto menos triste que el de la noche anterior. A un costado, Sacramento se lavaba en una palangana de loza; le causó gracia la forma en que la muchacha se arrojaba agua al rostro. Sus labios abandonaron la sonrisa cuando cayó en la cuenta de que esa mañana no tendría su acostumbrada tina llena de agua aromatizada, ni a Maria para masajearle la espalda con aceite de coco ni para peinarla ni para conversar acerca de trivialidades.

Se vistió rápidamente, decidida a regresar a casa de su abuelo; al fin y al cabo, la caravana aún permanecía a la orilla del río, a unas cuantas cuadras de lo de Malone.

—Esa sortija que llevas, Fiona, ¿es de algún enamorado? —preguntó Tina.

Fiona se contempló la mano. Las lágrimas y los destellos de las piedras preciosas la encandilaron, y no pudo evitar recordar la tarde, en casa de su abuelo, cuando de Silva le entregó el anillo. También pensó que nunca había odiado tanto a una persona como en aquella circunstancia a de Silva. En ese momento, ¿qué sentía?

La mujer se dio por vencida, resultaba obvio que jamás obtendría una respuesta.

—Te espero fuera, Fiona —dijo—. Debes ayudarme a preparar el desayuno. —Y salió sin esperar una contestación.

—Sí que eres rara, Fiona —comentó Sacramento.

Fiona se limitó a mirarla, confundida. Se había perdido en sus recuerdos y cavilaciones. Comprendió que, si continuaba así, la creerían loca.

Sacramento terminó de cambiarse y abandonó la carreta.

—Apresúrate, queridita, aquí no eres la princesa que pareces ser. Debes ayudar —dijo antes de cerrar la puerta.

A Fiona, los ojos volvieron a llenársele de lágrimas. El recuerdo de la tarde en que de Silva le entregó el anillo la confundía y la sumía en la desesperanza y la angustia. En ese momento también lo detestaba, pero no como en aquella ocasión. Lo detestaba más aún, porque ahora Juan Cruz sabía que ella estaba enamorada de él. Le había confesado que lo amaba, y en su vientre crecía el fruto de su amor. Todavía resultaba duro asimilar el daño que de Silva les había hecho, a ella y a su hijo. No, no volvería.

Se arregló un poco y salió al campamento. A pesar de que recién amanecía, los miembros del circo ya mostraban un dinamismo que ella se encontraba lejos de experimentar. Se encaminó hacia Tina, que atizaba los leños que ardían bajo la trébedes.

—¡Por fin te decides a venir! Vamos, niña, hay mucho trabajo que hacer.

Fiona reparó en que esa frase era su muletilla.

—Sí, Tina. Dime en qué puedo ser útil.

La mujer le tomó las manos con torpeza.

—Tienes las manos más suaves que he visto en mi vida. —Levantó la cara para estudiarla—. ¿Alguna vez has hecho algún quehacer doméstico, Fiona? —preguntó, con acento despectivo.

—Nunca.

—¡Dios mío!

—Pero aprendo rápido todo cuanto se me enseñe, Tina. Te lo aseguro.

—Está bien, te enseñaré —replicó, y le soltó las manos.

Esa mañana sirvió el mate cocido en los tazones de lata y cortó en fetas el pan con chicharrón. Más tarde, apareció don Tadeo. Nadie lo saludó, y él tampoco saludó a nadie. Se limitó a echar un vistazo de soslayo al campamento antes de acomodarse en su banqueta y pedir a gritos el desayuno.

—¿Quién es el dueño aquí, Tina? ¿Te has olvidado? Todos están desayunando, menos yo. ¡Deberías haberme llevado el desayuno a la carreta!

—¡Ah, sí, cómo no! ¡Puedes esperar sentado! ¡Te cansarás menos! Además, gruñón de porquería, estarías desayunando con todos si te levantases más temprano en lugar de remolonear como un duque —lo increpó, antes de entregarle el tazón.

—¡Bah! ¡Cállate, mujerzuela!

Fiona observaba la escena y no podía creer que Tina se atreviese a conferirle ese trato. Miró a su alrededor; nadie parecía preocuparse por la discusión entre la mujer y el dueño del circo, ni siquiera Sacramento, que continuaba bebiendo su mate cocido.

—¿No hay nada para comer, maldita sea? —Tadeo echó una mirada furibunda a Fiona.

—Vamos, Fiona, alcánzale uno antes de que se lo meta yo misma por la nariz —susurró Tina.

El comentario le hizo gracia, pero se contuvo. Caminó hacia don Tadeo, extendió la mano y le alcanzó la feta de pan desde lejos, como si temiera aproximarse. El hombre tomó el bocado y se lo llevó de una vez a la boca. Masticaba con dificultad; migajas escapaban por sus comisuras. Fiona se quedó mirándolo, atónita.

—¡Qué miras! —vociferó Tadeo.

El grito la volvió en sí y, rápidamente, retornó a su sitio.

Más tarde, Fiona y Tina se encargaron de alimentar a los animales.

—Te presento a Merina y a Sinfonía, los mimados del circo.

Tina se acercó, primero a la yegua y luego al caballo, y los palmeó cariñosamente.

—Son hermosos —comentó Fiona.

El caballo de mejor estampa que conocía era el de de Silva. Un padrillo imponente, de gran alzada y cuerpo esbelto y fuerte. Era malo; sólo de Silva conseguía subyugarlo. Esos dos ejemplares eran magníficos también.

—Después de Sisí, son lo que Tadeo más ama en la vida. —Lo dijo y detuvo las caricias—. Sixto es el que los monta en el espectáculo. Ya lo verás, no hay quién se le compare haciendo piruetas arriba de Sinfonía y Merina.

—Y yo, Tina, ¿qué tendré que hacer?

—Tú serás la ayudante de Tadeo en el espectáculo de magia. Él te lo explicará más tarde, seguramente. Vamos, Fiona, debemos continuar.

De Silva resolvió que, antes de comenzar la búsqueda, iría a casa de los Malone. Tal vez Fiona había regresado a lo de su abuelo. Deseaba tanto que estuviera allí, la idea de perderla lo aterraba. Entendió que dependía de ella para que su vida no deviniera en un páramo infernal. Mantenerse lejos de Fiona ese tiempo que dedicó a las estancias de Rosas se había vuelto una tortura. Su esposa se había convertido en una obsesión: significaba todo para él, y sospechaba la clase de vida miserable que conduciría sin ella a su lado.

La culpa lo atormentaba: no había procedido con nobleza al regresar a casa de Cloé después de casado. Trató de aplacar su conciencia recordándose que sólo habían sido unas pocas veces, en la época en que Fiona lo despreciaba. Este pensamiento, sin embargo, no lo serenaba.

—¡Puta maldita! —gritó, y golpeó su bota con la fusta.

Eliseo, que cabalgaba a su lado, lo miró por el rabillo del ojo.

—Ya estamos por llegar, patrón.

—Lo sé —contestó de Silva, sin quitar la vista del frente.

Eliseo había llegado a querer a de Silva tanto como a Sean Malone. Era un hombre trabajador, lleno de fuerza e ímpetu, conocía el trabajo como nadie y gozaba de gran autoridad entre sus peones; era inteligente y sagaz; tenía que serlo para haber logrado manejar a la niña Fiona. La amaba, eso cualquiera lo notaba. Todo ese asunto de la querida debía de ser una gran calumnia, pero, como conocía el espíritu precipitado de Fiona, Eliseo comprendió que no resultaría fácil hacerla entrar en razón.

Ingresaron por el sur, hasta desembocar en la Plaza de la Victoria. El ruido de los cascos de los caballos chapoteando en el barro de las calles, el pregón de las negras mazamorreras, la campana de la carreta del aguatero, el bullicio de unos niños tratando de atrapar a un perro, esos sonidos habituales los recibieron cuando se adentraron en la zona del mercado. De Silva buscaba a Fiona entre la multitud, y presentaba un aspecto poco común mientras estiraba el cuello tratando de divisarla.

Escaparon de la algazara del centro rumbo a la mansedumbre de los barrios aledaños. Se veían a unas pocas señoronas caminando por las veredas angostas y a algunos caballeros reunidos en las esquinas, de seguro, hablando de política. Al reconocerlo, le dispensaban un movimiento de cabeza, frío y distante. Eliseo pensó: "El chisme de la huida de la niña Fiona ha llegado a todos los hogares y es la comidilla del momento".

Por más que los Malone habían intentado mantenerlo en secreto, resultó imposible en una casa llena de sirvientas deseosas de recibir unos reales a cambio de un poco de información.

Llegaron a lo de Malone. De Silva, de un salto, se precipitó al zaguán de la mansión. Coquita le abrió la puerta.

—¡Señor de Silva!

—¿Está mi esposa aquí? —preguntó, sin entrar.

—No, señor. Nadie sabe dónde está.

Coquita reprimió un grito cuando de Silva pateó la columna de la entrada y profirió un insulto subido de tono.

—¿Qué pasa, Coquita?

Era la voz de Bridgit. De Silva entró en la mansión.

—¡Señor de Silva! —exclamó la mujer.

—Señora Malone. —No sabía qué decir.

—Pase. Mi esposo querrá hablar con usted. —Bridgit le habló en un tono duro, cargado de resentimiento.

Entró en la sala y esperó, sin sentarse, con el sombrero entre las manos. Cuando advirtió que aún llevaba el pañuelo rojo a la corsario, se lo quitó rápidamente y se enjugó la frente con él.

—De Silva.

La voz grave de Sean lo sobresaltó. Al volverse, se encontró también con William, el padre de Fiona, que lo miraba con desprecio.

—Señores. —Inclinó la cabeza—. ¿Han tenido alguna novedad?

—No —respondió el padre de Fiona de mal modo.

De Silva le lanzó una mirada de advertencia. "Serás mi aliado en esto o tengo la forma de destruirte frente al viejo." William ablandó de inmediato su expresión.

—Señor Malone —Juan Cruz se dirigió a Sean—. Antes que nada quisiera explicarle que todo este asunto...

—Sinceramente, señor de Silva, me importa un rábano su asunto. Las explicaciones no tiene que dármelas a mí. Lo único que deseo ahora es encontrar a mi nieta, sana y salva. El resto no me interesa, al menos por ahora.

—Sí, comprendo.

—Conocemos sus estrechas relaciones con el gobernador y deseamos que las utilice para encontrar a Fiona. Hemos hablado con Cuitiño, pero él dice que la policía a su cargo no puede mover un dedo sin la orden del gobernador. Y por más que he ido todos los días a ver a Rosas, no ha podido o no ha querido recibirme. —Sean hizo un gesto de disgusto.

—De todas formas —continuó William—, hemos armado grupos con nuestros peones que han salido a recorrer la provincia. Pero hasta el momento, nada, absolutamente nada.

De Silva permanecía callado, con la mirada perdida. Tuvo la impresión de que buscaban una aguja en un pajar. De igual modo, él no se daría por vencido; revisaría cada rincón de la Confederación; en algún lugar la encontraría.

—Enviaré a Eliseo de vuelta a *La Candelaria* para que organice grupos de búsqueda. Yo iré ahora mismo a ver a Rosas y le pediré ayuda.

Movió la cabeza a modo de despedida y salió. En la calle, necesitó inspirar con vigor; tenía el cuerpo tenso y las manos, sudadas. ¿Cómo imaginó que lo recibirían los Malone? ¿Con bombos y platillos? De igual manera, pensó, eso no le importaba tanto como la falta de noticias.

—¡Señor! —Eliseo no podía ocultar su inquietud—. ¿Alguna novedad, señor?

—Nada, Eliseo, nadie sabe nada. Vamos, apresúrate. Quiero que vuelvas a *La Candelaria* y, junto a Celedonio, armen grupos de cinco hombres y salgan de inmediato a recorrer la provincia, de norte a sur, de este a oeste. No deberá quedar sitio sin investigar. Yo permaneceré unos días aquí. Quiero que cada grupo me mantenga informado con un chasqui, ¿entendido?

—Perfectamente, señor.

—Avisa a todos que habrá una buena recompensa para el grupo que la encuentre. Vamos, hombre, sal ahora mismo para la estancia, no hay tiempo que perder.

El bullicio en la Plaza de la Victoria interrumpió las cavilaciones de de Silva. Una multitud se agolpaba en el centro, alrededor del mástil. Se trataría de algún espectáculo, tal vez de una riña, o quizá una cabeza unitaria estaqueada por la Mazorca. Pronto volvió a su ensimismamiento, y, mientras se encaminaba a la quinta de Palermo, analizaba cada palabra que le diría al gobernador y calculaba sus posibles respuestas.

—¡Señor de Silva!

El grito atrajo su atención por encima del bullicio.

—¡Señor de Silva!

—¡Paolina! —exclamó, al reconocer a la negra que corría hacia él.

Hizo girar a su padrillo para acercarse a la joven, que intentaba abrirse paso entre la gente aglomerada en la Recova Nueva.

—Señor de Silva —repitió la sirvienta, sin aliento—. Al fin regresó, patrón. He ido todos los días al saladero a buscarlo; necesito hablar con usted.

—¿Qué sucede? —le preguntó de mal modo, sin apearse del caballo.

Todavía no había decidido qué sería de Cloé y no estaba de humor para pensarlo. Encontrarse con Paolina implicaba decidir algo, y rápido, porque de seguro la negra le pediría instrucciones.

—Patrón, necesito hablar con usted ahora mismo.

Los ojos desorbitados de Paolina lo sorprendieron.

—Ahora no puedo. Tal vez, más tarde.

—Patrón, no puede esperar, se lo aseguro —insistió la negra.

—Está bien, pero no en la casa —advirtió de Silva.

—Si es por la señora Cloé, patrón, vaya tranquilo. Ella no está ahí.

De Silva aguardaba en la sala de la casa de Cloé cuando llegó Paolina. Mateo, el cochero, la había traído desde el centro de la ciudad en la volanta. La negra pasó como un rayo hacia la cocina con una canasta llena de verdura.

—¡Paolina, ven! ¡No tengo todo el día! —gritó de Silva al verla.

Antes de volver a la sala, la sirvienta se santiguó. De Silva siempre le inspiraba pánico, con más razón en ese momento.

—Señor de Silva, usted no puede imaginarse cómo lo he buscado todo este tiempo para contarle, señor —exclamó la negra con voz llorosa.

—¿Dónde está la señora Cloé?

—Bueno... Pues...

—¡Vamos, habla!

La negra se estremeció con el grito.

—La verdad, no lo sé... No lo sé exactamente, patrón. Creo que está en casa de don Soler.

—¿De Soler? ¿De Palmiro Soler?

De Silva se puso de pie y acentuó el ceño.

—Sí, patrón, el mazorquero. El señor Soler y la señora son amantes ahora.

—¿Amantes?

—¡Sí, señor! ¡Pero desde que usted la dejó a ella! Antes, no, señor, antes, no, se lo juro, se lo juro —repitió, al tiempo que se hacía la cruz sobre la boca.

—Pero, ¿por qué no me lo dijiste, Paolina? ¿Acaso yo no te pagaba para que me mantuvieras informado acerca de todo lo que pasaba en esta casa?

Los ojos duros de de Silva la llenaron de miedo y se echó a llorar.

—Basta, no llores ahora y continúa contándome.

—Hace un tiempo el señor Soler vino a visitar a la señora y se quedó largo rato conversando con ella. Yo no pude escuchar bien porque se encerraron en el estudio, pero cada tanto mencionaban su nombre y el de su esposa.

—¡Hijo de puta! —Golpeó la mesa con el puño—. ¡Vamos, continúa!

—El señor Soler venía todas las tardes a verla y se quedaba hasta el amanecer. Yo no le avisé nada porque pensé que, como usted y la señora... Bueno, pensé que ya no estaba interesado en los asuntos de esta casa.

—Sí, pero el sobre con el dinero para los gastos llegaba todos los meses, ¿verdad? —la increpó de Silva.

—La señora Cloé nos decía a Mateo y a mí que usted no pagaba más los gastos de la casa, que ahora los pagaba el señor Soler —musitó Paolina.

—¡Pero, estúpida! ¿No recibías el sobre con tu dinero todos los meses?

—¡No, señor, se lo juro! —gritó entre lágrimas—. ¡Desde hace meses no recibo un centavo suyo!

—Pero si te lo envié con... ¡Maldito traidor! —Otro golpe en la mesa—. ¿Dónde está Mateo? ¡Rata miserable! ¡Mateo! —gritó enfurecido.

Pasaron unos segundos; el cochero no apareció. De Silva decidió que arreglaría el asunto con Mateo más tarde; ahora se concentraría en Soler y Cloé.

Paolina terminó de relatarle lo que conocía del asunto, que no era mucho más. Le contó que diez días atrás la señora Cloé se había ido de la casa. Suponía que se alojaba en lo de Soler, pero no estaba segura. De todas formas, la semana anterior había recibido una esquela de su patrona indicándole que no regresaría en varios días, que mantuviera todo ordenado y que ella le enviaría dinero para los gastos.

De Silva abandonó la casa de su antigua amante muy perturbado. Permaneció unos minutos en el zaguán, quieto, con la mirada perdida. La confusión lo abrumaba y no le permitía decidir qué acción tomar. Había olvidado su objetivo de hablar con Rosas, y ni siquiera sabía qué rumbo tomar en ese momento.

De pronto, su mente pareció aclararse. Montó su padrillo y salió a todo galope.

La casa de Soler se hallaba sumida en un silencio sospechoso. Los postigos de las ventanas permanecían cerrados. De Silva caminó hacia la entrada; se quedó unos minutos inmóvil frente a la puerta, atento a cualquier posible indicio de actividad en su interior. Agitó varias veces la aldaba. Le abrió un hombrecillo al que reconoció como el ayudante de Soler.

—Buenos días, señor de Silva —dijo el sirviente, sin abrir del todo la puerta.

—¿Está Soler? —preguntó, de mala manera.

—No, no se encuentra, señor de Silva.

El puntapié que de Silva le propinó a la puerta envió al sirviente unos metros más allá.

—¿Dónde estás, rata miserable? ¡Muéstrame la cara, cobarde de mierda! —vociferó de Silva, a medida que avanzaba.

El sirviente caminaba hacia atrás, temblando y balbuceando.

—No está, señor, no está. Se lo aseguro.

—¡Sal de donde estés, Soler hijo de puta!

Se detuvo en medio de la sala principal; giraba sobre sí, escrutando cada rincón.

—¡Vamos, Soler! ¡No seas cobarde! ¿O sólo te animas con las mujeres, maldito hijo de puta?

—¿Qué quieres, de Silva?

Juan Cruz se dio vuelta con un movimiento brusco. Soler, que acababa de aparecer por una de las entradas, sostenía un trabuco con el que apuntaba a de Silva directo al rostro. El cañón del arma temblaba.

—¡Ah! ¡Ahí estabas! —De Silva avanzó hacia él con una sonrisa desdeñosa.

—¡No des un paso más o te vuelo la cabeza! —El rostro de Palmiro Soler presentaba una mueca desquiciada, tenía las mejillas encarnadas y la frente, brillante de sudor.

—Sólo dime qué hiciste con mi mujer y luego me marcho. —Avanzó un trecho—. ¿Dónde está Fiona, asquerosa rata?

Soler retrocedió; temblaba como una hoja.

—¡Basta! ¡No sigas avanzando, de Silva, porque te aseguro que te saco la cabeza de su sitio!

—¿Tú? ¿Tú sacarme la cabeza de sitio? —Soltó una carcajada—. Tú no puedes matar a una mosca, Soler. Eres un maldito cobarde. Sólo tienes agallas para meterte con mujeres.

La expresión de ferocidad de de Silva acentuaba el miedo de su rival.

—¡Cállate, cállate, bastardo!

El sirviente, que momentos atrás se había escurrido por una de las entradas, reapareció en la sala, con otro trabuco en las manos. Se acercó a su patrón, y juntos apuntaron a de Silva.

—Dime qué has hecho con Fiona.

—Nada, yo no hice nada. Y ahora vete de mi casa o no respondo.

Soler tomó coraje, se acercó a de Silva y le apoyó el cañón en la frente.

—Dime dónde está mi mujer —repitió de Silva, sin inmutarse.

—¡Ya te he dicho que no sé nada acerca de tu

mujercita! ¿Qué pasó? ¿Se te escapó la maldita? Es difícil de domar esa Malone, ¿verdad? Yo la quería para mí, pero ella me despreciaba. ¡Engreída del demonio! —Soler empezaba a envalentonarse—. Debo admitir que es la más hermosa de todas. Tiene un par de...

No pudo terminar. De Silva, con un movimiento rápido, lo despojó del arma con una mano, y con la otra le aplicó un golpe demoledor, que lo hizo caer al suelo. Le puso un pie en la garganta y le apoyó el trabuco sobre la frente.

—¡No me mates, de Silva! ¡No me mates!

—¡Tráigame su arma o no le va a reconocer la jeta a su patrón! —ordenó de Silva, sin siquiera mirar al sirviente.

El hombre se acercó, temeroso, con el arma baja, y la depositó a unos pasos de de Silva. Se aproximó aún más, por orden de de Silva. Cuando lo tuvo al alcance, Juan Cruz le asestó un culatazo en la frente y el ayudante de Soler cayó inconsciente, junto a su patrón. Soler gritó al ver a su sirviente, con la frente partida, en el suelo. De Silva arrojó lejos el trabuco que tenía en las manos y le propinó un puntapié al otro, que fue a parar bajo el sofá. Tomó de su bota una daga y la apoyó en la garganta de Soler.

—Ahora —le dijo con los dientes apretados—, ahora me dirás qué hiciste con mi mujer.

—Yo no sé nada de t... ¡Ahhh!

De Silva le abrió un surco en la mejilla. La herida sangraba profusamente y el hombre comenzó a lloriquear de pánico.

—Ahora, me dirás dónde está o te abriré de a partes, hasta que mueras desangrado. ¿Comprendes, Soler?

—No, por favor, basta, basta. Te diré todo, pero no me hagas daño. Todo salió mal, nada resultó como lo habíamos planeado. —Hablaba con el aliento entrecortado—. Ella, Cloé, no pudo hacerlo.

—¿Qué no pudo hacer?

—Ella... Ella debía matarla.

El pecho de de Silva se contrajo con violencia, y el dolor le quitó las fuerzas. "¿Matarla? ¿Qué es todo esto?", pensó, aturdido.

—¿Matarla? ¡Soler, hijo de puta! —gritó, enfurecido, y le clavó la punta de la daga en la garganta, provocándole un corte superficial. "No debía matarlo", pensó. "No todavía."

—¡No, basta! No la mató, no la mató. No pudo hacerlo. Tu mujer salió corriendo de lo de Malone y nunca más volvimos a verla. Nadie sabe dónde está, te aseguro que nosotros no tenemos idea de dónde está. ¡Por favor!

De Silva tomó a Soler del cuello de la camisa y lo arrastro con él cuando se incorporó. Sin quitarle la daga de la garganta, apoyó el cuerpo de su rival contra la pared.

—¿Por qué? Dime, ¿por qué? —le preguntó, entre rabioso y abatido—. Dímelo o no volverás a ver en tu vida. Yo mismo te los arrancaré —Le acercó el arma a los ojos.

—¡No! —gritó Soler, espantado—. ¡No fue idea mía, no fue idea mía! Todo fue un plan de Rosas para vengarse de tu mujer y de su familia. Yo no planeé nada de esto, te lo aseguro. Por favor, no me hagas daño.

Soler percibió que la presión en su garganta cedía y que el filo de la daga se alejaba de su rostro. De Silva se quedó mirándolo fijamente, desconcertado, como si no pudiera entender lo que acababa de escuchar.

—¿Qué has dicho? —balbuceó—. ¿Qué has dicho? —Lleno de ira, lo aprisionó otra vez contra la pared, y Soler tuvo la impresión de que se disponía a desollarlo vivo.

—¡Juan Cruz! —La voz de Cloé resonó en la habitación.

De Silva se volvió con rapidez sin soltar a Palmiro Soler, y descubrió que su antigua amante le apuntaba con el revólver Colt que él mismo le había regalado para su protección personal. Cloé sostenía el arma con firmeza. La determinación y frialdad en su mirada le dio a entender a de Silva la dimensión de su odio hacia él. Se arrojó al suelo en el momento en que Cloé apretó el gatillo. La bala alcanzó a Soler en el rostro.

De Silva se incorporó y observó el cuerpo del mazorquero. Soler estaba irreconocible; el tiro le había destrozado la cara, y su sangre se esparcía por el suelo.

—Está muerto —anunció.

Al escucharlo, Cloé lanzó un gemido angustioso. De Silva volteó y trató de llegar a ella, aunque era demasiado tarde: Cloé se llevó la pistola a la boca y se descerrajó un tiro. Su cuerpo se sacudió en el piso antes de yacer inerte.

De Silva se arrastró hasta Cloé y se acuclilló a su lado. La tomó entre sus brazos, la apoyó en su regazo y la miró con compasión. Cerró los ojos de Cloé con manos temblorosas. Se puso de pie y caminó a los tumbos hasta una silla, donde se echó sin ceremonia. Se llevó la mano a la cabeza y soltó un suspiro cargado de angustia. Así permaneció largo rato mientras meditaba los sucesos rápidos e inesperados de ese día. Cloé no era una mujer brillante, y Soler era un cobarde. Ellos jamás habrían pergeñado ese plan sin el apoyo de alguien poderoso. Juan Manuel de Rosas había sabido usar la humillación y el odio del mazorquero y los celos de la prostituta para vengarse de Fiona y de los Malone.

Se le cerró la garganta, y un frío le recorrió el cuerpo. A pesar de que los hechos se esclarecían y las piezas comenzaban a encajar, tuvo la impresión de que todo a su alrededor se tornaba oscuro y desconocido. Entendió que, tal vez, nunca más volvería a ver a Fiona; y que, si algún día la encontraba y eran uno otra vez, no podrían serlo allí, en los dominios del Restaurador.

Capítulo XVIII

Don Tadeo decidió marchar hacia el sur. Tanto había insistido Tina en que deseaba conocer Tandil y Bahía Blanca que terminó por convencerlo. Además, durante el trayecto, encontrarían postas y pueblos donde presentar el espectáculo.

El brillo y colorido que engalanaban la función cada atardecer se perdía después, cuando los pobladores se apartaban del escenario y todo volvía a la normalidad. Una angustiosa sensación embargaba a Fiona en esos momentos y necesitaba llorar a solas. Buscaba un lugar apartado, se sentaba en el suelo y, ocultando la cara entre las rodillas, lloraba. De a poco, la tristeza y el llanto después del espectáculo iban quedando atrás. Con el paso de los días, se sentía mejor. A pesar del mal genio de don Tadeo, los sarcasmos de Sacramento y el merodeo de Sixto, Fiona estaba bien.

Hacía poco más de dos meses que estaba con ellos y había aprendido muchas cosas. Se desempeñaba como asistente del acto de magia y de la mona Sisí cuando ésta bailaba y hacía piruetas sobre el organillo. Sixto había intentado convencer a Tadeo de que le permitiera entrenarla en el número con los caballos, pero el dueño del circo se había negado. Fiona suspiró cuando por fin el viejo le dijo "no"; en su estado no habría podido siquiera trotar levemente.

Tina y Sacramento eran las malabaristas. Esas mujeres, tan toscas, habían resultado muy hábiles arrojando elementos al aire y tomándolos nuevamente sin que ninguno cayese al suelo. Fiona las admiraba durante la presentación, y se pasmaba, tanto que contenía la respiración asaltada por el temor que algo les fallase; pero eso nunca sucedía, siempre salían victoriosas.

—¡Vamos, Fiona, mueve tu culo a otro sitio! —ladró Sacramento.

La joven comenzó a levantarse.

—No —intervino Sixto—. Este es tu lugar, Fiona. Tú te quedas aquí, a mi lado.

Fiona no quería problemas con su compañera de carreta; sabía que era una mujer sin escrúpulos, capaz de cualquier ardid para conseguir el amor de Sixto; de modo que abandonó el lugar. Sacramento lo ocupó con su abultado trasero y se quedó mirando al hombre con impertinencia.

—Hola, querido —le musitó al oído.

—¡Bah! —fue la respuesta de Sixto, que se encaminó en dirección a Fiona.

—Por favor, señor Sixto, se lo ruego. Sacramento va a odiarme.

—No le hagas caso a esa gata en celo. Yo deseo estar contigo, y ella no va a impedírmelo.

Aunque esas palabras chocaban en los oídos de Fiona, no replicaba. Nada de rencillas en su nueva vida. Con nadie. Deseaba estar en paz, hacer un poco de dinero y marcharse sin que nadie se diera cuenta. Unos días atrás, don Tadeo le había prometido que comenzaría a pagarle unos reales después de cada función. Ella necesitaba ese dinero para el momento en que su hijo naciera.

La verdad, Sixto no era malo con ella; al contrario, la trataba con mucha deferencia, y sus modales, aunque rústicos, no eran groseros. Se notaba que estaba enamorado. "La quiero bien", le confesaba el hombre en cada oportunidad. Fiona ensayaba excusas para ahuyentarlo sin humillarlo porque pensaba que un hombre herido en su orgullo podía convertirse en un peligro. No parecía el caso de Sixto, siempre caballero y galante.

Durante el resto de la cena no pronunció palabra. Escuchaba como un eco lejano los relatos de Sixto, los relinchos de Sinfonía y Merina, los chillidos de Sisí, el sonido del viento enredado en las copas de los árboles. Su mente se concentraba en una sola cosa: su bebé.

Había momentos en los que enloquecía de pánico y sólo pensaba en regresar. Podría vivir en casa de *Grandpa*; ella le rogaría que no la obligase a volver a *La Candelaria* y, aunque el escándalo se desatase, estaba segura de que lograría convencerlo. En lo de su abuelo, nada les faltaría, su bebé tendría lo necesario. Sin embargo, la imagen de de Silva llegaba como un azote y desbarataba la idea de volver. Tendría que enfrentarlo y sabía que no podría con él. Le quitaría a su hijo, de seguro lo conseguiría. Con Rosas de su lado, no habría manera de impedírselo. Además, ella conocía el odio que le inspiraba al gobernador después de la escena en San Benito de Palermo. Éste echaría mano de cualquier artimaña para cobrar venganza. ¿Qué mejor que arrancándole a su hijo de los brazos? Al llegar a esa instancia de sus pensamientos, Fiona se abrazaba el vientre y lloraba.

A veces se acordaba de su suegra. Catusha había logrado sobrevivir, sola, con un hijo sin padre, en un mundo hostil. A poco de cavilar, se daba cuenta de que Catusha había contado con Candelaria a su lado. Entonces, recordaba a Maria. ¡Cuánto la necesitaba!

—¡Fiona! —Sixto trataba de sacarla de sus reflexiones—. Parece como si estuvieras a mil leguas de acá.

—Perdóneme, señor Sixto. Es que estaba pensando en otras cosas.

—¿Qué cosas son, que te llenan los ojos de lágrimas? Ni siquiera has tocado la comida.

Fiona comenzó a engullir el locro para no tener que hablar. Asentía o negaba con la cabeza y se mostraba fría y distante, al menos mientras Sacramento no les sacara los ojos de encima.

"¿Y el señor Sixto?", pensó. Lo miró por el rabillo del ojo. No estaba nada mal y era dulce con ella. Le faltaba un poco de educación, sí, aunque nada que no pudiera pulirse. Estaba convencida de que haría cualquier cosa por ella, hasta dar su apellido al hijo de de Silva. No necesitó mucho tiempo para desistir de la idea. Nunca llegaría a quererlo, y la vida junto a él se tornaría un calvario. Había amado una vez y sabía que jamás volvería a hacerlo.

Esa noche, en el camastro de la carreta, se sintió muy intranquila. Daba vueltas y no conseguía dormirse.

Se hallaba a solas con Sacramento, y eso la ponía nerviosa. Tina, como de costumbre, había partido hacia la carreta de Tadeo a pasar la noche con él. Antes del amanecer regresaría con el mismo sigilo con el que se había marchado; se escurriría entre las sábanas, y a la mañana siguiente, simularía haber dormido toda la noche allí.

Fiona no comprendía qué encontraba Tina de atractivo en ese hombre gordo y desagradable. A pesar de que la malabarista era buena con ella, jamás le había dado la confianza para preguntárselo.

Ya casi amanecía; lo supo porque escuchó a Tina regresar de su escapada nocturna. Cerró los ojos, y, sin quererlo, se durmió.

Tandil era importante en comparación con las postas en las que habían actuado, un poco más grande y con más movimiento; no obstante, Fiona pensó que se trataba de un lugar pobre y deprimente. La vida del pueblo se desarrollaba en torno al fuerte, al que llamaban de la Independencia.

Los pobladores se detenían a observar a la extraña caravana multicolor, con dos formidables caballos cubiertos por gualdrapas de satén y un pequeño animalito que chillaba en una jaula. Se mostraban desconfiados y poco amables; vivían cerca de la frontera sur, y la embestida continua de los malones los había convertido en personas de mirada torva y movimientos rápidos.

Don Tadeo decidió acampar cerca de la salida sur de Tandil, listo para continuar en unas semanas hacia Bahía Blanca. El lugar presentaba un aspecto tranquilo, y las sierras le otorgaban un marco imponente.

Fiona pasaba largos ratos contemplándolas, absorta en sus pensamientos.

—¡Vamos, Fiona, ven aquí! ¿Qué tanto miras? Hay mucho trabajo que hacer —la reconvino Tina.

Los ayudantes más jóvenes, Cipriano y Julio, trazaban el diámetro de la pista según las indicaciones de Sixto, que necesitaba mucho espacio para sus piruetas ecuestres. Sacramento barría las alfombras que se colocaban en el escenario, y se cubría con un trapo la nariz y la boca para protegerse de la espesa polvareda que se levantaba.

—¡Sería mejor tirar estas porquerías a los chanchos! ¡Ya ni color tienen! —se quejaba sin dejar de barrer.

—¡Cállate! —ordenó Tadeo, cómodamente sentado en su silla.

—Podría ayudar en vez de sentarse a mimar a esa mona estúpida —se quejó Sacramento.

Tadeo la miró de reojo, se puso de pie y, después de devolver a Sisí a su jaula, se aproximó a la joven malabarista con las manos en la espalda y la vista en el suelo. Sacramento lo vio acercarse; dejó de barrer y se apartó el pañuelo del rostro, envalentonada.

La bofetada de revés que le propinó Sarquis la tiró sobre la alfombra. El dueño del circo se quedó, inmóvil, a unos pasos de la joven. Tina arrojó lo que tenía en la mano y corrió, con Fiona por detrás, a socorrer a su hija. Sixto contempló un momento la escena y continuó dando órdenes a los muchachos.

—Que me acueste con tu madre no significa que tengas derecho a faltarme el respeto y hablarme con confianza —dijo Tadeo.

—¡Tadeo, por Dios! —gritó Tina, mientras ayudaba a Sacramento a ponerse en pie.

—¡Suéltame, estúpida! —vociferó Sacramento cuando Fiona intentó tomarla por el otro brazo, y le dio un empellón que casi la tira al suelo.

—Sí que eres una perra retorcida, Sacramento —expresó Tadeo—. Déjala, Fiona, no vale la pena. Y escúchame bien, en tu vida vuelvas a darme órdenes o insinuarlas siquiera. ¿Está claro? O te encontrarán degollada en la zanja de algún camino perdido.

Fiona se estremeció al escuchar esas palabras. Tadeo era malhumorado, sí, pero aquella amenaza la había expresado de un modo que le erizó la piel ya que no se trataba de un exabrupto ni de un insulto dicho en un momento de descontrol; había algo de promesa en eso de "degollada en una zanja".

—¡Basta, Tadeo! ¿Qué estupideces dices! —Tina estaba a punto de llorar—. Ven, vamos, hija.

Tadeo y Fiona las siguieron con la mirada hasta que entraron en la carreta. Sacramento iba sobándose la mejilla mientras su madre, tomándola por la cintura, le murmuraba al oído.

—¿Estás bien, Fiona?

La pregunta de Tadeo le resultó tan extraña que lo miró sin contestarle.

—Pregunto si estás bien, Fiona. Digo, porque esa idiota te empujó.

—¡Ah, sí, don Tadeo! Estoy bien, no fue nada.

No le habría costado creer que de viejo zafio y energúmeno pasase a degollador de jóvenes malabaristas, pero, ¿a dulce hombre preocupado por su bienestar? Eso resultaba inverosímil. Lo vio alejarse, con ese andar de obeso torpe, en medio de una sarta de maldiciones y resuellos.

En unos días tendría lugar la primera función. El circo se había convertido en tema de conversación para el pueblo; no sólo los niños, sino también las mujeres, e incluso los hombres, estaban deseosos de asistir a la presentación. Y, a pesar de que no había un alma en Tandil que no estuviese enterado, don Tadeo se encaprichó como nunca en hacer propaganda. Durante dos días, Fiona pintó unos carteles con acuarelas de colores vistosos y la leyenda *Circo Sarquis* en tinta negra. En realidad, prefería hacer eso en lugar de alimentar a Sisí y a los caballos, o limpiar o cocinar. Pero como todo, las acuarelas le traían recuerdos que la atormentaban.

Tadeo y Fiona, acompañados por los jóvenes ayudantes, se dirigieron a la ciudad a pegar los anuncios. Sacramento tenía muchos deseos de ir, pero su orgullo le impedía rogar. Desde el día de la cachetada, no había vuelto a cruzar palabra con el amante de su madre. Experimentó un gran rencor hacia Fiona al verla trepar a la carreta. Esa jovencita citadina, tan refinada y bonita, le crispaba los nervios de celos y envidia. Sixto estaba loco por ella y ahora hasta Tadeo la trataba con amabilidad.

Colgaron los carteles por todas partes: debajo del mostrador del negocio de abarrotes, en la pulpería, en el fuerte, incluso en la puerta de la iglesia.

—Ustedes dos, vuelvan a la carreta y esperen ahí —ordenó don Tadeo.

Sin decir palabra, Cipriano y Julio los dejaron solos.

—Ven, Fiona, te invito a tomar un trago —dijo el viejo.

—Tal vez sea mejor regresar, don Tadeo, hay mucho trabajo que hacer.

—¡Ah, niña! No digas eso que me recuerdas a Tina. —Antes de insistir, sonrió amablemente—. Vamos, vamos, te mereces un trago.

La tomó por el codo y la obligó a entrar en la pulpería. Ella se mantenía alejada del cuerpo de Tadeo, que la tironeaba para atraerla.

—¿Qué deseas tomar? —preguntó, cuando se sentaron.

—Un vaso de leche, por favor.

—¿Un vaso de leche?

—Sí —murmuró Fiona, avergonzada.

—Está bien. ¡Pulpero, un vaso de leche y otro de chicha! ¡Rápido!

Se dio vuelta y, al mirar a Fiona, no era el mismo hombre que había vociferado los tragos; su mirada se había suavizado. Colocó una pequeña bolsa de cuero sobre la mesa y la arrastró hacia Fiona.

—Esto es para ti —dijo.

Fiona tomó la bolsa y las manos le temblaron. Soltó el cordón que la envolvía y miró dentro. Muchas monedas.

—¡Por Dios, don Tadeo, esto es demasiado!

—No, Fiona. Te lo debo. Has trabajado duro y eres la mejor asistente que he tenido. Además, ahí también va la paga por los carteles.

Llegó el pulpero y les dejó la bebida. Fiona, con la bolsa todavía en la mano, no sabía qué decir. Un sentimiento de ambición mezclado con algo de necesidad imperiosa se apoderó de ella. ¿Alguna vez le había importado el dinero? Jamás. Siempre lo había tenido, y en abundancia. En ese momento, no. Lo necesitaba. Su hijo lo necesitaba.

—Está bien, don Tadeo, lo acepto. Gracias.

—¡Bien! —manifestó el hombre al tiempo que asestaba un golpe a la mesa.

Fiona le sonrió con hipocresía.

—A veces creo... —retomó Tadeo—. ¡Pulpero, otra chicha! A veces creo que vienen a verte a ti y no a mí, ¡el gran mago Sarquis! Eres muy hermosa, ¿lo sabías?

Sarquis estiró una mano regordeta para encontrar la de Fiona, que la sacó de inmediato fuera de su alcance.

—¡Ey! ¿Qué sucede? Sólo quería tocarte la mano.

El olor de la leche comenzó a invadirla y un asco incontrolable le revolvió las entrañas. De pronto, la figura de Tadeo se hizo borrosa, y sintió que el piso se movía. Sin querer, volcó su bebida al suelo. Salió a los tumbos a tomar el fresco de la calle.

—¿Qué te sucede?

Al cabo de unos instantes, y mientras inspiraba profundamente, Fiona escuchó la voz de Tadeo. Más que entenderlas, adivinó sus palabras.

—Nada, nada, don Tadeo. De repente me sentí mareada. Mejor será regresar al campamento —contestó con voz desmayada.

Sin mirarlo, se encaminó a la carreta. Con Cipriano y Julio estaría a salvo.

Siempre la llevaría consigo, colgada en su cotilla, enganchada a una de las ballenas. Jamás la dejaría en la carreta; no confiaba en nadie. "Por dinero baila el mono, ¿verdad? Si no, basta con mirar a Sisí", pensaba, mientras terminaba de coser la bolsita con monedas a su enagua. Se colocó el vestido de asistente de mago y coloreó sus mejillas con carmín.

La gente comenzaba a llegar para la primera función. Se había preparado un lugar especial, bajo un toldo, donde se ubicarían las autoridades del fuerte. Hasta el cura vendría. Don Tadeo estaba nervioso, porque, desde la de Buenos Aires, no habían tenido otra presentación tan importante como ésa. En verdad, nada podía salir mal: habían ensayado hasta el hartazgo.

El representante del Restaurador Rosas, el Brigadier Zola, llegó junto a su mujer y a sus hijas; más tarde, las autoridades de la milicia, el comandante del ejército de frontera y el cura; hasta el médico logró un lugar de privilegio.

—Buenas tardes, brigadier Zola, es un honor tenerlo entre mi público. Usted honra mi espectáculo con su presencia —saludó Tadeo, casi sin respirar, inclinándose una y otra vez hacia delante—. Por favor, señora Zola. Pase, pase usted y póngase cómoda. ¡Cipriano! Sírveles a las hijas del brigadier la limonada. ¡Padre Octavio! Por fin se decidió a venir.

—Sí, hijo, sí. La sana diversión también es buena para el espíritu —sermoneó el cura—. No como esas obras de teatro francesas que, me enteré, están estrenando en el Teatro de la Victoria, en Buenos Aires.

Son un insulto a la Iglesia, a la moral y a las buenas costumbres.

—Mi esposo y yo hemos ido al Victoria semanas atrás y vimos una ópera de... —La mujer de Zola se llevó la mano al mentón.

—*Donizetti*, señora —la ayudó su esposo.

— ¡Ah, sí! Y, ¿cuál era? *La*...

—*La favorita*, señora —dijo Zola, mientras la miraba, avergonzado.

—Pero no hemos visto ninguna obra francesa, padre —se atajó la señora Zola.

—Estoy seguro de que si no están de acuerdo con la causa federal, el gobernador no dejará pasar mucho tiempo antes de prohibirlas. No se inquiete, padre Octavio —expresó el brigadier.

—Eso espero, hijo, eso espero.

La figura de Sarquis, embutida en un traje rojo y azul, se presentó en el escenario y anunció el comienzo del espectáculo. Siempre empezaban igual, con Cipriano y Julio disfrazados de payasos haciendo tonterías. Los niños disfrutaban mucho ese número y esperaban ansiosos los alfeñiques que repartían los comediantes antes de abandonar el escenario. Le seguía el número de las malabaristas, uno de los que más agradaba al público. Y cuando llegaba el turno del mago Sarquis, Fiona sabía que los hombres le silbarían, le gritarían obscenidades y le harían señas soeces. Al principio, todo aquello la había descolocado; se quedaba como estaqueada en medio de la pista, sin poder moverse; con el tiempo, había llegado a acostumbrarse y actuaba como si nadie reparase en su presencia. El populacho de Tandil no fue la excepción y, nuevamente, tuvo que armarse de valor para soportar los silbidos y las muecas cargadas de lascivia.

Al aparecer en el escenario con Sinfonía y Merina trotando por detrás, Sixto lucía formidable en su traje de cuero. Los espectadores contenían el aliento mientras el caballo galopaba y Sixto hacía la vertical sobre su montura. Lo vitoreaban al verlo erguirse sobre los animales, con un pie en cada montura, una mano extendida asiendo las riendas y la otra saludando al público. También se subía a la yegua por las ancas y descendía por el costado cuando el animal galopaba a gran velocidad; apenas tocaba el piso con la punta de la bota y se acomodaba rápido en el lomo de Merina. Y de nuevo descendía por el otro costado, asido a las crines de la yegua. Repetía estas suertes varias veces, muy de prisa, y el público aplaudía eufórico.

Al concluirse el número de Sixto, Tadeo informó al público que el espectáculo había finalizado. Todos aplaudieron una vez más antes de abandonar sus ubicaciones.

Sin perder un minuto, Sarquis se aproximó al grupo de espectadores de lujo y los invitó con una copa, que se serviría en su carreta, para festejar el éxito de la primera presentación. El brigadier Zola despachó a su mujer y a sus hijas y se encaminó con el circquero a su cubil, junto al cura y a las demás autoridades militares.

Bebieron mucho, y ya todos un poco ebrios, comenzaron a abandonar el carromato. El primero en irse fue el padre Octavio, con la excusa de la misa de las seis; más tarde, el comandante del ejército de frontera, que tenía que partir muy temprano por la mañana; y así todos, hasta que Zola y Sarquis, apoltronados sobre unos cojines, sin soltar el vaso siempre lleno, se quedaron solos.

—Así que piensa seguir hasta Bahía Blanca, don Tadeo.

—Sí, brigadier. Dicen que es un poblado de cierta importancia. Es ahí donde se hace buen dinero con estos espectáculos.

—Claro, comprendo.

—¿Otra copa, brigadier?

—Sí, gracias.

Tadeo vertió la bebida en el vaso.

—Y dígame, don Tadeo, ¿quién es esa preciosura que lo acompaña a usted en su número de magia?

—¿Quién? ¡Ah, sí, Fiona! Es bonita, ¿verdad?

—¿Fiona? Fiona, ¿qué?

Tadeo frunció el entrecejo y pensó unos segundos. No tenía la menor idea; jamás le había preguntado el apellido.

—La verdad, brigadier, no sé. Lo único que me importa es su cara de ángel y su cuerpo espléndido; el resto no me interesa —aseguró, en medio de una fuerte risotada—. Eso es lo que realmente atrae al público.

—Me informó el comandante de la frontera que en las últimas semanas han ocurrido muchos ataques de indios. Estoy pensando que si usted mantiene la idea de viajar hacia el sur, puede resultar muy peligroso. Algún malón podría atacar su caravana y matarlos a todos.

—¿A mi caravana? ¡No, brigadier! Hace más de diez años que surco la Confederación de norte a sur, y de este a oeste, y jamás he tenido problemas con los indios. Es gente tonta y siempre he sabido mantenerlos a raya.

—No, no, don Tadeo, ahora es distinto. Andan como locos por no sé qué asunto. Destrozan cuanta caravana encuentran, buscando venganza por algo.

Sarquis carraspeó, con nerviosismo evidente, y se irguió en los almohadones.

—Ajá. Y, ¿se sabe qué asunto es ése que los ha vuelto como locos?

—No. Pero parecen fieras. Por eso le digo, don Tadeo, es muy peligroso que siga más allá de Tandil. A menos que acepte una escolta de varios soldados bien armados que yo puedo ofrecerle.

—¿Sí? ¿Haría eso por mi circo, brigadier?

—Bueno, don Tadeo, como hombre de negocios comprenderá que todo tiene su precio.

—Sí, claro. Y, ¿cuál es el precio?

—Verá, en realidad, no le costará demasiado. Sólo le pido que me deje a su asistente el tiempo que usted esté de viaje.

—¿A mi asistente?

—Sí.

—¿A Fiona?

—Sí.

Zola se consumía de deseo por esa joven de cabellos rojizos, a la que había visto varias veces en las cercanías del fuerte y en el centro de Tandil; desde el primer momento, se había sentido atraído por ella. Fantaseaba con su rostro de lineamientos delicados, con su cuerpo desnudo y transpirado junto al suyo, con su boca, que imaginaba capaz de dejarle surcos candentes en la espalda. Y esa tarde, en el escenario, al verla con el traje dorado que le ceñía la cintura y revelaba con impudicia sus pechos, terminó por decidirse que la quería para él.

Tadeo se quedó pensativo unos instantes antes de responder.

—Está bien, brigadier. Vuelva mañana por la tarde; tendré todo preparado para usted.

—¡Cipriano! ¡Julio!

Tadeo comenzó a llamarlos cuando, por fin, el brigadier Zola y su caballo se perdieron en la oscuridad.

—¡Cipriano! ¡Julio! —insistió, a los gritos.

—Sí, patrón, mande usted.

—¿Qué pasa? ¿Están sordos o qué?

—Es que estábamos en la carreta. ¿Faltó algo por hacer, don Tadeo?

—Preparen todo que salimos ahora mismo para Bahía Blanca.

—¿Ahora?

—¡Sí, ahora! ¿O me olvidé de que debía pedirles permiso a ustedes? ¡Par de inútiles! ¡Vamos, muevan ese trasero que en menos de una hora quiero estar en marcha!

—Sí, patrón, sí.

—¡Tina! —gritó—. ¡Tina, ven aquí!

—¿Qué pasa, Tadeo? ¿Te has vuelto loco? —preguntó la mujer con cara de dormida, asomada a la ventana del carromato.

—Prepara todo. Partimos ahora mismo hacia Bahía Blanca.

—¿Que qué?

—¿Qué sucede, mamá?

—¡Tú cállate y empieza a preparar todo! —ordenó Tadeo a Sacramento, desde afuera.

—¡Cállese usted! ¡Estamos durmiendo!

—¡Sacramento, por favor! —exclamó Tina—. ¿Qué es eso de que nos vamos ahora, Tadeo? ¿Ahora mismo?

—Sí, mujer. ¿En que otro idioma tengo que decírtelo?

—¡Ah, no, Tadeo! Yo no me muevo de Tandil —se encaprichó Tina.

Salió de la carreta y, con los brazos cruzados, miró con fijeza a su amante.

—¿Ah, sí? —se burló Sarquis—. Y, ¿podría informarme su majestad el motivo?

—Tú me prometiste que si la primera función era un éxito, podría ir al pueblo a hacerme esos vestidos nuevos que necesito. Ya elegí los géneros; hasta hablé con la modista y diseñamos los modelos. ¡Tadeo, por favor, sólo serán dos o tres días más! ¿No puedes esperar?

Sarquis enarcó las cejas, como si estuviera pesando los pros y los contras.

—Está bien, te quedarás algunos días en Tandil, con Cipriano —aceptó—. Luego, nos alcanzarán por el camino.

—¡Gracias, querido, gracias!

Tina se le abalanzó al cuello y le estampó un sonoro beso en la boca.

—¡Vamos, quítate! Comienza a preparar todo. Sin Tina, todo sería más fácil.

La cortina estaba abierta, y la luz de la luna se filtraba en la carreta. Por eso Fiona pudo ver que esa masa que se había encaramado sobre ella, que le manoseaba los senos y trataba de quitarle el camisón, era don Tadeo. El aliento a alcohol la descomponía y el peso de su cuerpo le quitaba la respiración.

—¡Basta! —gritó, mientras trataba de sacárselo de encima—. ¡Basta! ¡Apártese!

—Vamos, Fiona, preciosura. Dame un besito. Vamos, sé buena conmigo.

Fiona pidió auxilio.

—¿Qué pasa? —preguntó Sacramento, más dormida que despierta.

—¡Sacramento, ayúdame!

Por un instante, Tadeo se alejó de Fiona y miró a la hija de Tina.

—¡Vamos, Sacramento! ¡Sal de aquí!

La joven, sentada en su catre, miraba la escena sin comprender.

—¡Sacramento, ayúdame! —volvió a suplicar Fiona.

—¡Cállate! —ordenó Sarquis, y le tapó la boca—. ¡Sacramento, estúpida, sal de aquí!

—Como usted ordene, patroncito. Que lo disfrutes, Fiona —dijo, antes de abandonar la carreta.

Tadeo rió entre dientes, y Fiona se sacudió bajo su cuerpo obeso. Le asestaba golpes en la espalda que no le hacían nada, movía las piernas en forma frenética pero no conseguía moverlo ni un centímetro. Al fin, le mordió la mano y pudo volver a gritar.

—¡Socorro! ¡Sixto, ayúdeme!

—¡Perra maldita! —aulló Tadeo, mientras agitaba la mano en el aire—. ¡Cállate o te degüello! —la amenazó, después de golpearla en el rostro.

La nariz comenzó a sangrarle y le costaba respirar. No obstante, siguió luchando, lo que provocó que don Tadeo volviese a golpearla. Fiona quedó medio aturdida, y su atacante siguió acariciándola y diciéndole palabras lujuriosas. Agotada, rendida, permaneció inerme debajo de él.

Mientras con una mano le tapaba la boca, con la otra, don Tadeo intentaba arrancarle el camisón. Sus pechos quedaron al descubierto y fueron presa fácil de Sarquis en un instante. Fiona reaccionó de nuevo; le mordió la mano, le arañó la cara, le asestó golpes en las costillas, sin éxito. El hombre, enardecido de lujuria, apenas si se inmutó. Actuaba como poseído. Comenzó a quitarse los pantalones, pero con una mano le resultaba difícil.

—¡Auxilio! —exclamó Fiona cuando Tadeo apartó la mano.

—¡Cállate! —Le puso un trapo en la boca—. Vamos, Fiona, sé buena conmigo. Yo lo he sido contigo. Aceptaste muy gustosa las monedas que te di. ¿Crees que te las di porque eres una buena asistente? —Se echó a reír—. ¡No, Fiona! Ahora deberás pagar por cada una de esas monedas que te regalé.

Fiona sintió que le desgarraba la ropa interior. Desesperada, trató de sacudir la cabeza, las piernas, los brazos, pero cada parte de su cuerpo parecía pesar toneladas. No conseguía nada; sólo lograba cansarse más. Entre la sangre que le manaba de la nariz y el trapo en la boca, pensó que terminaría ahogándose.

De pronto, el peso de Tadeo cedió, y Fiona se dio cuenta de que ya no la manoseaba. Se había incorporado sobre ella y dirigía la mirada hacia la puerta de la carreta.

—¿Qué pasa, Sacramento? —vociferó Sarquis—. ¡Tú, quédate quieta! —le ordenó a Fiona cerca de la cara.

En ese breve instante de alivio, Fiona escuchó el grito de la hija de Tina, y a Merina y a Sinfonía que relinchaban, enloquecidos. Algo grave acontecía afuera.

—¿Qué pasa? —volvió a gritar Tadeo, sin quitarse de encima de Fiona—. ¿Es que ni siquiera puedo estar tranquilo un momento? —vociferó, iracundo.

La puerta de la carreta se abrió con una violencia inusitada. Tadeo se apartó de Fiona, que por fin pudo verse librada de aquel peso abrumador. En la confusión que siguió al alivio, y mientras se quitaba el trapo de la boca, lo último que alcanzó a ver fue una silueta colosal que irrumpía en la carreta. Después, ya sin fuerzas, se desvaneció.

Capítulo XIX

Una anciana friccionaba en círculos el vientre de Fiona, con el rostro hacia arriba, los ojos cerrados, en tanto salmodiaba en una lengua incomprensible. Cada tanto, acercaba unas ramas humeantes al rostro de la joven y repetía la invocación.

—Está preñada —anunció la mujer, sin mirar al hombre que, de pie en la puerta de la choza, seguía con atención sus movimientos.

—¡Ja! Con razón tanto aspaviento —dijo el hombre, y se retiró.

Fiona comenzó a despertar; le costaba levantar los párpados; cuando lo logró, le pareció que se hallaba sumida en una niebla espesa. Extraños ruidos la circundaban. Intentó incorporarse y, con un quejido, volvió a su posición inicial; estaba muy mareada. Se restregó los ojos, y, aunque al cabo veía mejor, no reconoció el lugar.

—¿Dónde estoy?

Un rostro pequeño, oscuro y, sobre todo, arrugado se aproximó al de ella y lo estudió sin expresión.

—Quédate quieta, m'hija, no estás bien. Debes quedarte quieta.

Fiona miró a la anciana, incapaz de emitir una idea con claridad.

—¡Hijo, ven, acaba de despertar!

—¿Dónde estoy? —volvió a repetir, a punto de llorar.

—Está en mi casa, señora de Silva —respondió una voz masculina.

Fiona se irguió un poco, lo suficiente para ver a un hombre de mediana edad, de pie a unos pasos de ella. Lo contempló unos segundos y volvió a bajar la cabeza, confusa.

—¡Dios Santo! ¿Qué sucedió? ¿Dónde estoy? ¿Quiénes son ustedes?

—Tranquila, m'hija. Tráeme agua —le ordenó al hombre.

Fiona bebió el agua con lentitud, ayudada por la mujer, y enseguida se recostó de nuevo; no soportaba estar mucho tiempo erguida.

—¿No se acuerda de mí, señora? —preguntó el hombre, ya junto al lecho.

Fiona lo miró atentamente una vez más.

—¿Sanc? ¿Sanc Nieté? ¿Eres tú?

—Sí, señora, el mismo.

—¡Oh, Dios, no comprendo nada!

—¡Niña, no intentes levantarte! —le ordenó la anciana, y la obligó a acostarse.

—No se altere, señora. Yo puedo explicárselo todo.

El hombre acercó una banqueta rústica al camastro.

—Ha dormido por más de ocho horas —le explicó.

—Lo último que recuerdo... No sé, todo es tan

confuso. Estaba durmiendo en la carreta y... Bueno...

Se calló, angustiada; las visiones que acudían a su mente le resultaban espantosas.

—Está bien, señora, ya pasó todo. No pude salvarla a ella, pero quiso *Soychu* que la salvara a usted. Igual que usted a mí, aquella vez, en *La Candelaria*. Ahora estamos a mano.

—¿Qué sucedió, Sanc? ¿Qué pasó con los del circo?

—Con los del circo, nada. Fue el dueño el que recibió su merecido.

Sanc pronunció unas palabras en otra lengua, y Fiona entendió, por el odio que se translucía en los ojos del indio, que eran insultos.

—Ese Sarquis era un mal bicho, señora, un miserable. Hacía tiempo que lo buscábamos. —Se golpeó la mano con el puño cerrado—. Lo que intentaba hacer con usted, señora, ya lo había hecho con mi niña.

—¿Tu niña?

—Mi hijita. Mi hijita Ayelén. —Se le hizo un nudo en la garganta al mencionar su nombre—. Disculpe, señora, debo irme —dijo, con una voz forzada.

Sanc Nieté se marchó. Fiona, desconcertada, miró a la anciana como pidiéndole una explicación.

—No puede olvidar. El espíritu de mi nieta vaga por esta aldea y no lo deja en paz. Tal vez, ahora que... ¿De dónde conoces a mi hijo?

—Sanc trabaja durante la temporada de la esquila en la estancia de mi esposo. De ahí lo conozco.

—Ah, tienes esposo.

—Tenía —replicó Fiona.

El indio Sanc Nieté odiaba a los cristianos; les habían quitado la tierra, habían dividido a las tribus y los habían confinado a lugares remotos y áridos. Ahora, los indios necesitaban de ellos para subsistir. Por eso, cada vez que Sanc estaba escaso de reales, abandonaba su aldea rumbo a Buenos Aires. Ahí siempre conseguía una changa. En una ocasión, trabajó para don de Silva, y entonces ya no buscó otro patrón, pues, aunque estricto, los trataba bien, les daba buena comida y albergue cómodo. Había que evitar embriagarse, pelear o incumplir la tarea, de otro modo, de Silva se enfurecía. Sanc consideraba a de Silva como a uno de ellos. Era bastardo, nadie sabía quiénes eran sus padres; sólo conocían a la negra Candelaria, la mujer que lo había criado. Se decía que trabajaba desde muy pequeño y que, lo que tenía, se lo había ganado partiéndose el lomo. No siempre había sido el gran señor que conocían; él también había pasado hambre y frío, conocía las hostilidades y las injusticias. Era uno de ellos, sin duda.

Su respeto por de Silva se desvaneció el día que supo que el patrón se había casado con una estirada señorita de ciudad, una tal Fiona Malone. No obstante, ese año también le pidió trabajo, y de Silva lo llevó a su nueva adquisición, *La Candelaria*.

Una noche, Sanc no pudo controlarse y se vació una botella de chicha él solo. Estaba tan borracho que nunca recordó cómo empezó la pelea con ese peón; al cabo de unas horas despertó en un granero con un fuerte dolor de cabeza y deseos de vomitar. Al ponerse de pie, perdió el equilibrio y cayó al suelo. Se dio cuenta de una puntada en la pierna derecha y, al tocarse, se mordió la mano para no gritar de dolor. Un cuchillazo bien asestado le había abierto una buena sajadura en la pierna. Al examinar la herida, comprendió que la cosa era grave.

"No puedo tener peor suerte", se lamentó cuando vio entrar en el granero a la esposa de de Silva junto con su criada. Intentó esconderse tras unos tablones, pero sus movimientos torpes lo delataron; no pasó mucho antes de que lo descubrieran. Más tarde, cuando Fiona y Maria le limpiaron la herida, y después, cuando se la curaron durante días, tuvo que tragarse los calificativos con los que había adornado a la mujer del patrón. Fiona jamás le preguntó cómo se había lastimado; se limitó a ayudarlo sin molestos interrogatorios. Se habría sentido humillado si su señora se enteraba de que, por borracho, le había sucedido lo de la pierna.

—Si el patrón se entera de que estoy aquí herido, sin hacer nada y cuidado como un rey, me mata, señora —repetía Sanc a diario.

—Nunca se va a enterar —aseguraba Fiona.

Sanc Nieté se asomó por la entrada de la choza. Desde ahí, divisó a Fiona junto a su esposa. Lucían felices mientras hacían pan. Habían pasado varios días desde que la encontró en la carreta del circo y no sabía qué hacer con ella. Aunque le debía mucho, su deuda con de Silva no era menor. Además, si el patrón se enteraba de que la mantenía oculta en su aldea, lo mataría. Pero le había prometido a Fiona no entregarla y cumpliría su palabra.

Volvió a mirarla. A pesar de que tenía un embarazo avanzado, apenas si se le notaba el vientre. Estaba muy delgada y eso lo consternaba aún más. Si algo le sucedía al primogénito de de Silva lo pagaría con su vida. Se sintió de pronto agobiado.

—¿Quieres hablar de Ayelén? —le preguntó un día Fiona a Sanc.

Lo había buscado largo rato hasta encontrarlo sentado a la orilla del arroyo. Con un palito, el indio dibujaba sin sentido sobre la marisma y, cada tanto, suspiraba.

—No —respondió, sin sobresaltarse.

—Tal vez te ayude. ¿Puedo sentarme?

Sanc se movió a un lado.

—Vamos, Sanc, cuéntame.

—Usted no comprende, señora, la angustia que se siente cuando alguien de la familia desaparece sin dejar rastro. —Le clavó una mirada cargada de intención—. Después de que Ayelén escapó, la busqué durante semanas enteras, pero no pude encontrarla.

—¿Por qué escapó?

—Porque yo no le permitía casarse con un criollo. Martín se llamaba. Lo había conocido en la ciudad. Se escaparon juntos y no supimos más de ellos; hasta que el muchacho llegó un día aquí con la noticia.

—¿Qué noticia?

Por un momento, Fiona pensó que el indio no volvería a hablar. Bajó la cabeza, retomó sus dibujos en la orilla y suspiró varias veces antes de continuar.

—Al poco tiempo de escapar, ella y Martín se unieron al circo. Allí trabajaban; tenían comida y techo. Pero ese maldito canalla de Sarquis se enloqueció con mi Ayelén y una noche... Bueno, le hizo lo que a usted no pudo.

—¿Y Martín? ¿No estaba con ella?

—Esa noche, esa basura de Sarquis lo había enviado lejos con no sé qué pretexto. Así que se divirtió a sus anchas. Hijo de puta. Maldito. Después la ahorcó y la arrojó a un barranco, en donde la encontró Martín. El circo había desaparecido y...

Por unos minutos, el indio guardó silencio. Abría grandes los ojos y tenía la cara enrojecida y tensa.

—Pero ya está —pronunció al fin, con voz rara—. Yo mismo le abrí la garganta de lado a lado con mi facón. Sarquis, maldito gusano.

Fiona se estremeció. Se acercó un poco más a Sanc y le tomó la mano.

—Lo siento mucho, Sanc.

—Está bien, señora. Ahora sólo tengo que encontrar un poco de paz.

Permanecieron largo rato callados, aquietados por el murmullo del arroyo y el zumbido incansable de las chicharras en los espinillos. Fiona se había quitado los zapatos y se remojaba los pies en el agua fresca. Sanc continuaba con su palito sobre la marisma.

—¡Ay! —exclamó Fiona, y se llevó la mano al vientre—. ¡Se movió, Sanc, se movió! Vamos, pon la mano.

—No sé si deba.

—¡Vamos, no seas tonto!

Fiona le arrastró la mano y lo obligó a apoyarla sobre su regazo.

—¡Es cierto, se mueve! —exclamó el indio, asombrado.

Sonriente, mantuvo la mano unos segundos sobre el vientre de Fiona. La retiró de golpe. El gesto de su rostro había cambiado; de pronto se había puesto serio.

—Señora Fiona, señora Fiona. ¿Qué haré con usted?

La joven bajó la vista, sacó los pies del agua y comenzó a ponerse los botines.

—Señora Fiona, tengo que decirle algo, no se enoje conmigo. La semana pasada, cuando estuve en Buenos Aires, anduve averiguando de su esposo, ¿sabe? —Fiona levantó la vista—. Dicen que anda como loco buscándola, que no hace otra cosa. Ha dejado la administración de las estancias de Rosas, y las suyas están a cargo de Celedonio y de Eliseo. No para un minuto de buscarla. Tiene varios grupos recorriendo la Confederación y hasta ofrece recompensa a quien pueda darle algún dato. Varios le han querido vender información falsa, pero él se ha dado cuenta. No debe de faltar mucho para que él o alguno de sus grupos vengan por esta zona. ¿Qué haremos si eso pasa? —El indio dejó vagar la vista por la marisma—. ¡Pobre hombre! Yo sé lo que está sintiendo. Está desesperado y...

—¡Basta, Sanc! ¡Basta, por Dios! ¿Crees que todo esto es fácil para mí? ¿Crees que no desearía estar junto a él? —Comenzó a lloriquear—. Él me engañó, Sanc, me dijo que me amaba y no era cierto. Eso jamás podré perdonárselo.

Sollozó un momento, cabizbaja, mordiéndose los labios y con los ojos apretados para que Sanc no se diera cuenta. Se recompuso y le pidió que le permitiera quedarse sola. El indio se perdió entre la espesura del monte de caldén. Entonces, Fiona se recostó sobre la orilla y lloró abiertamente.

Fiona se sentía bien ahí, aunque se tratara de un caserío de adobe y paja y a pesar de que debía trabajar todo el día ayudando a las mujeres. Cierto que, de cuando en cuando, se angustiaba pensando en el futuro. ¿Volvería algún día? Recordaba a su familia, a Maria, a Eliseo, y el corazón se le contraía de tristeza y añoranza. Estaban sufriendo. Ella estaba haciéndolos sufrir. Esa idea la torturaba, y, sin embargo, no se sentía capaz de volver, no aún. No contaba con las fuerzas suficientes para enfrentarlo; el rostro de de Silva irrumpía una y otra vez en sus pensamientos. A veces lo odiaba con bríos renovados, y, en ocasiones, deseaba correr a sus brazos y refugiarse en su fortaleza y hombría. Tenía miedo. Le temía al futuro, pero también le temía a él. Fiona presentía que aquel ir y venir de sus cavilaciones terminaría por desquiciarla. Se conminaba a ser fuerte y a soportar el tormento, pronto llegarían tiempos de paz; entonces, ella podría volver para enfrentarlo. De Silva era un hombre inteligente, muy hábil; si existía el menor atisbo de debilidad en ella, sabría encontrarlo y aprovecharse de él. Y ella quedaría a su merced, como siempre. Debía pensar.

—¡Mira, Fiona, lo que encontré!

La madre de Sanc la rescató de sus reflexiones.

—¿Qué, Aimara?

—Esto era de mi hijo. Mira. Lo encontré entre unas cosas viejas, tal vez sirva para el guachito —dijo, y le rozó el vientre.

Fiona tomó la prenda ajada y le dio las gracias.

—Qué pequeñita —dijo Aimara, observando la ropita.

—¿Usted la hizo?

—Claro, m'hija. ¿Quién más si no? En el telar la hice. Antes de que naciera Sanc Nieté, me pasé días enteros cosiendo y cosiendo, tejiendo y tejiendo.

—Sanc Nieté —murmuró Fiona, para sí—. Qué nombre extraño, ¿verdad? No se parece a ninguno de los otros nombres indígenas que conozco.

—Es que no es nombre pampa. Mi esposo lo llamó así. Él me explicó que era nombre de una tribu de tierras muy lejanas, mucho más viejas que éstas.

—¿Sabe qué significa?

—Es el nombre de una leyenda, pero no recuerdo su significado.

—¿De una leyenda?

Alguien llamó a Aimara y la pregunta de Fiona quedó sin respuesta.

Esa noche Fiona se sentía más triste que de costumbre. El fogón y todos en torno a él le recordaban a los peones de *La Candelaria*. Muchas veces, de Silva se aunaba a su gente en esas reuniones en las cuales se tomaba mate y se contaban historias de ánimas y espíritus malignos, y no volvía hasta muy entrada la noche. Fiona permanecía despierta hasta que lo escuchaba entrar en su dormitorio; sólo entonces se dormía. Si hacían el amor, Juan Cruz olía a sudor y a humo. La piel de Fiona se erizó con el recuerdo y bajó la vista para que nadie la viera perturbada.

—Señora Fiona —Sanc Nieté se sentó a su lado—. ¿Se siente bien, señora?

Fiona lo miró a los ojos.

—Sanc, cuéntame la leyenda de tu nombre —le pidió.

Alguien de la tribu, cerca de ellos, escuchó a la señora de la ciudad y se aunó a su pedido.

—Anda, Sanc, cuéntanos la leyenda.

Los indios permanecieron en silencio en torno al fuego, a la espera de la historia. Por unos momentos, sólo se escuchó el crepitar de los leños y los aullidos de algún animal en celo perdido en el monte.

Con voz tranquila, Sanc comenzó el relato.

—Hace mucho tiempo, mucho antes de que el cristiano llegara a estas tierras, muchísimo antes, existían dos tribus, muy poderosas las dos. Eran vecinas desde hacía siglos y siempre habían estado en guerra. Miles de hombres morían en las batallas y la población disminuía sin cesar. Entonces, los caciques de las tribus, apenados por tanta sangre y tanta muerte, decidieron hacer la paz y acabar por fin con esa guerra que ni siquiera recordaban por qué sus ancestros habían comenzado. Los jefes de las tribus se reunieron en un monte alejado de sus territorios y se pusieron de acuerdo en que no volverían a guerrear. Y para sellar esa promesa, decidieron casar a sus hijos para que la descendencia uniera las dos tribus en una sola, poderosa y rica. Así lo hicieron. El cacique de la tribu del norte entregó a su hija más bella y más inteligente y el cacique del sur dio a su único hijo varón. La joven se llamaba Tamlika, que significa "eterna", y el joven se llamaba Sanc Nieté, "el que busca". La muchacha era tan bella y despierta que Sanc Nieté no tardó en enamorarse de ella. Tamlika, algo presumida y rebelde, también lo amaba, a su manera. Vivían felices en un palacio que ambos caciques habían construido y adornado con los elementos más costosos que poseían. Al poco tiempo, los caciques murieron, y Sanc Nieté fue el jefe de todos. Era un buen jefe y la gente de ambas tribus lo amaba. Pero había alguien que lo detestaba: uno de sus cuñados, el hermano menor de Tamlika. El joven, poco inteligente y muy envidioso, había deseado desde siempre la muerte de su padre para apoderarse de la tribu y mandarla a su antojo. Por eso, el hecho de que se hubieran unido las dos tribus y el resultado de esa unión, que su cuñado fuera el jefe de todo, lo llevaban, día a día, a odiar cada vez más a Sanc Nieté. Con el corazón lleno de perfidia, se encaminó una tarde a visitar a su hermana Tamlika. Ésta, que lo quería mucho, se alegró al verlo. Después de intercambiar afectuosos saludos, el hermano dijo a la joven que su esposo había asesinado a los dos caciques, el del norte y el del sur, para apoderarse de todo y ser el jefe supremo por siempre. Además le dijo que Sanc estaba planeando matar a toda la familia de Tamlika, incluso a ella misma, para no tener que compartir su poder y fortuna con nadie. "Para ti ha dispuesto el tormento más horripilante, porque te odia más que a nadie y desea verte sufrir." Después de mentir, el hermano de la joven se marchó del palacio. Tamlika, que con el paso del tiempo había llegado a adorar a Sanc, se volvió loca de la furia y comenzó a gritar y a romper todo a su alrededor. Odió a su esposo y lo único que deseó fue verlo padecer. Abandonó el palacio, llena de rencor, y corrió por el monte pensando en cómo dañar a Sanc. Sin darse cuenta, llegó a una zona prohibida para ella, a la que sólo podían entrar los sacerdotes y sus víctimas. Era la fosa donde se sacrificaba a las jóvenes vírgenes para apaciguar la ira de los dioses. Tamlika se acercó al borde del pozo y se arrojó dentro: prefería morir antes que caer en manos de su esposo. Pero como no era virgen, los dioses se enfurecieron con ella, la sacaron de las entrañas del hoyo y la convirtieron en eucalipto, plantándola a la orilla del pozo. Al enterarse de que su mujer había desaparecido, Sanc Nieté lloró. Comenzó a buscarla y no dejó rincón del territorio sin explorar. La pérdida de Tamlika lo atormentaba y no lo dejaba en paz. La extrañaba tanto que cada noche se dormía llorando. Su rostro se había vuelto del color de las cenizas y sus cabellos estaban cada vez más encanecidos. Un día, Sanc llegó a la zona prohibida. Sin saber dónde estaba, se acercó al foso y lo contempló por unos minutos. Se recostó sobre el tronco de Tamlika y se quedó dormido. Su esposa lo llamaba desde el interior del árbol, pero Sanc no la escuchaba. Estaba arrepentida y sufría por el dolor del cacique, porque los dioses le habían dicho que lo de su hermano era mentira. Tamlika lo llamaba, una y otra vez, pero el joven no la escuchaba y continuaba dormido. Los dioses, que sabían que Sanc era un buen hombre, que amaba a su pueblo y respetaba a los supremos, se apiadaron de él. Entonces, lo despertaron. Cuando el joven abrió los ojos, se había olvidado de todo. Su rostro era lozano nuevamente y su cabello tan negro como antes. De pronto, se echó hacia atrás: del foso de las vírgenes emergía una joven muy hermosa que le sonrió al verlo.

Sanc se enamoró de ella y, bajo el eucalipto, le pidió que fuera su esposa. Tamlika lloró, desesperada, y sus lágrimas se convirtieron en las gotas gruesas y pegajosas que chorrean del tronco del eucalipto. Nunca dejó de llorar por el amor perdido de Sanc Nieté. Llora por el amor perdido, pero también porque sabe que lo perdió por su culpa, por dar crédito a las palabras de su hermano, por desconfiar de su esposo. Nunca dejará de llorar.

Fiona se despertó sobresaltada y miró a su alrededor. Algunos indios dormían cerca de ella. El fuego ya no existía, sólo quedaban unas ascuas aún incandescentes. Todavía no había amanecido, aunque el cielo estaba claro en el horizonte.

No logró incorporarse con el primer intento; tenía las piernas entumecidas y la cabeza le pesaba. Se sentó; después, poco a poco, se puso de pie. Sorteó a las gentes dormidas buscando a Sanc. Se encaminó hasta la choza del indio y se asomó por la abertura. Su esposa dormía sola en el jergón. Se preguntó, intrigada, dónde podría hallarlo.

Se encaminó al arroyo y lo encontró sentado sobre un tronco, dibujando con un palito sobre la marisma, como siempre. Se acercó a él con sigilo para no sobresaltarlo.

—Sanc —lo llamó en un susurro.

El hombre le dispensó una de sus miradas apacibles, sin decir palabra. Fiona fijó sus ojos en los oscuros del indio y le pidió:

—Háblame de de Silva, Sanc.

Fiona se sentó junto al hombre dispuesta a escucharlo. Sanc Nieté arrojó el palito a la corriente del arroyo y se llevó las manos a la cabeza para acomodarse el pelo. Se tomó un tiempo para comenzar.

—¿Sabe qué es lo que más respetamos de su esposo, señora? Que es uno de nosotros. Sí, señor, de Silva es igual a cada uno de nosotros. Es bastardo, además de un... ¿cómo es que llaman ustedes a los pobretones que se hacen ricos?

Fiona no habló. Permanecía muda, escuchándolo y mirándolo.

—¡Un *guarango*! —recordó de pronto Sanc Nieté—. Eso es, un tipo sin alcurnia que por un golpe de suerte se hace muy rico. Bueno, de Silva es eso. Rico, pero con un pasado no muy distinto al mío o al de Celedonio.

El indio tomó una ramita del suelo y comenzó a masticarla. No habló por largos minutos, tranquilo y pensativo como estaba. De pronto, pareció encontrar de nuevo su línea de argumentación.

—El señor de Silva conoce el trabajo como nadie. No hay en toda la Confederación hombre que conozca mejor las tareas de una estancia que su esposo, señora.

La miró. Fiona bajó la vista, pero no se sintió triste. Un calor le invadió el pecho, orgullosa de escuchar esas palabras. Sí, Juan Cruz amaba lo que hacía, por eso lo hacía tan bien. Sus campos contaban entre los más ricos; su saladero era el más importante y próspero. Montaba como nadie; resultaba un placer ver cómo guiaba y dominaba a su padrillo mañero hasta doblegarlo a su voluntad. Tal como había hecho con ella.

Aquellos primeros días de odios y luchas volvieron a su mente y le provocaron una sonrisa.

—El patrón no le teme a nada. No tiene miedo de llenarse las botas de estiércol ni de ayudar a una yegua en un parto.

La joven recordó la mañana en el granero, cuando lo encontró luchando con el ternero. Lo había visto hundir la mano en ese linimento hediondo y pasárselo por las heridas infectadas. Sabía que Sanc no le mentía; ella era consciente de que el indio le decía la verdad; no obstante, necesitaba escucharlo de su boca.

—Sabe tanto que nadie le hace sombra. Y se rompió el lomo como nadie para conseguir lo que tiene; nadie le regaló nada. ¡Tiene las pelotas bien puestas el patrón!

Fiona se sonrojó al escuchar esa expresión, un poco burda para sus oídos. "¡Pero qué cierta!", pensó. Su esposo era un hombre con todas las letras, nadie tenía que decírselo. Lo comparó con los que había conocido en su vida y entendió que, a excepción de su abuelo y de Eliseo, había estado rodeada por niños; niños sin convicciones ni fuerza de corazón.

—¿Por qué lo llaman "el diablo", entonces? —quiso saber.

—No fue su gente la que le puso ese mote, señora, se lo aseguro. El patrón es bravo, nadie lo niega, pero también es justo cuando se cumple, y hasta generoso. Eso sus peones lo sabemos. No sé, tal vez alguien que lo envidia le puso "el diablo". Su esposo es una persona muy afortunada; no debe de faltar algún mentecato maricón que lo cele. Además, llevándola a usted del brazo, señora mía, de Silva debe de ser el hombre más envidiado del Río de la Plata, créame.

Sanc Nieté se levantó, con la intención de regresar al caserío. Había cosas que hacer, y el tiempo volaba cuando se sentaba a conversar con su señora.

Fiona levantó la vista y le extendió las manos para que la ayudara a ponerse de pie. El vientre le había crecido en esos días y se sentía un poco torpe e inútil. Se sacudió las asentaderas y se acomodó el pelo. Después, miró al indio y le sonrió.

—Llévame a casa, Sanc. Ya es tiempo de volver —dijo, con sencillez.

Capítulo XX

Después de cinco días de búsqueda, Eliseo encontró a de Silva cerca de Carcarañá, al sur de Santa Fe. Juan Cruz seguía la pista que un pulpero le había vendido.

El grupo acampaba a la orilla del río. Habían decidido pasar la noche allí y retomar el viaje al día siguiente rumbo a Córdoba. Tres meses atrás, de Silva había abandonado *La Candelaria* en busca de su mujer, jurándose que, hasta que no la hallara, no regresaría a su hogar. Volvería con Fiona o no volvería. Cada día que pasaba, la desesperanza lo agobiaba. Ni una pista certera, nada que le indicara que realmente se trataba de ella. Lo acompañaba un grupo de cinco hombres y mantenía contacto permanente, a través de chasquis, con los demás grupos de búsqueda, con los Malone y con su negra Candelaria.

De Silva sabía que su gente estaba desconcertada a causa de su comportamiento. Había renunciado a la administración de las estancias de Rosas y había puesto *La Candelaria* y los otros campos en manos de Celedonio. El saladero estaba a cargo del segundo de de Silva en ese sitio, un hombre de su confianza. "Pero el ojo del amo engorda el ganado", repetían los peones en los fogones nocturnos, preocupados por el destino de las haciendas.

Eliseo llegó al campamento ese atardecer, pero no encontró a de Silva. Uno de los peones le indicó que galopaba por algún lugar no muy lejano.

—Siempre hace lo mismo antes de cenar. Monta el padrillo y desaparece un buen rato. Después llega, tan callado como se fue, cena, y se pierde por ahí, caminando. Quedó medio tocao con este asunto de su mujer.

Eliseo decidió esperarlo en el campamento. El peón le ofreció un mate amargo y un pan con grasa que engulló gustoso. Estaba famélico; hacía más de un día que no comía. Había abandonado tan de prisa la casa de los Malone sin tiempo para preparar las reservas suficientes para un viaje tan largo. Además, pensó que hallaría a de Silva antes; jamás lo imaginó tan alejado. Según el último chasque, se encontraba al norte de la provincia de Buenos Aires, cerca de San Nicolás.

Cuando oscureció, los hombres se acercaron al fogón para devorar el guiso. Comían callados, sólo se escuchaba el chasquido de las cucharas sobre los platos de hojalata. De vez en cuando, uno de ellos lanzaba un comentario corto al que nadie prestaba atención.

Se dieron vuelta cuando escucharon los cascos del padrillo de de Silva. La oscuridad les impedía verlo, pero al poco rato la figura del patrón sobre el caballo se presentó ante ellos. Frenó el animal cerca de la rueda de hombres y, sin apearse, preguntó:

—¿Llegó el chasque?

Nadie le respondió. Eliseo se incorporó y, quitándose la boina, lo saludó.

—Viva la Santa Federación. Buenas noches, patrón.

De Silva aguzó la mirada y reconoció al hombre. Saltó del caballo y se encaminó hacia él, entre sorprendido y preocupado.

—¿Eliseo? ¿Qué haces aquí, hombre? ¿Sucedió algo?

A la luz del fogón, Eliseo advirtió que el semblante de de Silva mudaba, se ponía pálido.

—¿Puedo hablar con usted, patrón? —le preguntó Eliseo, alejándose un poco del grupo de hombres.

Se encaminaron a la única carpa del campamento, que era la de de Silva. Entraron. Un jergón, una mesita pequeña con papeles y una banqueta de lona eran todo el mobiliario. Juan Cruz encendió la lámpara de aceite y desplegó una sillita.

—Siéntate, Eliseo. Vamos. Dime qué sucede.

—La niña Fiona ha regresado, patrón.

De Silva se puso de pie de un salto y se llevó las manos a la cara.

—¡Gracias, Dios mío! —exclamó—. ¿Está bien, Eliseo? ¿Ella está bien? El niño... ¡Dime lo que sea, Eliseo, lo que sea!

De Silva lo tomó por los hombros con tal ímpetu que lo obligó a ponerse de pie. Comenzó a sacudirlo. El peón lo miraba con expresión atónita; nunca lo había visto tan descontrolado.

—Tranquilícese, patrón. La niña Fiona está muy bien. El doctor Rivera la revisó el mismo día que apareció y la encontró bien. A ella y al niño.

De Silva lo sentó en la banqueta de nuevo. Eliseo percibió que se tranquilizaba. Lo vio asomarse por la entrada de la carpa y vociferar.

—¡Rodrigo, tráeme dos tazas de café bien cargado! —Se volvió, y escrutó al peón con la mirada—. ¿Cuándo apareció?

—Hace seis días, patrón, pero hace cinco que lo busco.

Se calló, esperando una nueva pregunta de de Silva. Pero nada; éste continuaba mirándolo fijamente.

—¿Usted quiere regresar mañana, patrón? —preguntó Eliseo, intimidado por la mirada de de Silva.

—No, Eliseo. Emprenderemos el regreso ahora mismo. Ya.

De Silva visitaba lo de Malone todos los días. Aunque Fiona se negaba a verlo, él concurría a la casa de la calle Larga sólo para saber cómo estaba su esposa. Conversaba largo rato con Bridgit y Ana y, en algunas ocasiones, con Sean. El anciano, aunque se mostraba más parco que el resto, comenzaba a ceder.

Cada vez, de Silva llevaba una carta para Fiona. Se la entregaba a Maria. Al cabo de unos minutos, la criada regresaba con la esquela intacta, meneando la cabeza de un lado al otro.

—Está bien, Maria, no se preocupe —murmuraba de Silva.

Recibía la carta rechazada y se la guardaba nuevamente en el bolsillo. Maria estaba deshecha por la pena que le inspiraba su patrón, y bastante enojada con

Fiona, a la que no podía convencer de que lo recibiera o de que leyera sus misivas.

Desde su regreso un mes atrás, Fiona permanecía la mayor parte del día en su habitación, hablaba poco y casi no comía, lo que exasperaba a la criada.

—¡Niña, no seas caprichosa! Come, aunque no tengas deseos. Hazlo por el niño —la regañaba, con la cuchara cerca de la boca.

La joven la rechazaba, haciendo un gesto de asco.

—¡Uuyy! Eres terca como una mula —exclamaba la mujer, y la dejaba sola.

Apenas Maria cerraba la puerta de su dormitorio, Fiona se echaba a llorar. Estaba muy confundida, no sabía qué hacer. Por el momento, de Silva no había mostrado las garras; no obstante, ella sospechaba que, cuando el niño naciera, se lo quitaría. Tenía miedo.

—Parece que todo fue mentira —dijo Maria un día, como al pasar.

Fiona no comentó porque sabía a qué se refería su criada. Aunque deseosa por saber de su esposo, prefería morderse la lengua y no preguntar. Por eso, cuando Maria comenzó a hablar, no la detuvo.

—A los pocos días de tu desaparición, el patrón regresó del sur, de una de las estancias de Rosas. Estaba desesperado, niña, deberías haberlo visto. Parecía a punto de llorar...

—¡Llorar! ¿De Silva llorar?

El repentino enojo de Fiona sobresaltó a Maria. Se había mantenido tan taciturna que no esperaba una reacción como ésa.

—Sí, Fiona, llorar. Él te ama, niña, aunque tú no quieras entenderlo.

La criada se calló, dispuesta a no seguir hablando. Por unos minutos, el silencio se volvió insondable. Fiona deseaba que continuase, pero no quería demostrárselo.

—¿Y? —se rindió por fin.

—¿Y, qué? —dijo Maria.

—¿Qué pasó después?

Maria le lanzó una mirada llena de enojo.

—Luego supimos todo. El señor de Silva fue a casa de Soler...

—¿De Soler? ¿De Palmiro Soler?

—El mismo, niña. Ese maldito y la Cloé ésa andaban juntos en eso.

—¿Qué? —Fiona se puso de pie—. ¿Que Soler estaba complotado con la...? —No podía siquiera nombrarla.

—Sí. Querían vengarse de ti y del señor de Silva. Parece que el Soler andaba loquito por ti y... Bueno... La desvariada ésa... Pues... Ya sabes... —balbuceó la criada.

—¡No, Maria, no sé! Habla claro.

—Bueno, la loca ésa y el señor, pues, parece que... Bueno... Habían sido amantes.

Fiona zapateó el suelo repetidas veces con el taco del botín, golpeándose la mano con el puño.

—¡Yo sabía! ¡Yo sabía que era cierto! —prorrumpió, enfurecida.

—El señor jura y perjura que no volvió a verla desde que se casó contigo. Por eso la mujer se había puesto como loca. Él se lo dijo a tu abuelo, niña. Por favor, cálmate.

—¡Mentira, eso es mentira! De Silva siempre viajaba solo a Buenos Aires y por más que yo insistía en acompañarlo, él se negaba. ¿Recuerdas esa noche en que viajamos para hablar con él sobre el problema de Camila y Ladislao? ¿Lo recuerdas? —le preguntó casi a gritos—. ¡Él no durmió en la casa esa noche! ¡Nunca volvió!

—¡Porque pasó la noche en la barraca del saladero!

—¡Mentira! Lo hizo en casa de esa mujer, que quedaba cerca del saladero. Él viajaba a Buenos Aires a menudo ¡muy a menudo! para verse con esa... esa... —Apretó los dientes y cerró los puños—. ¡Uuyy! ¡Lo odio, lo odio!

—¡Escúchame, Fiona! ¡Escúchame! —Maria la había tomado por los hombros—. Es obvio que la había dejado por ti. Si no, ¿para qué urdió junto a Soler toda esa patraña? Entiende que ninguna mujer habría actuado así si el hombre al que desea está a su lado.

—Sí, pero tú no sabes si la dejó antes o después de casarse conmigo —lloriqueaba Fiona.

—El mismo día en que llegó a Buenos Aires —continuó la criada—, no sé por qué, fue a casa de Soler. Tal vez intuyó algo de todo esto, no sé. La cuestión es que fue a verlo. Allí se encontró con la loca ésa... —Hizo una pausa—. La loca trató de matar a tu esposo de un balazo.

—¡Oh, Dios mío!

Fiona se dejó caer en el borde de la cama y se cubrió el rostro con las manos.

—El patrón esquivó la bala, pero le dio en la cabeza a Soler. El muy canalla murió ahí mismo. La mujer, al ver muerto a Soler, se pegó un tiro. Tengo entendido que el patrón trató de detenerla, pero estaba muy lejos y no...

—¿Trató de detenerla?

—¡Fiona, por amor de Dios! ¿Cómo iba a permitir que muriera sin salvación? Aunque sea la mujer que más odies, debes admitir que estás equivocada.

Maria abandonó la habitación, furiosa. Fiona, por su parte, no cesaba de pensar: "Trató de detenerla, él trató de detenerla".

En cuanto a la verdad de ese asunto, sólo tres personas la conocían, y dos de ellas estaban muertas. De Silva nunca revelaría el secreto; no mientras Fiona estuviera cerca de Rosas y su vida corriera peligro. Frente a todos, el mazorquero y la prostituta eran los únicos culpables de la desgracia. Frente a Rosas, de Silva actuaría como de costumbre. Después decidiría los pasos a seguir. Aunque, en ese tiempo, mantendría los ojos bien abiertos, esperando que su enemigo volviese a golpear.

Sanc Nieté se hospedó algunas semanas en casa de los Malone antes de regresar a su pueblo. Él relató los hechos a la familia, ya que Fiona poco les había referido. Estaban muy agradecidos con él, que había salvado la vida de la muchacha. Sean le ofreció trabajo permanente en una de sus estancias, pero Sanc replicó que sólo trabajaba para el patrón de Silva. Al escuchar eso, Fiona se retiró a su habitación. En esos días, hasta la mención del nombre de su esposo la llenaba de desasosiego.

Sanc se había convertido en un gran amigo de Fiona. Con él, se sentía a gusto y no le costaba expresarle los pensamientos que la atormentaban. El indio la miraba, tranquilo, la escuchaba con paciencia, y al final, siempre le decía algo que la obligaba a meditar. A pesar de que Sanc defendía a de Silva, a Fiona le fascinaba escucharlo hablar de él. Por momentos, se olvidaba de sus dudas y temores, y se permitía caer cautiva de la imagen de héroe que el indio tenía de su esposo.

Una tarde, Fiona leía en el patio, y, como parecía de mejor ánimo que otros días, Sanc aprovechó para anunciarle que volvería con los suyos.

—No, Sanc, no te vayas, te lo suplico. Te necesito. ¿Qué haré sin ti? —Los ojos le brillaron.

—Señora, señora mía, ¿qué me dice? Si usted es la mujer más amada de la Confederación. ¿Qué hay con su abuelo, con su abuela, Maria, todos? No hay quien no la quiera en esta casa. Se desviven por usted, para verla mejor cada día. Además, señora, su esposo la ama por sobre todas las cosas.

Fiona se arrojó a los brazos del indio, llorando como una niña.

—¡No, Sanc, no te vayas!

Sollozó un rato, desconsolada. Sanc Nieté la dejó hacer. Al cabo de unos minutos, prosiguió.

—Señora, debo regresar, debo hacerlo. Tengo pocos días para arreglar unos asuntos en mi casa antes de volver al trabajo en *La Candelaria*. Ya falta poco para que comience la época en que me necesita el patrón de Silva.

Fiona bajó la vista. Todos amaban y respetaban a su esposo; todos, menos ella.

—Además —continuó Sanc—, necesito los reales que me va a pagar el patrón de Silva. ¿Se acuerda que le conté que quería comprar una manada de ovejas?

La joven asintió, sin poder pronunciar palabra, llorosa otra vez. Dejó pasar unos segundos en silencio, convenciéndose de que debía permitirle partir. No podía aferrarse a él; Sanc continuaría con su vida y ella, con la suya. Ya era hora de tomar el toro por las astas y acabar con las niñerías. Sanc Nieté tenía razón, todos la querían y se desvivían por su bienestar; ella, en cambio, no hacía sino llenar sus corazones de desasosiego, más del que ya les había causado con la desaparición, que nadie le había reprochado, nunca.

—Está bien, Sanc, tienes razón. Te dejaré ir, pero con una condición.

Lo miró con picardía. Después, sacó de su escote la bolsita con las monedas de Sarquis.

—Esto es para ti, para que puedas comprar algunas ovejas más. No es mucho, pero es lo que había ahorrado para mí y para mi hijo. Te lo doy. Este dinero te corresponde más a ti que a mí, créeme.

Le entregó la bolsa, que el indio recibió desconcertado. La abrió y descubrió las monedas en su interior.

—¡No, señora, es demasiado! Además, usted no me debe nada. Yo lo hice por usted y por el patrón de Silva, por el gran cariño que les tengo. —Se la devolvió.

—Sanc, por favor, te lo suplico. Si deseas verme feliz, toma la bolsa con monedas.

Fiona volvió a poner el talego de cuero en sus manos.

—Está bien, señora. Yo acepto las monedas y le agradezco, pero sé que sólo hay una forma de verla feliz.

Fiona lo miró con desconfianza y frunció el entrecejo.

—Vuelva al señor de Silva, señora. Sólo junto a él será feliz de nuevo.

El indio dio media vuelta y se marchó. Esa noche, Fiona no pudo dormir.

De Silva llamaría a la puerta como todas las tardes. Le abriría Coquita, lo haría pasar y le pediría que esperase sentado a misia Bridgit y a don Malone. Como de costumbre, tomarían el té, hablando especialmente de Fiona y de alguna otra banalidad. Después, llegaría Maria, lo saludaría de manera cordial y le recibiría la carta. Aguardaría ansioso durante unos minutos hasta verla regresar con una mueca de angustia y la esquela en la mano. Ese día, Fiona también lo habría rechazado. A pesar de todo, se dijo, jamás se daría por vencido. Volvería, una y otra vez, hasta que ella lo recibiera. La ansiedad por tenerla entre sus brazos lo volvía loco por las noches, y la necesidad de escucharla pronunciar sus frases impertinentes o de verla sonreír lo atormentaba durante el día.

A pesar de que su mujer no lo había recibido siquiera una vez, él se las había ingeniado para verla. Fiona no salía a la calle más que para la misa en el Socorro los domingos por la mañana. En esas ocasiones, de Silva se presentaba muy temprano en la iglesia, esperando que ella apareciera. La admiraba durante la ceremonia y, a la salida, la observaba trepar raudamente al coche de su abuelo. En ese momento y mientras la volanta doblaba en la primera esquina, experimentaba fuertes deseos de llorar.

Se apeó del padrillo. Uno de los mozos de la caballeriza de Malone tomó las riendas y se alejó con el animal. Llamó a la puerta y Coquita lo recibió. Al cabo, Bridgit y Sean se presentaron en la sala. Se saludaron como de costumbre y se sentaron a tomar el té.

—Quería comentarles que tal vez me ausente por algún tiempo —dijo de Silva.

Los abuelos de Fiona lo observaron con gesto desconsolado.

—Hace meses que he dejado mis negocios en manos de mis hombres y, aunque se han manejado bastante bien, ahora requieren de mi presencia. Usted entenderá lo que trato de explicarles, don Malone —agregó.

—Sí, por supuesto, entiendo. ¿Por cuánto tiempo se ausentará, de Silva?

—Tal vez un mes. Estamos por comenzar con el rodeo y la yerra.

—Sí, es cierto —afirmó el irlandés.

Ingresó Maria en la sala, recibió la carta de costumbre y se volvió a ir.

—¿Cómo está Fiona? —preguntó de Silva, sin disimular su ansiedad.

—Está muy bien. Ayer se marchó Sanc y pensamos que eso le causaría gran tristeza; en cambio, ha estado de buen talante todo el día. Incluso acompañó a Maria al mercado, como solía hacer de pequeña —comentó Bridgit.

—Eso sí que es bueno —afirmó de Silva—. ¿No preguntó por mí?

—No, señor de Silva, lamentablemente no —acotó la anciana.

Retornó Maria y le devolvió la carta, como siempre.

—Está bien, Maria, no se preocupe...

—No, señor, no es lo que usted piensa. La niña Fiona ha dicho que la espere, que hoy lo recibirá.

Fiona llegó a la sala y sus abuelos ya no se encontraban allí. De Silva, de espaldas a ella, miraba por la ventana. Entró silenciosamente, tanto que Juan Cruz no la escuchó, absorto como estaba en sus pensamientos.

—Buenas tardes —susurró, para descubrir su presencia.

De Silva volteó. Con la mirada fija en ella, no atinó a abrir la boca. Después de tanto tiempo, otra vez la tenía frente a él, y nuevamente su hermosura lo dejaba sin aliento. La miró de arriba a abajo, sin recato, deteniéndose en el vientre abultado. Tenía tantos deseos reprimidos que avanzó decidido hacia ella, dispuesto a besarla.

Fiona levantó la mano, indicándole que se detuviera. No podía hablar; tenía la voz quebrada. Había ensayado esa escena varias veces; no obstante, en ese momento, las palabras se habían desvanecido. No sabía cómo comenzar, qué decirle. Levantó la mirada y se encontró con el rostro de de Silva a unos pasos de ella. Lo contempló detenidamente. No le conocía esa levita, debía de ser nueva. Se había cortado el cabello y ya no tenía la coleta que a ella tanto le gustaba. Estaba delgado y ojeroso. Siguió estudiándolo, sin timidez.

—Fiona...

La forma en que de Silva pronunció su nombre y el brillo en sus ojos destrozaron sus convicciones. Se había conminado a ser firme y dura con él, lo haría sufrir, le haría sentir en carne propia la humillación y el desamor. Todo eso quedó atrás con un simple "Fiona"; las decisiones se esfumaron al sonido de su voz.

—Fiona, por favor.

De Silva se aproximó; ella retrocedió.

—Amor mío, no me rechaces —suplicó Juan Cruz.

Levantó la vista al escuchar las últimas palabras.

—¿No me rechaces? ¿Dijo no me rechaces? —Lo miró fijamente unos instantes, sin hablar—. A pesar de todo, señor de Silva, yo lo acepté. Fue usted el que me rechazó, fue usted el que me hizo a un lado, engañándome con esa... con esa... señora.

Cerró los ojos y apretó los dientes para frenar el temblor de su mandíbula. De Silva cubrió el trecho que los separaba y le tomó las manos. Fiona se sobresaltó; dio un paso atrás y se soltó de su esposo.

—No me toque —ordenó, en un susurro.

De Silva sintió un puñetazo en el estómago.

—Por favor, Fiona, perdóname. Jamás te engañé con ella. Eso es cosa del pasado. Desde el primer día en que te vi, en el Socorro, te amé. Aún lo recuerdo; te veías tan hermosa con tu vestido lila y tu mantilla blanca. Tu rostro lucía radiante. Me acuerdo que reías y, a pesar de que tu abuela se escandalizaba, tú no dejabas de hacerlo. ¿Recuerdas por qué reías? Siempre quise saberlo.

La pregunta la desconcertó. Se quedó muda, mirándolo, mientras Juan Cruz esperaba la respuesta.

—Yo... Pues... No, no recuerdo —dijo, por fin—. Tal vez, no sé, me reía de alguna de las viejas. Siempre me daban risa, con sus peinetones fuera de moda, medio tiesas dentro de sus corsés ajustados. Había que ayudarlas para que se pusieran de pie. —Las comisuras de sus labios se elevaron un poco. Respiró profundo y bajó la vista.

—Sí, seguramente te reías de alguno de esos carcamanes. Desde el principio supe que detestabas toda esa farfolla. Lucías tan natural como una flor en el campo. Nada en ti parecía medido. Te movías sensualmente, pero yo me daba cuenta de que eras ingenua. Tu sensualidad era tan inconsciente que me cautivó.

Fiona mantuvo la mirada baja para no mostrarle que tenía las mejillas como la grana. Aunque notó que de Silva se acercaba unos pasos, no se movió de donde estaba.

—Aquella mañana, en el Socorro, yo te observaba con tanta intensidad, en aquel estado de arrobamiento, que llamé la atención de misia Mercedes. "Ni lo piense, señor de Silva", me susurró. "Es inalcanzable".

Logró captar la atención de Fiona, que levantó rápidamente el rostro y lo miró a los ojos.

—Ella tenía razón. Eras inalcanzable para mí, un bastardo sin apellido.

—No —musitó Fiona, y enseguida se calló.

—Sí, eras inalcanzable. Pero yo no podía quitarte de mi mente. Te pensaba de continuo. Te habías vuelto una obsesión. Aunque misia Mercedes me advirtió que jamás te fijarías en mí, igualmente ofreció ayudarme. Por eso, esa noche, la del día de la Independencia, misia Mercedes te invitó a su fiesta y... En fin, ahí me conociste. —De Silva sonrió, sin quitarle la mirada de encima—. Desde el primer momento en que te vi supe que serías mía, aunque misia Mercedes pensara lo contrario.

El tono en que pronunció aquellas últimas palabras sorprendió a Fiona. De pronto, él volvía a ser el hombre recio y tiránico que conocía. Aunque trató de decir algo, no encontró las palabras.

—Yo sabía que me lo decía porque yo era un advenedizo, un bastardo, criado por una negra y porque tú eras exigente y orgullosa. Hice lo que hice con tu padre porque pensé que me despreciarías y que jamás me aceptarías. Me tendrías asco y me rechazarías.

—¡No! —exclamó Fiona, con un nudo en la garganta, y dio un paso hacia adelante—. No —susurró después, sintiéndose vulnerable frente a él—. Jamás rechazaría a nadie por eso, señor de Silva.

—Me viste con Clelia esa noche, ¿verdad?

Fiona dio un respingo, avergonzada de sólo oír hablar de aquello. Contuvo la respiración y no pudo hablar.

—Fue eso, entonces. Me viste con ella.

—Sí —musitó.

—Con razón piensas de mí lo peor. —Sonrió con tristeza—. Esa noche te deseé desde el primer momento en que te vi. Tú parecías ajena a todo, a leguas de lo de misia Mercedes. Tenías la mirada perdida y lucías aburrida. Enseguida te vi aceptar una invitación del imbécil de Soler. Más tarde, te busqué y no te encontré. Un rato después, me entraron ganas de matar al hermano de Clelia, que te había conseguido para otra pieza. Estaba celoso y deseoso de ti. Un hombre despechado puede actuar estúpidamente. Bueno, tú sabes.

—Dígame, ¿qué es lo que debo saber?

—Estaba rabioso, tenía que descargarme con alguien. Y Clelia se mostraba tan dispuesta que... —Hizo una pausa, desviando la mirada—. Después, cuando me rechazaste para el vals... Todavía lo recuerdo: "Antes prefiero estar muerta", me dijiste, tan decidida, y te aseguro, mi amor, que pocas veces me han tomado tan por sorpresa.

De Silva soltó una corta carcajada. Fiona también sonrió, aunque trató de disimularlo.

—Creo que con esa respuesta te deseé más aún. —Se acercó a ella y la tomó por los hombros—. ¡Oh, Fiona, jamás pensé que te amaría tanto! Te amo, no puedo evitarlo. No puedo quitarte de mi mente un sólo instante. Tú y sólo tú. Me estoy volviendo loco sin ti. No duermo por las noches porque no estás a mi lado, no puedo...

—Señor, por favor —lo interrumpió Fiona, y, deshaciéndose de sus manos, se alejó unos pasos—. Yo no estoy preparada aún. He sufrido mucho con su engaño y...

—¡No, Fiona! ¡Yo no te engañé!

De Silva buscó calmarse; estaba gritando, y Fiona lucía asustada.

—Fiona, entiende, todo fue una patraña urdida por Cloé y Soler. Ellos armaron esto, todo es mentira.

—¡Pero ella fue su amante, señor!

—¡Sí, pero antes de conocerte! ¡Después no! —mintió de Silva. Jamás la perdería por una mujerzuela que no había valido un ardite para él.

Un silencio tenso e incómodo cayó sobre ellos. De Silva estaba agitado. Fiona había bajado los ojos e intentaba contener el llanto. No deseaba quebrarse frente a él. Si la sabía vulnerable, lograría despedazarla. Respiró profundo y recomenzó.

—Señor de Silva, han pasado tantas cosas. Estoy muy confundida. No estoy segura de creerle, no sé, no puedo. Sólo quise verlo hoy para comunicarle mi decisión. Lo mejor será que yo permanezca en casa de mi abuelo y que no volvamos a vernos. Cuando nazca...

—¡No! —gritó de Silva.

Cayó de rodillas frente a ella y se aferró a su cintura.

—¡No, Dios mío, no me digas eso!

El hombre lloraba como un niño. Fiona quedó sin aliento frente a la reacción de su esposo. Jamás pensó que viviría para verlo llorar, para verlo implorar. La cabeza de de Silva apoyada en su vientre se mecía al ritmo de un llanto que no acababa.

—¡Fiona, por favor, ten compasión de mí! —suplicaba Juan Cruz—. No puedo vivir sin ti. Éste es mi castigo por haberte hecho sufrir desde un primer momento. En cambio tú, tú sólo me hiciste feliz, amor mío. ¡Perdóname! —Por momentos se ahogaba con el llanto y no hablaba; después, continuaba—. ¡Perdóname! ¡Dime que me perdonas, por favor! —Seguía de rodillas, asido a su cintura—. ¡Necesito tu perdón para seguir viviendo!

Fiona permanecía tiesa. Aquella reacción la había dejado inerme y sin palabras. Sus ojos se fijaban en la cabeza oscura de de Silva, que ahora se encontraba tan cerca de su hijo. Percibía el ardor con el que la tomaba por la cintura, y la humedad que sus lágrimas le imprimían en la muselina del vestido. De pronto todo se volvía claro. Ella también se puso de rodillas. No pudo contener las lágrimas. Se abrazaron con pasión, llorando, besándose, suspirando, todo al mismo tiempo.

—¿Por qué lo amo tanto, señor de Silva? —se preguntó, sonriendo entre sollozos.

Sintió que su esposo la apretujaba más aún, y eso la colmó de dicha.

—Yo también lo amé desde un principio, desde aquella noche en que me sentí tan atraída por usted. Jamás había conocido a alguien tan viril y vanidoso. Caminaba como un rey y miraba a todo el mundo con aire desafiante. Me gustó tanto que me asusté.

De Silva se puso de pie y la arrastró con él. Fiona se sobrecogió al ver su rostro empapado y sus ojos enrojecidos. Le acarició la mejilla. De Silva la tomó entre sus brazos y la apretó contra su pecho. Le buscó la boca con desesperación y la besó dominado por una pasión cercana a la locura. Fiona se abrió para él y le respondió con igual fervor. Después, sin separar sus labios de los de ella, de Silva le habló como acostumbraba hacerlo, con una orden.

—Nunca más vuelvas a abandonarme, Fiona, amor mío.

—Nunca más, señor.

Epílogo

El taxi se detuvo en la *rue* Duret, a media cuadra de la *Avenue* Foch, en otra de esas desapacibles noches parisinas. Llovía y hacía frío. Miró por la ventanilla antes de descender del automóvil. Había luz en la planta alta de la mansión. La cortina se corrió, y ahí estaba ella, mirando el taxi, con enojo. La muchacha sonrió antes de descender.

—Quédese con el cambio —dijo, sin mirar al conductor.

—*Merci beaucoup, mademoiselle.*

La lluvia la obligó a correr hasta la entrada y, antes de que llamara, una empleada le abrió la puerta.

—*Bonsoir, Dorothy.*

—*Bonsoir, mademoiselle Ariadna.*

Ariadna se quitó el impermeable y se lo entregó a Dorothy. Cruzó el recibidor y esperó al pie de la escalera, mientras se sacudía la cabellera.

—Ariadna, deja de comportarte como un perro —ordenó una voz de anciana desde la planta alta.

—*Bonsoir, grand-mére!* —exclamó la joven.

—Llegas tarde, niña.

—Sólo unos minutos, abuela. No seas cascarrabias.

La mujer se detuvo en el último escalón y la contempló con aire severo.

—*Jeunesse!* —exclamó por fin, y Ariadna sabía que simulaba el hastío—. Si no te quisiera tanto...

Ariadna sonrió. Su abuela se empeñaba en aparentar un genio recatado y estricto cuando, en rigor, su espíritu era libre y abierto. Desde pequeña, le había enseñado a vivir con libertad y la había mimado más que al resto de sus nietos. Entre ellas existía un lazo muy fuerte que se consolidaba con los años; como la vieja costumbre de esperar el cumpleaños de Ariadna desde la noche anterior, cenando a solas, bebiendo champán.

—Vamos, querida, pasemos al comedor —la invitó la mujer—. La cena está lista. ¿Tienes apetito?

—Mucho —respondió Ariadna.

—Entonces, no podrás resistirte al pollo que preparó Gérard.

Durante la velada conversaron de la familia, de política y de arte y, aunque mayormente no acordaban en nada, se escucharon con respeto y admiración. Saborearon lentamente el *Dom Pérignon*. Las arias de *Carmen* sonaban en el tocadiscos, y a Ariadna le parecía que se escuchaban cada vez más lejanas a medida que una somnolencia se apoderaba de su ánimo.

El reloj del recibidor marcó las doce. La abuela se puso de pie con un sobresalto y dijo:

—*Bon anniversaire, ma chère Ariadna!*

La besó en ambas mejillas, y la joven la abrazó. Un poco intimidada por la muestra de afecto de su nieta, se encaminó al bargueño, de donde tomó una caja. La abrió, sacó un estuche pequeño de terciopelo rojo y se lo entregó a su nieta.

—Ábrelo, es tu regalo de cumpleaños.

La joven hizo como se le ordenó. El estuche contenía una miniatura con el retrato de una mujer pintado sobre marfil, con marco de oro y brillantes engarzados.

—¡Abuela, es bellísima! ¡Gracias!

—¡Oh, sí! Es una alhaja muy hermosa.

—Sí, por supuesto, la alhaja también lo es, abuela, pero me refería a la mujer del retrato.

—Ciertamente, querida. Fiona Malone era una mujer muy hermosa, admirada en todas partes. Era mi abuela, la madre de mi madre. Ahora ya sabes de quién heredas esa tonalidad rojiza de tu cabello que tanto detestas —agregó, con una sonrisa.

La joven no respondió. Continuaba anonadada observando la miniatura.

—¡Ah, casi me olvidaba lo más importante! —exclamó la anciana.

Extrajo de la caja tres cuadernos prolijamente forrados con cuero.

—Toma, estos son los diarios de mi abuela Fiona. Están en inglés, pero no tendrás problema para entenderlos.

Ariadna recibió los cuadernos y los contempló con avidez.

—Te los doy porque, bueno, con esa idea que tienes de ser escritora, creo que pueden serte útiles. ¿Estás segura de que no deseas ser abogada o médica? Mira que ganarás muchos más francos, querida.

—No, abuela, estoy segura.

—En fin —se resignó la mujer—. De modo que escritora. Entonces, estos tres diarios son el mejor regalo que puedo hacerte, créeme.

Ariadna llegó a su departamento a la una y media de la madrugada. La ansiedad por leer los diarios de Fiona Malone le había quitado el sueño. Se dio un baño rápido, se puso el pijama y se preparó una taza de café. Después de colocar los tres diarios sobre la mesa ratona y el retrato junto a ellos, se apoltronó en su diván. Sorbió un poco de café, mientras pasaba la vista por sus nuevos tesoros. Tomó un cuaderno al azar, y lo abrió en la primera hoja. Tenía un olor extraño y sus páginas de color sepia parecían a punto de quebrarse, como hojas secas. Se acomodó en el diván y leyó.

"*Londres, 7 de septiembre de 1849*

A pesar de que hace diez días que estamos aquí, aún no logramos poner orden en la casa que compró el señor de Silva. Maria y Candelaria no dan abasto y yo poco puedo hacer con mi bebé tan pequeño.

La casa queda cerca de Bond Street, a unas pocas cuadras de lo de aunt Tricia. Ella es un gran consuelo para mí, ahora que estoy lejos de todos.

Mi niño es hermoso y saludable; ajeno a todos los cambios, siempre sonríe, en especial cuando escucha la voz de su padre. Creo que él lo mima demasiado, pero yo nada puedo hacer."

Adelantó varias páginas y continuó leyendo.

"Londres, 13 de septiembre de 1849

Finalmente, he conseguido que el señor de Silva me confiese el verdadero motivo de nuestra partida tan repentina de Buenos Aires y nuestro asentamiento en esta ciudad. La explicación "asuntos de negocios" no me convencía. Por fin me ha dicho que fue ese malvado tirano de Rosas el que urdió el plan con Soler y la mujerzuela. Me ha confesado de Silva que Rosas odia a mi familia porque la cree unitaria. ¡Maldito sea, hombre del demonio!

De Silva creyó conveniente abandonar Buenos Aires para evitar una nueva patraña del dictador, pero yo estoy sin consuelo pensando en Grandpa y en el resto de mi familia. El señor de Silva dice que no debo preocuparme, que mi abuelo sabe cuidarse.

Hizo bien confesándomelo lejos de Buenos Aires, porque yo misma habría matado a ese malvado."

"Londres, 10 de abril de 1852

Hoy ha estado de visita aunt Tricia, echando un poco de luz al comportamiento extraño del señor de Silva en los últimos días. ¡Es que Rosas ha caído! Lo ha derrotado el General Urquiza, a principios del mes de febrero, cerca de Monte Caseros. Dicen que acaba de llegar a la Inglaterra, como refugiado. No podemos tener peor suerte. Pero ya no nos importa, por lo menos, a mí ya no me importa."

Se había quedado dormida en el diván, con el cuaderno sobre el pecho. Miró el reloj en la pared: las dos de la tarde. Se levantó sobresaltada, aunque enseguida se tranquilizó: era sábado. Tomó un baño y se vistió con ropas holgadas. Tenía planeado quedarse todo el día en casa, leyendo y escribiendo, motivada por la historia de su tatarabuela. Encendió la contestadora automática y le bajó el volumen para evitar que la interrumpieran. De seguro, más de uno llamaría para saludarla en el día de su cumpleaños.

Almorzó algo ligero antes de volver al trabajo. Tomó el diario que había leído la noche anterior y a pesar de que no lo había terminado, su consabida ansiedad la llevó directo a la última página.

"París, 28 de julio de 1912

Creo que me quedaré a vivir en París, con mi hija Camila. Es una ciudad hermosa, a pesar de que llueve más que en Londres. Además, mis dos nietas son mi consuelo por estos días. Mi hijo Juan Cruz está bien asentado en Londres, continuando los negocios de su padre. No tengo que preocuparme por él. Tiene una hermosa familia. Es feliz.

A veces pienso, llena de angustia, en lo paradójica que fue mi vida. El hombre al que creí detestar, mi padre, se convirtió en el responsable de que yo conociera la felicidad junto a mi adorado Juan Cruz. Hace muchos años que perdí a mi padre y ya nada puedo hacer; lo dejé ir sin decirle lo mucho que lo quería.

Camila me preguntó días atrás cómo había sido mi amor por su padre. Me tomó por sorpresa y no supe qué contestar. Lo pensé desde entonces, y me estremecí con tantos recuerdos, en especial con el de nuestra boda. ¡Dios bendito! Si mis hijos supieran lo que experimenté ese día.

Por ahora le diré a Camila que amé a su padre con pasión, por sobre todas las cosas, más allá del Cielo infinito, del bien y del mal; y que lo amaré siempre, sin importar el tiempo, para toda la eternidad.

Tal vez algún día me atreva y le confiese que, en realidad, para mí todo comenzó con odio, la mañana de mi boda, cuando el señor de Silva me tomó como su esposa a cambio de las abultadas deudas de mi padre."

Ariadna se enjugó las lágrimas con el puño de la camisa. No era sentimental, pero la sinceridad de esa mujer la había sobrecogido.

Se sentó frente a su máquina de escribir, arrancó la media hoja escrita y colocó una nueva, en blanco. Se estiró los dedos y escuchó con fruición el crujido de sus nudillos. Después, centró la hoja para tipear el título de su nueva novela. "*Bodas de odio*", escribió.

FIN

[1] Es más fácil saltarla que rodearla.

[2] La Perichona: deformación del apellido de la abuela de Camila O'Gorman, llamada Ana María *Perichon*. Tomado del sobrenombre de la actriz limeña del siglo XVIII, Micaela Villegas, la "Perricholi", que, al igual que Ana María Perichon, había sido amante de un virrey. Perricholi significa "perra chola", "perra mestiza".

El papel utilizado para la impresión de este libro
ha sido fabricado a partir de madera
procedente de bosques y plantaciones
gestionados con los más altos estándares ambientales,
garantizando una explotación de los recursos
sostenible con el medio ambiente
y beneficiosa para las personas.
Por este motivo, Greenpeace acredita que
este libro cumple los requisitos ambientales y sociales
necesarios para ser considerado
un libro «amigo de los bosques».
El proyecto «Libros amigos de los bosques» promueve
la conservación y el uso sostenible de los bosques,
en especial de los Bosques Primarios,
los últimos bosques vírgenes del planeta.

Papel certificado por el Forest Stewardship Council®

FSC
www.fsc.org
MIXTO
Papel procedente de
fuentes responsables
FSC® C117695